VI KEELAND

DAS VERMÄCHTNIS
DER RIVALEN
SEIT 1962

Wenn du mich liebst, bleibe ich immer in deinem Herzen

…

Wenn du mich hasst, werde ich immer in deinen Gedanken sein.«

Unbekannt

KAPITEL EINS

Sophia

»Warten Sie!«

Die Mitarbeiterin der Fluggesellschaft zog den Nylongurt von einer Stange zur anderen, hakte ihn dort ein und sperrte den Zugang zum Gate. Sie blickte auf und runzelte die Stirn, als sie sah, wie ich, meinen Rollkoffer hinter mir her schleifend, auf sie zuhastete. Ich war den gesamten Weg von Terminal A zu Terminal C gelaufen und schnaufte nun wie jemand, der pro Tag zwei Schachteln Zigaretten raucht.

»Tut mir leid, dass ich zu spät komme. Aber darf ich bitte einsteigen?«

»Der letzte Aufruf erfolgte vor zehn Minuten.«

»Mein erster Flug hatte Verspätung und ich musste die gesamte Strecke vom internationalen Terminal hierherlaufen. Ich bitte Sie, ich muss morgen früh in New York sein, und das hier ist der letzte Flug.«

Sie machte nicht unbedingt einen mitfühlenden Eindruck und ich war verzweifelt.

»Hören Sie«, sagte ich, »mein Freund hat mich letzten Monat verlassen. Ich bin gerade erst aus London weggeflogen, um morgen früh einen neuen Job zu beginnen – einen Job, bei dem ich für meinen Vater arbeite, mit dem ich *ganz und gar nicht* gut auskomme. Er ist der Meinung, ich sei nicht qualifiziert, und vermutlich hat er recht, aber ich musste London wirklich so schnell wie möglich verlassen.« Ich schüttelte den Kopf. »Bitte, lassen Sie mich diesen Flug nehmen. Ich darf an meinem ersten Tag nicht zu spät kommen.«

Der Gesichtsausdruck der Frau wurde sanfter. »In weniger als zwei Jahren habe ich mich bei dieser Fluggesellschaft zur Managerin hochgearbeitet und trotzdem fragt mein Vater mich jedes Mal, wenn ich ihn sehe, ob ich schon einen Mann kennengelernt habe, und nicht, wie es in meinem Beruf läuft. Lassen Sie mich nachfragen, ob die Flugzeugtür bereits geschlossen ist.«

Ich seufzte erleichtert auf, als sie zum Schalter ging und einen Anruf tätigte. Sie kam zurück und öffnete die Gurtabsperrung. »Geben Sie mir Ihre Bordkarte.«

»Sie sind die Beste! Vielen Dank.«

Sie scannte die elektronische Einstiegkarte auf meinem Telefon und gab mir das Gerät mit einem Augenzwinkern zurück. »Beweisen Sie Ihrem Vater, dass er unrecht hat.«

Ich eilte den Flugsteig hinab und stieg ein. Mein Sitzplatz war 3B, aber das Gepäckfach über den Sitzen war bereits voll. Die Flugbegleiterin näherte sich mit einem sehr unzufriedenen Gesichtsausdruck.

»Wissen Sie, ob irgendwo anders noch Platz ist?«, fragte ich.

»Alles ist jetzt voll. Ich werde darum bitten müssen, Ihr Gepäck am Gate einchecken zu lassen.«

Ich schaute mich um. Die Passagiere auf ihren Sitzplätzen sahen mich alle an, als würde ich persönlich das Flugzeug aufhalten. *Oh. Vielleicht tue ich das ja.* Seufzend zwang ich mich zu einem Lächeln. »Das wäre großartig. Vielen Dank.«

Die Flugbegleiterin nahm meinen Koffer und ich blickte auf den freien Platz am Gang. Ich hätte schwören können, einen Fensterplatz gebucht zu haben. Ich überprüfte erneut meine Einstiegkarte und die Platznummern am Gepäckfach, dann beugte ich mich hinunter, um mit meinem Sitznachbarn zu sprechen.

»Ähm … entschuldigen Sie. Ich glaube, Sie sitzen auf meinem Platz.«

Der Mann, der sein Gesicht in einem *Wall Street Journal* vergraben hatte, senkte die Zeitung. Er kräuselte die Lippen, als besäße er das Recht, genervt zu sein, obwohl er auf *meinem* Platz saß. Es dauerte einige Sekunden, bis ich den Blick nach oben auf den Rest seines Gesichts gerichtet hatte. Aber als es so weit war, klappte mir die Kinnlade herunter – und der Sitzdieb verzog den Mund zu einem selbstzufriedenen Grinsen.

Ich blinzelte einige Male in der Hoffnung, vielleicht nur ein Trugbild gesehen zu haben.

Nein.

Immer noch da.

Bäh.

Ich schüttelte den Kopf. »Das *kann* ja nur ein Scherz sein.«

»Schön, dich zu sehen, Fifi.«

Nein. *Einfach nur nein.* Die letzten paar Wochen waren beschissen genug. Das durfte einfach nicht wahr sein.

Weston Lockwood.

Bei allen Flugzeugen und allen verdammten Menschen auf der Erde, wie um alles in der Welt war es möglich, ausgerechnet neben *ihm* sitzen zu müssen? Hierbei musste es sich um einen grausamen Scherz handeln.

Ich schaute mich nach einem freien Platz um. Aber selbstverständlich gab es keinen. Die Flugbegleiterin, die schon nicht erfreut gewesen war, mir meinen Koffer abnehmen zu müssen, erschien neben mir und sah nun noch aufgebrachter aus.

»Gibt es ein Problem? Wir warten darauf, dass Sie Ihren Platz einnehmen, damit wir vom Gate abrücken können.«

»Ja. Ich kann hier nicht sitzen. Gibt es irgendwo noch einen anderen Platz?«

Sie stemmte die Hände in die Hüften. »Das ist der einzige freie Platz im Flugzeug. Sie müssen sich nun wirklich hinsetzen, Miss.«

»Aber …«

»Ich werde den Sicherheitsdienst rufen müssen, wenn Sie nicht Platz nehmen.«

Ich schaute hinunter auf Weston und das Arschloch wagte es doch tatsächlich zu lächeln.

»Steh auf.« Ich blitzte ihn böse an. »Ich will zumindest den Fensterplatz haben, der mir zusteht.«

Weston sah die Flugbegleiterin an und schenkte ihr ein strahlendes Lächeln. »Sie ist seit der Mittelstufe in mich verknallt. Das ist ihre Art, es zu zeigen.« Er zwinkerte beim Aufstehen und streckte die Hand aus. »Bitte, setz dich auf meinen Platz.«

Ich kniff die Augen so sehr zusammen, dass sie fast nur noch kleine Schlitze waren. »Geh mir einfach aus dem Weg.« Ich versuchte, mich ohne Körperkontakt an ihm vorbeizuschieben, und ließ mich auf meinen Fensterplatz fallen. Schnaubend stopfte ich meine Handtasche unter den Sitz vor mir und schnallte mich an.

Die Flugbegleiterin begann sofort mit den Sicherheitsanweisungen und das Flugzeug bewegte sich vom Gate weg.

Mein Arschloch-Sitznachbar beugte sich zu mir herüber. »Du siehst gut aus, Fiif. Wie lange ist es jetzt her?«

Ich seufzte. »Offenbar nicht lange genug, da du momentan neben mir sitzt.«

Weston grinste. »Du tust also immer noch so, als wärst du nicht interessiert, was?«

Ich rollte mit den Augen. »Ich sehe, du bist immer noch wahnhaft.«

Doch als ich den Blick wieder nach unten wandern ließ, sah ich aus der Nähe leider den Mann, den ich mein gesamtes Leben verachtet hatte. Wie erwartet sah der Idiot nur noch besser aus. Weston Lockwood war ein scharfer Teenager gewesen. Es war unmöglich, das zu leugnen. Aber der Mann, der neben mir saß, war geradezu umwerfend. Kantige, maskuline Kinnpartie, romanisch geschwungene Nase und große blaue Schlafzimmeraugen in der Farbe eines Gletschers in Alaska. Seine Haut war kräftig gebräunt und in seinen Augenwinkeln hatte er kleine Fältchen, die ich – weiß Gott wieso – unheimlich sexy fand. Seine vollen Lippen wurden von etwa einem Tag alten Bartstoppeln eingerahmt und sein dunkles Haar hätte vermutlich wieder einmal einen Schnitt vertragen können. Aber anstatt ungepflegt auszusehen, brüllte Weston Lockwoods Aussehen der Geschäftswelt mit ihren kurz geschorenen, ordentlichen Haaren geradezu *Fickt euch* entgegen. Im Wesentlichen war er nicht mein üblicher Typ. Aber als ich den Idioten ansah, fragte ich mich, was mich überhaupt jemals dazu veranlasst hatte, von meinem üblichen Typ angezogen zu werden.

Zu schade, dass er ein Idiot war. *Und ein Lockwood.* Wenngleich diese beiden Aussagen doppelt gemoppelt waren, da die *Tatsache*, ein Lockwood zu sein, bereits automatisch bedeutete, dass jemand ein Idiot war.

Ich zwang mich, auf den Sitz vor mir zu starren, spürte aber trotzdem Westons Blick auf meinem Gesicht. Als es irgendwann unmöglich wurde, ihn zu ignorieren, schnaubte ich und drehte mich wieder zu ihm um.

»Wirst du mich den gesamten Flug lang anstarren?«

Seine Lippe zuckte. »Vielleicht. Es ist kein schlechter Anblick.«

Ich schüttelte den Kopf. »Tu dir keinen Zwang an. Ich habe zu arbeiten.« Ich griff unter den Sitz vor mir und zog meine Tasche hervor. Ich hatte vorgehabt, mich während des Fluges über das *Countess* Hotel einzulesen. Mir wurde jedoch schnell klar, dass mein Laptop sich nicht in meiner Tasche befand. Ich hatte ihn in das vordere Fach meines Handgepäckkoffers gesteckt, weil ich davon ausgegangen war, dass der Koffer in der Gepäckablage sein würde. *Na toll.* Jetzt war mein Laptop am Gate eingecheckt worden. Wie standen die Chancen, dass ich ihn unversehrt zurückbekommen würde – sofern er überhaupt noch in meinem Koffer war, wenn ich ihn abholte? Und was zum Teufel würde ich tun, um mich während dieses Fluges zu beschäftigen? Ganz zu schweigen davon, dass das Treffen mit den Anwälten des *Countess* morgen Vormittag stattfand und ich nicht im Geringsten vorbereitet war. Nun würde ich den Großteil der Nacht aufbleiben müssen, um die Materialien zu studieren, sobald ich endlich im Hotel angekommen war.

Großartig.

Einfach nur großartig.

Anstatt durchzudrehen, was meiner üblichen Verfahrensweise entspräche, beschloss ich, mir genauso gut etwas dringend benötigten Schlaf zu holen, da ich ihn heute Nacht nicht bekommen würde. Also schloss ich die Augen und versuchte, mich auszuruhen, als das Flugzeug abhob. Aber Gedanken an den Mann neben mir hinderten mich daran zu entspannen.

Oh Gott, ich konnte ihn nicht leiden.

Meine gesamte Familie hasste seine gesamte Familie.

Soweit ich mich zurückerinnern konnte, waren wir die Hatfields und die McCoys. Unsere Familienfehde reichte bis zu unseren Großvätern zurück. Wenngleich wir uns während des Großteils meiner Kindheit in denselben sozialen Kreisen bewegten. Weston und ich gingen auf dieselben Privatschulen, sahen einander oft bei Wohltätigkeitsveranstaltungen und gesellschaftlichen Ereignissen und hatten sogar gemeinsame Freunde. Die Häuser unserer Familie an der Upper West Side waren nur wenige Blocks voneinander entfernt. Doch genau wie unsere Väter und Großväter hielten auch wir so viel Abstand wie möglich zueinander.

Nun ja, mit Ausnahme dieses *einen Males*.

Dieser eine, furchtbare und gigantische Fehler einer einzigen Nacht.

Meistens tat ich so, als wäre es nie passiert.

Meistens …

Nur ab und zu …

Ganz selten einmal …

Wenn ich daran dachte.

Es kam nicht häufig vor.

Aber wenn ich es tat …

Vergessen Sie es. Ich nahm einen tiefen, reinigenden Atemzug und schob *diese Erinnerungen* aus meinem Kopf.

Das war das absolut Letzte, woran ich jetzt denken sollte.

Aber warum zur Hölle saß er überhaupt neben mir?

Zuletzt hatte ich gehört, dass Weston in Vegas lebte. Er leitete die Hotels seiner Familie im Südwesten – nicht dass ich ihn im Auge behalten hätte oder so etwas.

Wie standen also die Chancen, dass ich ihm auf meinem Weg nach New York begegnen würde? Ich war nun schon seit mindestens sechs Jahren nicht mehr an der Ostküste gewesen. Trotzdem fanden wir uns nebeneinander wieder, auf demselben Flug zur selben Uhrzeit.

Oh!

Scheiße.

Ich riss die Augen auf.

Er konnte es nicht sein.

Bitte, Gott. Bitte lass es nicht das sein.

Ich wandte mich Weston zu. »Warte mal kurz. Warum fliegst du nach New York?«

Er grinste. »Rate mal.«

Weil ich es immer noch nicht glauben wollte, klammerte ich mich an die Hoffnung.

»Um … die Familie zu besuchen?«

Weiterhin arrogant grinsend schüttelte er den Kopf.

»Eine Besichtigungstour?«

»Nein.«

Ich schloss die Augen und meine Schultern sackten nach unten. »Deine Familie hat dich geschickt, um das *Countess* zu leiten, nicht wahr?«

Weston wartete, bis ich die Augen geöffnet hatte, bevor er mir den Schlag versetzte. »Scheint, als würden wir uns noch öfter sehen als nur auf diesem kurzen Flug.«

KAPITEL ZWEI

Sophia

»Du läufst in die falsche Richtung, Fifi.«

Ich war im vierten Stock aus dem Aufzug getreten, nur um von Mr. Wundervoll höchstpersönlich begrüßt zu werden.

»Verzieh dich, Lockwood.«

Er trat in den Aufzug, den ich soeben erst verlassen hatte, beugte sich aber nach vorn und hinderte die Tür am Schließen. Schulterzuckend sagte er: »Wie du meinst. Aber in Konferenzraum vierhundertzwanzig ist niemand.«

Ich drehte mich um. »Warum nicht?«

»Sie haben das Treffen in das Büro der Hotelanwältin verlegt – nach Downtown ins Flatiron Building.«

Ich schnaubte. »Machst du Witze? Niemand hat mich kontaktiert. Warum wurde es verlegt?«

»Keine Ahnung. Ich schätze, wir werden es erfahren, wenn wir dort ankommen.« Weston nahm die Hand vom Knopf an der Schalttafel und trat zurück. »Ich gehe. Kommst du oder was? Die Anfangszeit wurde nicht verschoben und der Verkehr wird ein Albtraum sein.«

Ich blickte über die Schulter in Richtung des Konferenzraumes. Dort war niemand anderes. Seufzend betrat ich den Aufzug. Weston stand hinter mir im hinteren Teil der Kabine, aber sobald die Tür sich schloss, trat er einen Schritt nach vorn.

»Was tust du?«

»Nichts.«

»Also dann, geh wieder zurück. Steh nicht so dicht neben mir.«

Weston lachte leise, bewegte sich aber keinen Zentimeter. Ich hasste es, dass mir auffiel, wie gut er roch – eine Kombination aus einer frisch geschlagenen Eiche und etwas Sauberem, vielleicht auch ein wenig Leder. Die verdammte Tür konnte sich nicht schnell genug öffnen. In dem Moment, in dem sie es tat, stürzte ich nach draußen. Ohne mich noch einmal umzusehen, betrat ich die Eingangshalle und eilte zur Haupteingangstür.

Vierzig Minuten später, nach einer versuchten Taxifahrt, bei der ich in zehn Minuten nicht weiter als einen halben Block kam, und gefolgt von zwei höllisch heißen Fahrten mit der U-Bahn, von der die zweite wunderbar nach frischem Urin roch, stürmte ich in die Eingangshalle des Flatiron Buildings.

»Können Sie mir bitte sagen, in welchem Stockwerk *Barton and Fields* sitzt?«, fragte ich am Empfangstresen.

»Fünfter Stock.« Er deutete auf eine lange Schlange. »Aber einer der Aufzüge ist heute defekt.«

Ich war bereits zu spät dran und hatte keine Zeit zu warten. Seufzend fragte ich den Sicherheitsbeamten: »Wo ist die Treppe?«

Nachdem ich fünf sehr lange Treppen in zehn Zentimeter hohen Absätzen hinaufgestiegen war und dabei eine Ledertasche voller Unterlagen und meine Handtasche getragen hatte, näherte ich mich der Doppeltür aus Glas des *Countess*-Anwaltsbüros. Weil die Empfangsdame gerade mit jemandem beschäftigt war und vor mir zwei weitere Personen in der Schlange standen, überprüfte ich die Uhrzeit auf meinem Telefon. Ich hoffte inständig, dass sie die Besprechung nicht pünktlich beginnen würden, nachdem sie sie ohne vorherige Ankündigung verlegt hatten. Aber dann wiederum, wie sollten sie auch? Weston hatte vermutlich genauso lange gebraucht, um hierherzukommen. Als ich endlich an der Reihe war, trat ich an die Empfangsdame heran.

»Hi. Mein Name ist Sophia Sterling. Ich habe einen Termin mit Elizabeth Barton.«

Die Empfangsdame schüttelte den Kopf. »Miss Barton hat heute Morgen eine Besprechung im Norden von Manhattan. Um wie viel Uhr haben Sie Ihren Termin?«

»Tatsächlich sollte unser Termin im Norden Manhattans im *Countess* stattfinden, aber er wurde hierher verlegt.«

Die Frau zog die Augenbrauen zusammen. »Ich habe gesehen, wie sie das Büro verlassen hat, als ich heute früh ankam. Aber lassen Sie mich noch einmal nachsehen. Vielleicht ist sie zurückgekommen, als ich mir einen Kaffee geholt habe.« Sie drückte einige Tasten auf ihrer Tastatur und lauschte einen Moment lang mit ihrem Headset, bevor sie es ablegte. »Sie antwortet nicht. Ich werde rasch in ihrem Büro und im Konferenzraum nachsehen.«

Einige Minuten später kam eine Frau zusammen mit der Empfangsdame aus dem hinteren Teil des Büros. »Hi. Ich bin Serena, Miss Bartons Anwaltsgehilfin. Ihr Treffen findet heute im Norden Manhattans im *Countess* statt. In Raum vierhundertzwanzig.«

»Nein. Ich war eben erst dort. Dort war der eigentliche Termin, aber er wurde hierher verlegt.«

Sie schüttelte den Kopf. »Tut mir leid. Wer auch immer Ihnen das gesagt hat, hat Ihnen eine falsche Information gegeben. Ich habe Elizabeth soeben auf dem Handy angerufen, um es zu bestätigen. Die Neun-Uhr-Besprechung hat vor fast einer Stunde begonnen.«

Ich spürte, wie mir die Hitze von den Fußsohlen bis in die Haarspitzen stieg. *Ich werde Weston verdammt noch mal umbringen.*

»Es tut mir sehr leid, dass ich zu spät komme«, verkündete ich, als ich eintrat.

Die Frau, die am Kopf des Konferenztisches saß – von der ich annahm, dass es sich bei ihr um *Countess*-Anwältin Elizabeth Barton handelte –, sah auf die Uhr. Ihr Gesichtsausdruck war streng. »Vielleicht könnte jemand, der pünktlich war, so freundlich sein und Sie darüber in Kenntnis setzen, was Sie verpasst haben.« Sie erhob sich. »Warum machen wir nicht zehn Minuten Pause und wenn wir wieder anfangen, werde ich Ihnen alle Fragen beantworten, die Sie haben.«

Weston lächelte. »Ich werde Miss Sterling gern informieren.«

Die Anwältin dankte ihm. Sie und zwei weitere Männer, die ich noch nie zuvor gesehen hatte, traten nach draußen und ließen mich mit Weston allein. Ich musste meine gesamte Kraft zusammennehmen, um nicht in die Luft zu gehen – zumindest so lange, bis sie aus der Tür war. Weston stand auf, als wollte auch er eine Pause einlegen und den Raum unversehrt verlassen.

Keine Chance, Freundchen.

Ich stellte mich vor die Tür, damit er nicht rauskonnte.

»Du *Arschloch*!«

Er knöpfte mit einem selbstzufriedenen Lächeln sein Jackett zu. »Haben sie dir auf der Wharton denn nichts beigebracht? In der Liebe und im Krieg ist alles erlaubt, Fifi.«

»Hör auf, mich so zu nennen!«

Weston zupfte einen unsichtbaren Fussel vom Ärmel seines überteuerten Anzugs. »Möchtest du, dass ich dir erzähle, was du verpasst hast?«

»Selbstverständlich möchte ich das, Arschloch. Denn es ist deine Schuld, dass ich nicht hier war.«

»Kein Problem.« Er faltete die Hände und betrachtete seine Fingernägel. »Beim Abendessen.«

»Ich werde *nicht* mit dir zu Abend essen.«

»Nein?«

»Nein!«

Er zuckte mit den Schultern. »Wie du meinst. Ich habe versucht, ein Gentleman zu sein. Aber wenn du es vorziehst, direkt in mein Zimmer zu gehen, dann bin ich damit auch einverstanden.«

Ich gackerte: »Du bist ja übergeschnappt.«

Er beugte sich nach vorn. Weil ich ihm den Weg versperrte, konnte ich nirgends hingehen. Und ich hatte nicht vor, ihm die Genugtuung zu geben und zurückzuzucken. Also hielt ich die Stellung, während der Idiot, *der immer noch köstlich roch*, seine Lippen an mein Ohr brachte. »Ich weiß, dass du dich daran erinnerst, wie gut wir zusammen waren. Der beste *Hass-Fick*, den ich jemals hatte.«

Ich sprach durch zusammengepresste Zähne. »Ich bin mir sicher, dass du nie eine andere Art hattest. Denn niemand, der bei Verstand ist, würde dich mögen.«

Er legte den Kopf zurück und zwinkerte mir zu. »Halte an dieser Wut fest. Wir werden sie schon bald zum Einsatz bringen.«

Um zwanzig Uhr an jenem Abend brauchte ich wirklich einen Drink. Das war der niemals endende Tag gewesen.

»Kann ich hier etwas zu essen bestellen oder muss ich mich an einen Tisch setzen?«, fragte ich den Barkeeper im Hotelrestaurant.

»Sie können an der Bar bestellen. Ich werde Ihnen eine Karte bringen.«

Er verschwand und ich machte es mir auf einem Stuhl bequem. Ich zog einen Block aus meiner riesigen Handtasche und fing an, all das aufzuschreiben, was mein Vater während der letzten zwanzig Minuten gesagt hatte. Ich benutze das Wort *gesagt* sehr frei. Denn tatsächlich hatte er mich ab dem Moment angeschrien, in dem ich ans Telefon gegangen war. Nicht einmal ein Hallo – er schimpfte einfach nur und brüllte mir eine Frage nach der anderen entgegen. Ob ich *dieses schon gemacht* oder *jenes schon gemacht* hätte, aber er holte nicht einmal Luft, was mir vielleicht tatsächlich die Gelegenheit gegeben hätte, einige Worte zu sagen und ihm zu antworten.

Mein Vater *hasste* es, dass Großvater mich mit der Betreuung des *Countess* beauftragt hatte. Ich bin mir sicher, er hätte vorgezogen, dass mein Halbbruder Spencer es tat. Nicht weil Spencer auf irgendeine Art kompetent war – wenn man einer Elitehochschule nur genügend Spenden zukommen lässt, nimmt sie wundersamerweise jeden auf –, sondern weil Spencer seine Marionette war.

Als auf meinem Handy also Scarletts Name aufleuchtete, legte ich meinen Stift beiseite, weil ich dringend eine Pause brauchte.

»Ist es nicht ungefähr ein Uhr morgens bei dir?«, fragte ich.

»Oh ja, und ich bin echt knackered – todmüde.«

Ich lächelte. Meine beste Freundin war einfach *so* britisch und ich liebte jedes *Knickers*, *Knackered* und *Knob*, das aus ihrem Mund kam.

»Du hast ja keine Ahnung, wie sehr ich deinen schrecklichen Akzent genau jetzt hören musste.«

»Schrecklich? Ich spreche Queen's English, meine Liebe. Du sprichst *Queens* English. Im Sinne von diesem fürchterlichen Stadtteil, der zwischen Manhattan und Tall Island liegt.«

»Es heißt *Long* Island. Nicht Tall Island.«

»Meinetwegen.«

Ich lachte. »Wie geht es dir?«

»Na ja, wir haben eine neue Frau auf der Arbeit eingestellt und ich dachte, sie könnte vielleicht ein möglicher Ersatz für dich als meine einzige Freundin sein. Aber dann sind wir letztes Wochenende ins Kino gegangen und sie hat *Leggings* angezogen, bei denen die Ränder ihres Stringtangas zu sehen waren.«

Ich schüttelte lächelnd den Kopf. »Auweia. Nicht gut.« Scarlett arbeitete in der Modebranche und ließ Anna Wintour in Bezug auf einen Stilfehltritt tolerant wirken. »Sagen wir es doch, wie es ist. Ich bin einfach unersetzbar.«

»Das bist du. Also dann, bist du von New York schon so gelangweilt, dass du dich entschlossen hast, nach London zurückzukehren?«

Ich kicherte. »Seit meiner Abreise sind sechsundzwanzig anstrengende Stunden vergangen.«

»Wie ist der neue Job?«

»Nun, am ersten Tag bin ich zu spät zu einem Treffen mit der Anwältin des Hotels gekommen, weil der Vertreter der Familie, der jetzt der andere Teil des Hotels gehört, mich an einen falschen Ort geschickt hat.«

»Und das ist die Familie des Mannes, der *vor fünfzig Jahren* die Frau gebumst hat, der das Hotel gehörte, und das zur gleichen Zeit, in der dein Großvater sie gebumst hat?«

Ich lachte. »Ja.« Es war zwar ein wenig komplizierter als das, aber Scarlett hatte nicht unrecht. Vor fünfzig Jahren eröffnete mein Großvater August Sterling zusammen mit seinen zwei besten Freunden Oliver Lockwood und Grace Copeland ein Hotel. Es wird erzählt, dass mein Großvater sich in Grace verliebte und die beiden sich an Silvester verlobten. Am Tag der Hochzeit stand Grace am Altar und gestand meinem Großvater, dass sie ihn nicht heiraten könne, weil sie *ebenfalls* in Oliver Lockwood verliebt sei. Sie liebte beide Männer und weigerte sich, irgendeinen von ihnen zu heiraten, weil die Ehe ein Akt der Hingabe des Herzens an einen Mann war und ihres für nur einen einzigen nicht zur Verfügung stand.

Die Männer kämpften jahrelang um sie, doch als es keinem von ihnen gelang, dem jeweils anderen die andere Hälfte ihres Herzens zu stehlen, gingen die drei schließlich getrennte Wege. Mein Großvater und Oliver Lockwood wurden zu bitteren Rivalen und erschufen Hotelimperien, mit denen sie sich gegenseitig zu überbieten versuchten, während Grace sich darauf konzentrierte, anstatt eine Kette nur ein einziges Luxushotel zu bauen. Die Familien Sterling und Lockwood wurden zu den zwei größten Hotelinhabern der Vereinigten Staaten. Und obwohl Grace immer nur ein Hotel gehörte, wurde das erste, das die drei zusammen gebaut hatten – das *Countess* mit seinem weitläufigen Blick über den Central Park –, zu einem der wertvollsten Einzelhotels der Welt. Es übertraf sogar das Vier Jahreszeiten und The Plaza.

Als Grace vor vier Wochen nach einem langen Kampf gegen den Krebs verstarb, war meine Familie schockiert zu erfahren, dass sie neunundvierzig Prozent des *Countess* meinem Großvater und neunundvierzig Prozent Oliver Lockwood hinterlassen hatte. Die anderen zwei Prozent gingen an eine Wohltätigkeitsorganisation, die ihren neuen Besitz derzeit an die meistbietende Familie verkaufte, was einem von uns wiederum den überaus wichtigen Mehrheitsanteil von einundfünfzig Prozent einbringen würde.

Grace Copeland hatte nie geheiratet und ich sah ihren letzten Akt als eine wunderschöne griechische Tragödie – wenngleich ich schätzte, dass es für Außenstehende verrückt erschien, ein Hotel im Wert von Hunderten von Millionen Dollar zwei Männern zu überlassen, mit denen sie seit fünfzig Jahren nicht mehr gesprochen hatte.

»Deine Familie ist irre«, sagte Scarlett. »Das weißt du, nicht wahr?«

Ich lachte. »Das weiß ich absolut.«

Wir sprachen eine Weile über ihre letzte Verabredung und wo sie gedachte, Urlaub zu machen, und dann seufzte sie.

»Eigentlich habe ich angerufen, um dir Neuigkeiten zu erzählen. Wo bist du gerade?«

»In einem Hotel. Oder vielmehr im *Countess*, dem Hotel, von dem meine Familie jetzt einen Teil besitzt. Wieso?«

»Gibt es in deinem Zimmer Alkohol?«

Ich zog die Augenbrauen zusammen. »Da bin ich mir sicher. Aber ich bin nicht in meinem Zimmer. Ich bin unten an der Bar. Warum?«

»Weil du ihn brauchen wirst, nachdem ich es dir erzählt habe.«

»Nachdem du mir was erzählt hast?«

»Es geht um Liam.«

Liam war mein Ex. Ein Bühnenautor aus West London. Wir hatten uns vor einem Monat getrennt. Obwohl ich wusste, dass es das Beste war, versetzte es mir immer noch einen schmerzhaften Stich in der Brust, seinen Namen zu hören.

»Was ist mit ihm?«

»Ich habe ihn heute gesehen.«

»Okay …«

»Mit seiner Zunge in Marielles Hals.«

»Marielle? Welche Marielle?«

»Ich bin mir ziemlich sicher, dass wir beide nur eine kennen.«

Das soll wohl ein Witz sein. »Du meinst *meine Cousine* Marielle?«

»Genau die. Was für eine Schlampe.«

Ich spürte, wie mir die Galle im Hals hochstieg. Wie konnte sie nur? Wir hatten uns ziemlich nahegestanden, als ich in London lebte.

»Das ist nicht das Schlimmste.«

»Was ist noch schlimmer?«

»Ich habe eine gemeinsame Freundin gefragt, wie lange die beiden schon miteinander vögeln, und sie hat mir gesagt, dass es schon fast sechs Monate sind.«

Ich hatte das Gefühl, mich übergeben zu müssen. Als es zwischen Liam und mir vor drei oder vier Monaten anfing, bergab zu gehen, hatte ich auf dem Rücksitz seines Wagens einen roten Burberry-Trenchcoat gefunden. Er hatte gesagt, er gehöre seiner Schwester. Zu jener Zeit hatte ich keinen Grund, irgendeinen Verdacht zu schöpfen. Aber Marielle besaß definitiv einen roten Trenchcoat.

Ich musste eine Weile still gewesen sein.

»Bist du noch da?«, fragte Scarlett.

Ich atmete hörbar aus. »Ja, ich bin hier.«

»Es tut mir leid, Liebes. Ich dachte, du solltest es wissen, damit du zu diesem Miststück nicht nett bist.«

Ich hatte tatsächlich vorgehabt, meine Cousine anzurufen. Jetzt war ich froh, dass ich so beschäftigt gewesen war.

»Danke, dass du es mir erzählt hast.«

»Du weißt, ich stehe immer hinter dir.«

Ich lächelte traurig. »Das weiß ich. Danke Scarlett.«

»Aber ich habe auch gute Neuigkeiten.«

Ich hätte nicht gedacht, dass mich irgendetwas aufheitern könnte nach dem, was sie mir gerade erzählt hatte. »Und die wären?«

»Ich habe eine meiner leitenden Redakteurinnen gefeuert. Ich habe herausgefunden, dass sie es meidet, über bestimmte Designer wegen ihrer Herkunft zu berichten.«

»Und das sind deine guten Neuigkeiten?«

»Na ja, nicht wirklich. Die gute Neuigkeit ist, dass sie tausend Dinge auf ihrem Plan hatte und ich nun unzählige Stunden arbeiten muss, um sie abzudecken.«

»Mir scheint, du verstehst die Bedeutung von *guten Neuigkeiten* nicht, Scarlett.«

»Habe ich erwähnt, dass eines der tausend Dinge, um die ich mich kümmern muss, eine Modenschau in New York ist, die in zwei Wochen stattfindet?«

Ich lächelte. »Du kommst nach New York!«

»Das stimmt. Deshalb buche mir bitte ein Zimmer in diesem vollkommen überteuerten Hotel, von dem der Schwanz deines Großväterchens nun die Hälfte besitzt. Ich werde dir die Daten per E-Mail schicken.«

Nachdem wir aufgelegt hatten, brachte der Barkeeper mir eine Speisekarte. »Ich hätte gern einen Wodka Cranberry.«

»Kommt sofort.«

Als er zurückkam, um meine Bestellung aufzunehmen, bat ich im Autopilotmodus um einen Salat. Aber bevor er sich entfernen konnte, hielt ich ihn auf. »Warten Sie! Kann ich das bitte ändern?«

»Selbstverständlich. Was kann ich Ihnen bringen?«

Scheiß auf die Kalorien. »Ich nehme einen Cheeseburger. Mit Speck, wenn Sie haben. Und als Beilage Krautsalat. Und Pommes.«

Er lächelte. »Schlechter Tag?«

Ich nickte. »Und bringen Sie mir immer neue Getränke.«

Der Wodka Cranberry ging sehr gut runter. Während ich an der Bar saß und die Notizen über die Dinge betrachtete, die mein Vater mir entgegengespuckt hatte, und an meine Cousine Marielle dachte, die hinter meinem Rücken mit Liam vögelte, wurde ich plötzlich wütend. Meine unmittelbare Reaktion, als Scarlett es mir erzählt hatte, war gewesen, mich verletzt zu fühlen, aber irgendwo zwischen den ersten beiden Wodkas, die ich bestellt hatte, wandelte sich dieses Gefühl und wurde zu Wut.

Mein Vater kann zur Hölle fahren.

Ich arbeite für meinen Großvater. Nicht anders als er.

Und Marielle hat schlechte Haarverlängerungen und eine nasale, schrille Stimme.

Auf sie scheiße ich auch.

Und Liam? *Auf ihn scheiße ich am meisten.* Anderthalb Jahre meines Lebens habe ich an diesen Strickjacken tragenden Möchtegern Arthur Miller verschwendet. Wissen Sie was? Seine

Stücke waren gar nicht mal so gut. Sie waren überheblich, genau wie er.

Ich trank ein Viertel meines zweiten Wodkas in einem Schluck aus. Zumindest konnten die Dinge nicht viel schlechter werden. Ich schätzte, das war die positive Seite.

Obwohl ich das einige Sekunden zu früh gedacht hatte.

Sie konnten absolut noch schlimmer werden.

Und das wurden sie.

Als Weston Lockwood sich mir näherte und seinen Hintern auf den Barstuhl neben mir pflanzte.

»Na, hallo Fifi.«

»Also dann, wie waren die letzten zwölf Jahre zu dir?«

Weston bestellte ein Mineralwasser mit Zitrone und saß da und schaute mich an, obwohl ich starr geradeaus blickte und seine Anwesenheit vollkommen ignorierte.

»Hau ab, Lockwood.«

»Meine waren ziemlich gut. Danke der Nachfrage. Nach der Highschool bin ich nach Harvard gegangen, aber das weißt du sicherlich. Ich habe meinen MBA an der Columbia gemacht und dann angefangen, im Familienunternehmen zu arbeiten. Jetzt bin ich stellvertretender Geschäftsführer.«

»Meine Güte, soll ich etwa beeindruckt sein, dass dir die Vetternwirtschaft eine hochtrabende Berufsbezeichnung eingebracht hat?«

Er lächelte. »Nein. Es gibt viele andere Dinge, die beeindruckend sind. Du erinnerst dich doch daran, wie ich nackt aussehe, nicht wahr, Fifi? Ich habe meinen Körper gut ausgefüllt, seit ich achtzehn war. Wann immer du willst, können wir auf mein Zimmer gehen, und dann werde ich dir einen kleinen Einblick gewähren.«

Ich wandte mich ihm zu und schaute ihn böse an. »Ich glaube, du hast etwas Wichtiges ausgelassen, das während der letzten zwölf Jahre passiert ist. Offensichtlich hast du eine schwere Kopfverletzung erlitten, die dafür gesorgt hat, dass du nun in einer Fantasiewelt lebst und die es dir unmöglich macht, Gefühle bei anderen Menschen zu deuten.«

Das Arschloch hörte einfach nicht auf zu lächeln. »Die, die am lautesten protestieren, sind für gewöhnlich diejenigen, die versuchen, ihre wahren Gefühle zu verbergen.«

Frustriert stöhnte ich auf.

Der Barkeeper kam zu uns und stellte das Essen, das ich bestellt hatte, vor mir ab. »Kann ich Ihnen sonst noch etwas bringen?«

»Insektenspray für die Kakerlaken hier.«

Er sah sich um. »Ungeziefer? Wo?«

Ich winkte ab. »Verzeihung. Nein. Kein Ungeziefer. Ich habe nur einen Scherz gemacht.«

Weston sah den Barkeeper mitfühlend an. »An ihren Scherzen arbeiten wir noch. So ganz hat sie es noch nicht drauf.«

Der Barkeeper wirkte etwas verwirrt, entfernte sich aber trotzdem. Als ich nach dem Ketchup griff, stibitzte Weston eine Pommes von meinem Teller.

»Fass mein Essen nicht an.« Ich warf ihm einen bösen Blick zu.

»Das ist ein ziemlicher Haufen. Bist du dir sicher, dass du das alles essen willst?«

»Was soll das denn heißen?«

»Nichts. Es sieht nur so aus, als wäre es sehr viel Fleisch für deinen kleinen Körper.« Er grinste. »Aber dann wiederum, wenn ich mich recht entsinne, magst du sehr viel Fleisch. Zumindest mochtest du es vor zwölf Jahren.«

Ich rollte mit den Augen. Ich nahm meinen Cheeseburger in die Hand, biss hinein und hatte plötzlich das Gefühl zu verhungern. Der Blödmann neben mir schien mein Kauen fesselnd zu finden.

Ich bedeckte meine Lippen mit der Serviette und sprach mit vollem Mund. »Hör auf, mir beim Essen zuzusehen.«

Wenig überraschend tat er das nicht. Während der nächsten halben Stunde verputzte ich meine Mahlzeit und genehmigte mir einen weiteren Drink. Weston versuchte immer wieder, Small Talk zu machen, aber ich unterband es jedes Mal. Dann war meine Blase voll und ich wollte nicht versuchen, meine übergroße Handtasche samt Laptop und Terminplaner zu balancieren, während ich über einer öffentlichen Toilette hockte. Aus diesem Grund bat ich die Nervensäge widerwillig, ein Auge auf meine Sachen zu werfen.

»Ich würde sehr gern ein Auge auf deine *Sachen* werfen.«

Noch einmal rollte ich mit den Augen. Als ich aufstand, schwankte ich ein wenig. Anscheinend hatte der Alkohol mich betrunkener gemacht, als ich gedacht hatte.

»Hey, sei vorsichtig.« Weston packte meinen Arm und hielt ihn fest. Seine Hand war warm und stark und – *oh mein Gott, ich bin definitiv angetrunken, wenn ich das denke.*

Ich befreite meinen Ellbogen aus seinem Griff. »Ich bin auf meinem Absatz ausgerutscht. Mir geht es gut. Pass einfach auf meine Sachen auf.«

In der Toilette erleichterte ich mich und wusch mir die Hände. Als ich einen Blick auf mein Spiegelbild erhaschte, fiel mir auf, dass meine Wimperntusche unter dem Auge verschmiert war. Ich wischte sie weg und fuhr mit den Fingern durch mein Haar – aus Gewohnheit, nicht weil ich mich darum scherte, wie ich für Weston Lockwood aussah.

Als ich an die Bar zurückkehrte, war mein Erzfeind zur Abwechslung mit etwas anderem als mit mir beschäftigt. Ich setzte mich auf meinen Platz und mir fiel auf, dass ich einen neuen Drink bekommen hatte.

»Haarentfernung mit Zuckerpaste, was?«, sagte Weston, ohne zu mir herüberzusehen. »Was ist der Unterschied zur normalen Haarentfernung mit Wachs?«

Ich legte das Gesicht in Falten. »Hä?«

Er tippte mit dem Finger auf etwas vor sich auf dem Tresen, das er sich gerade ansah. »Ist der Zucker essbar? Ich meine, nachdem sie dich ganz glatt gemacht haben, bist du dann schon einsatzbereit? Oder mischen sie da irgendwelche Chemikalien rein?«

Ich beugte mich zu ihm und warf einen Blick auf das, was er las. Meine Augen wurden riesengroß.

»Gib das her! Du bist so ein Arschloch!«

Der Idiot hatte sich meinen Terminplaner genommen, der links neben mir auf dem Tresen lag, und einfach darin gelesen. Ich griff nach dem Buch und Weston hob kapitulierend die Hände.

»Kein Wunder, dass du so schlecht gelaunt bist. Deine Periode ist in ein paar Tagen fällig. Hast du schon mal Midol ausprobiert? Diese Werbespots sind einfach zum Totlachen.«

Ich stopfte den Terminplaner in meine Tasche und winkte dem Barkeeper zu, während ich rief: »Kann ich bitte meine Rechnung haben?«

Der Barkeeper kam zu uns. »Soll ich es Ihnen auf Ihr Zimmer buchen?«

Ich hängte mir die Träger meiner Riesentasche über die Schulter und stand auf. »Nein. Buchen Sie es auf das Zimmer von diesem *Arschloch*.« Ich deutete mit dem Daumen auf Weston. »Und geben Sie sich selbst hundert Dollar Trinkgeld.«

Der Barkeeper sah zu Weston, dann zuckte er mit den Schultern. »Kein Problem.«

Schnaubend entfernte ich mich zu den Aufzügen, ohne zu warten oder mich darum zu scheren, ob Mr. Wundervoll nicht erfreut darüber war, die Rechnung zu zahlen. Ungeduldig drückte ich ein halbes Dutzend Mal mit dem Finger auf den Knopf, um den Aufzug zu rufen. Was auch immer der Alkohol getan hatte, um meine Wut zu mildern, jetzt war sie voller Rachsucht wieder zurück. Ich hatte große Lust, etwas zu werfen.

Zuerst auf Liam.

Dann auf meinen Vater.

Und zweimal auf dieses Arschloch Weston.

Zum Glück öffnete sich die Aufzugtür, bevor ich meine Wut an einem ahnungslosen Hotelgast auslassen konnte. Ich drückte auf den Knopf zum achten Stockwerk und fragte mich, ob in der Minibar wohl Wein wäre.

»Was zur Hölle?« Ich drückte den Knopf auf der Schalttafel ein weiteres Mal. Er leuchtete auf, doch der Aufzug blieb weiterhin, wo er war. Also presste ich mit dem Finger ein drittes Mal darauf. Endlich begann die Tür, sich zu schließen. Gerade als sie beinahe vollständig geschlossen war, hinderte ein Schuh sie genau daran.

Ein Budapester-Schuh.

Westons grinsendes Gesicht erschien zu meiner Begrüßung, als die Tür sich wieder öffnete.

Mein Blut stand kurz vorm Kochen. »So wahr mir Gott helfe, Lockwood, wenn du versuchst, in diesen Aufzug zu steigen, kann ich nicht dafür verantwortlich gemacht werden, was mit dir geschieht. Ich bin nicht mehr in der Stimmung.«

Er betrat den Aufzug trotzdem. »Komm schon, Fifi. Was ist denn los? Ich mache doch nur Spaß. Du nimmst die Dinge viel zu ernst.«

In meinem Kopf zählte ich bis zehn, aber es half nichts. *Scheiß drauf.* Er wollte mich zu einer Reaktion provozieren? Die konnte er haben. Die Tür schloss sich erneut und ich drehte mich um und drängte ihn in eine Ecke. Als er mein Gesicht sah, hatte er zumindest den Anstand, ein wenig nervös auszusehen.

»Du willst wissen, was los ist? Ich werde dir sagen, was los ist! Mein Vater denkt, ich bin unfähig, weil zwischen meinen

Beinen kein Penis baumelt. Der Mann, mit dem ich die letzten achtzehn Monate verbracht habe, hat mich mit einer meiner Cousinen betrogen. *Zum wiederholten Mal.* Ich hasse New York City. Ich verachte die Familie Lockwood. Und du denkst, du kommst mit allem durch, nur weil du einen großen Schwanz hast.« Ich bohrte ihm meinen Finger in die Brust und betonte jedes abgehackte Wort mit einem weiteren Stoß.

»Ich.

Habe.

Männer.

Satt.

Meinen Vater.

Liam.

Dich.

Jeden Einzelnen von euch. Und jetzt lass mich verdammt noch mal in Ruhe!«

Erschöpft drehte ich mich wieder um und wartete darauf, dass die Tür sich öffnete, aber nur, um festzustellen, dass wir uns noch nicht bewegt hatten. Großartig. Einfach nur großartig. Ich drückte ein paarmal wie wild auf den Knopf, schloss die Augen und nahm tiefe, reinigende Atemzüge, während wir uns in Bewegung setzten. Auf halbem Weg durch den dritten Atemzug spürte ich Westons Körper hinter mir. Er musste näher gekommen sein. Ich versuchte, ihn weiter zu ignorieren.

Aber der Wichser roch *immer noch* gut.

Wie zur Hölle war das möglich? Welches Parfüm hielt – wie lange war es nun schon her? – zwölf Stunden? Nach dem Gassenlauf quer durch die Stadt, auf den er mich heute Vormittag geschickt hatte, stank ich vermutlich nach Schweiß. Es machte mich wütend, dass dieses Arschloch … *verdammt köstlich* roch.

Er kam näher und ich spürte, wie sein Atem mich im Nacken kitzelte.

»Also«, flüsterte er mit rauer Stimme, »du findest, mein Schwanz ist groß.«

Ich drehte mich um und sah ihn böse an. Während er heute Morgen noch frisch rasiert war, hatte er jetzt an seiner kantigen Kieferpartie überall sichtbare Bartstoppeln. Es ließ ihn bedrohlich aussehen. Der Anzug, der seine breiten Schultern umschloss, kostete vermutlich mehr als Liams gesamte Pulloverschublade. Weston Lockwood war alles, was ich an einem Mann hasste – wohlhabend, gut aussehend, dreist, arrogant und furchtlos. Liam würde ihn hassen. Mein Vater hasste ihn bereits. Und momentan waren das tatsächlich Westons Stärken.

Während ich mich damit schwertat, wie mein Körper auf seinen Geruch reagierte und wie sehr mir die Bartstoppeln in seinem Gesicht gefielen, streckte Weston langsam die Hand aus und legte sie an meine Hüfte. Zuerst ging ich davon aus, dass er dachte, mir Halt geben zu müssen, so wie er es getan hatte, als ich in der Bar getaumelt war. War ich erneut getaumelt? Ich war mir dessen nicht bewusst. Aber es musste wohl so gewesen sein.

Aber als er seine Hand von meiner Hüfte nach hinten an meinen Arsch gleiten ließ, war seine Absicht nicht mehr misszuverstehen. Er versuchte *nicht*, mir zu helfen, aufrecht stehen zu bleiben. Die sofortige Reaktion in meinem Kopf war, ihn anzuschreien, aber irgendwie fühlte meine Kehle sich zu blockiert an, um sprechen zu können.

Ich machte den Fehler und blickte von seinem Kiefer nach oben in seine blauen Augen. Ein Hitzeflackern machte sie beinahe grau und sein Blick landete auf meinen Lippen.

Nein.

Einfach nein.

Das durfte nicht passieren.

Nicht noch einmal.

Mein Herz hämmerte in meiner Brust und das Blut rauschte so laut in meinen Ohren, dass ich fast das Läuten des Fahrstuhls überhört hätte, das die Ankunft in meinem Stockwerk ankündigte. Zum Glück riss es mich aus dem Moment des Wahnsinns heraus, in den ich hineingeglitten war.

»Ich … ich muss gehen.«

Ich brauchte meine volle Konzentration, um einen Fuß vor den anderen zu setzen, doch es gelang mir, den Flur entlangzugehen und an meinem Zimmer anzukommen.

Aber …

Ich war nicht allein.

Wieder war Weston hinter mir. *Nahe. Zu nahe.* Ich kramte in meiner Tasche und versuchte, meinen Zimmerschlüssel zu finden, als sich eine Hand um meine Taille schlang und über den oberen Teil meines Rocks strich. Ich wusste, ich musste diesem Spuk ein Ende setzen, aber mein Körper reagierte wahnsinnig auf seine Berührungen. Mein Atem wurde flach.

Weston ließ die Hand meinen Bauch hinaufgleiten und hielt am Bügel meines BHs inne. Ich schluckte, denn ich wusste, ich musste etwas sagen, bevor es zu spät war.

»Ich verachte dich«, zischte ich.

Weston antwortete, indem er meine linke Brust umschloss und fest zudrückte.

»Ich verachte dich und dieses Ding, das du einen Schwanz nennst und das versucht, mich mit einer halbherzigen, lahmen Erektion zu beeindrucken, die sich gerade an meinen Arsch drückt.«

Er beugte sich näher zu mir und griff um mich herum, um meine andere Brust zu umschließen. »Das Gefühl beruht auf Gegenseitigkeit, *Fifi*. Aber ich weiß, du erinnerst dich daran, dass dieses Ding, das ich einen Schwanz nenne, sehr viel größer ist als der, den sich dieser kleine Bühnenautor zwischen die Beine geklemmt hat – der kleine Bühnenautor, dessen unzureichender Schwanz in diesem Moment vermutlich in deiner Cousine steckt.«

Ich presste die Zähne fest zusammen. *Dieses Arschloch Liam.* »Zumindest hatte er keine Krankheiten. Du hast von deiner Rumhurerei in Las Vegas vermutlich jede sexuell übertragbare Erkrankung, die es nur gibt.«

Weston antwortete, indem er seine Hüften an meinen Arsch drückte. Seine heiße Erektion fühlte sich an wie ein Stahlrohr, das versuchte, durch seine Hose zu platzen.

Aber oh Gott, er fühlte sich gut an.

So hart.

So warm.

Die Zeit vor zwölf Jahren kam zurück. Weston war behangen wie ein Hengst und selbst mit achtzehn hatte er ganz genau gewusst, wie er damit umzugehen hatte.

»Lass uns reingehen«, knurrte er. »Ich will dich so fest ficken, dass du in unseren Besprechungen morgen Schwierigkeiten hast zu sitzen.«

Ich schloss die Augen. In mir tobte ein Kampf. Ich wusste, es wäre ein kolossaler Fehler, mich mit Weston einzulassen, ganz besonders angesichts des Krieges, der zwischen unseren Familien herrschte. Aber verdammt … mein Körper stand in Flammen.

Es war ja nicht so, als müssten wir Freunde sein.

Oder einander überhaupt mögen.

Ich könnte ihn dieses eine Mal einfach benutzen.

Mir meine Befriedigung holen und ab morgen wieder auf Abstand zu ihm gehen.

Ich sollte es nicht tun.

Ich sollte es definitiv nicht tun.

Weston kniff mir in die Brustwarze und ein Funke durchfuhr mich.

Scheiß drauf.

Scheiß auf Liam.

Scheiß auf meinen Vater.

Fick dich, Weston. Im wahrsten Sinn des Wortes.

»Grundregeln«, krächzte ich. »Küss mich nicht. Und nur von hinten. Du kommst erst, nachdem ich gekommen bin, denn wenn nicht, werde ich dir dieses Ding zwischen den Beinen vom

Körper reißen, so wahr mir Gott helfe. Und du wirst ein gottverdammtes Kondom benutzen, denn ich will nicht das haben, wofür auch immer du derzeit Antibiotika nimmst.«

Weston biss mir ins Ohr.

»Aua!«

»Halt die Klappe. Und ich habe auch einige Regeln.«

»Regeln? Was hast du für Regeln?«

»Erwarte von mir nicht, dass ich danach bleibe. Du kommst. Ich komme. Ich gehe. In dieser Reihenfolge. Du redest nicht, es sei denn, du sagst mir, wie gut mein Schwanz sich in dir anfühlt. Und diese superspitzen Schuhe, die du trägst, behältst du an. Oh, und wenn ich es schaffe, dich mehr als einmal zum Orgasmus zu bringen, trägst du die Haare morgen *hochgesteckt*.«

Ich war so erregt, dass ich nicht einmal innehalten konnte, um darüber nachzudenken, womit ich mich einverstanden erklärte. Ich wollte es einfach nur ... wollte ihn. *Jetzt.*

»Also gut«, sagte ich knapp. »Jetzt geh rein und lass es uns endlich hinter uns bringen.«

Weston nahm mir den Schlüssel aus der Hand und öffnete die Tür. Er führte mich hinein, nicht gerade sanft, und drückte mich gegen die Wand. Kaum waren wir drinnen, wurde meine Wange bereits gegen die Tapete gedrückt.

»Hol meinen Schwanz raus«, knurrte er.

Ich hasste es, wenn mir jemand Befehle gab, ganz besonders, wenn sie von ihm kamen.

»Hältst du mich für Houdini? Dafür muss ich mich umdrehen.«

Weston hatte mit der Brust an meinem Rücken gelehnt, doch er nahm etwas von dem Druck weg und trat einen halben Schritt zurück, damit ich mich umdrehen konnte. Durch die Hose umfasste ich seine dicke, pralle Erektion mit der Hand und drückte zu. *Fest.*

Weston zischte.

»Hol deinen Schwanz selbst raus«, fauchte ich.

Ein verruchtes Lächeln breitete sich auf seinem Gesicht aus. Er griff nach unten, öffnete die Gürtelschnalle an seiner Hose und schob den Reißverschluss herunter. Dann packte er mich am Handgelenk und zwang meine Hand in seine Boxershorts.

Oh Gott.

Die glatte Haut war so heiß und hart. Und *dick*. Ich war noch nie in meinem Leben so angetörnt gewesen. Auch wenn ich ihm das nicht auf die Nase binden würde. Ich zügelte die Emotionen, die sich in mir überschlugen, sah ihm tief in die Augen und streichelte ihn einmal grob von oben nach unten.

Westons Augen glänzten. Er fuhr sich mit der Zunge über die Unterlippe und sprach mit angestrengter Stimme. »Wir sind quitt, weil du mir die Rechnung für dein Abendessen und die Getränke aufgebrummt hast.«

Ich zog die Augenbrauen zusammen. Ich war mir nicht sicher, wovon er sprach, bis er meine Seidenbluse mit beiden Händen packte und daran zog. Sie öffnete sich, der Stoff zerriss und mehr als nur ein Knopf flog irgendwo gegen eine Wand.

»Das ist eine Vierhundert-Dollar-Bluse, Arschloch.«

»Ich schätze, dann muss ich wohl noch mehr Abendessen für dich bezahlen.«

Mit seinen großen Händen berührte er meine Brust. Er nutzte die Daumen, um den Spitzenstoff meines BHs nach unten zu schieben, woraufhin meine Brüste begierig aus den Körbchen quollen.

Weston kniff mich fest in eine meiner Brustwarzen und beobachtete meine Reaktion. Mich durchfuhr ein stechender Schmerz, aber ich weigerte mich, ihm zu geben, was er haben wollte.

»Soll das etwa wehtun?«, spottete ich.

Er knurrte und beugte sich nach vorn, um meinen Nippel in den Mund zu saugen. Mit einer Hand griff er nach meinem Rocksaum, knüllte den Stoff zusammen und schob ihn bis zu meiner Hüfte hinauf. »Bist du feucht für mich, Fifi?«

Wenn er tatsächlich gewollt hätte, dass ich ihm antworte, so ließ er mir keine Zeit. Bevor ich eine hinreichend sarkastische Antwort formuliert hatte, fuhr er mit den Fingern bereits unter den Rand meines Slips. Er schob sie unter den Stoff, streichelte einmal nach oben und nach unten und stieß sie dann überraschend in mich hinein.

Ich schnappte nach Luft und auf Westons Gesicht machte sich ein Ausdruck von urweltlicher Befriedigung breit. Der Mistkerl hatte bekommen, was er wollte – meinen Kontrollverlust und eine Reaktion. Auf irgendeine Weise bekam er dadurch die unausgesprochene Oberhand und wir beide wussten es.

»So feucht.« Er stieß einmal in mich hinein, dann ein zweites Mal. »Seit dem Flug bist du klitschnass, nicht wahr, du kleine Verführerin?«

Mein Körper war so angespannt, dass ich es für vollkommen möglich hielt, allein durch seine Hand zu kommen, was für mich noch niemals zuvor funktioniert hatte. Zumindest nicht mit Liam.

Liam.

Dieser Scheißtyp.

Der konnte mich auch mal.

Meine Wut steigerte sich gemeinsam mit meiner Erregung. Da ich nicht in der Lage war, mich auf irgendetwas anderes zu konzentrieren als die Art und Weise, welches Gefühl Westons Hand in mir hervorrief, vergaß ich vollkommen, dass ich mit meiner Hand immer noch seine Erektion umschlossen hielt.

Ich drückte. »Hol endlich das gottverdammte Kondom raus.«

Weston biss die Zähne aufeinander. Er griff in seine Tasche und es gelang ihm, mit einer Hand ein Kondom aus seiner Geldbörse zu nehmen. Er führte es an seinen Mund und öffnete die Hülle mit den Zähnen.

»Dreh dich um, damit ich dich nicht ansehen muss.«

Er nahm seine Hand zwischen meinen Beinen weg und drehte mich wieder mit dem Gesicht zur Wand.

Ich sah über die Schulter nach hinten. »Ich hoffe, es lohnt sich.«

Er zog sich das Kondom über und spuckte die Hülle auf den Boden. »Beug dich nach vorn.« Er drückte auf meinen Rücken und faltete mich an der Hüfte nach unten. »Halt dich mit beiden Händen an der Wand fest, sonst wird dein Kopf dagegenknallen.«

Er schob den hinteren Teil meines Rocks hoch und schlang den Arm um meinen Bauch, als er mich auf Zehenspitzen hob. Ich hatte die Hände an der Wand gespreizt, meine Handflächen in gespannter Erwartung schweißnass, als ein lautes Klatschen durch das Zimmer hallte. Ich hörte das Geräusch, bevor ich das Stechen an meinem Hintern spürte.

»Was zur —«

Bevor ich meinen Satz zu Ende sprechen konnte, stieß Weston in mich hinein. Die plötzliche, grobe Bewegung nahm mir den Atem. Er hatte sich bis zur Wurzel in mir vergraben und ich musste meine Beine auseinander zwingen, um das leichte Unbehagen zu lindern, das in mir hervorgerufen wurde. Ich konnte spüren, wie Westons Hüfte, die gegen meinen Arsch gedrückt war, zu zittern anfing.

»So eng«, grunzte er. »So verdammt eng.«

Er nahm die Hand von meinem Rücken und legte sie an meine Hüfte, wo er die Finger in meine Haut bohrte. »Jetzt sei ein braves, kleines Mädchen und sag mir, dass es sich gut anfühlt, Fifi.«

Ich biss mir auf die Lippe und es fiel mir schwer, meinen Atem zu kontrollieren. Es war das Beste, was ich seit Jahren gefühlt hatte, selbst mit nur diesem einen einfachen Stoß. Aber das hätte ich auf keinen Fall zugegeben. »Tut es nicht. Weißt du, vögeln beinhaltet normalerweise eine Rein-Raus-Bewegung, nicht nur Rumstehen.«

»So willst du das Spiel also spielen?«

Ich beugte mich nach vorn, zog mich zu drei Vierteln von seinem Schwanz zurück und drückte mich dann nach hinten, wobei ich ihn wieder vollständig in mich aufnahm. Das sorgte dafür, dass mich der köstlichste Schmerz überhaupt durchfuhr. »Halt die Klappe und beweg dich«, wies ich ihn an.

Weston knurrte und packte sich eine Handvoll von meinem Haar. Er zog einmal kräftig daran und hielt sich darin fest, als er einmal in mich hineinstieß und dann innehielt. »Meine Güte, dein Arsch wackelt vielleicht. Ich sollte dich dazu bringen, die ganze Arbeit zu machen, damit ich hier stehen und mir die Show ansehen kann.«

»*Lockwood!*«

»Ja, Ma'am.« Er lachte.

Wenngleich er dann doch endlich den Mund hielt und sich an die Arbeit machte. Es war hart und schnell, verzweifelt und wütend, und dennoch fühlte es sich so verdammt gut an. Ich glaube nicht, dass ich jemals so schnell in Fahrt gekommen bin – ganz sicher nicht in den letzten anderthalb Jahren, in denen Mr. Rogers mit mir *Liebe gemacht* hat.

Dieser Gedanke, der Gedanke an *Liam,* lenkte meine gesamte Wut auf den Mann, der derzeit mein Inneres durchnahm. Obwohl Weston bereits in mich hineinstieß, fing ich an, mich mit ihm zu bewegen, und empfing jeden Stoß, einen nach dem anderen. Als er mit einer Hand nach vorn griff, um meine Klitoris zu stimulieren, war es vorbei.

Orgasmen waren etwas, wofür ich mich normalerweise anstrengen musste. Wie einen Rennwagen auf der Strecke der Indy

500 zu fahren, hoffte ich, es zu schaffen, bevor meinem Partner das Benzin ausging. Aber heute nicht. Heute war mein Orgasmus mehr wie ein Unfall, bevor ich überhaupt die erste Runde vollendet hatte. Er traf mich mit einer Intensität, die ich nicht erwartet hatte, und mein Körper bebte, als ich laut aufstöhnte.

»*Scheiße.*« Weston erhöhte das Tempo seiner Stöße. »Ich kann spüren, wie du meinen Schwanz zusammenpresst.« Er stieß einmal, zweimal zu und beim dritten Mal entfuhr ihm ein wildes Brüllen und er schob sich in eine neue Tiefe. Mein Körper umschloss ihn so fest, dass ich selbst durch das Kondom das Pulsieren spüren konnte, als er in mir kam.

Wir standen eine lange Zeit keuchend so da und versuchten, unseren Atem wieder unter Kontrolle zu bringen. Tränen kribbelten in meinen Augenwinkeln. Im letzten Monat hatte ich so viel Ärger und Frust aufgestaut und plötzlich fühlte es sich an, als wäre der Korken herausgesprungen und alles stand kurz davor herauszufließen. *Meine Güte. Tolles Timing.* Auf keinen Fall wollte ich Weston die Tränenflut sehen lassen, von der ich spürte, dass sie auf dem Weg war. Also schluckte ich den Kloß in meinem Hals hinunter und tat das, was mir zum Glück ganz leicht fiel, wenn ich in seiner Nähe war. Ich verhielt mich wie ein Arschloch.

»Sind wir fertig? Wenn ja, dann kannst du jetzt gehen.«

»Nicht bis du mir sagst, wie sehr es dir gefallen hat, mich in dir zu spüren.«

Ich versuchte, mich aufzurichten, aber Weston spreizte die Finger zwischen meinen Schulterblättern und drückte mich nach unten.

»Lass mich aufstehen!«

»Sag es. Sag mir, wie sehr du meinen Schwanz liebst.«

»Ich werde nichts dergleichen tun. Und jetzt lass mich aufstehen, bevor ich Zeter und Mordio schreie und das Sicherheitspersonal des Hotels angelaufen kommt.«

»Süße, du hast die letzten zehn Minuten mit Schreien verbracht. Sollte es dir nicht aufgefallen sein, keiner scheint sich darum zu scheren.« Trotzdem zog er seinen Schwanz heraus und half mir, mich aufzurichten.

Es wäre besser gewesen, wenn er ihn rausgezogen und mich dort stehen gelassen hätte, damit die kalte Luft seine Wärme ersetzt. Aber stattdessen, nachdem er sich vergewissert hatte, dass ich mein Gleichgewicht wiedergefunden hatte, zog er meinen Rock nach unten. »Alles klar mit dir? Ich muss dieses Kondom in deinem Bad entsorgen.«

Ich nickte und vermied Blickkontakt. Es war schlimm genug, dass ich von meinen Emotionen so überwältigt wurde. Das Letzte, was ich brauchte, waren Nettigkeiten von Weston Lockwood.

Er ging ins Badezimmer und ich nutzte den Moment, in dem ich allein war, um mich zusammenzureißen. Mein Haar war durcheinander und meine Brüste hingen aus meinem heruntergezogenen BH heraus. Ich richtete beides und nahm eine Flasche Wasser aus der Minibar, während ich darauf wartete, dass Weston aus dem Badezimmer kam. Lange musste ich nicht warten.

In dem Versuch, jede unangenehme Verabschiedung zu vermeiden, die folgen konnte, stand ich neben dem Fenster auf der anderen Seite des Zimmers und sah nach draußen, ohne etwas Bestimmtes zu betrachten. Ich hoffte, er würde nur winken und leise verschwinden.

Aber dann wiederum tat ein Lockwood niemals, was ein Sterling wollte.

Weston trat von hinten an mich heran. Er nahm die Wasserflasche aus meiner Hand, trank daraus und wickelte dann eine meiner Haarsträhnen um seinen Zeigefinger. »Ich mag dein Haar, so wie es jetzt ist. Es ist länger, als du es in der Highschool getragen hast. Und es ist jetzt gewellt. Hast du es damals geglättet?«

Ich sah ihn an, als wäre er übergeschnappt. »Ja. Ich habe es immer geglättet. Und danke für die Erinnerung, dass es Zeit für einen Haarschnitt ist. Ich glaube, ich werde es komplett abschneiden lassen.«

»Was würdest du sagen, welche Farbe es hat? Kastanienbraun?«

Die Furchen der Verwirrung auf meiner Stirn vertieften sich. »Ich habe keine Ahnung.«

Er grinste. »Weißt du, deine Augen verändern ihre Farbe von Grün zu fast Grau, wenn du wütend bist.«

»Hat dir in der Grundschule heute jemand die Farben beigebracht?«

Weston setzte die Wasserflasche noch einmal an die Lippen und trank den Rest aus. Er gab sie mir leer zurück. »Bereit für die zweite Runde?«

Ich starrte weiterhin stur geradeaus. »Es wird keine zweite Runde geben. Nicht heute Abend und auch sonst niemals. Verschwinde, Lockwood.«

Obwohl ich versucht hatte, ihn nicht anzusehen, sah ich in der Spiegelung der Fensterscheibe, wie er den Mund zu einem Lächeln verzog.

»Hast du Lust, darauf zu wetten?«, fragte er.

»Bilde dir nichts ein. Ich brauchte ein Ventil, um Dampf abzulassen. Du warst hier. Bestenfalls warst du ausreichend. Das hier wird nicht zur Gewohnheit werden.«

»Ausreichend? Für diese Bemerkung werde ich dich beim nächsten Mal betteln lassen.«

Ich rollte mit den Augen. »Verschwinde. Dies war ein riesengroßer Fehler.«

»Ein Fehler? Ach ja, ich vergaß, dass du auf dürre Typen stehst, die Literatur und solchen Scheiß mögen. Würde es helfen, wenn ich meine Poesiekenntnisse etwas auffrische und ein Gedicht zitiere, wenn wir das nächste Mal vögeln?«

»Raus!«

Weston schüttelte den Kopf. »Okay … aber wie Shakespeare schon sagte: *Es ist besser, gefickt und verloren zu haben, als überhaupt niemals gefickt zu haben.*«

Ich ließ beinahe ein Lächeln zu. »Ich glaube nicht, dass er es exakt so gesagt hat. Aber es ist nahe dran.«

Er zuckte mit den Schultern. »Der Kerl war sowieso stinklangweilig.«

»*Gute Nacht*, Weston.«

»Wie schade. Deine eigenen Finger zu der Erinnerung daran zu benutzen, wie ich mich angefühlt habe, wird nicht halb so viel Spaß machen wie eine zweite Runde.«

»Du bist größenwahnsinnig.«

»Nacht, Fiif. Es war toll, dich wiederzusehen.«

»Das beruht *nicht* auf Gegenseitigkeit.«

Weston ging zur Tür. Sie quietschte, als er sie öffnete, und ich beobachtete im Spiegelbild des Fensters, wie er sich umdrehte und mich einige Sekunden lang ansah. Dann war er verschwunden.

Ich schloss die Augen und schüttelte den Kopf.

Als ich sie öffnete, wurden mir die letzten dreißig Minuten erst richtig bewusst.

Heilige Scheiße. Was zur Hölle habe ich gerade getan?

KAPITEL DREI

Sophia

Ich hatte es total vermasselt.

Und ich musste es wieder geradebiegen. *Schnell.*

Bevor irgendjemand anderes davon erfuhr und bevor ich das, wofür ich hier war, in irgendeiner Weise in Gefahr brachte.

Weston betrat den Konferenzraum am nächsten Morgen um exakt acht Uhr fünfundvierzig. Unsere Besprechung sollte um neun Uhr beginnen. Er lächelte breit wie die Grinsekatze, als er sah, dass ich bereits drinnen saß.

»Guten Morgen«, sagte er. »Heute ist ein schöner Tag.«

Ich holte tief Luft. »Setz dich.«

Er deutete mit dem Daumen zur Tür. »Soll ich sie abschließen? Oder willst du die Sache etwas aufregend gestalten – es riskieren, erwischt zu werden? Ich wette, das würde dir gefallen, nicht wahr? Wenn jemand hereinkäme, während dein Rock hochgeschoben ist und mein —«

Ich fiel ihm ins Wort. »Halt verdammt noch mal die Klappe und setz dich hin, Lockwood!«

Er lächelte. »Ja, Ma'am.«

Der Idiot dachte, wir würden ein Rollenspiel veranstalten. Aber ich war nie weniger zum Spielen aufgelegt. Was mich betraf, so war mein Job in Gefahr. Ich wartete, bis er sich hingesetzt hatte, und nahm dann gegenüber von ihm auf der anderen Seite des Konferenztisches Platz.

Ich faltete meine Hände und sagte: »Der gestrige Abend ist nie passiert.«

Auf seinem irritierenderweise hübschen Gesicht breitete sich ein selbstzufriedenes Grinsen aus. »Oh, aber er ist passiert.«

»Lass es mich anders formulieren. Wir werden so tun, als wäre nichts passiert.«

»Warum würde ich das wollen, wenn ich doch die Augen schließen und den Moment jederzeit noch einmal erleben kann?« Er lehnte sich auf seinem Stuhl zurück und machte die Augen zu. »Oh ja, das ist etwas, von dem ich vorhabe, es mir immer und immer wieder anzusehen. Diesen Laut, den du von dir gegeben hast, als du an meinem Schwanz gekommen bist? Selbst wenn ich es versuchte, könnte ich ihn nicht vergessen.«

»Lockwood!«, fuhr ich ihn an.

Abrupt öffnete er die Augen.

Ich stand von meinem Stuhl auf und beugte mich über den Tisch. Es war ein großer Tisch, deshalb konnte ich ihn mir nicht packen, aber es machte es mir einfacher, ihn bei der Stange zu halten.

»Hör mir zu. Der gestrige Abend war ein Fehler – ein Fehler so groß wie Texas. Das hätte niemals passieren dürfen. Abgesehen davon, wie groß meine Abneigung gegen dich ist und wie sehr meine und deine Familie sich hassen, bin ich hier, um einen Job zu machen. Und mein Job ist mir sehr wichtig. Aus diesem Grund kann ich nicht zulassen, dass du mir auflauerst und unangemessene Bemerkungen machst, die die Mitarbeiter hören könnten.«

Weston wandte den Blick nicht ab, aber ich konnte sehen, wie die Zahnräder in seinem begriffsstutzigen Kopf sich in Bewegung setzten. Er rieb sich mit dem Daumen über die Lippe und richtete sich auf seinem Stuhl auf. »Okay. Wir können so tun, als wäre der gestrige Abend nie passiert.«

Ich kniff die Augen zusammen. Das war viel zu einfach gewesen. »Wo ist der Haken?«

»Warum denkst du, dass es einen Haken gibt?«

»Weil du ein Lockwood bist und ein narzisstisches Arschloch, das der Meinung ist, Frauen wären als Spielzeuge auf diese Welt gekommen, damit du mit ihnen spielen kannst. Also, wo ist der Haken?«

Er richtete seinen Krawattenknoten. »Ich habe drei Bedingungen.«

Ich schüttelte den Kopf. »Natürlich hast du Bedingungen.«

Er hielt seinen Zeigefinger nach oben. »Nummer eins. Ich will, dass du mich Weston nennst, nicht Lockwood.«

»Was? Das ist lächerlich. Was spielt es für eine Rolle, wie zum Teufel ich dich nenne?«

»So nennen alle meinen Vater.«

»Und?«

»Wenn du es vorziehst, kannst du mich *Mr.* Lockwood nennen. Es könnte mir vielleicht tatsächlich gefallen, von dir öfter so genannt zu werden.« Er schüttelte den Kopf. »Aber nicht Lockwood. Das ist verwirrend für die Mitarbeiter.«

Ich schätzte, damit hatte er irgendwie recht. Obwohl noch mehr dahinterstecken musste als nur das. Weston würde nicht einen seiner drei Flaschengeist-Wünsche opfern, um Angestellte zu beschwichtigen, so viel war sicher. Aber mit dieser Forderung konnte ich leben.

»Gut. Was noch?«

Weston hob eine Hand und hielt sie sich hinter das Ohr. »Was meinst du, was noch?«

Ich schüttelte den Kopf. »Du sagtest, du hättest drei Bedingungen. Wie lauten die anderen beiden?«

Er schnalzte missbilligend mit der Zunge. »Du hast am Ende deines Satzes etwas vergessen. Du sagtest: ›Gut. Was noch?‹, aber du hättest sagen sollen: ›Gut, was noch, *Weston*?‹«

Bäh. Es hatte sich so einfach angehört. Es war nicht so, als würde ich ihn immer Lockwood nennen; manchmal benutzte ich *Arschloch*. Deshalb sollte es doch ganz einfach sein. Verdammt, ich sollte in der Lage sein, das Arschloch, ohne mit der Wimper zu zucken, mit *Eure Hoheit* anzusprechen, aber ihn nun Weston zu nennen, nachdem er es mir *vorgeschrieben* hatte, kam mir einfach gehorsam vor.

»Gut«, presste ich zwischen den Zähnen hervor.

Wieder hielt er sich die Hand hinters Ohr. »Gut … was?«

»Gut, *Weston*«, sagte ich mit angespanntem Kiefer.

Er setzte ein schadenfrohes Grinsen auf. »Genau so. Gut gemacht, Fifi.«

Ich kniff die Augen zusammen. »Ich muss dich Weston nennen und du wirst weiterhin Fifi zu mir sagen?«

Er ignorierte mich und faltete die Hände auf dem Tisch. »Nummer zwei. Du wirst dein Haar mindestens zweimal pro Woche hochgesteckt tragen.«

»Wie bitte?«, spottete ich. »Du bist ja irre.« Dann erinnerte ich mich daran, dass er gestern Abend versucht hatte, mich dazu zu bringen, einer Wette zuzustimmen, mein Haar hochgesteckt zu tragen, wenn es ihm gelingt, mir zwei Orgasmen zu bescheren. Ich hatte ihn aber nach einem rausgeworfen. »Warum interessiert es dich, wie ich mein Haar trage?«

Er rückte einige Akten zurecht, die vor ihm gestapelt auf dem Tisch lagen. »Sind wir uns in Bezug auf Nummer zwei einig?«

Ich dachte darüber nach. Mal ehrlich, interessierte es mich überhaupt, ob er irgendeinen ruchlosen Grund besaß, weil er wollte, dass ich ihn Weston nenne und mein Haar hochgesteckt trage? Es würde mich nicht umbringen und er könnte ganz sicher weitaus Schlimmeres von mir verlangen. »Wie lautet Nummer drei?«

»Du wirst einmal pro Woche mit mir zu Abend essen.«

Ich verzog verächtlich das Gesicht. »Ich werde nicht mit dir ausgehen!«

»Sieh es als Geschäftstermin. Wir führen gemeinsam ein Hotel. Ich bin mir sicher, dass es viele Dinge geben wird, die wir miteinander besprechen müssen.«

Er hatte recht und trotzdem beunruhigte mich der Gedanke ungemein, ihm gegenüberzusitzen und gemeinsam mit ihm eine Mahlzeit einzunehmen.

»Mittagessen«, sagte ich.

Er schüttelte den Kopf. »Meine Bedingungen sind nicht verhandelbar. Akzeptiere sie oder lass es bleiben.«

Ich stöhnte auf. »Wenn ich deinen bescheuerten Bedingungen zustimme, musst du deinen Teil der Abmachung einhalten. Du wirst das, was gestern Abend passiert ist, *nicht* erwähnen – weder vor einem deiner dämlichen Freunde noch vor einem Angestellten und ganz sicher nicht vor irgendjemandem deiner widerwärtigen Familie. Mein kurzzeitiger geistiger Aussetzer wird für immer in deinem Spatzenhirn verschlossen bleiben und du wirst nie wieder darüber sprechen.«

Weston streckte mir die Hand hin. Ich zögerte aus so vielen Gründen. Aber letzten Endes würde ich eine Zeit lang mit ihm zusammenarbeiten müssen und es war mein Vorschlag gewesen, alles hinter uns zu lassen, damit wir fortan professionell weitermachen konnten. Und wer professionell ist, der gibt sich die Hand. Aus diesem Grund legte ich meine Hand in seine, wenngleich jede Faser meines Körpers mir sagte, ihn um jeden Preis zu meiden.

Wie in einem kitschigen Liebesfilm sorgte der Stromstoß, der meinen Körper durchfuhr, dafür, dass sich jedes Härchen an meinem Arm aufrichtete. Und zu meinem Glück musste dem Idioten das auch auffallen.

Er betrachtete meine Gänsehaut und grinste. »Abendessen morgen um neunzehn Uhr. Ich werde dich wissen lassen wo.«

Dankbarerweise klopfte unser Neun-Uhr-Termin und setzte unserem Privatgespräch ein Ende. Der Geschäftsführer des Hotels öffnete die Tür. Er kam zuerst zu meiner Seite des Tisches. »Ich bin Louis Canter.«

»Sophia Sterling. Es freut mich sehr, Sie kennenzulernen.« Wir gaben uns die Hand.

Dann streckte Louis Weston die Hand hin und die beiden Männer begrüßten sich, während Weston sich vorstellte.

»Vielen Dank, dass Sie gekommen sind«, sagte ich. »Ich weiß, dass Sie normalerweise von elf bis neunzehn Uhr arbeiten, und ich weiß es zu schätzen, dass Sie früher erschienen sind, damit wir etwas Zeit miteinander verbringen können, bevor Ihr arbeitsreicher Tag beginnt.«

»Kein Problem.«

»Ich habe gelesen, dass Sie der am längsten beschäftigte Mitarbeiter des *Countess* sind. Ist das richtig?«

Er nickte. »Das stimmt. Ich habe angefangen, als ich fünfzehn war, und Gelegenheitsarbeiten für Miss Copeland und Ihre beiden Großväter gemacht. Ich bin mir sicher, dass ich so ziemlich jede Position innehatte, die es während all der Jahre hier gegeben hat.«

Ich lächelte und deutete zu dem Stuhl zwischen Weston und mir am Kopfende des Tisches. »Das ist unglaublich. Wir sind sehr froh, jemanden mit so viel Wissen und Erfahrung zu haben. Bitte, nehmen Sie doch Platz. Wir möchten nur den Übergang besprechen und Ihren Bedenken Gehör schenken, sofern Sie welche haben.«

»Ehrlich gesagt«, Weston erhob sich, »mir ist etwas dazwischengekommen und ich werde außer Haus gebraucht. Ich werde vermutlich nicht vor heute Abend zurück sein.«

Ich blinzelte einige Male. »Wovon redest du? Wann ist dir etwas dazwischengekommen?«

Weston sprach mit dem Geschäftsführer. »Entschuldigen Sie, Louis. Ich werde mich morgen mit Ihnen unterhalten. Ich bin mir sicher, dass Sie und Miss Sterling in der Lage sein werden, sich um alles zu kümmern, was in der Zwischenzeit erledigt werden muss. Sophia kann mir morgen Abend berichten, was ich verpasst habe.«

Ernsthaft? Wir hatten für heute ein halbes Dutzend Besprechungen mit wichtigen Mitarbeitern angesetzt, deren einziger Zweck es war, den Menschen zu versichern, dass ihre Jobs sicher waren und auch in Zukunft alles problemlos weiterlaufen würde. Alle wussten, dass die Sterlings und die Lockwoods sich hassten, was sie zusätzlich nervös machte. Und er beschloss, den Besprechungen einfach fernzubleiben? Welchen Eindruck würde das machen? Einer der neuen Inhaber hatte nicht einmal Zeit für einen Mitarbeiter?

»Ähhh …« Ich stand auf. »Könnte ich kurz mit dir sprechen, bevor du gehst, Lockwoo- Weston?«

Er setzte ein zufriedenes Lächeln auf.

Ich nickte zur Tür des Konferenzraumes. »Draußen auf dem Gang.« Ich wandte mich wieder an Louis. »Bitte entschuldigen Sie mich für eine Minute.«

»Lassen Sie sich Zeit.«

Als wir auf dem Gang waren, blickte ich mich um, um sicherzugehen, dass sich keine Mitarbeiter in der Nähe befanden. Ich stemmte die Hände in die Hüften und bemühte mich, leise zu sprechen. »Was zur Hölle soll das? Wir haben einen Tag voller Besprechungen. Was ist so wichtig, dass du sie sausen lässt?«

Genau wie er es gestern Abend getan hatte, wickelte Weston sich eine meiner Haarsträhnen um den Finger und zog fest daran. »Du schaffst das schon, Fifi. Du kommst bei allen gut an. Ich bin mir sicher, dass alle Mitarbeiter das Gefühl haben werden, der Tod der alten Schrulle sei eine gute Sache, wenn du mit ihnen fertig bist.«

Ich schlug seine Hand von meinem Haar weg. »Ich bin nicht deine Sekretärin. Was du verpasst, ist dein Problem. Erwarte von mir nicht, dass ich dir Bericht erstatte.«

Als Antwort zwinkerte das Arschloch mir zu. Ich konnte Zwinkerer verdammt noch mal nicht ausstehen. »Hab einen guten Tag, meine Schöne.«

»Nenn mich nicht so!«

Und dann verschwand Weston Lockwood, einfach so.

Dieser Mann machte mich wahnsinnig. Gut, dass ich den Idioten los war.

Ihn brauchte ich bei den Besprechungen definitiv nicht.

Ich war ohne ihn zweifellos besser dran.

Genauer gesagt, wenn ich darüber nachdachte, war der einzige Ort, an dem der Idiot nützlich war, das Schlafzimmer.

Und diesen Fehler würde ich nicht noch einmal machen.

So viel war sicher.

Ich kehrte zurück zu meiner Besprechung mit Louis.

»Also, wie Sie wissen, gehört das Hotel nun den Familien Sterling und Lockwood«, sagte ich. »Jede Familie hat einen Anteil von neunundvierzig Prozent und zwei Prozent gehören einer ortsansässigen Wohltätigkeitsorganisation hier in der Stadt, die von Miss Copeland unterstützt wurde.«

Louis lächelte zärtlich. »Easy Feet.«

Ich nickte. »Richtig.«

Die Wohltätigkeitsorganisation, der Grace einen Zwei-Prozent-Anteil hinterlassen hatte, war interessant – sie wurde von einem einzigen Mann mit einem jährlichen Budget von weniger als fünfzigtausend Dollar geleitet. Der Zwei-Prozent-Anteil am *Countess* war vermutlich hundertmal so viel wert wie das jährliche Budget. Kein Wunder, dass der Kerl es nicht erwarten konnte, seinen Anteil an einen von uns zu verkaufen.

»Hatte Miss Copeland einen persönlichen Grund, der Wohltätigkeitsorganisation eine solch große Spende zukommen zu lassen? Ich will damit nicht sagen, dass es sich um keine großartige Organisation handelt, aber sie ist ziemlich speziell.«

Louis lehnte sich auf seinem Stuhl zurück und nickte. Sein Blick war freundlich, als er sprach. »Leo Farley. Er arbeitet für den Reinigungsdienst.«

Der Name sagte mir nichts. »Ein Mitarbeiter weckte ihr Interesse an der Wohltätigkeitsorganisation?«

»Vor etwa sechs Jahren war Leo obdachlos. Es ist eine lange Geschichte, aber er hatte ein schweres Jahr hinter sich. Verlor seinen Job, seine Frau starb, seine Wohnung wurde zwangsgeräumt, seine Tochter beging Selbstmord – alles innerhalb weniger Monate. Manchmal schlief er in der Gasse um die Ecke, direkt neben dem Personaleingang des Hotels. Miss Copeland machte zweimal am Tag einen Spaziergang, immer genau zur gleichen Zeit um zehn Uhr morgens und um drei Uhr nachmittags, jedes Mal ging sie nur ein paar Blocks. Eines Nachmittags traf sie draußen auf Otto Potter, der sich um Leos Füße kümmerte.«

»Otto Potter ist der Mann, der Easy Feet leitet?«

Louis nickte. »Genau. Er ist Podologe im Ruhestand. Viele obdachlose Menschen haben Probleme mit den Füßen – unbehandelter Diabetes, Herumlaufen ohne Schuhe, Infektionen – alle möglichen Sachen. Er gründete Easy Feet, um den Menschen hier in der Stadt zu helfen, die nicht auf der Easy *Street*, der einfachen Straße des Lebens gehen. Er und einige andere freiwillige Helfer sind unterwegs und behandeln Leute wie Leo, direkt auf der Straße.«

»Aber Leo arbeitet jetzt hier?«

»Miss Copeland fand Gefallen an ihm. Als es seinen Füßen besser ging, fing er an, sie auf ihren Spaziergängen zu begleiten. Irgendwann bot sie ihm einen Job an. Er war öfter Mitarbeiter des Monats als irgendein anderer Angestellter. Er arbeitet hart.«

»Wow. Das ist eine fantastische Geschichte.«

Louis lächelte stolz. »Von denen habe ich viele, wenn es um Miss Copeland geht. Sie war ein wirklich guter Mensch. Sehr loyal.«

Angesichts dessen, was sie den beiden Männern, die sie einmal geliebt hatte, hinterlassen hatte, würde ich sagen, dass das untertrieben war. Für mich waren es gute Nachrichten, denn loyale Arbeitgeber bedeuteten in der Regel auch loyale Mitarbeiter, und ich hoffte auf einen reibungslosen Ablauf, während ich hier festsaß, um das Hotel zu beaufsichtigen und die Interessen meiner Familie zu wahren.

Ich brachte unser Gespräch zurück zum eigentlichen Grund unseres Treffens und nahm den Stift in die Hand, der oben auf dem Notizblock lag, den ich gekauft hatte. »Erzählen Sie mir von den Arbeitsabläufen im *Countess*. Funktioniert alles reibungslos? Gibt es irgendwelche Probleme oder Bedenken, auf die Sie mich hinweisen möchten, während ich mich damit vertraut mache, wie die Dinge hier vonstattengehen?«

Louis deutete auf meinen Block. »Gut, dass Sie sich etwas zum Schreiben mitgebracht haben.«

Oh, oh.

»Da wäre zunächst einmal der drohende Streik.«

»Streik?«

»Miss Copeland war großzügig und loyal, aber in Bezug auf die Verwaltung hielt sie die Zügel fest in der Hand. Ich bin der Geschäftsführer des Hotels. Ich bin verantwortlich für den Tagesablauf, um die strategischen Belange kümmerte sie sich jedoch persönlich. Sie war sehr lange krank und einige Dinge, die erledigt werden mussten, wurden nicht erledigt.«

Ich seufzte und notierte: *Streik.* »Gut, erzählen Sie mir alle Einzelheiten über die Probleme mit der Gewerkschaft, die Ihnen bekannt sind.«

Vierzig Minuten später hatte ich sechs Seiten voller Notizen, die sich nur auf das erste Problem bezogen.

»Sonst noch etwas?« *Bitte sag Nein.*

Louis runzelte die Stirn. »Ich würde sagen, das nächstgrößere Problem sind die doppelt gebuchten Hochzeiten.«

Ich zog die Augenbrauen nach oben. »Doppelt gebuchte Hochzeiten?«

Er nickte. »Sie wissen sicher, dass das *Countess* einer der gefragtesten Orte für Veranstaltungen dieser Art ist.«

»Ja, natürlich.«

»Nun, wir haben zwei Ballsäle. Den Grand Palace und den Imperial Salon. Sie sind bis zu drei Jahre im Voraus ausgebucht.«

»Okay …«

»Vor etwa zwei Jahren fingen wir an, Reservierungen für das Sonnendeck anzunehmen. Dabei handelt es sich um einen exakten Nachbau des Imperial Salons, der allerdings ebenfalls eine private Sonnenterrasse auf dem Dach hat.«

»Ich wusste nicht, dass es eine Sonnenterrasse auf dem Dach gibt.«

Er schüttelte den Kopf. »Es gibt keine. Das ist Teil des Problems. Die Bauarbeiten dort oben und im neuen Ballsaal haben gerade erst begonnen. Und die Hochzeiten, die vor zwei Jahren gebucht wurden, nähern sich mit riesigen Schritten. Die Gäste buchten in der Erwartung, einen Cocktailempfang und eine Trauungszeremonie unter freiem Himmel zu haben. Die erste Hochzeit findet bereits in drei Monaten statt. Wie Sie sich vorstellen können, beherbergt das Hotel einige überaus einflussreiche Familien. Die erste Veranstaltung ist für die Nichte des Bürgermeisters.«

Ich machte große Augen. *Mist.*

Ab hier ging es weiter bergab. Während das Grandhotel aus Besuchersicht tipptopp in Schuss zu sein schien, hatte es eine ganze Reihe von schwerwiegenden Problemen, die sich über einen langen Zeitraum angehäuft hatten. Und diese Prob-

leme waren nun *meine* Probleme. Während der nächsten drei-
einhalb Stunden lud Louis ein Problem nach dem anderen auf
mir ab. Wir hatten so viel zu besprechen, dass ich die anderen
Vormittagstermine, die ich mit den leitenden Angestellten vereinbart hatte, verschieben musste. Als unser Treffen endlich zu
Ende war, drehte sich mir alles im Kopf.

Ich stand an der Tür des Konferenzraumes. »Ich danke Ihnen vielmals, dass Sie mich heute über alles in Kenntnis gesetzt
haben.«

Er lächelte. »Ich schätze, es ist gut, dass Sie zu zweit sind.
Es gibt eine Menge Arbeit.«

Weston Lockwood war das Letzte, woran ich gedacht hatte,
und Louis sah die Verwirrung auf meinem Gesicht.

»Ich bezog mich auf Mr. Lockwood«, sagte er, »und meinte
damit, es muss gut sein, jemanden zu haben, der mit Ihnen im
selben Boot sitzt und sich um alle diese Dinge kümmert.«

Ich lächelte, anstatt ihm zu sagen, dass es sich um das
größte Problem für dieses Hotel handeln könnte, die Sterlings
und Lockwoods dazu zu bringen, sich auf irgendetwas zu einigen.

»Ja.« Ich täuschte das beste Lächeln vor, zu dem ich in
der Lage war. »Es ist gut, jemanden zu haben, auf den ich mich
verlassen kann.« *Zu verschwinden, so wie er es heute getan hat.*

»Lassen Sie mich wissen, wenn ich irgendwie helfen
kann.«

»Vielen Dank, Louis.«

Nachdem er den Konferenzraum verlassen hatte, sackte ich
auf einem Stuhl zusammen und versuchte, meine Gedanken zu
ordnen. Ich hatte geglaubt, ich würde nach New York kommen
und ein Hotel hüten, während meine Familie daran arbeitete,
den Minderheitenbesitzer auszuzahlen. Doch anscheinend kam
da noch einiges auf mich zu. Während ich etwas verstört dasaß,
vibrierte plötzlich mein Handy auf dem Tisch.

Ich nahm es auf und seufzte hörbar.

Es gab nur einen Mann, mit dem ich das, was ich soeben erfahren hatte, noch weniger besprechen wollte als mit Weston Lockwood. Aber natürlich musste er genau in diesem Moment anrufen. Ich atmete tief durch und dachte mir, es wäre wohl das Beste, die Tirade hinter mich zu bringen. Also antwortete ich.

»Hallo, Dad …«

KAPITEL VIER

Sophia

»Wie zur Hölle konnte das passieren?«

Mein Vater fing an zu brüllen, noch bevor wir an unserem Tisch Platz genommen hatten. Er hatte fünf Minuten, nachdem er mich vorhin angerufen hatte, aufgelegt – in dem Moment, in dem ich einen drohenden Streik erwähnte. Ich hatte nicht einmal die Gelegenheit gehabt, ihm von den restlichen Problemen zu berichten. Eine halbe Stunde, nachdem er den Hörer aufgeknallt hatte, schrieb seine Sekretärin mir eine E-Mail, in der sie mir mitteilte, dass mein Vater um neunzehn Uhr landen und wir im Prime, einem der Restaurants im *Countess*, zu Abend essen würden. Sie *fragte* nicht, ob ich Zeit hätte, sondern *teilte mir mit*, wo ich zu sein hätte.

Ganz zu schweigen davon, dass ich ebenfalls zum ersten Mal davon gehört hatte, dass mein Vater überhaupt vorhatte, heute Abend in die Stadt zu kommen. Und ich hatte definitiv keine Ahnung, dass mein Halbbruder Spencer ihn begleiten würde. Obwohl ich rückblickend sagen muss, dass ich mir beides hätte denken können.

»Nun«, sagte ich, »Miss Copeland war krank und sie hat einige Dinge schleifen lassen, weil sie dachte, sie würde sich darum kümmern, wenn es ihr besser ginge. Dazu hatte sie offensichtlich nie die Gelegenheit.«

Der Kellner kam zu uns, um unsere Getränkebestellung aufzunehmen. Mein Vater gab dem armen Mann gar nicht erst die Chance, seine Frage, was wir trinken möchten, zu beenden, bevor er ihm bereits unhöflich ins Wort fiel und bellte: »Scotch mit Eis – Glenlivet XXV Single Malt.«

Denn Alkohol musste mehr als fünfhundert Dollar pro Flasche kosten, damit er ihn des Konsums für würdig erachtete.

Meine Marionette von Halbbruder hob die Hand. »Bringen Sie uns zwei.«

Kein *Bitte*.

Kein *Danke*.

Und ganz offensichtlich hatte keiner von beiden jemals etwas von *Ladies first* gehört.

Als ich an der Reihe war zu bestellen, versuchte ich, ihre Unhöflichkeit wiedergutzumachen. »Würden Sie mir bitte ein Glas Merlot bringen? Was auch immer Sie gerade offen haben, ist in Ordnung.« Ich lächelte. »Vielen Dank.«

Sollten meinem Vater meine übertriebenen Manieren aufgefallen sein, so schien es ihn nicht zu interessieren.

»Spencer kann sich um die Gewerkschaft kümmern«, sagte er. »Er hat Erfahrung im Umgang mit Local 6.«

Äh, nein. »Danke. Aber ich komme damit schon allein zurecht.«

»Das war keine Bitte, Sophia«, sagte mein Vater streng.

Ich habe meinem Vater während der Jahre sehr viele Dinge durchgehen lassen, aber das hier würde nicht dazugehören. Großvater hatte mir den Job anvertraut, das Hotel zu leiten, und ich hatte vor, ihn stolz zu machen, und zwar ganz allein.

»Bei allem Respekt, Dad, ich brauche Spencers Hilfe nicht. Und sollte ich Unterstützung benötigen, werde ich dich kontaktieren und darum bitten.«

Die Ohren meines Vaters wurden rot. »Du bist vollkommen überfordert.«

»Großvater hat Vertrauen in mich. Vielleicht kannst du versuchen, das auch zu haben.«

Spencer schaltete sich ein. »Die Kerle, die die Gewerkschaften leiten, sind es gewöhnt, mit einem Mann zu arbeiten. Die Dinge können ziemlich hitzig werden.«

Hatte dieser Idiot mir wirklich gerade mitgeteilt, dass ich Hilfe brauche, weil ich *eine Frau* bin? Jetzt wurden meine Ohren rosa.

Zum Glück erschien der Kellner mit unseren Getränken, was mir einige Sekunden Zeit gab, mich zu beruhigen. So sehr ich auch in die Luft gehen wollte, ich würde mich nicht dazu herablassen, herumzuschreien oder jemanden zu schikanieren, um meinen Standpunkt klarzumachen – das war die Methode meines Vaters. Nachdem der Kellner unsere Getränke serviert hatte, bat ich ihn, uns einige Minuten Zeit zu geben, da noch keiner von uns einen Blick auf die Speisekarte geworfen hatte.

Ich trank einen großen Schluck Wein und wandte mich Spencer zu, um ihm meine volle Aufmerksamkeit zu schenken.

»Mir war nicht klar, dass Gewerkschaftsverhandlungen von der Größe meines Schwanzes abhängig sind. Aber keine Sorge, Spence, wir wurden als Kinder zusammen in die Wanne gesteckt. Ich kann dir versichern, dass meiner größer ist als deiner.«

»Sophia!«, mischte mein Vater sich ein. »Benimm dich wie eine Dame und achte auf deine Ausdrucksweise.«

Als wäre es nicht schon schlimm genug, von meinem Vater und Halbbruder herabgesetzt zu werden, sah ich aus dem Augenwinkel, wie Weston das Restaurant betrat. Unsere Blicke trafen sich und er schaute kurz zu meinen Tischgenossen, bevor er direkt auf uns zusteuerte. Ich trank den Rest meines Weins aus, als wäre er eine Flasche Wasser.

»Mr. Sterling. Wie schön, Sie zu sehen.« Weston legte die Hand auf die Rückenlehne meines Stuhls und schenkte unserem Tisch sein strahlendes und nervtötendes Lächeln.

Mein Vater betrachtete ihn von oben bis unten und schnauzte: »Meine Güte, schert sich irgendwer einen Dreck um dieses Hotel? Ich hatte schon befürchtet, dass die Familie Lockwood jemanden schicken würde, der versuchen würde, meine Tochter aufs Kreuz zu legen. Zumindest um diese eine Sache muss ich mir keine Sorgen machen, wenn Sie geschickt wurden.«

Westons Lippe zuckte und er warf mir einen kurzen Blick zu. »Ja, Sie können nachts ruhigen Gewissens schlafen, dass ich *Ihre Tochter nicht aufs Kreuz lege.*«

Spencer lehnte sich auf seinem Stuhl zurück. »Ich dachte, du wärst in Vegas.«

»Ich bin vor neun Monaten zurück nach New York gezogen. Du wirst mit deiner Kontrolle über mich nachlässig, Spence.«

Ich musste mein Grinsen verbergen. Mein Halbbruder *hasste* es, *Spence* genannt zu werden.

»Wenn du hier bist«, sagte Spencer, »wer ist dann in Sin City und sorgt dafür, dass die Stripperinnen und Casinos nicht pleitegehen, Lockwood?«

Weston setzte ein selbstzufriedenes Lächeln auf. »Meinst du zum Beispiel Aurora Gables? Ich habe gehört, sie hat jemanden, der sie auf Trab hält.«

Spencers Lächeln erstarb. *Interessant.* Es klang, als hätte Weston seine Hausaufgaben erledigt und etwas über meinen perfekten Halbbruder in Erfahrung gebracht, das ich unbedingt wissen musste.

Mein Halbbruder spannte weiter den Kiefer an, während er sprach. »Was wirst du wegen der Gewerkschaftssache unternehmen?«

Weston warf mir einen schuldvollen Blick zu. »Ich habe mich heute mit den Vertretern getroffen. Wir stehen kurz davor, eine Einigung zu erzielen.«

Ich bekam große Augen. *Dieser kleine Scheißkerl.* Er wusste von dem Gewerkschaftsproblem und trotzdem hat er mich zurückgelassen, damit ich den Mitarbeitern zuhöre, während er verschwunden war, um sich um das Geschäft zu kümmern. Ich hatte ihn unterschätzt und war davon ausgegangen, dass er irgendwo herumgammeln würde. Währenddessen war er mir bereits zwei Schritte voraus und kümmerte sich um Sachen, an denen wir gemeinsam hätten arbeiten sollen. Spencer und mein Vater machten mich wütend, aber das hier? Ich war *außer mir.*

»Du lässt einen Lockwood allein losziehen, um sich um das Geschäft zu kümmern?«, fuhr mein Vater mich an. »Was zur Hölle ist los mit dir? Bist du vollkommen inkompetent?«

Weston hob die Hand. »Hoppla. Warten Sie. Schalten Sie einen Gang zurück, alter Mann. Es gibt keinen Grund, laut zu werden. Sprechen Sie nicht so mit Sophia.«

»Sagen Sie mir nicht, wie ich mit meiner Tochter zu sprechen habe!«

Weston stellte sich kerzengerade hin. »Ich werde nicht hier stehen und zuhören, wie Sie gegenüber *irgendeiner* Frau laut werden. Es interessiert mich einen Scheiß, ob sie Ihre Tochter ist oder nicht. Haben Sie ein bisschen Respekt.«

Mein Vater erhob sich und warf seine Serviette zur Seite. »Kümmern Sie sich um Ihre eigenen Angelegenheiten.«

Die Dinge gerieten außer Kontrolle und mir gefiel nicht, worauf wir zusteuerten. Ich stand ebenfalls auf. »Hört auf damit, alle beide!« Ich zeigte auf meinen Vater. »Ich werde nicht tolerieren, dass du deine Stimme erhebst und mich beschimpfst.« Ich drehte mich zu Weston um und bohrte ihm den Finger in die Brust. »Und du – ich brauche dich nicht, um mich zu verteidigen. Ich kann auf mich selbst aufpassen.«

Weston schüttelte den Kopf. »Ich habe vergessen, was für eine lustige Truppe ihr alle seid. Ich wusste schon immer, dass der alte Mann ein Sadist ist. Ich wusste nicht, dass du eine Masochistin bist, Fifi. Genießt euer verdammtes Essen.« Er drehte sich um und stapfte davon.

Mein Vater und ich standen noch immer und ich hatte keine Ahnung warum, aber ich wollte nicht die Erste sein, die wieder Platz nahm.

»Ich bin seit sechsunddreißig Stunden hier«, sagte ich. »Du musst mir etwas Luft zum Atmen lassen. Wenn ich Hilfe brauche, werde ich mich melden. Wir sind alle auf der gleichen Seite und ich bin der Meinung, dass um Unterstützung zu bitten ein Zeichen für einen guten Anführer ist und kein Zeichen von Schwäche. Wenn du dich nun hinsetzen und die Probleme besprechen und mich vielleicht an deiner langjährigen Erfahrung teilhaben lassen möchtest, dann freue ich mich darauf, dieses Gespräch zu führen. Wenn nicht, werde ich von meinem Zimmer aus etwas zu essen bestellen.«

Mein Vater brummte leise etwas, das ich nicht verstehen konnte, hob aber dennoch seine Serviette auf und setzte sich.

»Danke«, sagte ich.

Während unseres restlichen Abendessens waren die Dinge weniger aufgeheizt, aber je mehr ich Dad über die Probleme des Hotels berichtete, desto schwieriger wurde es für ihn, mich nicht zu überrollen und mir Spencer zur Seite zu stellen, damit er mir bei der Leitung des Hotels hilft. Wie üblich nickte mein Halbbruder und wiederholte die Dinge, die mein Vater sagte, hatte jedoch nichts von echtem Wert hinzuzufügen.

Ich lehnte Kaffee und Nachtisch ab in der Hoffnung, das Treffen nicht noch länger zu machen, als es unbedingt nötig war, und zum Glück taten sie es mir gleich. Wir sagten Gute Nacht in der Eingangshalle des Hotels und auf dem Weg zum Aufzug war ich in großer Versuchung, an der Bar anzuhalten und einen oder zwei Schnäpse zu trinken. Aber ich brauchte einen klaren Kopf für mein nächstes Treffen – das, von dem Weston keine Ahnung hatte, dass wir es haben würden.

»Ich wusste, du würdest einer zweiten Runde nicht widerstehen können.« Weston öffnete die Tür zu seinem Zimmer und hielt sich mit der Hand an der oberen Kante fest.

Ich schob mich an ihm vorbei und marschierte direkt in sein Zimmer. Als ich mich umdrehte, fiel mir zum ersten Mal auf, dass er nichts weiter trug als ein aufgeknöpftes Hemd und schwarze Boxershorts. Ich zeigte auf sein Outfit. »Was zum Teufel tust du da?«

Er sah nach unten. »Ähhh … ich entkleide mich.«

Ich drehte den Kopf zur Seite. »Zieh dir verdammt noch mal Klamotten an!«

Zu meiner Überraschung gehorchte er. Er ging dorthin, wo seine Hose über einem Stuhl hing, und schlüpfte wieder hinein. Er zog den Reißverschluss nach oben, ließ aber den obersten Knopf sowie die Gürtelschnalle offen.

Nachdem er sich bedeckt hatte, drehte ich mich zu ihm um, doch mein Blick fiel auf die dünne Linie von Haaren, die von seiner aufgeknöpften Hose nach oben zu seinem Bauchnabel verlief. Ich versuchte, mich davon nicht ablenken zu lassen, aber diese verdammten Härchen … also, sie waren einfach unfassbar sexy. Was mich nur noch wütender machte.

Ich blinzelte einige Male und zwang mich, ihm ins Gesicht zu schauen, während ich die Hände in die Hüften stemmte. »Was zur Hölle? Du wusstest von dem Gewerkschaftsproblem und hast dich heute mit den Vertretern getroffen? Was für ein dämliches Spiel spielst du?«

Weston zuckte mit den Schultern. »Ich habe mein Handy nicht klingeln gehört, nachdem du es anscheinend herausgefunden hattest.«

Ich schaute ihn finster an. »Ich habe erst *heute* davon erfahren, während du bereits dabei warst, einem Treffen beizuwohnen!«

Er kam etwas näher. »Dein Vater ist wirklich ein Arschloch.«

Das war offensichtlich. Alle wussten das, ganz besonders ich. Und ich konnte schlecht über ihn reden, so viel ich wollte, aber kein anderer durfte das – ganz besonders kein Lockwood. »Sprich nicht über meinen Vater.«

Weston bekam große Augen und schob den Kopf nach hinten. »Ernsthaft? Nachdem er so mit dir geredet hat, verteidigst du ihn?«

»Wie er mit mir spricht, geht dich verdammt noch mal nichts an.«

Er grinste, sagte aber nichts.

»Was zur Hölle gibt es da zu grinsen?«, brummte ich.

Weston tippte sich mit dem Finger an den Schneidezahn. »Dir hängt genau dort irgendetwas fest. Vielleicht Spinat oder Petersilie? Hattest du die Austern Rockefeller? Die sind wirklich gut, nicht wahr?«

»Was? Nein! Ich hatte keine Austern!« Ich rieb an meinem Zahn herum.

»Das erinnert mich daran, als du ein Kind warst. Weißt du noch, dass du diese große Lücke zwischen den Schneidezähnen hattest? Du hättest etwas sehr Großes essen müssen, damit es darin stecken bleibt. Warum hast du sie überhaupt wegmachen lassen? Mir hat sie gefallen.«

Ich hatte als Kind tatsächlich furchtbare Zähne. Während der fünf Jahre, die ich eine Zahnspange trug, habe ich unzählige

Stunden auf dem Stuhl des Kieferorthopäden verbracht. Obwohl ich überrascht war, dass er sich daran überhaupt erinnerte.

Weston überrumpelte mich, als er sich nach vorn beugte und an meinem Zahn rieb, um das zu entfernen, was sich dort festgesetzt hatte.

»Ich hab's«, sagte er und hielt den Finger hoch.

Ich habe keine Ahnung wieso, aber diese einfache Geste schien so intim und gab mir ein Gefühl der Wärme. Aus diesem Grund konterte ich auch mit so viel Kälte, wie ich aufbringen konnte.

Ich schlug seine Hand weg und knurrte: »Behalte deine Hände bei dir.«

Weston trat einen Schritt nach vorn. »Bist du dir da sicher?« Er streckte die Hand aus und legte sie mir an die Hüfte. »Du siehst aus, als könntest du es vertragen, noch einmal etwas Dampf abzulassen.«

Ich hasste es, dass mein Körper sofort auf seine Berührung reagierte. Es machte mich wütender als das, was er getan oder wie er sich in die Sache mit meinem Vater eingemischt hatte. *»Fick dich.«*

Er kam noch näher und drückte die Finger tiefer in meine Hüfte. »Endlich sind wir einer Meinung.«

»Warum hast du mir nicht erzählt, dass du von dem Gewerkschaftsproblem weißt?«

Er beugte sich zu mir und atmete tief ein. »Was für ein Parfüm trägst du?«

»Antworte mir, du Arschloch. Warum hast du den Streik nicht erwähnt?«

»Ich werde es dir sagen, aber die Wahrheit wird dir nicht gefallen.«

»Mir gefallen die meisten Sachen nicht, die aus deinem Mund kommen, aber das hat dich noch nie vom Sprechen abgehalten.«

»Der Gewerkschaftsvorsitzende kommt nicht gut mit Frauen zurecht. Wenn ich dir gesagt hätte, dass es Probleme gibt, hättest du darauf bestanden mitzukommen, und der Typ ist ein echtes Stück Scheiße. Er hätte dir überhaupt keine Aufmerksamkeit geschenkt und sobald du außer Hörweite gewesen wärst, hätte er mit mir über deine Titten gesprochen. Das hätte mich sehr sauer gemacht und dazu gebracht, ihm eine zu verpassen. Es war das Beste, diesen ganzen Schwachsinn zu vermeiden und die Sache einfach zu regeln.«

»Man setzt sich nicht mit einem sexistischen Arschloch auseinander, indem man ihm recht gibt. Man muss das Ganze direkt konfrontieren, auf professionelle Weise.«

Er schien über meine Worte nachzudenken, dann nickte er. »Okay. Mein Instinkt war es, dich vor diesem Arschloch zu beschützen und dich nicht dieser Scheiße auszusetzen. Aber ich verstehe.«

Die Anspannung entwich aus meinem Gesicht. »Lass das nicht noch mal vorkommen.«

Sein Mundwinkel zuckte. »In Ordnung, Ma'am.«

Er starrte dorthin, wo er seine Hand immer noch an meiner Hüfte hatte, und ich folgte seinem Blick. Ganz langsam begann er, die Hand nach oben zu schieben.

Scheiße. In mir wurde eine Sehnsucht entfacht. Ich hätte seine Hand wegschlagen und aus der Tür marschieren sollen. Aber stattdessen stand ich da und sah zu, wie er über meine Hüfte strich, die Einbuchtung meiner Taille nachzog und an meinem Brustkorb nach oben fuhr. Als er die seitliche Wölbung meiner Brust erreichte, schaute er mir in die Augen.

Ich hatte das Gefühl, er gab mir Zeit, ihn aufzuhalten – und das wollte ich *wirklich*. Zumindest mein Kopf wollte es. Mein Körper … nun ja, nicht ganz so sehr. Es waren gerade erst vierundzwanzig Stunden vergangen, seit er mich berührt hatte, und trotzdem kam ich mir so bedürftig und verzweifelt vor. Meine Brust hob und senkte sich schneller, als ich zusah, wie er die Hand von meiner Seite nahm, über meine Seidenbluse strich und meine Brust umschloss und zudrückte.

»Oh Gott, ich hasse dich wirklich«, zischte ich, als ich die Augen schloss.

»Ja, deine Nippel, die durch deine Bluse hindurchstechen, sehen auch so aus, als würden sie mich hassen.«

Weston schob die Hand durch die obere Öffnung in meine Bluse hinein. Er zog die Spitze meines BHs nach unten und kniff leicht in eine meiner aufrecht stehenden Brustwarzen. Ich hasste es, dass mir ein leises Wimmern entfuhr.

»Du magst es ein wenig grob, nicht wahr?«

Ich behielt die Augen geschlossen. »Mach den Moment nicht durch Reden kaputt.«

Die Hand in meiner Bluse bewegte sich zu meiner anderen Brust, während er mit der anderen meine beiden Hände ergriff. Er packte mich fest um die Handgelenke und beugte sich an mein Ohr. »Vielleicht sollten wir ein Safeword vereinbaren.«

Oh Gott. Was zur Hölle ist nur los mit mir? Warum törnt mich die Vorstellung, ein Safeword zu brauchen, so sehr an?

Als ich nicht antwortete, biss Weston mir leicht ins Ohr. »Such dir ein Wort aus, meine Schöne.«

Ich öffnete die Augen. »*Arschloch.*«

Sein leises Lachen vibrierte auf meiner Haut. »Ich glaube, du brauchst ein Wort, das du nicht bereits als Kosenamen für mich verwendest – eins, das du nicht mindestens zehnmal am Tag sagst, wenn ich in deiner Nähe bin.«

»Ich brauche keins. Ich stehe nicht auf perverses Zeug.«

Weston legte den Kopf nach hinten. »Du hasst mich und ich habe vor, dir die Hände hinter dem Rücken zu fesseln, damit du dich deines Tages mit einem Hass-Fick entledigen kannst. Nenne es, was immer du willst, aber du brauchst ein Safeword, Süße.«

Er nahm die Hand aus meiner Bluse, ließ sie nach unten zu seiner Hose gleiten und ergriff die Gürtelschnalle. Mit einem kräftigen Ruck zog Weston das Leder durch alle Schlaufen. Das pfeifende Geräusch war eines der erotischsten Laute, die ich je gehört hatte.

Er ließ meine Handgelenke los und hob den Gürtel an, um ihn mir zu zeigen.

»Dreh dich um. Verschränke die Hände hinter dem Rücken.«

Oh Gott, seine Stimme war so rau und belegt. Wenn Sex ein Geräusch hätte, wäre es ganz sicher dieses. Trotzdem zögerte ich, mich umzudrehen. Es fühlte sich an wie ein Moment der Wahrheit. Würde ich tatsächlich zulassen, dass ein Mann, den ich mein ganzes Leben lang verabscheut hatte, meine Hände fesselte, damit er wer weiß was mit mir anstellen konnte? Als er die Sorge in meinen Augen erkannte, legte Weston mir die Hand an die Wange.

»Ich werde nichts tun, was du nicht willst.«

»Und wenn ich nicht will, dass du mir die Hände fesselst?«

»Dann fessele ich dir nicht die Hände.« Er schaute zwischen meinen Augen hin und her. »Aber du willst, dass ich es tue, nicht wahr? Hör auf, darüber nachzudenken, was richtig oder falsch zu sein scheint, und entscheide dich für das, was du willst, Soph.«

Es entging mir nicht, dass er mich endlich bei meinem richtigen Namen genannt hatte. Ich holte tief Luft und traf die wahnsinnige Entscheidung, meine Bedenken über Bord zu werfen. Warnend hob ich einen Finger. »Hinterlasse keine Spuren.«

Ein verruchtes Grinsen breitete sich auf Westons Gesicht aus. Ohne ein weiteres Wort drehte er mich um. Er zog meine Hände hinter den Rücken, wickelte seinen Gürtel um meine Handgelenke und schnallte ihn fest zu.

»Zieh etwas daran«, sagte er.

Ich tat mein Bestes, um meine Handgelenke freizubekommen, doch sie bewegten sich nicht.

Weston führte mich vorwärts zu einem Schreibtisch vor dem Fenster. Ich war davon ausgegangen, dass die Dinge genauso laufen würden wie beim letzten Mal, als wir zusammen waren – ich wäre vornübergebeugt und er würde mich von hinten nehmen. Aber wieder einmal hatte ich falsch gelegen mit der Annahme, was Weston Lockwood vorhatte. Er drehte mich um, packte mich mit beiden Händen an der Taille und hob mich auf den Schreibtisch.

»Beine breit.«

»Wir haben Regeln«, keuchte ich. »Nur von hinten.«

Weston packte meine Knie. »Das gilt, wenn ich dich ficke. Aber dafür bin ich noch nicht bereit.«

Ich schluckte.

Er drückte meine Beine auseinander. Ich versuchte gar nicht erst, mich ihm zu widersetzen.

»Letzte Chance. Safeword, Sophia?«

»Countess«, flüsterte ich.

Er lächelte. »Gute Wahl.«

Er trat einen Schritt zurück. Mit gespreizten Beinen und den Händen hinter dem Rücken zusammengebunden fühlte ich mich sehr verwundbar. In dem Versuch, mich zu fühlen, als hätte ich etwas Kontrolle, schnaubte ich: »Beweg dich einfach. Bringen wir es hinter uns.«

Weston biss sich auf die Unterlippe und ich schwöre, ich spürte es zwischen meinen Beinen. Irgendetwas an der Art und Weise, wie er mich ansah, war verdammt sexy.

»Du wirst mir in die Augen sehen, während ich dich fingere.«

Mir klappte die Kinnlade herunter. Dieser Kerl hatte vielleicht Nerven.

Von meinem Gesichtsausdruck amüsiert verringerte Weston erneut den Abstand zwischen uns. Mit einer Hand drückte er meine Beine auseinander und schob nicht gerade sanft meinen Slip zur Seite. Er rieb mit zwei Fingern durch meine Spalte auf und ab und drang dann mit einem Finger in mich ein, genau wie er es gestern Abend getan hatte. Und trotzdem war ich darauf wieder nicht vorbereitet.

Ich schnappte nach Luft.

»So feucht bist du schon für mich.«

Er schob seinen Finger hinein und zog ihn wieder etwas heraus, hinein und hinaus, und ich schloss die Augen.

»*Ts, ts, ts*. Hast du schon vergessen, was ich dir gesagt habe? Augen auf, meine kleine Fifi.«

Ich wollte gerade etwas sagen, ihm erneut mitteilen, er solle aufhören, mich so zu nennen, aber dann glitt er mit einem Finger einige weitere Male hinein und hinaus und ganz gleich, welchen Gedanken ich auch immer gehabt hatte, er verschwand schneller als meine Hemmungen.

»Mach die Beine weiter auseinander, damit ich dir noch mehr geben kann. Ich liebe es, dass du so eng bist.«

Mein Verstand wollte, dass ich meine Beine zusammenpresse, aber mein Körper sehnte sich nach dem *Mehr*, das er mir geben wollte. Schamlos spreizte ich die Beine.

Weston lächelte. Er hielt meinem Blick stand, als er den Finger herauszog und mit zweien in mich eindrang. Ich zuckte kurz zusammen, doch dann entspannte ich mich, als er fortfuhr, mich mit methodischer Präzision zu bearbeiten.

»Noch einer …«

Ich war so verloren in dem Moment, dass ich mir nicht sicher war, wovon er sprach, bis ich spürte, wie ein dritter Finger in mich eingeführt wurde. Ich stöhnte und wieder schloss ich die Augen.

Weston wartete einige Sekunden und flüsterte mir dann ins Ohr: »Du bist so schön, wenn du erregt bist. Wie überaus schade, dass du von mir nur von hinten genommen werden willst. Ich wette, der Anblick, wie du an meinem Schwanz anstatt meiner Hand kommst, ist absolut phänomenal.«

Mein Atem ging schwer. Sein warmer Atem in meinem Ohr zusammen mit dem dauerhaften Streicheln in mir hatte mich schon nahe an den Abgrund gebracht. Weston beugte die Finger und änderte den Winkel, in dem er mich stimulierte, und ich wusste, mein Orgasmus würde nicht mehr lange auf sich warten lassen.

Er griff hinter mich und schob mir die Finger ins Haar. Dann zog er meinen Kopf nach hinten und saugte an meinem entblößten Hals.

»Ohhh … oh Gott.«

Er zog fester an meinem Haar, so lange, bis es wehtat – aber es war nicht ausreichend, um ihn zu bitten aufzuhören –, und er streckte den Daumen aus, um meine Klitoris zu reiben.

»Augen auf, wenn du kommst«, stöhnte er, als er sich zurücklehnte, um mir zuzusehen. Aber ich war so von Sinnen, dass ich ihn kaum hörte. Er wiederholte seine Worte, dieses Mal mit strenger Stimme. »Mach verdammt noch mal die Augen auf, Sophia.«

Sofort schlug ich die Augen auf. Instinktiv wollte ich nach ihm greifen, vergaß aber, dass meine Hände hinter dem Rücken festgebunden waren. Das Leder an meinen Handgelenken gab nicht nach und je mehr ich zog, desto mehr schnitt es in meine Haut. Zu meiner Überraschung machte mir das Gefühl, gefesselt zu sein, keine Angst, sondern es schien mich tatsächlich anzutörnen. Also wand ich mich noch ein paarmal vergeblich, um mich zu befreien, bis ich spürte, dass mein Körper in den Abgrund stürzte. *Oh Gott.* Mit einem kehligen Laut, der eine Kreuzung aus Stöhnen und Schrei war, wurde ich von meinem Orgasmus erfasst. Unsere Blicke trafen sich und das Feuer in Westons Augen, während er mir bei meinem Höhepunkt zusah, sorgte dafür, dass ich nicht wegschaute. Als die letzten Zuckungen vorüber waren, beugte ich mich nach vorn, legte den Kopf auf seine Schulter und erlaubte mir, die Augen zu schließen.

Es dauerte nicht lange, bis ich mich wieder verletzlich fühlte. Ich behielt die Augen geschlossen.

»Nimm ihn ab«, flüsterte ich.

»Bist du sicher?«

Ich nickte.

Weston griff um mich herum, öffnete die Schnalle und befreite meine Hände.

Ich rieb eines meiner Handgelenke.

Er blickte nach unten. Sie waren rot von der Reibung, taten jedoch nicht wirklich weh.

»Soll ich dir etwas Eis holen?«

Ich schüttelte den Kopf. »Mir geht es gut.«

»Eine Salbe oder so?«

Dass er mit dieser zärtlichen Stimme sprach, ließ mich fast genauso durchdrehen wie das, was ich soeben hatte geschehen lassen. Ich drückte mit der Hand gegen seinen Oberkörper und stupste ihn an, damit er einen Schritt zurücktrat.

Während ich meinen Rock richtete, fauchte ich: »Sei nicht so nett zu mir.«

Weston zog die Augenbrauen hoch. »Soll ich ein Arschloch zu dir sein?« Er deutete mit dem Daumen hinter sich. »Ich bin mir sicher, dass es hier irgendwo Salz geben muss, das ich draufstreuen könnte. Dann würde es brennen. Wäre dir das recht?«

Ich kniff die Augen zusammen und glitt vom Schreibtisch. »Weißt du, was mir recht wäre? Wenn du dich nicht ohne mich mit der Gewerkschaft triffst. Wir sind zu gleichen Teilen Eigentümer dieses Hotels und du benötigst sowieso meine Zustimmung, um jegliche Einigungen zu ratifizieren, die du mit den Vertretern erzielst.«

»Ernsthaft? Vor zwei Minuten hast du gestöhnt und jetzt sprichst du schon wieder über die Gewerkschaft? Vielleicht können wir das auf danach verschieben.«

Ich strich die Falten meines Rocks glatt. Ich hatte nicht vorgehabt, aus dem Zimmer zu stürmen. Aber dann wiederum hatte ich auch nicht das vorgehabt, was soeben geschehen war. Doch mir wurde klar, dass ich jetzt die Oberhand hatte – eine Möglichkeit, Weston das Gefühl zu geben, sich genauso betrogen zu fühlen, wie er es bei mir vorhin getan hatte. Ein langsames, bösartiges Lächeln breitete sich auf meinem Gesicht aus und ich zog eine Augenbraue hoch. »Danach?«

Er blickte hinunter auf die beachtliche Beule in seiner Hose und sah dann wieder zu mir auf. »Wir sind hier noch nicht fertig.«

»Ach nein?« Ich ging zur Tür. Als ich sie öffnete, schaute ich über die Schulter nach hinten. »Ich hoffe, du fühlst dich genauso hintergangen, wie ich mich heute gefühlt habe. Süße Träume, *Weston*.«

KAPITEL FÜNF

Weston

»Also, was ist los mit Ihnen? Ich bin froh, dass Sie unsere Sitzung in dieser Woche nicht schon wieder abgesagt haben.« Dr. Halpern schlug die Beine übereinander und legte ihren Notizblock auf den Tisch neben sich.

Es war vielleicht das erste Mal, dass ich nicht verstecken musste, wie ich ihre hübsch geschwungenen Waden anstarrte. Und das lag nicht daran, dass sie zur Abwechslung beschlossen hatte, eine Hose zu tragen. Sie präsentierte dieselben langen Beine wie sonst auch.

Ich legte mich auf die sprichwörtliche Patientencouch, wie ich es immer tat, obwohl sie mir sagte, es sei nicht notwendig und dass die meisten Patienten aufrecht saßen. Anscheinend war es so, dass der Seelenklempner, der dem Irren gegenüber in einem Sessel saß, während dieser ihm das Herz ausschüttete, mehr etwas für den Film als für das reale Leben war. Aber ich dachte mir, wenn ich schon hierherkomme, dann kann ich mich auch gleich ein wenig ausruhen.

»Habe ich Ihnen je davon erzählt, wie es war, als ich Pseudokrupp hatte?«, fragte ich sie. »Ich war vielleicht vier und Caroline war etwa sechs.«

»Ich glaube nicht, dass Sie es erwähnt haben, nein.«

»Meine Mutter hatte mir den letzten Rest Eiscreme gegeben und meine Schwester war darüber nicht glücklich gewesen. Mom hatte einen Luftbefeuchter in meinem Zimmer aufgestellt. Während ich also meine Eiscreme aß, kam Caroline und pinkelte in den Luftbefeuchter. Als meine Mutter mich ins Bett bringen wollte, befand sich in meinem Zimmer eine Wolke aus Urinnebel.«

Aus dem Augenwinkel sah ich, wie Dr. Halpern ihren Block aufnahm und etwas aufschrieb.

»Sie machen sich hierüber Notizen? Denken Sie darüber nach, diesen Streich an jemandem auszuprobieren, oder haben Sie soeben den Ursprung all meiner Probleme entdeckt?«

Dr. Halpern legte Block und Stift beiseite. »Ich habe mir notiert, dass Sie freiwillig über Ihre Schwester gesprochen haben. Gibt es einen Grund, warum Sie heute an Caroline gedacht haben?«

Normalerweise dachte ich nicht wirklich über die Fragen nach, die die gute Ärztin mir stellte, aber aus irgendeinem Grund tat ich es heute. »Nicht dass ich wüsste.«

»Erzählen Sie mir von den letzten achtundvierzig Stunden. Selbst wenn Teile Ihres Tages banal waren, ich würde gern davon hören.«

Ich schüttelte den Kopf. »Sind Sie sich da sicher?«

Dr. Halpern faltete die Hände im Schoß. »Das bin ich.«

»Okay … Nun …«

Während der nächsten zwanzig Minuten berichtete ich ihr von meinen letzten beiden Tagen, obwohl ich die privaten Treffen mit Sophia dabei aussparte, weil ich mir dachte, diese Details wären für das, was sie analysieren musste, nicht relevant. Sie schien die Aufmerksamkeit jedoch trotzdem auf genau diesen Teil meiner Geschichte zu richten.

»Sie und Sophia haben also eine Art gemeinsame Vergangenheit.«

»Unsere Familien.«

»Wann hatten Sie Sophia das letzte Mal gesehen, bevor Sie sie vor ein paar Tagen wiedertrafen?«

Ich lächelte. »Beim Abschlussball.«

»Sie war Ihre Verabredung zum Abschlussball?«

Ich schüttelte den Kopf. »Nein.«

»Aber Sie haben sie beim Abschlussball gesehen?«

Ich dachte zwölf Jahre zurück. Ich konnte Sophia immer noch in ihrem Kleid vor mir sehen. Es war rot und umschmeichelte jede ihrer Kurven. Wenngleich die meisten Mädchen hübsch ausgesehen hatten, hatten sie ebenfalls ausgesehen, als würden sie zum Abschlussball gehen. Nicht jedoch Soph. Sie hatte elegant gewirkt und in einer Art herausgestanden, die es mir während des gesamten Abends unmöglich gemacht hatte, den Blick von ihr abzuwenden – selbst dann, als meine Verabredung mir all die Dinge mitteilte, die sie nicht erwarten konnte, mit mir zu tun, nachdem der Abschlussball vorbei war.

»Ja. Sie hatte keinen besonders guten Abend.«

»Warum nicht?«

»Ihr Freund betrog sie mit ihrer Cousine. Sie fand es heraus, als sie hörte, wie die beiden Sex in einer Kabine der Mädchentoilette hatten.«

»Meine Güte. Das musste ihrem Abend einen ziemlichen Dämpfer verpasst haben.«

»Ja, ganz besonders, als ich dem Wichser auf die Fresse gehauen habe.« Ich erinnerte mich an das Gesicht, das Dr. Halpern normalerweise machte, wenn ich fluchte, und fügte hinzu: »Verzeihung. Als ich diesem Verlierer ins Gesicht gehauen habe.«

Dr. Halpern lächelte. »Danke. Dann waren Sie und Sophia damals also gute Freunde?«

Ich lächelte. »Nein, wir haben einander gehasst.«

»Aber Sie haben ihre Ehre verteidigt.«

Ich zuckte mit den Schultern. »Es lag mehr daran, dass ich ihren Freund nicht ausstehen konnte.«

»Warum nicht?«

Ich wollte gerade antworten, hielt aber inne. Warum zum Teufel sprachen wir über Ereignisse von vor zwölf Jahren und darüber, ob ich diesen Typen mochte oder nicht? Ich sah Dr. Halpern an und sagte: »Wollen Sie mit diesen Fragen auf irgendetwas hinaus? Ich glaube, wir sind vom Thema abgekommen.«

»Was sehen Sie als das heutige Thema? Gibt es etwas Bestimmtes, über das Sie sprechen möchten?«

Ich fuhr mir mit der Hand durchs Haar. »Nichts für ungut, aber wenn ich die Wahl hätte, würde ich nicht hier sein und mit Ihnen reden. Deshalb, nein … Es gibt nichts Bestimmtes, worüber ich heute sprechen möchte.«

Sie schwieg eine lange Zeit. »Machen wir weiter. Waren Sophia und Caroline miteinander befreundet?«

»Caroline hatte nicht viele Freundinnen. Sie fehlte so oft in der Schule und konnte die Sachen, die normale Kinder taten, nicht machen.«

»Okay. Lassen Sie uns kurz zu Sophia und dem Abschlussball zurückkehren. Aus irgendeinem Grund verspürten Sie das Bedürfnis, sich in ihre Beziehung einzumischen, und sind mit ihrem Freund in Streit geraten. War Sophia darüber bestürzt?«

Ich zuckte mit den Schultern. »Soweit ich weiß war ihr nicht einmal bewusst, dass es passierte. Sie lief direkt nach draußen, nachdem sie die beiden in der Toilette erwischt hatte.«

»Und das war das letzte Mal, dass Sie sie gesehen haben?«

Ich lächelte. »Nein. Ich hatte miese Laune. Alle meine Freunde betranken sich und verhielten sich wie Idioten und weil ich nichts trinken konnte, verließ ich vorzeitig den Abschlussball. Ich traf Sophia zufällig auf dem Parkplatz.«

»Warum konnten Sie nicht wie Ihre Freunde trinken?«

»Ich hatte am nächsten Morgen einen Eingriff. Caroline war wieder krank.«

Dr. Halpern runzelte die Stirn. »Okay. Sie sind Sophia also auf dem Parkplatz begegnet, und wie war das?«

Ich lächelte. »Wir stritten. Wie üblich. Sie dachte, ich wäre dort, um meine Schadenfreude darüber zu zeigen, was für ein Vollidiot ihr Freund war. Er ist ihr nicht einmal hinterhergelaufen. Wir hatten beide eine Limousine zum Abschlussball genommen und waren abgesetzt worden. Ich rief meinen Fahrer an und bat ihn, uns abzuholen.«

»Okay …«

Ich würde ihr nicht erzählen, dass ich, während Sophia mich anschrie, meine Lippen auf ihre presste und wir beide unsere Frustration an diesem Abend auf eine sehr viel produktivere Weise abließen. »Wir … hingen eine Weile miteinander rum. Gegen Sonnenaufgang schlief ich in ihrem Haus ein und wachte eine halbe Stunde später auf, als ich eigentlich im Krankenhaus hätte sein sollen. Ich nahm ein Taxi und tauchte in meinem zerknitterten Smoking vom Vorabend auf.« Ich schüttelte den Kopf. »Meine Mutter veranlasste bei mir einen Alkoholtest, weil sie dachte, es wäre mir wichtiger gewesen, Spaß zu haben, als an Caroline zu denken. Sie glaubte mir nicht, als ich ihr sagte, dass ich keinen Tropfen Alkohol getrunken hatte.«

Dr. Halpern nahm ihren Block zur Hand und schrieb dieses Mal eine volle Minute.

»Sophia zu sehen hat Sie vielleicht an diese Zeit in Ihrem Leben erinnert – eine Zeit, in der Sie Ihrer Schwester geholfen haben.«

Ich schätzte, das machte Sinn. Obwohl ich gestern Abend überhaupt nicht an meine Schwester gedacht hatte, so viel war sicher. Ich zuckte mit den Schultern. »Vielleicht.«

Wir ließen meine Reise in die Vergangenheit hinter uns. Als Dr. Halpern mich fragte, wie die Dinge im *Countess* liefen, erzählte ich ihr beinahe, wie ich es total versaut hatte, indem ich mit dem Feind ins Bett gegangen war. Aber dann vermutete ich, sie würde vielleicht versuchen, mich den gesamten Nachmittag hierzubehalten, um die *wahren* Gründe zu analysieren, warum ich getan hatte, was ich getan hatte.

Denn kein Seelenklempner akzeptiert, dass man manchmal einfach nicht damit umgehen kann, wie verrückt einen die cremefarbenen Knöpfe an einer königsblauen Seidenbluse machen. Oder wie die Farbe dieser Knöpfe *ganz genau* zu der Haut an ihrem Hals passt, und da man den Hals nicht so beißen kann, wie man es eigentlich gern tun würde, muss man sich damit zufriedengeben, dem Geräusch zu lauschen, das die kleinen cremefarbenen Perlen machen, wenn sie auf den Fliesenboden fallen.

Nein, Dr. Halpern hätte das definitiv nicht verstanden. Seien wir doch ehrlich, wenn sie es verstanden hätte, wäre sie ihren Job los gewesen. Denn damit sie diese schicke Immobilie im Stadtzentrum behalten konnte, musste sie alles, was wir taten, bis auf den Grund psychoanalysieren.

Aber in Wirklichkeit ist es so, dass wir uns manchmal einfach wie ein Tier instinktiv verhalten. Und die verdammte Sophia Sterling hatte die unheimliche Fähigkeit, das Wilde in mir zu wecken.

KAPITEL SECHS

Sophia

»Du kannst sechs Zimmer haben, wenn du willst. Soll ich sie unter deinem Namen buchen? Fliegen sie zusammen mit dir oder checken sie separat ein?«

Scarlett hatte mir eine E-Mail geschickt und mich gebeten, ihr für ihre bevorstehende Reise ein zweites Zimmer zu buchen. Also nahm ich das Telefon, um ihr zu antworten, da ich sowieso hellwach war.

»Ich bin mir noch nicht sicher. Aber wenn du das Zimmer auf den Namen Thomason reservieren könntest, wäre das super.«

»Kein Problem.«

»Ist es dort, wo du bist, nicht gerade mitten in der Nacht? Hier ist es erst sieben Uhr morgens, also dann … zwei Uhr früh in New York?«

Ich seufzte. »Ja. Ich konnte nicht einschlafen, also dachte ich mir, ich arbeite meine E-Mails auf.«

»Jetlag?«

»Nicht wirklich.«

»Erzähl mir nicht, dass du wegen dieses Faultiers Liam schlaflose Nächte hast.«

»Nein, das ist es nicht.«

»Was hält dich dann davon ab, ausreichend Schönheitsschlaf zu bekommen?«

Ich hatte meine Freundin nicht angerufen, um meine Sorgen bei ihr abzuladen. Na gut, vielleicht stimmte das nicht so ganz und unterbewusst hatte ich gehofft, wir würden Gelegenheit haben, miteinander zu reden. Vier Stunden waren vergangen, seit ich aus Westons Zimmer geeilt war, und in meinem Kopf drehte sich immer noch alles von dem, was passiert war.

»Ich … habe ein kleines Problem.«

»Du kannst *keine* braunen Schuhe zu einer schwarzen Hose anziehen, selbst wenn ich nicht mehr da bin, um dich vor dir selbst zu retten.«

Ich lachte. »Ich wünschte, es wäre so einfach.«

»Warte mal eine Sekunde.« Scarlett bedeckte das Telefon, aber ich hörte ihre gedämpfte Unterhaltung.

»Was ist das?«, fragte sie knapp.

Eine männliche Stimme antwortete. Sie klang nervös. »Ähh … Das ist … Ihr Kaffee. Von der neuen Cinnabon-Filiale, von der Sie mich gebeten haben, ihn zu holen.«

»Aber was ist da drin? Er wiegt drei Kilo.«

»Ihre Zimtschnecke ist da drin.«

»*Was?*«

»Sie haben einen Kaffee mit einer Zimtschnecke obendrauf bestellt.«

»Ich habe einen Kaffee mit *Zimt obendrauf* bestellt. Wer bei klarem Verstand würde eine Zimtschnecke *in* einem Kaffee wollen?«

»Äh … Tut mir leid. Ich werde noch mal losgehen.«

»Ja, tu das.«

Scarlett kam zurück ans Telefon. »Sagtest du, *du* hättest ein Problem? Worum auch immer es sich handelt, es kann nicht schlimmer sein als der neue Assistent, den die Zeitarbeitsfirma geschickt hat.«

»Ich habe es mitbekommen. Manchmal finde ich, dass du zu hart zu Menschen bist. Aber ich versichere dir, heute ist das nicht der Fall.«

Sie seufzte. »Also dann, in welche Art von Schwierigkeiten hast du dich gebracht, Liebes?«

»Nun … du erinnerst dich an die Familie, von der ich dir erzählt habe? Die Familie, die die konkurrierenden Hotelketten hat und nun gemeinsam mit meiner Familie das *Countess* besitzt?«

»Klar. Die Locks oder so was?«

»Richtig. Die Lockwoods. Also, ich glaube, ich habe nie erwähnt, dass ich aus Versehen mit einem von ihnen geschlafen habe – Weston. Er und ich sind gleich alt.«

»Du hast *aus Versehen* mit jemandem geschlafen? Bist du auf seinen Schwanz gefallen und er hat dich aufgespießt?«

Ich lachte. »Nein. Ich schätze *aus Versehen* ist vielleicht nicht der richtige Ausdruck. Es war vielmehr so, als hätte ich übergangsweise den Verstand verloren und mit ihm geschlafen. Wie dem auch sei, das ist schon lange her – am Abend meines Highschool-Abschlussballs, um genau zu sein. Ich bin mit einem anderen Typen gegangen und mit Weston nach Hause gekommen.«

»Du dreckiges Stück. Ich hätte nicht gedacht, dass du zu so was fähig bist.«

Ich lächelte. »Es ist eine lange Geschichte. Aber ich habe rebelliert. Meine Mutter war Anfang des Jahres gestorben. Während des Abschlussballs fand ich heraus, dass mein Freund mit jemandem schlief; ironischerweise war es eine meiner Cousinen. Das scheint bei mir so eine Sache zu sein. Mein Vater erschien nicht zu dem unverbindlichen Fototermin vor dem Abschlussball, weil mein Halbbruder Spencer an demselben Tag seinen Junior-Abschlussball hatte und seiner um ein Vielfaches wichtiger war als mein Senior-Abschlussball. Wie dem auch sei, am Ende habe ich den Abschlussball mit Weston verlassen. Er hat seine Verabredung sitzen gelassen und es war eine einmalige Sache. Wir haben einander gehasst, aber der Sex … Sagen wir einfach, wir waren zwar erst achtzehn, aber es war einfach sensationell.«

»Ach. *Hass-Sex*. Einer, der mir mit am besten gefällt.«

»Ja, nun, das ist anscheinend mein Problem. Er gefällt mir auch mit am besten.«

»Ich kann nicht folgen.«

»Weston, der Typ von meinem Abschlussball, ist im *Countess*. Seine Familie hat ihn geschickt, genau wie meine Familie mich geschickt hat. Wir sind beide hier, um uns um alles zu kümmern und ein Wertgutachten des Hotels zu erstellen, damit einer von uns versuchen kann, den Minderheitseigner auszuzahlen und Kontrolle über den Besitz zu erlangen.«

»Und du fühlst dich von ihm angezogen, verstehst dich aber immer noch nicht mit ihm?«

»Genau.« Ich drehte mich auf die Seite und seufzte. »Aber ich habe auch aus Versehen noch einmal mit ihm geschlafen.«

Scarlett kreischte so laut, dass ich das Telefon von meinem Ohr weghalten musste. »Das ist großartig!«

»Nein, das ist es definitiv nicht.«

»Warum nicht?«

»Oh Gott, da gibt es so viele Gründe. Nummer eins, ich mag ihn kein bisschen. Er ist arrogant und überheblich und geht mir auf die Nerven, weil er mich bei diesem dämlichen Spitznamen nennt, den er für mich erfunden hat, als wir Kinder waren. Und zweitens, er ist der Feind! Unsere Familien hassen einander und beide versuchen, die jeweils andere zu überbieten, nur damit wir die Mehrheitsbeteiligung bekommen und die andere Familie ausstechen können.«

»Und trotzdem bist du erneut aus Versehen auf seinen Schwanz gefallen?«

Ich lächelte. »Ja.«

»Das klingt … verboten. Vielleicht ist es genau das, was du nach der anderthalbjährigen Flaute namens Liam Albertson tun musst.«

»Was ich *tun muss*, ist, mich von Weston fernzuhalten. Ich weiß nicht, was mit mir geschieht, aber jedes Mal, wenn wir einen Streit haben, endet es damit, dass wir uns an die Wäsche gehen.«

»Das klingt geradezu wundervoll.«

Sie hatte nicht ganz unrecht. In der Hitze des Gefechts war es tatsächlich geradezu wundervoll. Aber der kurze, billige Nervenkitzel hielt nicht lange an, nachdem die Wolken der Lust sich verzogen hatten. Und dann fühlte ich mich schlimmer als je zuvor. Außerdem war ich hier, um einen Job zu machen, nicht um mich mit dem Feind zu verbrüdern.

»Werden Keuschheitsgürtel noch verkauft? Ich glaube, ich brauche vielleicht einen.«

»Ich glaube, was du brauchst, ist das, was dir soeben passiert ist – von jemandem gevögelt zu werden, der aufregender ist als Liam.«

»Hast du dich schon einmal zu jemandem hingezogen gefühlt, von dem du wusstest, dass er nicht gut für dich ist?«

»Erinnerst du dich nicht daran, wie ich dir erzählt habe, dass ich in meinem ersten Jahr auf dem College mit meinem vierzigjährigen Psychologieprofessor geschlafen habe? Er war bereits dreimal geschieden und seine letzte Frau war eine seiner ehemaligen Studentinnen gewesen. Es war das Dümmste, was ich je getan habe. Aber Mann, es war der beste Sex, den ich jemals hatte. Der Kerl war wie Katzenminze. Jeden Tag, an dem ich seine Vorlesung besuchte, sagte ich mir, dass ich es nicht wieder tun würde. Dann sagte er: ›Miss Everson, könnte ich Sie nach der Vorlesung kurz sprechen?‹ Er sagte es in diesem Tonfall, als hätte er mich beim Schummeln erwischt und wollte mich dafür tadeln. Und das war's. Wenn ich dann nach Hause ging, hatte ich überall an meinem Hintern Spuren von schwarzem wasserlöslichen Filzstift, weil es ihm gefiel, mich gegen das Whiteboard zu drücken.«

»Wie hast du die Sache schließlich beendet?«

»Das Semester war vorbei und ich habe mich absichtlich nicht für Psychologie Zwei eingeschrieben. Solange ich ihn nicht sah, war alles in Ordnung.«

Ich seufzte. »Also, in meiner Situation wird das nicht funktionieren. Wir sitzen beide für den nächsten Monat hier fest. Mindestens.«

»Es ist der Streit, der dich an diesem Typen so scharf macht, nicht wahr?«

Ich war enttäuscht von mir, aber es war die Wahrheit. »Ja. Ich fühle mich, als wollte ich meine Wut körperlich an ihm auslassen.«

»Also gut. Dann streite einfach nicht mit ihm.«

Ich wollte gerade sagen, dass das nicht funktionieren würde, aber ... *hm*. Es war ein simpler Vorschlag. Konnte es so einfach sein?

»Ich bin mir nicht sicher, ob wir beide miteinander auskommen können. Wir haben nie etwas anderes getan, als zu streiten.«

»Nun dann. Klingt so, als müsstet ihr entweder nett zueinander sein oder du wirst einen weiteren *Unfall* haben.«

Ich schätze, es könnte nicht schaden, es zu versuchen. »Vielleicht werde ich das tun.«

»Gut. Dann ist es also beschlossene Sache. Du wirst dir ein paar Stunden Schlaf gönnen und ich werde dafür sorgen, dass ich den neuen Aushilfsassistenten bis zum Ende des Tages zum Heulen bringe.«

Ich lachte. »Das hört sich gut an.«

»Dann ab ins Bett. Ruf mich an, wenn du wieder einknickst und diesen Weston-Typen noch einmal vögelst.«

»Das wird hoffentlich nicht passieren. Wir sehen uns Ende nächster Woche.«

»Tschüss, Liebes!«

Ich schaltete mein Telefon aus und schloss es an das Ladegerät auf dem Nachttisch an, bevor ich mich zudeckte.

Scarlett hatte recht. Es war eigentlich ganz einfach. Ich brauchte nur nett zu Weston zu sein. Das konnte doch nicht so schwer sein.

Oder doch?

KAPITEL SIEBEN

Sophia

»Guten Morgen, Weston.« Ich setzte mein strahlendstes Lächeln auf.

Anscheinend war *strahlend* nichts, das Weston gewöhnt war, an mir zu sehen. Er zog die Augenbrauen zusammen und musterte mich misstrauisch. »Guten Morgen?«

Er saß hinter dem Schreibtisch, in dem Büro, das einmal Miss Copeland gehört haben musste. Ich war mir sicher, dass er einen Streit darüber erwartet hatte, wer von uns das große Eckbüro mit Blick über den Park nutzen würde. Aber stattdessen ging ich direkt zu dem runden Konferenztisch und lächelte einfach weiter.

»Ich würde dich gern über die anderen Probleme in Kenntnis setzen, von denen mir der Geschäftsführer gestern berichtet hat. Vielleicht könnten wir die Liste aufteilen, die ich gemacht habe, damit jeder Ansprechpartner für verschiedene Dinge ist.«

»Äh … ja, das macht Sinn.«

Weston wartete definitiv auf den nächsten Knall. Aber das hatte ich nicht vor. Ich hatte lange über das Gespräch nachgedacht, das ich heute früh mit Scarlett gehabt hatte, und war fest davon überzeugt, dass sie vielleicht recht haben könnte. Bis vor ein paar Tagen hatte ich mich als ziemlich konventionell betrachtet, aber anscheinend war es so, dass irgendein tief sitzender, finsterer Teil von mir davon erregt wurde, mit diesem Mann zu streiten. Wenn Weston und ich uns gut verstanden, hätte ich vielleicht eine bessere Chance, mich nicht mit meinem Slip um meine Fußknöchel wiederzufinden.

Weston stand vom Schreibtisch auf und trat an den Tisch heran, an dem ich saß. Heute Morgen hatte ich eine lange Liste der Probleme abgetippt, über die Louis und ich gesprochen hatten. Ich schob drei zusammengeheftete Seiten auf die andere Seite des Tisches und sah zu Weston auf.

»Das ist eine Liste der Dinge, die wir besprechen sollten. Ich habe sie priorisiert, aber wir sollten trotzdem alle Punkte durchgehen. Ich werde schnell runtergehen und mir noch einen Kaffee holen. Könntest du in der Zwischenzeit vielleicht lesen, was ich aufgeschrieben habe, damit wir darüber sprechen können, wenn ich zurück bin?« Ich stand von meinem Stuhl auf.

Der Ausdruck auf Westons Gesicht war ziemlich komisch. Er wartete darauf, dass ich schwierig sein würde. *Heute wird das nicht passieren, Kumpel.* Ich ging zur Tür, hielt an und drehte mich um. »Soll ich dir einen Kaffee mitbringen? Vielleicht etwas Obst und einen Muffin?«

»Ähhh … ja, das wäre großartig. Ich hätte gern einen großen schwarzen Kaffee und einen Blaubeermuffin.«

»Kein Problem.« Dieses Mal gelang es mir bei meinem übertriebenen Lächeln sogar, die Zähne zu zeigen. Freundlich zu sein war fast eine neue Art der Folter für Weston. *Wer hätte das gedacht?* Vielleicht würde das hier doch nicht so schlimm werden.

Als ich mich umdrehte, um den Raum zu verlassen, hielt er mich auf.

»Warte. Du wirst meinen Kaffee aber nicht vergiften oder so was, nicht wahr?«

Ich lachte. »Ich bin in wenigen Minuten wieder da.«

Mein aufgesetzt fröhliches Auftreten schien eingesunken zu sein. Auf dem Weg zum Coffeeshop ertappte ich mich beim Pfeifen. Es hatte mir nicht nur Spaß gemacht, Weston ein seltsames Gefühl zu bereiten, mein Nacken wusste die fehlende Anspannung wirklich zu schätzen. Seit ich vor zwei Tagen in das Flugzeug eingestiegen war, hatte ich einen riesigen Knoten darin.

Als ich ins Büro zurückkehrte, saß Weston immer noch am runden Konferenztisch. Er hatte sich auf der Liste, die ich ihm gegeben hatte, einige Notizen gemacht und vor ihm lag nun ein gelber Block, auf dem er sich noch weitere Stichpunkte aufgeschrieben hatte. Er scrollte auf seinem Telefon. Zusammen mit einem gut gelaunten Lächeln reichte ich ihm seinen Kaffee und die Tüte mit dem Blaubeermuffin.

»Ich habe sie gebeten, den Muffin für dich aufzuwärmen. Ich hoffe, das ist okay. Da ist auch etwas Butter in der Tüte, wenn du magst.«

Verwirrt legte er die Stirn in Falten. »Ja, das ist toll. Danke.«

Ich nahm ihm gegenüber Platz und bog die Plastiklasche meines Kaffeebechers zurück, bevor ich meinen Stift in die Hand nahm. »Warum fangen wir nicht mit meiner Liste an? Und wenn wir damit fertig sind, kannst du mir erzählen, wie es gestern bei der Gewerkschaft gelaufen ist und was ich tun kann, um dort zu helfen.«

»Okay …«

Während der nächsten Stunde klärte ich Weston über die Probleme auf, die ich mit Louis besprochen hatte. Als ich fertig war, sackte er auf seinem Stuhl zusammen.

»Wir haben viel zu tun.«

»Ja, aber ich glaube, wir werden ein gutes Team sein und es wird uns gelingen, diesen Ort in Nullkommanichts auf Vordermann zu bringen.«

»Wirklich?«

»Absolut. Wenn sich irgendjemand mit Hotels auskennt, dann sind wir es. Wir sind beide darin aufgewachsen, lange bevor wir überhaupt angefangen haben, für unsere Familien zu arbeiten. Es liegt uns im Blut. Ich habe bereits zwei Bauunternehmer kontaktiert, die in der Vergangenheit für Sterling gearbeitet haben, und mit einem von ihnen heute Nachmittag um vierzehn Uhr ein Treffen vereinbart, um über den Bau zu sprechen, der im Ballsaal fertiggestellt werden muss.«

»Warum deine Bauunternehmer? Ich hatte letzten Monat eine Besprechung in einem eurer Gebäude und dort sah es nicht besonders scharf aus.«

Die Reaktion meines Bauchgefühls war es, mich sofort zu verteidigen, aber ich schob das beiseite und es gelang mir, die Beleidigung zu ignorieren und mich stattdessen auf die Zusammenarbeit zu konzentrieren.

»Gut, ich sage dir was. Wir brauchen selbstverständlich mehrere Kostenvoranschläge, warum also rufst du nicht einen oder zwei eurer Leute an? Wir können uns ansehen, welche Ideen sie haben und wie schnell jeder von ihnen glaubt, die Arbeit fertigstellen zu können.«

Wieder zögerte Weston. »Ja, okay.«

Wir besprachen noch einige andere vorrangige Themen, darunter den Umgang mit einem Mitarbeiter, von dem Louis den Verdacht hatte, dass er sich an der Portokasse bediente, und wir besetzten fünf wichtige freie Stellen, von denen zwei stellvertretende Bereichsleiterpositionen waren. Ich hatte ebenfalls einen Termin mit einem Team von Wirtschaftsprüfern und Anwälten für heute Nachmittag vereinbart, um mit dem Bewertungsverfahren des *Countess* zu beginnen, damit meine Familie ein Angebot unterbreiten konnte, um den Minderheitsanteil zu erwerben.

Weston und ich beschlossen sogar ohne große Meinungsverschiedenheiten, in welchen Konferenzräumen unsere Teams arbeiten sollten. Danach machten wir einige Gegenvorschläge in Bezug auf das Angebot der Gewerkschaft, über das wir vorhin gesprochen hatten. Alles in allem war es ein sehr produktiver Vormittag.

»Okay, gut …« Ich schob die Papiere, die ich vor mir ausgebreitet hatte, zu einem Haufen zusammen und legte sie ordentlich übereinander. »Das war eine gute Besprechung. Ich werde mit Louis reden und ihn bitten, mir irgendwo ein Büro einzurichten, und ich schätze, ich sehe dich dann oben, wenn der erste Bauunternehmer eintrifft.«

»Willst du dieses Büro nicht haben?«, fragte er.

Ich stand auf. »Du machst den Eindruck, als hättest du dich hier schon eingerichtet. Ich kann mir ein anderes suchen. Das ist kein Problem.«

Wir waren etwa zwei Minuten davon entfernt, dass Weston mir an die Stirn fasste, um zu sehen, ob ich Fieber hätte. Ich schätzte, ich hatte ausreichend dafür gesorgt, dass ihm schwindelig geworden war, und meine Arbeit hier war beendet. »Wir sehen uns um zwei?«

»Ja. Könnte sein, dass ich mich etwas verspäte. Aber ich sehe dich dann oben.«

Jetzt war ich an der Reihe, misstrauisch zu werden. »Hast du etwas anderes vor?«

Weston stand auf und ging unter Vermeidung von Augenkontakt zurück an seinen Schreibtisch. »Ich habe eine Besprechung. Aber danach bin ich wieder da.«

»Eine Besprechung? Was für eine Besprechung?«

»Die Art, die dich nichts angeht. Ich werde so schnell wie möglich wieder zurück sein.«

Nicht in der Lage zu verbergen, wie sehr seine Antwort mich verärgert hatte, verließ ich das Büro. Ich hatte gerade alle meine Karten auf den Tisch gelegt und dieser kleine Scheißkerl tat vermutlich irgendetwas hinter meinem Rücken.

Diese Sache mit dem Nettsein würde doch nicht so einfach werden.

Sam Bolton baute schon seit meiner Kindheit für meine Familie in New York – wenngleich ich nicht gewusst hatte, dass Bolton Contracting jetzt Bolton and Son war. Travis, Sams Sohn, stellte sich vor und schüttelte mir die Hand. Er war attraktiv, mehr wie ein adretter Chef als ein Bauunternehmer, der den Hammer schwingt, sah aber definitiv gut aus.

»Es freut mich, Sie kennenzulernen«, sagte er. »Ich wusste nicht, dass William eine Tochter hat.«

Travis meinte seine Bemerkung nicht böse, aber dennoch traf sie ins Schwarze.

»Weil er immer noch hofft, dass ich zur Vernunft komme, mir eine Schürze umbinde und zu Hause bleibe, um mich auf die Ankunft meines Mannes von der Arbeit vorzubereiten, wie es sich für eine Frau gehört.«

Travis lächelte. »Ich hoffe, Sie nehmen es mir nicht übel, wenn ich das sage, aber ich habe mit Ihrem Bruder Spencer zusammengearbeitet und ich bin überzeugt, es gibt auch Schürzen in seiner Größe.«

Ich mochte Travis jetzt schon. »*Halbbruder* und ich bin mir ziemlich sicher, dass er alles anbrennen lassen würde, woran er sich in der Küche versucht.«

Wenn ich mich nicht irrte, dachte ich, *diesen Blick* in Travis' Augen gesehen zu haben. Sie wissen schon, dieses Funkeln, das erscheint, wenn jemand Interesse an mehr als nur deinem Geschäft hat. Wenngleich er sich wie ein perfekter Gentleman verhielt und nichts Unangemessenes tat, als ich ihn über die Baustelle führte. Travis war zu früh gekommen, deshalb erschien einige Minuten später sein Vater. Ich hatte ebenfalls Len, den Leiter der Hotelwartung, hinzugebeten, um uns zu begleiten, und er erklärte uns während der Begehung, was bereits fertig war und was noch fertiggestellt werden musste.

»Was ist mit dem ursprünglichen Bauunternehmer passiert?«, fragte Travis.

»Anscheinend gab es eine Vielzahl von Problemen bei der Inspektion«, sagte Len. »Miss Copeland war über die häufigen Verspätungen nicht erfreut gewesen und feuerte den Bauunternehmer mit der Absicht, jemand Neues einzustellen. Sie sagte mir sogar einmal, dass sie einem neuen Bauunternehmer eine Anzahlung gegeben hätte, aber nichts wurde je begonnen.«

Großartig. Selbstnotiz: Herausfinden, ob ein Bauunternehmer bezahlt wurde, um mit der Arbeit zu beginnen, und nicht erschienen ist, auf meine Zu-erledigen-Liste hinzufügen.

»Alles kam vor etwa vierzehn Monaten zum Stillstand, als der gesundheitliche Zustand von Miss Copeland sich verschlechterte.«

»Und wann soll das alles fertig sein?«, fragte Sam Bolton.

»In drei Monaten«, sagte ich.

Travis zog die Augenbrauen hoch, während sein Vater lange und hörbar ausatmete und den Kopf schüttelte. »Wir müssten rund um die Uhr Mitarbeiter hier haben. Das bedeutet die Zahlung von Nachtzulage, zwei Vorarbeiter, die in Zwölf-Stunden-Schichten Überstunden leisten, und sämtliche Zusatzleistungen, die die Gewerkschaft benötigt.«

»Aber ist es möglich, es fertigzustellen?«, fragte ich. »Wir haben Veranstaltungen geplant, die in drei Monaten anfangen, und ich möchte sie wirklich nicht absagen müssen.«

Sam sah sich um und kratzte sich am Kinn. »Möglich ist es. Ich werde nicht lügen, es gefällt mir nicht, so zu arbeiten. Ich werde nicht an allen Ecken und Enden sparen, um es fertigzustellen. Oftmals bin ich auch von den Subunternehmern abhängig, deshalb besteht auch dort die Möglichkeit, dass etwas schiefgehen könnte.« Er nickte. »Aber ja, ich denke, mit diesen Zusatzleistungen könnten wir drei Monate lang Gas geben. Wir müssten sofort zur Bauaufsichtsbehörde fahren und herausfinden, welche Probleme es bei den letzten Inspektionen gegeben hat, und ebenfalls heute die Baupläne mitnehmen. Aber wir können es versuchen.«

»Wie schnell können Sie mir einen Kostenvoranschlag liefern?«

»In zwei Tagen.«

Ich seufzte. »Okay. Also gut, dann machen wir es so.«

Weston erschien gerade dann, als wir fertig waren – mehr als nur *etwas* zu spät. Nichtsdestotrotz regte ich mich nicht auf und es gelang mir sogar zu lächeln, als ich ihn vorstellte. Er und Sam vertieften sich in eine Unterhaltung über Leute, die sie beide kannten, und Jobs, mit denen sie beide vertraut waren. Ich teilte Len von der Hotelwartung mit, er könne gehen, und Travis und ich blieben zurück und unterhielten uns.

»Höre ich da einen kleinen britischen Akzent?«, fragte er.

Ich hätte nicht gedacht, dass ich einen hätte. Aber er war nicht der Erste, der mich das fragte. Ich hatte nur sechs Jahre in London gelebt.

»Sie sind sehr aufmerksam.« Ich lächelte. »Ich bin in New York geboren und aufgewachsen, habe die letzten Jahre aber in London gelebt. Anscheinend habe ich während meiner Zeit dort einige Dinge aufgeschnappt.«

»Was hat Sie nach London getrieben?«

»Die Arbeit. Wir haben dort Hotels und mein Vater und ich verstehen uns am besten, wenn wir uns auf verschiedenen Kontinenten aufhalten.«

Er lächelte. »Was hat Sie zurückgeholt?«

»Dieses Hotel. Außerdem war es der richtige Zeitpunkt. Ich war bereit für eine Veränderung.«

Travis nickte. »Und keine, bei der Sie eine Schürze um die Hüfte tragen müssen, nehme ich an?«

Ich lachte. »Definitiv nicht.«

Aus dem Augenwinkel ertappte ich Weston, der zu Travis und mir hinübersah. Es war schon das zweite oder dritte Mal in fünf Minuten. Er überwachte ganz offensichtlich unsere Unterhaltung.

Nachdem die Boltons gegangen waren, schüttelte Weston den Kopf. »Diese beiden sind auf keinen Fall die Richtigen für diesen Job.«

»Was? Wovon redest du? Sie sagten, sie könnten uns in ein paar Tagen einen Kostenvoranschlag liefern und unsere extrem knappe Frist einhalten. Meine Familie hat über Jahre hinweg sehr oft mit dieser Firma zusammengearbeitet. Die beiden sind absolut zuverlässig. Worauf können wir an diesem Punkt noch hoffen?«

»Ich habe bei den beiden einfach nicht das richtige Gefühl bekommen.«

»Das richtige Gefühl? Was für ein Gefühl hattest du denn?«

»Ich weiß nicht. Einfach nur ein nicht vertrauenswürdiges Gefühl, schätze ich.«

»Das ist verrückt!«

»Sie können uns ihr Angebot für den Auftrag vorlegen. Aber ich würde an deiner Stelle nicht auf meine Stimme zählen, wenn es darum geht, ihnen den Job zu geben.«

Ich stemmte die Hände in die Hüften. »Und wer genau ist deiner Meinung nach geeignet für diesen Job? Lass mich raten, einer von *euren* Leuten.«

Weston zuckte mit den Schultern. »Ich kann nichts dafür, dass wir bessere Bauunternehmer nutzen.«

»Besser? Wie zur Hölle willst du jetzt schon wissen, ob irgendjemand besser ist als der andere?«

»Wenn du vielleicht etwas besser darauf achten würdest, was um dich herum vor sich geht, anstatt den Sohn des Bauunternehmers anzuschmachten, wärst du vielleicht mit mir einer Meinung.«

Ich bekam große Augen. »Das ist ja wohl ein Scherz!«

Er zuckte mit den Schultern. »Verlangen ist blind.«

»Offensichtlich! Warum sonst hätte ich mit dir schlafen sollen?«

Westons Blick verfinsterte sich und seine Pupillen bedeckten den Großteil der sanften blauen Farbe seiner Augen. Ich konnte spüren, wie mein Gesicht sich vor Wut aufheizte und … *Oh mein Gott*, ich verspürte ein leichtes Kribbeln in meinem verdammten Bauch.

Ist mein Körper wahnsinnig?

Er musste es sein. Auf meiner Stirn brach kalter Schweiß aus und mein Körper war plötzlich hell erleuchtet wie ein Weihnachtsbaum.

Was zur Hölle?

Ernsthaft?

Nein. Einfach nein.

Während mir wegen der verrückten Reaktion meines Körpers der Kopf schwirrte, senkte Weston den Blick auf meine Brust. Es war mir furchtbar peinlich, als ich sah, dass meine Brustwarzen hervorstachen. Die Verräter standen aufrecht und salutierten diesem Arschloch durch meine Bluse. Ich verschränkte die Arme vor der Brust, aber es war zu spät. Ich schaute auf und sah ein breites, verruchtes Grinsen auf Westons Gesicht.

Ich atmete tief durch, schloss die Augen und zählte bis zehn. Als ich sie wieder öffnete, grinste Weston noch immer, aber er hatte die Augenbrauen zusammengezogen und die Stirn in Falten gelegt.

»Falls du gehofft hast, dass ich verschwinde, muss ich dich leider enttäuschen«, sagte er.

Ich weiß, dass ich nicht so viel Glück habe, lag mir auf der Zungenspitze. Aber stattdessen setzte ich ein strahlendes Lächeln auf.

Also, ich wollte, dass es strahlend aussah, aber der Blick auf Westons Gesicht sagte mir, dass es eher in Richtung wahnsinniger Joker ging als alles andere. Trotzdem behielt ich den Ausdruck bei.

Durch zusammengepresste Zähne sagte ich: »Warum würde ich wollen, dass du verschwindest? Du bist so hilfreich. Ich freue mich darauf, mich mit deinem Bauunternehmer zu treffen.«

Da ich mir nicht sicher war, wie viel ich noch ertragen konnte, ohne die Nerven zu verlieren, drehte ich mich auf dem Absatz um und ging zur Tür. Ohne mich noch einmal umzusehen, sagte ich: »Einen schönen Nachmittag, Weston.«

Er brüllte mir nach: »Den werde ich haben. Und vergiss nicht das Essen heute Abend, Fifi.«

KAPITEL ACHT

Sophia

Ich erschien absichtlich eine Viertelstunde zu spät im Le Maison.

Weston erhob sich, als ich mich dem Tisch näherte. »Ich dachte schon, du würdest nicht mehr kommen.«

Ich nahm meinen Platz ein und breitete die Serviette auf meinem Schoß aus. »Ich sagte, ich würde kommen, und hier bin ich. Aber warum konnten wir nicht einfach in einem der Restaurants im *Countess* zu Abend essen?«

»Hier kann getanzt werden. Ich dachte, es gefällt dir vielleicht, meinen Körper an deinen gedrückt zu spüren, wenn wir in der Öffentlichkeit sind. Ich meine, wir wissen doch, wie sehr du es im Privaten magst.«

»Ich werde nicht mit dir tanzen.«

Anstatt sich von meiner Weigerung verärgert zu zeigen, ließ Weston sein Millionen-Dollar-Lächeln erstrahlen. Er hatte wirklich ein fantastisches Lächeln … was unglaublich irritierend war. Aber ich war wild entschlossen, an diesem Abend meine Fassung zu bewahren.

Ein Kellner kam zu uns und fragte, ob wir die Weinkarte sehen möchten. Ich nahm sie und warf einen kurzen Blick hinein, beschloss aber, anstatt mir zur Entspannung Hunderte Kalorien Wein zu gönnen, lieber an einem kalorienarmen Getränk zu nippen. Ich gab dem Kellner meine Karte zurück. »Ich hätte gern einen Wodka Cranberry mit Limette. Wenn Sie Cranberry Light haben, wäre das noch besser.«

»Tut mir leid, wir haben kein Light. Möchten Sie den normalen Saft?«

»Gern. Vielen Dank.«

Der Kellner nickte und wandte sich an Weston. »Und für Sie, Sir?«

»Ich hätte gern eine Cola Light.«

Das hier war das dritte Mal, dass wir zusammensaßen und ich ein alkoholisches Getränk bestellt hatte, Weston jedoch nicht. Ich zog in Erwägung, es infrage zu stellen, dachte aber, es könnte vielleicht auf meine Trinkgewohnheiten unter der Woche aufmerksam machen, und hielt deswegen die Klappe.

Nachdem der Kellner verschwunden war, musterte Weston mich. »Vergiss nicht Nummer zwei unserer Abmachung.«

Ich brauchte einige Sekunden, um mich daran zu erinnern, wie die Regeln unserer dämlichen Abmachung lauteten. Wir hatten uns geeinigt, dass ich ihn Weston nenne, Abendessen zweimal pro Woche und dass ich … mein Haar zweimal pro Woche hochgesteckt trage.

»Wieso interessiert es dich überhaupt, wie ich mein Haar trage?«

»Weil ich mir gern die Haut in deinem Nacken ansehe. Sie ist weich.«

Ich öffnete den Mund, um etwas zu erwidern, schloss ihn dann aber wieder. Seine Bemerkung schien aufrichtig zu sein. Ich wusste, wie ich mit diesem Mann streiten konnte. Ich wusste, wie ich mit ihm über Geschäftliches reden konnte, selbst auf zivilisierte Weise. Aber ich hatte keine Ahnung, wie ich ein Kompliment annehmen sollte, wenn er nett zu mir war.

»Sag nicht solche Sachen«, brummte ich schließlich.

»Warum nicht?«

»Tu es einfach nicht.«

Da das Geschäftliche ein sicheres Gesprächsthema war, faltete ich die Hände auf dem Tisch. »Ich habe mit einem zweiten Bauunternehmer morgen früh um neun Uhr einen Termin vereinbart.«

»Ich habe Brighton Contractors für morgen um acht bestellt. Ich bin mir sicher, dass wir deinen Termin absagen können, nachdem wir uns mit Jim Brighton getroffen haben.«

»Ich denke, ich werde es so lange unterlassen, eine Entscheidung zu treffen, bis wir uns mit beiden getroffen haben. Im Gegensatz zu dir bin ich unvoreingenommen und habe kein Problem, alle kompetenten Bauunternehmer in Erwägung zu ziehen, ganz egal, wer sie kontaktiert.«

Weston warf seine Serviette auf den Tisch und stand auf. Er hielt mir seine Hand hin. »Tanz mit mir.«

»Ich sagte dir doch, ich tanze nicht.«

»Nur ein Tanz.«

»Nein.«

»Nenne mir einen guten Grund, warum nicht, und ich setze mich wieder hin.«

»Weil es unprofessionell ist. Dies hier ist ein Geschäftsessen, keine Verabredung.«

»Dich zu fingern, während mein Gürtel um deine Handgelenke gewickelt ist, ist es auch. Und du schienst das nicht als unprofessionell anzusehen. Obwohl, wenn du mich fragst, mich in dem Zustand zurückzulassen, wie du es neulich Abend getan hast, war nicht gerade dein professionellster Moment.«

Der Kellner kam, um unsere Getränke zu servieren. Weston stand weiterhin und wartete darauf, dass ich ihm zustimmte.

Als wir wieder allein waren, sagte ich: »Ich hatte offensichtlich einige geistige Aussetzer. Aber die liegen in der Vergangenheit und ich beabsichtige, die Dinge zwischen uns von nun an rein professionell zu halten.«

Weston musterte mich einen Moment lang. Ich war überrascht, als er sich wieder setzte, ohne weiter mit mir zu diskutieren. Er rieb sich mit dem Daumen über die Unterlippe, während er mich von der anderen Seite des Tisches weiterhin anschaute. Nach einer Minute erhellte sich sein Gesicht. Es fehlte einzig die Glühbirne in einer Blase über seinem Kopf.

Er grinste. »Du denkst, wenn wir nett zueinander sind, wirst du nicht mehr mit meinem Pimmel in dir enden.«

Ich rutschte auf meinem Stuhl herum. »Musst du so vulgär sein?«

»Was habe ich gesagt?« Er schien wirklich verwirrt zu sein.

Ich beugte mich nach vorn und senkte die Stimme. »*Pimmel.* Musst du es so bezeichnen?«

Er grinste. »Tut mir leid. Kannst du das wiederholen? Ich habe dich nicht verstanden.«

Ich kniff die Augen zusammen. »Du hast mich verstanden. Ich weiß es.«

Er beugte sich nach vorn und senkte ebenfalls die Stimme. »Vielleicht. Aber es hat mir wirklich gefallen, zu hören, wie du *Pimmel* sagst.«

Ein Hilfskellner ging an unserem Tisch vorbei, als Weston sprach. Der Kerl sah zu uns hinüber und grinste, ging aber weiter.

»Sprich leise.«

Selbstverständlich tat er das nicht. »Ist es nur *mein Pimmel*, über den du nicht sprechen willst? Oder sind es generell *alle Pimmel*?«

Ich rollte mit den Augen. »Oh Gott, du bist wie ein zwölfjähriger Junge.«

Er zuckte mit den Schultern. »Vielleicht. Aber ich weiß, welches Spiel du jetzt spielst. Du denkst, dass kein Streit auf keinen Fick hinausläuft.«

»Das tue ich nicht«, log ich. »Ich versuche lediglich, eine professionelle Beziehung aufrechtzuerhalten, bei der wir einen schlechten Start hatten.«

Weston nahm sich ein Grissini von der Tischmitte. »Mir gefiel der Start, den wir hingelegt haben.«

»Wie dem auch sei, wir machen die Dinge jetzt auf meine Art.«

Er biss ein Stück von dem Grissini ab und deutete damit auf mich. »Wir werden sehen.«

Beim Abendessen gelang es mir irgendwie, unser Gespräch wieder auf das Geschäftliche zu lenken. Während wir auf die Rechnung warteten, sagte ich: »Ich hatte Len von der Hotelwartung heute Nachmittag gebeten, mich zu begleiten, als ich den Bauunternehmer herumführte. Er war schon weg, als du gekommen bist, aber ich bin froh, ihn dazugerufen zu haben. Er konnte Sam und Travis darüber in Kenntnis setzen, wie weit die Arbeiten mit der Elektrik und den Sprinklersystemen waren, etwas, das ich nicht gewusst hätte. Ich habe ihn gebeten, uns mit dem anderen Bauunternehmer, den ich einbestellt habe, ebenfalls zu begleiten. Vielleicht solltest du ihn zu dem Acht-Uhr-Termin mit deinen Leuten auch einladen.«

»In Ordnung, das werde ich tun.«

Über diesen Nachmittag zu sprechen erinnerte mich daran, wie spät Weston zu dem Termin erschienen war. Da wir uns so gut verstanden und Informationen austauschten, dachte ich mir, ich könnte nachbohren.

»Übrigens, warum bist du heute Nachmittag so spät gekommen? Du hast bisher nicht erwähnt, was für einen Termin du hattest.«

Weston sah zwischen meinen Augen hin und her, bevor er den Blick abwandte. »Du hast recht. Das habe ich nicht.«

Ich seufzte. »Ist auch egal. Ich hoffe nur, dass du keine Spielchen spielst wie vor ein paar Tagen, als du hinter meinem Rücken mit der Gewerkschaft gesprochen hast.«

»Das wird kein Problem sein.«

Weil das *Countess* nur fünf Blocks vom Restaurant entfernt war, gingen wir Seite an Seite zu Fuß dorthin zurück. Auf unserem Weg kamen wir an einer Bar mit dem Namen *Caroline's* vorbei. Mir fiel es auf und ich sah sofort zu Weston hinüber, um herauszufinden, ob er es ebenfalls bemerkt hatte. Ich sah, wie er den erleuchteten Schriftzug über der Eingangstür anstarrte. Als er den Blick senkte, schaute er zu mir. Es fühlte sich seltsam an, nichts zu sagen.

»Es tat mir sehr leid, als ich von deiner Schwester erfahren habe«, sagte ich leise.

Er nickte. »Danke.«

Caroline Lockwood war zwei Jahre älter als Weston gewesen, aber nur ein Jahr über uns in der Schule, weil sie so oft gefehlt hatte. Seit unserer Kindheit hatte sie an Leukämie gelitten. Ich wusste, dass es verschiedene Unterkategorien dieser Krankheit gab, und war mir nicht ganz sicher, an welchem Typ sie erkrankt war, aber in der Schule sah sie immer müde und zu dünn aus. Als wir etwa achtzehn waren, direkt nach unserem Abschluss, hörte ich, dass sie eine Nierentransplantation hatte. Ihre Familie und Freunde schienen optimistisch, dass ihr Zustand sich nun verbessern würde. Aber vor etwa fünf Jahren, als ich in London lebte, erfuhr ich, dass sie gestorben war.

Weston hielt an, als wir das *Countess* erreichten. Er blickte an der hübschen Fassade hinauf und lächelte. »Caroline hätte dieses Hotel geliebt. Sie hat Architektur an der Universität von New York studiert und einen Job bei der Gesellschaft für Denkmalpflege in New York bekommen. Sie hielt es für ihre persönliche Pflicht, den Charakter der ältesten Gebäude der Stadt zu bewahren.«

»Das wusste ich nicht.«

Er nickte, während er weiterhin nach oben sah. »Außerdem war sie besessen von Weihnachten – sie dachte, es sei ihr Job, jedes Jahr zwei Monate lang alles weihnachtlich zu gestalten. Wenn sie hier wäre, würde sie mit uns bereits Planungsgespräche darüber führen, wie wir das *Countess* während der Weihnachtszeit dekorieren werden.«

»Ich weiß tatsächlich ein paar Kleinigkeiten über die Weihnachtszeit im *Countess*. Und unsere Familien kommen darin vor. Als ich über das Hotel recherchiert habe, fand ich einige alte Fotos, auf denen ein riesiger Weihnachtsbaum in der Eingangshalle zu sehen war. Ich habe ebenfalls mehrere Hundert Bewertungen des Hotels bei Tripadvisor gelesen, um ein Gespür dafür zu bekommen, was die Gäste über ihren Aufenthalt bei uns denken, und mir fiel auf, dass es zahlreiche Bewertungen gab, die im Dezember geschrieben wurden und in denen die Leute anmerkten, dass das Hotel keinen Baum und nur sehr wenig weihnachtliche Dekoration gehabt hätte. Ich fragte Louis danach und er erzählte mir, dass während der ersten Jahre unsere Großväter losgezogen sind, um den größten Baum zu schlagen, den sie finden konnten, und danach wurde er von allen dreien von oben bis unten dekoriert. Es gehörte zu einer von Miss Copelands Lieblingsbeschäftigungen. Nach allem, was neunzehnhundertzweiundsechzig zwischen den dreien passiert war, und nachdem ihre Wege sich getrennt hatten, gab es nie mehr einen erleuchteten Baum in der Eingangshalle. Grace liebte es, einen großen Baum zu haben, konnte es wegen der Erinnerungen, die dabei hochkamen, aber nicht ertragen, einen aufzustellen. Sie fühlte sich stets schlecht, für das Ende der Freundschaft unserer Großväter verantwortlich gewesen zu sein, und hoffte, dass die beiden eines Tages das Kriegsbeil begraben würden, damit erneut ein Baum die Eingangshalle erleuchten könnte.«

»Kein Scheiß?«

Ich nickte. »Nein. Deshalb gab es hier schon lange vor unserer Geburt keinen Baum und auch keine echte Weihnachtsstimmung mehr.«

Weston schwieg eine Weile, während er weiter nach oben blickte. »Ich schätze, dann haben Grace und ich etwas gemeinsam.«

»Was meinst du?«

»Seit Carolines Tod habe ich auch keinen Baum mehr aufgestellt oder das Haus dekoriert. Als Kind hat sie mich dazu gezwungen, ihr stundenlang dabei zu helfen, das Haus zu schmücken. Als sie älter wurde, lud sie mich zu ihrem Geburtstag am zweiten November ein und ich verbrachte den ganzen Tag mit ihr, um das Haus zu dekorieren. Sie hat es an ihrem Geburtstag gemacht, damit es mir schwerer fallen würde, Nein zu sagen.«

Ich lächelte. »Ich finde die Beziehung toll, die ihr beide miteinander hattet. Ich erinnere mich daran, dass ich auf der Highschool ständig gesehen habe, wie ihr beide zusammen nach Hause gegangen seid oder wie ihr in der Pausenhalle in der Schule miteinander gelacht habt. Da habe ich mir immer gewünscht, Geschwister zu haben.«

Weston sah mich mit einem freundlichen Lächeln an. »Was? Der gute alte Spencer zählt nicht?«

Ich lachte. »Keine Chance. Außerdem, selbst wenn wir miteinander auskämen, er ist in Florida aufgewachsen, wo mein Vater seine zweite Familie verstaut hat. Deshalb habe ich ihn nicht allzu gut kennengelernt. Und vielleicht hatte er bei mir nie eine Chance, wegen der Art und Weise, wie er in mein Leben gekommen ist.«

Weston schien kurz über etwas nachzudenken. »Würde es dir helfen, wenn du ein schmutziges Geheimnis über ihn wüsstest?«

»Helfen? Ich weiß nicht genau. Aber würde es mir Freude bereiten? Auf jeden Fall!«

Er lächelte und beugte sich ein wenig zu mir, obwohl der Bürgersteig um uns herum menschenleer war.

»Dein Halbbruder mit der süßen Südstaaten-Verlobten und der Verlobung, die von ihrem Pastorenvater in der *New York Times* angekündigt wurde – nun, er treibt es mit einer Stripperin in Vegas, die eine bestens bekannte Domina ist.«

Meine Augen wurden groß. »Ich wusste doch, dass du neulich beim Mittagessen etwas Verbotenes über ihn gesagt hast.«

»Sie mieten sich in einem kleinen Hotelcasino am Stadtrand ein. Schätzungsweise, damit niemand sie bemerkt. Ich glaube, Spence weiß nicht, dass ich stiller Teilhaber am *Ace* bin. Ich habe die beiden mit eigenen Augen zusammen gesehen. Dann habe ich mich mal umgehört und nachgefragt. Die Sache läuft schon eine ganze Weile.«

Ich schüttelte den Kopf. »Der Apfel fällt wohl nicht weit vom Stamm.«

Da Weston mir etwas anvertraut hatte, entschied ich, ihm eins meiner Geheimnisse anzuvertrauen. »Willst du etwas Schmutziges erfahren, das die meisten Leute nicht wissen?«

Weston lächelte. »Unbedingt.«

»Der Altersunterschied zwischen Spencer und mir beträgt nur sechs Monate. In der Schule war er ein Jahr unter mir, deshalb ist es niemandem aufgefallen. Mein respektabler Vater hatte sowohl seine Frau als auch seine Geliebte gleichzeitig geschwängert.«

Er schüttelte den Kopf. »Ich mochte deinen Vater noch nie. Selbst als wir Kinder waren, fand ich ihn dubios. Dein Großvater hingegen macht immer den Eindruck, als wäre er ein ehrbarer Mann.«

Ich seufzte. »Ja. Grandpa Sterling ist wirklich besonders. Ich sehe ihn nicht mehr häufig genug, seit er nach Florida gezogen ist. Nachdem mein Vater meine Mutter verlassen hatte, ist er richtig in Erscheinung getreten. Er hat nie eine Schulaufführung oder ein Tennisspiel verpasst. Früher habe ich ihn an einigen Nachmittagen in der Woche bei der Arbeit in einem seiner Hotels begleitet. Schon damals habe ich erkannt, wie unterschiedlich mein Großvater und mein Vater die Mitarbeiter behandeln und die Mitarbeiter sie. Grandpa Sterlings Angestellte verehrten ihn, ungefähr so, wie die Mitarbeiter von Grace Copeland sie anscheinend geliebt haben. Wohingegen die Angestellten meines Vaters ihn mehr fürchteten als respektierten.«

»Ich schätze, in jeder Familie gibt es ein schwarzes Schaf.«

Ich nickte. »Das stimmt wohl.« Als mir bewusst wurde, dass ich sehr viel mehr über meine verkorkste Familie erzählt hatte als er, fragte ich: »Wer ist das schwarze Schaf in deiner Familie?«

Weston steckte die Hände in die Taschen und blickte zu Boden. »Ich.«

Fast brach ich in Gelächter aus. »Du? Du bist der Prinz der Familie Lockwood.«

Weston rieb sich die Bartstoppeln an seiner Wange. »Willst du ein Lockwood-Geheimnis wissen?«

Ich lächelte. »Unbedingt.«

»Ich war nie der Prinz der Familie Lockwood. Sie haben mich nur für die Ersatzteile bekommen.«

Mein Lächeln verschwand. »Was meinst du?«

Weston schüttelte den Kopf. »Nichts. Vergiss es.« Er schwieg kurz, dann nickte er mit dem Kopf in Richtung Tür. »Ich werde vor dem Schlafengehen noch etwas im Büro nachsehen. Wir sehen uns morgen früh?«

»Ähh ... Ja. Natürlich. Gute Nacht.«

KAPITEL NEUN

Sophia

Am nächsten Vormittag gab es viel zu tun. Weston und ich führten die beiden Bauunternehmer gemeinsam über die Baustelle, danach begab ich mich in den Konferenzraum, wo unser Rechtsanwalts- und Buchhaltungsteam sich bereits zusammengefunden hatte. Das Lächeln auf meinem Gesicht, als ich die Tür öffnete, verschwand beinahe unmittelbar nach meinem Eintritt. Mein Vater saß am Kopf des Tisches. Ich hatte nicht einmal gewusst, dass er wieder in der Stadt war … oder vielleicht war er gar nicht erst abgereist.

»Ich dachte, du wärst nach Florida zurückgekehrt?«

Mein Vater warf mir einen strengen Blick zu. »Offensichtlich werde ich hier gebraucht.«

»Ach ja?« Ich verschränkte die Arme vor der Brust. »Hat jemand dir das gesagt?«

Mir wurde bewusst, dass der Raum voller Männer war, die ihre Köpfe zwischen meinem Vater und mir hin und her bewegten und das Gespräch beobachteten. Ich nickte mit dem Kopf zur Tür. »Könnten wir uns … einen Moment lang draußen unterhalten?«

Der liebe, alte Dad sah aus, als wollte er *wirklich* Nein sagen, doch stattdessen seufzte er verärgert auf und stapfte zur Tür.

Draußen ergriff er das Wort, bevor ich Gelegenheit dazu bekam. »Sophia, du bist dieser Sache nicht gewachsen. Du kannst kein Hotel führen *und* ein Team leiten, das sich um das Bewertungsverfahren kümmert, damit wir diesem Anteilseigener das höchste Gebot machen können.«

Ich schüttelte den Kopf. »Ich dachte, wir hätten das beim Abendessen besprochen. Sollte ich Unterstützung brauchen, werde ich dich anrufen.«

Wie üblich ignorierte mein Vater mich. »Du solltest dich darauf konzentrieren, Informationen von den Lockwoods zu bekommen.«

»Was für Informationen?«

Er seufzte, als könnte er nicht fassen, dass er mir alles erklären muss. »Wir haben uns auf eine Erstpreisauktion geeinigt. Aber es wäre hilfreich zu wissen, was die Lockwoods bieten werden, damit wir ihr Gebot überbieten können, ohne auf einen Schlag alles zu verlieren.«

»Und wie soll ich das deiner Meinung nach anstellen?«

»Dieses Jüngelchen, das dich vor einigen Tagen verteidigt hat, hält dich für eine Jungfrau in Nöten. Das kannst du gegen ihn verwenden.«

»Wovon sprichst du?«

Ich wollte glauben, dass ich ihn nicht verstand, weil es für mich unfassbar war, dass ein Vater seinem Kind so etwas vorschlug. Oder vielleicht wollte ich auch nicht glauben, dass meinem Vater das Geld wichtiger war, als seine einzige Tochter zu einer Hure zu machen.

»Setze deine weiblichen Reize ein, Sophia. Die hast du weiß Gott von deiner Mutter geerbt.«

Ich spürte, wie mein Gesicht sich aufheizte. »Ist das dein Ernst?«

»Manchmal müssen wir alle etwas der Familie wegen tun.«

Ich knirschte mit den Zähnen und atmete tief ein, bevor ich antwortete: »Für welche Familie tust du heute diese Sachen, Vater? Für die, die du verlassen hast, als ich drei Wochen alt war, oder die, in der deine Geliebte *neunzehn* war, als sie schwanger wurde?«

»Sei nicht so neunmalklug, Sophia. Das ziemt sich nicht für dich.«

Wie immer stellte es sich als vergebene Liebesmüh heraus, mit meinem Vater ein professionelles Gespräch zu führen. Ich hatte Besseres zu tun, als hier herumzustehen und mit ihm zu streiten, deshalb gab ich nach … vorerst. Er konnte ruhig diese Schlacht für sich entscheiden, aber ich wusste ganz genau, was ich brauchte, um den Krieg zu gewinnen. Außerdem würde die Bewertung dieses Hotels Wochen dauern und die Frau meines Vaters würde es niemals dulden, dass er so lange weg war. Ich würde ihn ganz sicher überdauern.

»Weißt du was? Warum arbeitest du nicht mit dem Gutachterteam zusammen? Ich habe einen Haufen anderer Sachen, um die ich mich kümmern muss.«

Er nickte kurz. »Gut. Freut mich, dass wir uns verstehen.«

Ich setzte ein künstliches Lächeln auf, wenngleich mein Vater nie ausreichend Zeit mit mir verbracht hatte, um meinen Sarkasmus zu bemerken. »Oh, ich verstehe dich vollkommen, Dad. Wir sehen uns später.«

»Ich habe gesehen, dass Billy Boy wieder da ist.«

Ich arbeitete hinter dem Empfangstresen in der Eingangshalle, als Weston hinter mich trat. Weil er etwas zu dicht bei mir stand, entfernte ich mich drei Schritte zu einem Computer und drückte auf die Leertaste, um das Betriebssystem aufzuwecken.

»Du scheinst sehr viel Freizeit zu haben, um im Hotel herumzustreifen und herauszufinden, was meine Familie und ich vorhaben«, sagte ich. »Zu schade, dass du diese Zeit nicht mit etwas Nützlichem verbringst. Während Louis damit beschäftigt ist, die offenen Stellen zu besetzen, haben wir nicht genügend Personal. Ich bin mir sicher, du könntest den Mitarbeitern beim Toilettenputzen zur Hand gehen, wenn du nichts zu tun hast.«

Weston folgte mir dorthin, wo ich nun stand, stützte sich mit einem Ellbogen auf dem Tisch ab und sah mich an, während ich tippte. »Du siehst auch nicht aus, als wärst du übermäßig beschäftigt, wie du von Computer zu Computer gehst.«

Ich seufzte und machte eine ausladende Handbewegung. »Siehst du hier sonst noch jemanden? Ich helfe Louis, damit er oben Vorstellungsgespräche für die stellvertretenden Bereichsleiterpositionen führen kann. Eine der zwei Rezeptionistinnen ist hinten, um den neuen Gästen ihre Zimmer zuzuweisen, und die andere hat Mittagspause.«

»Versuchst du jetzt schon, Mitarbeiterin des Monats zu werden?«, rügte er mich. »Was bist du nur für eine Arschkriecherin.«

Renée, die Frau, die an der Rezeption arbeitete, trat aus dem hinteren Bereich nach draußen. Sie sah uns beide an und sagte: »Verzeihung. Ich kann später wiederkommen.«

»Nein, nein. Schon gut«, beruhigte ich sie. »Sie unterbrechen uns bei nichts. Was kann ich für Sie tun?«

Sie hielt mir eines dieser kleinen Pappmäppchen hin, in denen sich die Zimmerkarte zum Öffnen der Tür befindet. »Ich habe Sie in einem anderen Zimmer untergebracht. Soll ich den Zimmerservice bitten, hochzugehen und Ihre Sachen dorthin zu bringen?«

Ich schüttelte den Kopf, nahm ihr die Karte ab und steckte sie in die Tasche. »Nein, das ist schon in Ordnung. Ich werde alles packen und später das Zimmer wechseln. Danke, Renée.«

Nachdem sie sich entfernt hatte, sah Weston mich durch zusammengekniffene Augen an. »Warum wechselst du das Zimmer?«

»Ich wollte ein größeres haben. Als ich eingecheckt habe, waren alle Suiten belegt.«

»Als ich eingecheckt habe, gab es auch keine Suiten. Wohin ziehst du um?«

Ich wusste, dass meine Antwort ihm nicht gefallen würde. »In eine der Präsidentensuiten.«

»Als ich ankam, habe ich ebenfalls um eine Suite gebeten. Wie viele sind frei?«

»Nur die eine.«

»Warum bekommst du sie dann?«

»Weil ich die fleißigere Mitarbeiterin bin und heute Morgen gleich als Erstes nachgeschaut habe. Wo warst du denn? Ich habe gesehen, wie du heute ganz früh verschwunden bist.«

»Ich hatte eine Besprechung.«

Ich zog eine Augenbraue hoch. »Noch eine Besprechung? Lass mich raten. Diese Besprechung ist auch geheim?«

Weston presste die Lippen zu einem dünnen Strich zusammen.

Ich setzte ein wissendes Lächeln auf, bevor ich zum anderen Ende des Tresens schritt. »Das habe ich mir gedacht.«

Wieder kam er mir hinterher. »Wenn zwei Gäste einchecken und beide um ein Upgrade bitten, wie würdest du entscheiden, wer es bekommt?«

»Ich würde es dem Gast geben, der als Erstes danach gefragt hat.«

»Richtig. Also sollten wir hier genauso verfahren.«

Nach unserem Flug hatte ich auf mein eingechecktes Gepäck warten müssen, während ich zusah, wie Weston schnurstracks durch die Flughafentür nach draußen verschwand. Ich hatte ihn erst am nächsten Morgen wiedergesehen, es war also anzunehmen, dass er als Erstes eingecheckt hatte. In Bezug darauf, wie vorgegangen werden *sollte*, hatte er theoretisch recht. Aber ich hatte während der letzten Woche große Schwierigkeiten gehabt, einzuschlafen und durchzuschlafen, und dachte, es würde meinem Verstand helfen, sich zu entspannen, wenn ich separate Räume zum Arbeiten und Schlafen hätte. Jedes Mal wenn ich meinen stetig wachsenden Haufen mit Aufgaben oder meinen Laptop ansah, fielen mir zehn weitere Dinge ein, die ich erledigen musste, und ich sprang aus dem Bett, um sie auf meiner Zu-erledigen-Liste zu notieren.

Ich seufzte. »Könnten wir uns wenigstens abwechseln? Immer wöchentlich vielleicht?«

»Oder … wir könnten sie uns teilen. Wir wissen doch beide, wie sehr du es genießt, mit mir allein im Schlafzimmer zu sein.«

Ich schnaubte. »Auf keinen Fall.«

Er zuckte mit den Schultern. »Wie du meinst. Dein Pech.«

Ich schüttelte den Kopf. »Ich bin mir sicher, ich werde mir in den Hintern beißen, weil ich so ein großzügiges Angebot ablehne.«

Weston stellte sich direkt hinter mich, als ich nach unten blickte, um etwas auf dem Rezeptionscomputer zu tippen. »Du siehst mit deinen hochgesteckten Haaren übrigens sehr hübsch aus. Vielen Dank. Ich weiß das zu schätzen.«

Er war mir so nahe, dass ich die Hitze seines Körpers an meinem Rücken spüren konnte. »Ich habe es nicht getan, damit ich von dir dafür geschätzt werde. Ich halte mich nur an meinen Teil der Abmachung, die wir getroffen haben – ganz egal, für wie dämlich ich sie halte.«

Weston rückte noch näher an mich heran. Sein Atem kitzelte mich im Nacken, als er wieder sprach. »Dann hast du also nicht an mich gedacht, als du heute Morgen vor dem Spiegel standst, um dich zurechtzumachen? Ich glaube aber schon.«

Ich hatte *tatsächlich* an ihn gedacht, als ich mir mein Haar hochsteckte. Er hatte mir gesagt, es würde ihm gefallen, meinen Nacken anzusehen, und der Gedanke, dass er davon erregt werden würde, versetzte mich den gesamten Vormittag in freudige Erwartung, ihn zu sehen. Aber nichts davon würde ich jemals zugeben.

»Entgegen deiner Überzeugung dreht die Welt sich nicht um dich. Ganz besonders nicht meine.«

»Möchtest du wissen, warum ich deinen Nacken so mag?«

Ja. »Es ist mir wirklich egal.«

»Ich liebe deine Haut. Wenn du das Haar hochgesteckt trägst, kann ich deinen Nacken anstarren, ohne dass du meine Blicke bemerkst. Wie heute morgen, als du dir um sechs Uhr zwanzig deinen Kaffee geholt hast.«

Vielleicht hätte es sich ein wenig unheimlich anfühlen sollen, als ich hörte, dass er mich dabei beobachtet hatte, wie ich mir meinen Morgenkaffee holte, aber aus irgendeinem Grund war das nicht der Fall. Seltsamerweise fand ich es in gewisser Weise sogar erotisch, dass er mir verstohlene Blicke zuwarf, wenn er Gelegenheit dazu bekam. Trotzdem unterdrückte ich dieses Gefühl. »Ich glaube, du brauchst ein Hobby, Weston.«

»Oh, ich habe eins, das mir ziemliche Freude bereitet.« Er beugte sich näher zu mir und senkte die Stimme. »Ich glaube, beim nächsten Mal werde ich dich ficken, während du in den Spiegel blickst, den du nutzt, um dein Haar hochzustecken. Und wann immer du danach dein Spiegelbild anschaust, wirst du nichts anderes sehen können als mich, der dir dabei zusieht, wie du kommst, während ich tief in dir stecke.«

Ich war mir sicher, dass ich mit einer stahlharten Erektion zusammenstoßen würde, wenn ich einige Zentimeter zurückwiche. Und obwohl ich derzeit mein Haar hochgesteckt trug, um meinen Teil einer Abmachung einzuhalten, damit das, was zwischen uns passiert war, unter uns bleibt, verspürte ich doch ein überaus starkes Bedürfnis, einen Schritt zurückzutreten und es herauszufinden, obwohl wir in der Öffentlichkeit waren, wo jeder uns sehen konnte.

Zum Glück wurde ich aus meinem Moment der Beinahe-Unzurechnungsfähigkeit gerissen, als ein Paar durch die Drehtür kam und direkt auf den Empfangstresen zusteuerte. Weston trat einige Schritte nach hinten, als die beiden sich näherten, und verschwand schließlich ganz, während ich sie eincheckte. Ich atmete tief durch und versuchte, mich zu konzentrieren, obwohl die kurze Einarbeitung, die ich heute früh von Louis erhalten hatte, scheinbar in meinem mit Lustnebel gefüllten Hirn verloren gegangen war und ich Renée aus dem Hinterzimmer holen musste, um mir zu helfen.

Nicht lange danach fand ich wieder in die Spur. Ich arbeitete einige weitere Stunden an der Rezeption und begab mich dann nach oben in den Konferenzraum, um nach dem Team meiner Familie zu sehen, das dort an der Bewertung arbeitete. Zu meiner freudigen Überraschung war mein Vater nicht mehr da. Ich setzte mich mit Charles vom Prüfungsteam zusammen, der die Leitung über das Projekt hatte. Drei Männer und eine Frau saßen um den Tisch herum und waren in Papierstapel vertieft, während sie sich die Vermögenswerte des Hotels ansahen. Charles erklärte mir, dass er ein paar Kunstgutachter hinzuziehen würde, um den Marktwert von den Gemälden zu bestimmen, die überall im Hotel hingen, und darüber hinaus auch einen Antikexperten befragen wolle. Mein einstündiges Gespräch sorgte für zahlreiche weitere Dinge, die meiner Zu-erledigen-Liste hinzugefügt wurden, und als ich die Uhrzeit auf meinem Handy sah, konnte ich nicht glauben, dass es fast schon achtzehn Uhr war.

»Hat mein Vater erwähnt, ob er heute Abend oder morgen zurückkommt?«

Charles schüttelte den Kopf. »Ich glaube, er hatte nicht vor, heute zurückzukommen. Aber er sagte, wir würden uns morgen früh sehen.«

Ich seufzte. »Großartig.«

Charles lächelte mitfühlend. »Wenn es Ihnen hilft, Sie machen das allein wirklich gut. Er hat keine einzige Frage gestellt, die Sie uns nicht gestern schon gestellt haben.«

Das brachte mich am Ende eines langen Tages doch ein wenig zum Lächeln. »Danke, Charles.«

Da es bereits spät war und ich wusste, dass der Reinigungsdienst schon bald nur noch sehr dünn besetzt sein würde, dachte ich mir, ich sollte mein neues Zimmer beziehen, damit das alte gereinigt und wieder zur Verfügung gestellt werden konnte, für den Fall, dass wir heute Abend Gäste bekämen, die keine Reservierung hatten. Das Hotel war nicht ausgebucht, es gab aber nicht viele freie Zimmer.

Im achten Stock packte ich meine Anziehsachen, Toilettenartikel und sämtliche Papiere, die ich auf dem Schreibtisch ausgebreitet hatte, zusammen. Ich nahm die Kleidungsstücke mitsamt den Kleiderbügeln aus dem Schrank und hängte sie mir über den Arm. Ich hatte vor, sie gegen die freien Bügel in meinem neuen Zimmer auszutauschen und dann nach unten zu gehen, um die Mitarbeiter an der Rezeption wissen zu lassen, dass ich mich darum bereits gekümmert hatte.

Mit meiner Handtasche, dem Laptop, einem großen und einem kleinen Koffer, Unterlagen und einem Dutzend Kleiderbügeln hätte ich vermutlich versuchen sollen, zweimal zu gehen, anstatt einmal. Um zu den oberen Stockwerken des Hotels zu gelangen, musste man eine Karte in das Schaltpult des Aufzugs einführen. Sobald ich mich im Inneren befand, balancierte ich alle meine Sachen, während ich meine neue Karte aus der Tasche fischte.

Das zweiunddreißigste Stockwerk des Hotels war das höchste und es gab dort nur Suiten. Die zwei größten, die Präsidentensuiten, befanden sich in den Ecken auf entgegengesetzten Seiten des Gebäudes. Dazwischen befanden sich eine ganze

Reihe Diamanten-Suiten. Als ich Zimmer zweiunddreißig zwölf gefunden hatte, fiel eine meiner Akten auf den Boden bei dem Versuch, die Karte in das Lesegerät der Tür einzuführen. Als ich mich bückte, um sie aufzuheben, rutschten zwei Kleider von ihren Bügeln. Es gelang mir kaum einzutreten, da sich weitere Sachen von meinen Armen verselbstständigten und zu Boden fielen. Ich hielt die Tür mit der Hüfte offen, zerrte jeden meiner Koffer ins Zimmer und ließ alles auf dem Boden liegen, was hinuntergefallen war. Seufzend betrachtete ich die Unordnung an der Zimmertür und ging durch den Flur ins Innere der Suite.

Wow. Die Mühe, das Zimmer zu wechseln, hatte sich wirklich gelohnt.

Zu meiner Rechten befand sich ein voll ausgestattetes Wohnzimmer mit einem Kamin, bodentiefen Fenstern mit Blick auf den Central Park, zwei Sofas und zwei Sesseln und einem riesigen Flachbildfernseher. Eine Doppeltür führte in ein kleines Arbeitszimmer und eine andere Tür auf der Linken ins Schlafzimmer. Ich ging zuerst dort hinein und wurde von einem großen Doppelbett mit luxuriöser Bettwäsche begrüßt. Auf der einen Seite gab es eine hübsche Sitzbank sowie einen weiteren Kamin. Auf der anderen Seite des Zimmers sah ich die gleichen bodentiefen Fenster wie im Wohnzimmer und – *was war das auf dem Sessel in der Ecke?*

Es sah fast wie Gepäck aus.

Ich trat näher und bekam große Augen, als ich sah, dass es sich tatsächlich um Gepäck handelte.

Oh mein Gott.

Mir war eine Suite zugewiesen worden, die noch nicht geräumt war!

Ich hatte keine Geräusche vernommen, seit ich durch die Tür getreten war, doch plötzlich hörte ich laut und deutlich das Rauschen der Dusche.

Oh mein Gott! Ich bin in der Suite von jemandem.

Während er oder sie in der Dusche ist!

Einige Sekunden lang war ich wie erstarrt, dann eilte ich hastig zur Tür. In meiner Panik raffte ich die Hälfte meiner Sachen auf und versuchte, alles nach draußen in den Flur zu werfen, bevor der Gast die Dusche verließ.

Aber leider war ich zu langsam.

Eine tiefe Stimme ließ mich auf der Stelle anhalten.

»Willst du irgendwohin?«

Nur war das nicht irgendeine tiefe Stimme.

Nein. *Natürlich nicht.*

Nur ein Mann hatte diesen belegten, rauen, selbstbewussten Tonfall, der mich unglaublich wütend machte und in mir gleichzeitig den Wunsch hervorrief, mir den feuchten Slip über meine zitternden Beine nach unten zu streifen.

Ich brauchte mich nicht einmal umzudrehen und sein Gesicht zu sehen, um zu bestätigen, wer es war.

Genauer gesagt hätte ich vermutlich einfach damit fortfahren sollen, mein Zeug nach draußen in den Flur zu werfen und dann abzuhauen.

Aber das tat ich nicht.

Stattdessen holte ich tief Luft und drehte mich ganz langsam um.

Nur um Weston vorzufinden, der einzig mit einem Handtuch um die Hüften dort stand.

Der Anblick brachte meinen Verstand ins Stottern.

»Ich wusste, du würdest es dir irgendwann anders überlegen.« Er grinste. »Du hättest einfach zu mir in die Dusche kommen sollen. Obwohl ich es wirklich mag, dich selbst auszuziehen.«

Ich hatte zuvor noch keinen guten Blick auf Weston vollständig unbekleidet werfen können. Als wir das erste Mal zusammen waren, befand er sich die meiste Zeit hinter mir. Und beim zweiten Mal trug er ein aufgeknöpftes Hemd und eine Anzughose. Ich hatte selbstverständlich gespürt, wie er seinen Oberkörper an mich presste, aber sein gesamtes wohlgeformtes Fleisch von Nahem zu sehen war eine vollkommen andere Erfahrung. Wassertropfen rannen über definierte Brustmuskeln auf einen Waschbrettbauch und ich verspürte das starke Verlangen, jeden von ihnen mit meiner Zunge aufzufangen. Es war beinahe unmöglich, den Blick zu heben und meinen Augen diesen prachtvollen Anblick zu verweigern. Dennoch zwang ich mich dazu, mich davon loszureißen.

»Was zur Hölle tust du in meinem Zimmer? Ich dachte, Renée hätte mir aus Versehen eine Suite zugewiesen, die noch nicht geräumt worden ist.«

»*Dein* Zimmer? Wir haben beschlossen, uns wöchentlich abzuwechseln.«

»Ja, aber die erste Woche war ich dran!«

»Wer hat das gesagt? Du hast zugestimmt, dass der erste Gast, der um ein Upgrade bittet, derjenige ist, der das Zimmer bekommt.«

»Aber ich hatte bereits den Schlüssel. Du wusstest es. Du hast Renée zugesehen, wie sie ihn mir vorhin überreicht hat.«

Anstatt mir zu antworten, ließ Weston den Blick auf meine Brüste sinken. Ich hatte keine Ahnung, wie der Mann es anstellte, aber irgendwie fühlte es sich an, als würde er mit seinen Fingern über meine Haut streicheln, während er den Blick über meinen Körper wandern ließ.

Ist es hier drinnen ganz plötzlich heiß geworden?

Mein Herz hämmerte in meiner Brust, während mir Gefühle durch den Kopf gingen. Abscheu – ein wenig für ihn und sehr viel für mich –, Wut, Konflikt, Verwirrung und eine ordentliche Dosis *Heiliger Jesus, wenn das mal nicht das Schärfste ist, was ich je gesehen habe.*

Weston kam langsam einige Schritte auf mich zu. Zum Selbstschutz hob ich eine Hand und streckte ihm meine Handfläche entgegen. »Stopp. Komm nicht näher.«

Er hielt mitten in der Vorwärtsbewegung an, blickte auf und sah mir in die Augen. Das wunderschöne Meer seiner blauen Iriden verschwand und schwarze, stürmische Pupillen drängten sich hinein. Wir standen einen Moment lang so da und starrten einander an. Weston schien nicht zu wissen, was er als Nächstes tun sollte – bis sein Blick auf etwas rechts von mir fiel. Er beließ ihn dort einige Sekunden lang und als er mich wieder ansah, veränderte sich die Stimmung. Er konnte kaum das Grinsen zurückhalten, das er zu verbergen versuchte, und seine Augen funkelten mit neu erweckter Freude. Ich drehte mich um, um zu sehen, was diesen Stimmungswechsel hervorgerufen hatte, und starrte plötzlich meine Reflexion an. Im Flur über einem halbmondförmigen Tisch hing ein riesiger Spiegel.

Scheiße. Ich schloss die Augen.

Das Geräusch von etwas Weichem, das zu Boden fällt, ließ mich hörbar einatmen. Ich brauchte mich nicht umzusehen, um zu wissen, worum es sich handelte.

Westons Handtuch.

»Dreh dich um. Hände auf den Tisch. Arsch raus, Süße.«

Ich rührte mich nicht. In mir herrschte ein erbitterter Kampf. War ich wirklich so tief gesunken, dass ein durchtrainierter Körper mich dazu bringen konnte, Befehlen zu gehorchen, die von einem Mann kamen, den ich nicht leiden konnte? *Schon wieder?* Was zur Hölle tat ich hier? Die Tür war nur einen Meter entfernt. Ich war doch sicherlich in der Lage, einen Fuß vor den anderen zu setzen und diesen Idioten mit nichts weiter als seinem fehlplatzierten Selbstbewusstsein und einer schmerzhaften Erektion sich selbst zu überlassen. Trotzdem … ich konnte nicht leugnen, dass mein Körper ihn begehrte. Und zwar *unge-*

heuerlich. Es fühlte sich an, als würde meine Haut in Flammen stehen, während ich auf seine Berührung wartete.

Er kam näher und die Hitze seines Körpers strahlte von hinten auf mich ab. Weil ich weder in der Lage war zu flüchten, noch bereit war aufzugeben, behielt ich die Augen fest geschlossen.

Weston packte mich an der Hüfte und bohrte mir die Finger in die Haut. »Irgendetwas wirst du mir geben müssen. Ein Nicken, ein Ja, beuge dich vornüber und zeige mir, was du willst, stöhne – ich akzeptiere auch ein Blinzeln, wenn du zu mehr nicht imstande bist. Ich bin bereit für ein Rollenspiel, bei dem du nicht willst, dass ich dich berühre, wenn das für dich gut ist. Aber erst, nachdem du mir die Erlaubnis erteilt hast, Soph.«

Weston brachte die andere Hand an meinen Hals. Er fuhr mit einem Finger über meine Kehle und strich an meinem Schlüsselbein entlang. Mir entglitt die kleine Entschlossenheit, an der ich mich festgeklammert hatte.

Ich öffnete die Augen und blickte in seine stürmischen. »In Ordnung. Aber das ist das letzte Mal. Ernsthaft, Weston. Das hier muss aufhören.«

»Was immer du sagst.«

»Ich meine es ernst.«

»Ich auch. Und jetzt dreh dich um. Halt dich am Tisch fest. Ich will, dass du während der gesamten Zeit in den Spiegel schaust.«

Es war ziemlich schwer, echte Empörung vorzutäuschen, wenn man kurz davor stand, sich vornüberzubeugen und zuzulassen, dass ein Mann sich sündhaft an einem vergeht. Aber ich war zäh. Mein Gesichtsausdruck blieb stoisch.

»Hey Soph?«

Ich sah Weston durch den Spiegel in die Augen.

Er grinste. *»Kommen oder nicht kommen, das ist hier die Frage.«*

Ich tat mein Bestes, um nicht zu grinsen. »Bringen wir es einfach hinter uns.«

Zweimal.

Ich seufzte und strich mein Haar glatt. Für einen Mann, der so dringend wollte, dass ich mein Haar hochgesteckt trug, hatte er kein Problem gehabt, es runterzureißen. Weston war definitiv jemand, der auf Haareziehen stand, und zu meinem absoluten Ekel liebte ich jeden Ruck. Wenngleich das hier der Teil war, den ich hasste. Innerhalb von zwei Minuten, nachdem er meinen Rock gerichtet und im Bad verschwunden war, wurde die Wärme der Absurdität durch die kalte Luft der Realität ersetzt. In der Hitze des Gefechts konnte ich nicht genug bekommen. Wenn Weston sich mir mit dieser Finsternis in den Augen näherte, kam es mir vor, als könnte meine Lunge nicht ausreichend Luft aufnehmen. Aber sobald es vorbei war, sorgte eine Flut von Sauerstoff dafür, dass mein Gehirn wieder funktionierte.

Ich beeilte mich, meine Sachen zusammenzusuchen, bevor er wieder aus dem Badezimmer kam, schaffte es aber nicht ganz. Ich stand im Flur und griff nach meinem Koffer, als Weston meine Hand auf dem Griff mit seiner bedeckte.

»Gib mir zwei Minuten, dann bin ich von hier verschwunden.«

Ich drehte mich um. »Du überlässt mir die Suite?«

Er nickte. »Ich muss nur meine Sachen packen.«

Ich sah ihn prüfend an. »Bist du sicher?«

Weston grinste. »Ich habe nichts dagegen zu teilen, wenn dir das lieber ist.«

Ich rollte mit den Augen und fühlte mich mehr wie Weston und Sophia, die mir angenehm waren. »Geh und pack dein Zeug.«

Er lächelte und verschwand im Schlafzimmer, als ich wieder die Suite betrat. Ein paar Minuten später kam er heraus, seinen geschlossenen Koffer in der einen Hand und sein Hemd in der anderen. Er stellte den Koffer ab, hob die Arme, um sein Hemd anzuziehen, und zum ersten Mal fiel mir eine lange Narbe auf, die seitlich an seinem Körper verlief. Sie war verblasst, nur einen Ton heller als seine gebräunte Haut. Vorhin war ich nur in der Lage gewesen, perfekte Muskelmasse zu erkennen, und ich schätze, dass sie sämtliche kleine Fehler überstrahlt hat.

»Stammt das von irgendeiner Operation?«, fragte ich.

Weston runzelte die Stirn. Er blickte nach unten und fing an, sein Hemd zuzuknöpfen. »Ja.«

Es war offensichtlich, dass er nicht darüber sprechen wollte. Aber ich war neugierig. »Welche Art von Operation war es denn?«

»Niere. Schon sehr lange her.«

»Oh.« Ich nickte.

Ohne sich die Mühe zu machen, sein Hemd weiter zuzuknöpfen oder in die Hose zu stecken, nahm er seinen Koffer. »Ich habe dir etwas im Schlafzimmer dagelassen.«

»Was denn?«

»Das siehst du dann.«

Weston schien unsicher zu sein, wie er sich verabschieden sollte. Schließlich sagte er: »Du weißt, dass ich mich nur beeile, hier rauszukommen, weil ich in der Lage bin, Andeutungen zu verstehen, und ich weiß, dass du mich hier nicht haben willst, richtig?«

»Ich weiß das zu schätzen.«

»Während ich schon dabei bin, ich liebe deinen Hintern, aber es würde mir nichts ausmachen, dich zukünftig irgendwann einmal anzusehen, während ich in dir stecke. Vielleicht könnte ich sogar diese Lippen kosten, mit denen du mich so gern anschreist.« Er zwinkerte. »Ein paarmal hineinbeißen.«

Ich seufzte und wandte den Blick ab. »Es darf kein nächstes Mal geben, Weston. Das hier muss wirklich aufhören.«

Ich brauchte nicht aufzusehen, um zu wissen, dass er lächelte. Sein Tonfall sagte bereits alles. »Nacht, Fiif.«

KAPITEL ZEHN

Weston

»Wie geht es Ihnen, alter Mann?«

Mr. Thorne brummte. »Ich habe eine golfballgroße Hämorride, die mir aus dem Arsch hängt, hatte seit der Clinton-Regierung keinen Sex mehr und der einzige Mensch, der mich besucht, bist du. Was glaubst du, wie es mir geht?«

Ich lächelte und zog einen Stuhl neben sein Bett. »Zwei von diesen drei Sachen hätte ich lieber nicht gewusst. Aber die letzte – Sie können sich sehr glücklich schätzen.«

Er winkte mit der Hand vor meinem Gesicht. »Hast du mir mein Zeug mitgebracht?«

Ich schüttelte den Kopf, nahm zehn Rubbellose aus der Innentasche meines Jacketts und zog einen Vierteldollar aus der Hose. Ich nahm ein Buch von seinem Nachttisch und legte es ihm auf den Schoß, damit er anfangen konnte, die Lose zu bearbeiten.

Mr. Thorne fing an, das graue Latex abzukratzen, und deutete, ohne aufzusehen, zum Nachttisch. »Vergiss nicht, den Zehner von meinem Geld dort zu nehmen.«

»Okay.«

Es war das gleiche Gespräch, das wir seit meiner Rückkehr nach New York jedes Mal hatten, wenn ich ihn besuchte, und ich war mir nicht einmal sicher, ob er wusste, dass ich nie auch nur einen Dollar seines Geldes genommen hatte. Die zehn Mäuse waren das Mindeste, was ich ihm mitbringen konnte, dafür, dass er mir während der letzten paar Jahre zugehört hatte.

Während er seine Lose freirubbelte, nahm ich die Fernbedienung, die neben ihm lag, und schaltete zu CNN um.

»Hey. Ich gucke das.«

Ich zog eine Augenbraue hoch. »Ach ja? Ich werde Ihnen die Mühe ersparen. Es sind nicht die Kinder von dem riesigen Kerl mit dem rasierten Schädel. Es ist die Ausgeburt von dem dürren Typen mit dem Vokuhila und den schiefen Zähnen.«

Mr. Thorne verbrachte den Großteil seines Tages damit, Jerry Springer und ähnliche Sendungen anzusehen. Ich hatte keine Ahnung, ob es bei genau dieser Folge um Vaterschaften ging, aber alle diese dämlichen Shows schienen sich um das Gleiche zu drehen.

»Klugscheißer«, brummte er.

»Wissen Sie, was sie bei einer dieser Shows machen sollten?«, fragte ich. »Gäste einladen, die pro Jahr mindestens eine Million Dollar verdienen. Das Konzept etwas ändern. Vielleicht könnte ich einige meiner Familienmitglieder dafür anmelden. Die schmutzige Wäsche von reichen Arschlöchern in der Öffentlichkeit zu waschen ist fast so unterhaltsam, wie die schmutzige Wäsche von Menschen zu waschen, die nicht einmal einen Pisspott haben.«

Mr. Thorne schnaubte. »Als ob irgendwer deine Probleme nachvollziehen könnte, du verwöhnter reicher Bengel.«

Ein Außenstehender könnte annehmen, ich könnte Grund haben, beleidigt zu sein, so wie der alte Mann mit mir sprach. Aber es war nur seine Art – seine Art, mich daran zu erinnern, dass meine Probleme um ein Vielfaches schlimmer sein könnten.

Er war damit fertig, seine Lose freizurubbeln, und schmiss mir eins entgegen. »Ich habe fünf Dollar gewonnen. Hat mich nur zehn gekostet. Gib mir meine zehn zurück und nimm das hier und einen Fünfer. Wenn du mir beim nächsten Mal meine Lose holst, kannst du es einlösen. Bring mir nächstes Mal eins dieser Zehn-Dollar-Rubbellose anstatt zehn, die einen Dollar kosten.«

Ich steckte das Gewinnerlos in die Tasche meines Jacketts. Während der nächsten zehn oder fünfzehn Minuten saßen wir schweigend da und schauten eine Reportage auf CNN über ein Pharmaunternehmen, gegen das wegen des Verkaufs von illegalem Viagra ermittelt wurde, das angeblich dazu geführt hat, dass einige Leute bis zu vier Tage lang einen Ständer hatten. Mich beeindruckte das nicht. Sophia hatte das sogar noch länger geschafft und dazu nichts weiter benutzt als ihre Einstellung.

Mr. Thorne schaltete den Fernseher aus. »Also dann, berichte mir, Junge. Wie ist das Verlangen derzeit?«

Meine unmittelbare Reaktion war es, in der gleichen Weise zu antworten, wie ich es getan hätte, wenn mein Vater oder Großvater mir diese Frage gestellt hätte. Ich hätte gelogen und gesagt, dass es mir fantastisch ginge. Aber es gab dieses alte Sprichwort, dass es vier Menschen gibt, denen man immer die Wahrheit sagt: seiner Frau, seinem Priester, seinem Arzt und seinem Anwalt.

Aber das war der Glaube eines nüchternen Mannes. Der Rest von uns hatte fünf Menschen: seinen Sponsor.

»Ich hatte meine Momente. Ich habe der Reinigungskraft des Hotels, in dem ich wohne, neulich hundert Mäuse gegeben, damit sie all die kleinen Schnapsflaschen aus meinem Zimmer entfernt.«

Er nickte. »Gehst du zu den Treffen?«

Ich schüttelte den Kopf. »Nicht während der letzten zwei Wochen, aber ich war ein paarmal bei dem Seelenklempner, zu dem mein Großvater mich schickt.«

Mr. Thorne wackelte mit seinem krummen Finger vor meiner Nase herum. »Beweg deinen Hintern zu einem Treffen. Du weißt, wie es läuft. Du brauchst nicht zu reden, aber du musst zumindest zuhören. Diese Mahnung ist der Schlüssel zu deiner Genesung.«

Ich versuchte, das Ganze herunterzuspielen. »Ich bin hier und höre Ihnen zu. Warum kann das nicht als meine tägliche Zuhör-Folter zählen?«

Doch Mr. Thorne nahm seine Abstinenz sehr ernst. »Weil ich seit vierzehn Jahren trocken bin und der einzige Weg, wie ich mir etwas zu trinken besorgen kann, darin besteht, meinen verschrumpelten Körper aus diesem Bett zu hieven und diese nutzlosen Beine zu einem Laden zu schleifen. Und wir wissen beide, dass ich dazu nicht mehr die Kraft besitze. Aber du, du bist überall von Versuchung umgeben. Die Versuchung ist ständig greifbar. Verdammt, du musst nicht einmal deinen Arsch anheben, um etwas zu trinken zu bekommen. Du brauchst nur in deinem schicken Hotelzimmer in deinem schicken Bett zu liegen, den Telefonhörer abzunehmen und den Zimmerservice anzurufen.«

Ich fuhr mir mit der Hand durchs Haar und nickte. »Ja. Okay. Ich werde mir ein Treffen suchen.«

Walter Thorne und ich kannten uns schon lange. Vor neun Jahren spazierte ich eines Abends betrunken in sein Krankenzimmer, als ich eigentlich meine Schwester besuchen wollte. Ich stolperte über meine eigenen Füße und weckte ihn auf, weil ich auf dem Fußboden neben seinem Bett lag und hysterisch lachte. Wie sich herausstellte, hatte ich mich nicht einmal im richtigen Stockwerk des Krankenhauses befunden. Aber der störrische Mistkerl setzte sich trotzdem auf und fragte mich, was für ein Problem ich hätte.

Die nächsten drei Stunden verbrachte ich damit, ihm den ganzen Scheiß zu erzählen, den ich noch nie einer anderen Seele gegenüber laut ausgesprochen hatte. Als ich fertig war, war ich wieder relativ nüchtern und Mr. Thorne erzählte mir daraufhin, dass er wegen der sechsten Operation in fünf Jahren im Krankenhaus lag, seit er nach einem Unfall, bei dem er seinen Wagen betrunken gegen einen Baum gesetzt hatte, querschnittsgelähmt war.

An jenem Tag besuchte ich meine Schwester nicht. Aber am nächsten Tag kam ich nüchtern zurück und saß einige Stunden mit Mr. Thorne zusammen, nachdem ich Caroline besucht hatte. Genauer gesagt besuchte ich Mr. Thorne noch zehn Tage lang, nachdem meine Schwester bereits entlassen worden war. Die Hälfte der Zeit, die wir zusammen verbrachten, erzählte er mir schmutzige Witze und die andere Hälfte hielt er mir Vorträge darüber, trocken zu werden. Es wäre eine weitaus bessere Geschichte, wenn ich behaupten könnte, dass diese Begegnung ein Wendepunkt für mich war. Aber das war sie nicht.

Einige Wochen später ging ich wieder feiern und stopfte die Telefonnummer, die Mr. Thorne mir gegeben hatte, in den hintersten Teil irgendeiner Schublade. Vor fünf Jahren kramte ich sie dann wieder hervor und rief ihn in der Nacht an, in der Caroline starb. Wir fingen an, uns zu unterhalten, und irgendwann nahm ich seine Hilfe an, trocken zu werden.

»Wie läuft es zwischen dir und deinem Trottel von Großvater?«

Ich zwang mich zu einem Lächeln. »Es läuft alles ziemlich gut. Solange er weiterhin hervorragende Berichte von der Therapeutin erhält und ich den zwanzig anderen Sachen gerecht werde, denen ich zustimmen musste, um meinen Job zurückzukriegen.«

»Er sorgt sich nur um dich.«

Es war weitaus komplizierter als das; so war es mit meiner Familie immer schon gewesen.

»Wie läuft es mit dieser Freundin von dir, die du vor einiger Zeit erwähnt hast?«

Ich hatte keine Ahnung, von wem er sprach, aber um zu antworten, war das auch nicht nötig. Ich zuckte mit den Schultern. »Es war nur eine Verabredung. Nichts weiter.«

»Junge, als ich in deinem Alter war, war ich bereits verheiratet und hatte zwei Kinder.«

»Das ist vermutlich der Grund dafür, warum Sie mit fünfundfünfzig geschieden waren.«

»Nein. Meine Eliza hat sich von mir scheiden lassen, weil ich ein Alkoholiker war, der keinen Job länger als drei Monate hatte. Ich kann der Frau keinen Vorwurf machen. Eine gute Frau verdient einen guten Mann und irgendwann durchschaut sie einen Schwindler einfach.«

Bei seiner Bemerkung musste ich an Sophia denken. So sehr ich auch nicht auf diese Weise denken wollte – weil es meine Situation einfacher machte –, sie war eine gute Frau. Mr. Thorne war der einzige Mensch, dem ich alle meine hässlichen Dinge gestehen konnte, ohne dass er auf mich herabsah oder mich verurteilte. Vielleicht lag es daran, dass er seine eigenen Hässlichkeiten besaß, oder vielleicht weil er an dieses Bett gefesselt war und die einzigen Menschen, die ihn besuchten, die Schwester war, die bezahlt wurde, um sich um ihn zu kümmern, und ich. Aber worin auch immer der Grund bestand, ich vertraute ihm vollkommen. Auf vielerlei Weise hatte er Carolines Platz eingenommen. Sie war der einzige Mensch gewesen, in dessen Nähe ich mich wie ich selbst gefühlt hatte.

Ich atmete lange aus und sagte: »Ich bin tatsächlich mit einer neuen Frau zusammen. Also, sie ist nicht wirklich neu, wenn man bedenkt, dass wir uns seit unserer Kindheit kennen. Und ich schätze, wir sind eigentlich gar nicht zusammen, aber wie dem auch sei. Es gibt da eine Frau.«

Mr. Thorne nickte. »Sprich weiter.«

»Da gibt es nicht viel zu erzählen. Ihr Name ist Sophia und im Grunde genommen ist sie mein Feind.«

»Du willst mir also sagen, dass du den Feind in deinem Bett hast, wie in dem Film?«

Ich lachte. »Eine andere Art von Feind. Kurz gesagt, meine Familie und ihre Familie hassen einander.«

»Aber ihr beide versteht euch?«

Ich schüttelte den Kopf. »Nicht unbedingt. Meistens ist sie nur fünf Sekunden davon entfernt, mir in die Eier zu treten.«

Mr. Thorne zog seine buschigen Augenbrauen zusammen. »Ich bin verwirrt. Dann schläfst du also nicht mit diesem Mädchen?«

»Doch, das tue ich.«

»Aber sie will dir in die Eier treten?«

Ich lächelte. »Das will sie.«

»Und darüber lächelst du? Ich verstehe diese Generation überhaupt nicht.«

»Sie mag mich nicht. Aber ihr Körper mag mich. Wir sind wie ein Tornado und ein Vulkan. Die zwei treffen nur selten aufeinander. Aber wenn es passiert, ist es explosiv.«

»Explosiv, was? Das klingt für mich eher zerstörerisch.«

Da hatte er nicht unrecht. Aber es war okay. Sophia würde nicht verletzt werden, denn sie war der Tornado, und diese neigten dazu, schnell weiterzuziehen. Der Vulkan war es, der jahrelang inaktiv herumsaß.

»Sei vorsichtig. Das klingt nach der Art von Dingen, die deine Genesung gefährden könnten.«

»Machen Sie sich um mich keine Sorgen. Ich habe alles unter Kontrolle.«

Unsere Blicke trafen sich einen Moment lang und wir wussten beide, dass ich diese Worte nicht zum ersten Mal ausgesprochen und falschgelegen hatte. Wenngleich ich es zu schätzen wusste, dass er mich daran nicht erinnerte.

Ich stand auf. »Was halten Sie davon, wenn wir Ihren faulen Hintern in den Rollstuhl verfrachten und ich mit Ihnen spazieren gehe? Es ist tolles Wetter draußen.«

Mr. Thorne nickte und lächelte. »Das wäre schön.«

Später an diesem Nachmittag besuchte ich auf dem Weg zurück zum *Countess* ein Treffen der Anonymen Alkoholiker. Danach saß ich in meinem Büro und dachte darüber nach, was Mr. Thorne gesagt hatte. Ich hatte ihm versichert, dass ich alles unter Kontrolle hätte, und in Bezug auf meine Trinkerei stimmte das auch, aber die Wahrheit war, dass Sophia Sterling mir unter die Haut ging. Wenn ich sie nicht von Weitem beobachtete, ließ ich mir Ausreden einfallen, um mit ihr zu reden, was unweigerlich zu einem Streit führte, von dem ich einen Kick bekam. Meine Tage konzentrierten sich darauf, sie zu beobachten oder mit ihr zu interagieren, und unsere gemeinsamen Nächte erfüllten meine Fantasien. Wenn es mir nicht gelang, sie in einen Streit zu verwickeln, bei dem sich die Stimmung zwischen uns aufheizte, saß ich allein in meinem Zimmer und holte mir zu dem Gedanken einen runter. Ich hatte es sogar so arrangiert, dass ich nach meinem Auszug aus der Präsidentensuite in das Zimmer einzog, das sie kurz zuvor geräumt hatte, und es nicht einmal säubern ließ. Jetzt roch meine Bettwäsche nach ihr und jedes Mal, wenn ich duschen ging, stellte ich mir vor, wie sie an genau der gleichen Stelle stand und sich zum Orgasmus brachte. Das und wie es mir gefiel, sie heimlich in der Schlange im Coffeeshop und bei der Arbeit am Empfangstresen zu beobachten, machte mich zu einem echt unheimlichen Typen.

Als Sophia also an meine offene Tür klopfte, fühlte ich mich wie ein Kind, das gerade beim Stehlen von Süßigkeiten erwischt worden war.

Ich räusperte mich. »Ja, Fifi?«

Sie rollte mit den Augen und trat ein. »Wieso hast du auf der Highschool überhaupt angefangen, mich so zu nennen?«

Ich lehnte mich auf meinem Stuhl zurück und warf den Stift auf den Schreibtisch. »Ich weiß es nicht. Ich habe es einmal gesagt und gesehen, dass es dich provoziert, also habe ich es beibehalten.«

Sie seufzte. »Manche Dinge ändern sich nie, was?«

»Nun ja, eigentlich tun sie das schon. Derzeit bist du diejenige, die mich provoziert, nicht wahr?« Ich zwinkerte.

Sophia grinste, ignorierte meine Bemerkung aber. Sie setzte sich auf den Stuhl auf der anderen Seite meines Schreibtisches und schlug die Beine übereinander.

Bildete ich es mir ein oder war ihr Rock heute ein wenig kürzer? Als ich sie heute früh aus der Ferne im Coffeeshop beobachtete, trug sie ihr Haar offen, aber sie hatte es sich nach vorn über die Schulter gestrichen, sodass ich freie Sicht auf die wunderschöne Haut an ihrem Nacken hatte. Während sie in der Schlange wartete, strich sie mit ihren perfekt manikürten Fingernägeln sanft von ihrem Haaransatz hinunter in ihre Seidenbluse. Ich hatte es auf meine lebhafte Fantasie geschoben und dass sie nicht absichtlich versucht hatte, mich wahnsinnig zu machen, aber der Rock an diesem Nachmittag war *tatsächlich* etwas kurz.

Als ich aufsah und unsere Blicke sich trafen, hätte ich schwören können, dass in ihren Augen ein kleines Funkeln zu erkennen war. Dennoch war sie vollkommen im Arbeitsmodus, als sie sprach.

»Ich habe die Angebote von meinen beiden Bauunternehmern erhalten. Die Kostenvoranschläge sind gar nicht so unterschiedlich, aber nur einer ist der Meinung, den Job in dem von uns benötigten Zeitrahmen fertigstellen zu können. Hast du dein Angebot zufällig schon bekommen?«

»Das habe ich tatsächlich. Ich habe nur einen Blick auf die unterste Zeile geworfen, warum sehen wir uns nicht alle drei an und schauen, wie die Dinge stehen?«

Wir gingen zu dem runden Konferenztisch, um uns auszubreiten, und Sophia und ich verglichen die Kostenvoranschläge. Es bedurfte nur eines raschen Blickes, um festzustellen, dass ihre Angebote deutlich niedriger waren als meine. Mein Bauunternehmer war zwar damit einverstanden, die Arbeit innerhalb von drei Monaten fertigzustellen, berechnete jedoch durchgehend eine Vielzahl an Eilzuschlägen. Die einzigen Zusatzkosten, die Sophias Bauunternehmer berechneten, waren für die benötigten Nachtzuschläge und Überstunden.

Während wir uns die Kostenvoranschläge ansahen, klingelte Sophias Handy. Sie lehnte den Anruf rasch ab, sodass er auf die Mailbox umgeleitet wurde, jedoch nicht bevor wir beide den Namen des Anrufers lesen konnten.

Ich verspürte ein Stechen der Eifersucht in meiner Brust. »Ich dachte, zwischen dir und dem langweiligen Briten wäre es vorbei?«

Sie seufzte. »Können wir beide so tun, als hättest du das gerade eben nicht gesehen?«

Ich biss die Zähne aufeinander. »Wenn du das willst.«

Sophia nickte und ging wieder dazu über, die Kostenvoranschläge zu prüfen. Einige Minuten später schob sie die Papiere beiseite. »Nun, ich denke, es ist offensichtlich, wem wir den Zuschlag geben sollten.«

In der Theorie war es das vielleicht. Aber ich hatte nicht vergessen, wie Travis Bolton sie angesehen hatte. »Es geht nicht immer nur um das niedrigste Angebot.«

Ihr Tonfall war abwehrend. »Das weiß ich, aber die Boltons sind ebenfalls am zuversichtlichsten, dass sie die Arbeit erledigen können, und darüber hinaus haben sie einen sehr guten Ruf und haben meine Familie noch nie enttäuscht.«

»Ich werde noch weitere Anrufe tätigen müssen, um mir eine Meinung über sie zu bilden.«

Sophia schürzte die Lippen. »Was auch immer du für notwendig hältst. Aber je schneller wir uns entscheiden, desto besser ist es natürlich.«

Scheiße. Ich wollte an diesen vollen Lippen saugen. Es war offensichtlich, dass unsere Anziehung zueinander sich steigerte, wenn wir wütend waren, aber momentan war ich verwirrt, worüber ich überhaupt wütend war. Lag es daran, dass mein Angebot ganz klar das schlechteste war? Oder weil ihr Arschloch von Ex sie gerade angerufen hatte? Oder machte der Gedanke, dass Travis Bolton in ihrer Nähe sein würde, während er hier arbeitete, mich ein klein wenig verrückt?

Wieder unterbrach Sophias Handy meine Gedanken. Wir lasen beide gleichzeitig den Namen *Liam* und ich streckte ihr die Hand mit der Handfläche nach oben hin. »Wie wäre es, wenn ich rangehe?«

Sie bekam große Augen und biss sich auf die Unterlippe. »Was würdest du sagen?«

»Ist es vorbei?«

Sie nickte. »Ich will nichts mehr mit ihm zu tun haben.«

Ich setzte ein gemeines Lächeln auf. Ich hätte das Telefon ganz einfach vom Tisch nehmen können und bezweifelte, dass sie mich aufgehalten hätte. Aber ich wollte, dass sie es mir gab.

»Gib mir das Telefon.« Meine Hand war weiterhin ausgestreckt. Ich wartete.

Ich verspürte einen Anflug von Stolz, als sie es auf meine Handfläche legte. Das Handy klingelte ein drittes Mal, also stellte ich die Verbindung her und hielt es mir ans Ohr.

»Hallo?«

»Wer ist da?«

»Hier ist der Mann, der deine Ex-Freundin fickt. Und wir sind gerade beschäftigt. Also, was kann ich für dich tun, *Liam*?«

Sophias Augen sahen aus, als würden sie ihr aus dem Kopf fallen. Sie schlug sich beide Hände vor den Mund.

Das Arschloch am anderen Ende der Leitung hatte den Nerv, entrüstet zu klingen. »*Hol Sophia ans Telefon.*«

Ich lehnte mich zurück. »Das geht leider nicht. Sie ist derzeit ein wenig gefesselt, wenn du verstehst, was ich meine.«

»Ist das ein Scherz?«

»Ein Scherz? Nein, der Gelackmeierte bist du. Ich wette, du wusstest nicht einmal, dass unser Mädchen gern gefesselt wird, oder? Was für ein Pech. Wenn du dir Zeit genommen hättest, um herauszufinden, was diese schöne Frau braucht, würde sie nachts jetzt vielleicht nicht meinen Namen stöhnen. Aber das ist nicht dein Ding, nicht wahr? Du stehst nur darauf, deine eigenen Bedürfnisse zu erfüllen. Du weißt schon, wie mit ihrer Cousine.«

Ich schwieg ein paar Sekunden und wartete, was der gute alte Liam dazu zu sagen hatte. Aber anscheinend hatte ich den Idioten verblüfft. Ich konnte nur hören, wie er laut atmete. Deshalb beschloss ich, mich lustig zu verabschieden.

»Also dann. Es war schön, mit dir zu plaudern. Und Liam, lösche Sophias Nummer.«

Ich beendete den Anruf und reichte das Telefon zurück an eine sehr erstaunte Sophia. Sie starrte mich weiterhin mit riesengroßen Augen an, selbst als sie ihr Handy nahm. Bei ihrem Gesichtsausdruck stellte ich mir vor, dass sie wahrscheinlich eine Schimpftirade abfeuern würde, nachdem es ihr gelungen war, sich wieder zu sammeln.

»Zu viel?«, fragte ich und zog eine Augenbraue nach oben.

Sophia blieb der Mund offen stehen. Aber dann verzog sie die Lippen zu einem breiten Grinsen. »Oh mein Gott! Das war großartig!«

»Freut mich, dass du das so siehst. Ich hatte schon die Befürchtung, dass du auf mich losgehen wirst. Obwohl daraus ein großer Streit werden würde und wir wissen ja beide, wo uns das hinzuführen scheint. Deshalb wäre es letztendlich gar nicht so schlimm.«

Wir lachten herzlich darüber und dann sortierte Sophia alle Papiere auf dem Tisch zu einem ordentlichen Stapel. Ich dachte, wir würden wieder zum Geschäftlichen übergehen.

»Kann ich dich etwas fragen?«, sagte sie.

Ich nickte und wieder biss sie sich auf die Unterlippe.

»Woher wusstest du, dass Liam mich nie gefesselt hat?«

»Ich habe es an deiner Reaktion gesehen, als ich dich um Erlaubnis bat, meinen Gürtel benutzen zu dürfen. Du wolltest, dass ich es tue, aber es war dir unangenehm, es zuzugeben. Wäre es nicht dein erstes Mal gewesen, hättest du anders reagiert.«

Sie nickte, doch dann schwieg sie erneut. Schließlich fragte sie: »Aber woher wusstest du, dass ich wollte, dass du es tust?«

Mann, dieser Liam war wirklich ein Vollidiot. Hatte der Scheißkerl denn nie erkannt, was sie wollte, und versucht, sie zu befriedigen? Ich konnte nicht glauben, dass sie mir diese Frage stellen musste. Aber weil ich sie nicht in Verlegenheit bringen wollte, tat ich mein Bestes, um ohne jeglichen verurteilenden Tonfall in der Stimme zu antworten.

»Ich habe es bei dir einfach nur gespürt.«

Sie schüttelte den Kopf. »Wie denn? Mache ich einen schwachen Eindruck oder so was?«

»Ganz im Gegenteil. Du scheinst alles unter Kontrolle zu haben und deshalb dachte ich, es könnte gut für dich sein, mal ein bisschen loszulassen. Was dir im Schlafzimmer gefällt, hat in keiner Weise etwas damit zu tun, wer du als Geschäftsfrau bist.«

Sophia war wieder still. »Ist das dein Ding? Bist du dominant oder so was?«

Ich schüttelte den Kopf. »Nein. Das ist nicht *mein Ding*.«

»Oh. Okay.«

Ich beugte mich zu ihr und wickelte so lange eine ihrer Haarsträhnen um meinen Finger, bis sie zu mir aufsah. Dann lächelte ich und zog einmal fest daran. »Aber es scheint *unser Ding* zu sein.«

KAPITEL ELF

Sophia

Ich war mir nicht sicher, was mich mehr störte – die Tatsache, dass Weston in drei kurzen, intimen Begegnungen etwas herausgefunden hatte, von dem Liam nach mehr als achtzehn Monaten Beziehung keine Ahnung hatte, oder dass er etwas herausgefunden hatte, das mir selbst nicht einmal bewusst gewesen war. Aber wie ich es auch drehte und wendete, er hatte recht. Während ich mit Weston in Bezug auf das Geschäft streiten und ihn ständig herausfordern wollte, so schien es mir im Schlafzimmer zu gefallen, wie er das Heft in die Hand nahm. Der Sex mit Weston war um Lichtjahre besser als das, was zwischen Liam und mir gewesen war. Ich hatte es dem Funken zugeschrieben, den unser Streit auslöste, aber es steckte noch mehr dahinter, und diese Offenbarung machte mich ziemlich nervös.

Deshalb tat ich vierundzwanzig Stunden lang mein Bestes, um Weston aus dem Weg zu gehen. Und ich hatte damit ebenfalls Erfolg. Bis ich heute Abend um kurz vor zwanzig Uhr aus dem Bürobedarfshandel trat, der einige Blocks vom Hotel entfernt ist, und Weston zufällig auf der anderen Straßenseite sah. Da er in die Richtung ging, die auch ich nehmen musste, behielt ich ihn für die nächsten zwei Blocks im Blick. Ich nahm an, dass er genau wie ich auf dem Rückweg zum Hotel war, aber als er an der nächsten Ecke rechts anstatt links abbog, wurde mir klar, dass das nicht der Fall war.

Ich stand an einer Kreuzung, blickte nach links und konnte das *Countess* einen Block entfernt erkennen. Zu meiner Rechten beobachtete ich, wie Weston weiterging. Zwiegespalten drehte ich den Kopf einige Male in die eine und andere Richtung, bevor ich schließlich seufzte und beschloss, dass mir ein zusätzlicher Spaziergang heute Abend guttun würde.

Ich ließ den Abstand zwischen uns größer werden, als ich ihm von der anderen Straßenseite aus folgte. Zuvor waren wir beide auf dem Weg zum Hotel gewesen und wenn er mich hinter sich entdeckt hätte, hätte ich eine legitime Ausrede gehabt, aber jetzt war ich nichts weiter als eine Stalkerin. Ich ging ganze zehn Minuten hinter ihm her und bog links und rechts ab, ohne eine Ahnung zu haben, wo zum Teufel wir hingingen. Irgendwann betrat er ein Bürogebäude. Ich holte auf und beobachtete von der anderen Straßenseite aus, wie er durch die Glastür trat und direkt zum Aufzug ging. Da die Show nun vorüber war, hätte ich mich vermutlich umdrehen und auf den Weg zurück zum *Countess* machen sollen. Aber die Neugierde war stärker als ich.

Ich blickte zu beiden Seiten und überquerte verkehrswidrig die belebte Straße, um zu dem Gebäude zu gelangen. Mein Herz schlug schneller, als ich die Glastür erreichte. Weston war im Aufzug verschwunden und ich hatte keine Ahnung, wonach ich überhaupt auf der Suche war. Doch aus irgendeinem dämlichen Grund war ich bereit, mich erwischen zu lassen, wenn ich herausfinden könnte, wohin er gegangen war.

In der Eingangshalle studierte ich das Gebäudeverzeichnis. Es las sich wie ein typischer Manhattan-Wolkenkratzer mit zahlreichen Ärzten, Anwälten und Konzernbüros. Weston hatte nicht angehalten, um sich das Verzeichnis anzusehen, er war also offensichtlich zuvor schon einmal hier gewesen oder wusste zumindest, wo er hingehen musste. Enttäuscht – wenngleich ich nicht wusste, warum ich ihm überhaupt erst gefolgt war – wandte ich mich zum Gehen. Ich wollte nun wirklich nicht erwischt werden, wo ich durch meine Schnüffelei doch nicht einmal an irgendwelche guten Informationen gekommen war. Als ich die Eingangstür des Gebäudes erreichte, vibrierte mein Handy. Ich nahm es aus meiner Handtasche, während ich weiterging.

Doch meine Füße erstarrten, als ich die SMS las, die ich soeben bekommen hatte.

Wenn du wissen wolltest, wohin ich gehe, hättest du mich nur zu fragen brauchen.

Oh Gott. Mir wurde übel.

Aber sie konnte nicht von Weston sein. Soweit ich wusste hatte er meine Handynummer nicht. Ich zermarterte mir den Kopf, als ich versuchte herauszufinden, wer mir sonst noch so eine Nachricht geschickt haben könnte. Jeder, den ich kannte, war in meiner Kontaktliste und diese SMS war von einer unbekannten Nummer gesendet worden. Es *musste* Weston sein. Etwas anderes machte keinen Sinn. Wenngleich ich so erschrocken war, dass ich mich an die Hoffnung klammerte.

Meine Hände zitterten, als ich antwortete.

Wer ist da?

Ich hielt den Atem an, als die kleinen Kreise herumsprangen, und wartete auf die Antwort. Als sie eintraf, bekam ich einen trockenen Mund.

Du weißt, wer hier ist. Komm in einer Stunde in mein Zimmer.

Ich rannte praktisch zurück zum Hotel. Ich wollte mich nur noch verstecken. In meiner Suite schaute ich auf mein Telefon und mir wurde klar, dass seit der SMS fünfzehn Minuten vergangen waren und ich mich an nichts vom Rückweg erinnerte.

Ich setzte mich auf mein Bett und las immer wieder Westons Nachricht.

Komm in einer Stunde in mein Zimmer.

War er verrückt? Ich werde *nicht* in sein Zimmer gehen. Was soll das bringen? Soll ich es ihm leicht machen, mich zu quälen, weil er mich erwischt hat? Und woher wusste er überhaupt, dass ich ihm gefolgt bin? Selbst wenn er mich irgendwie gesehen hätte, hätte ich einen Termin in demselben Gebäude haben können. Die gesamte Sache könnte ein totaler Zufall sein. Soweit er wusste, war ich zu Fuß auf dem Weg zu einem Termin und habe ihn einige Meter vor mir auf der anderen Straßenseite gar nicht bemerkt. War sein verdammtes Ego so groß, dass er einfach davon *ausging*, dass ich ihm gefolgt war?

Ja, das war passiert. Zumindest war das meine Geschichte, und dabei würde ich bleiben.

Genauer gesagt, je länger ich darüber nachdachte, desto mehr ärgerte es mich, dass der arrogante Mistkerl dachte, ich sei ihm gefolgt. Er hatte dafür absolut keine Beweise. Ich verspürte eine starke Mischung aus aufgestauter Wut und Angst und beschloss, zur Entspannung ein Bad zu nehmen. Weston Lockwood war ein verdammter Egomane und es bestand kein Grund, mich seinetwegen so aufzuregen. Er hatte vielleicht Nerven, mir zu befehlen, in sein Zimmer zu kommen.

Ich stellte das Badewasser an, machte mir einen Pferdeschwanz und schlüpfte aus meiner Kleidung, während die Wanne sich füllte. Ein gutes, langes Bad würde mich die Dummheit dieses Abends vergessen lassen.

Nur konnte ich mich kein bisschen entspannen, als ich mich im warmen Wasser ausstreckte. Ich brummte bloß immer wieder verschiedene Schimpftiraden über Weston. Er war nicht nur ein überheblicher Idiot, weil er dachte, ich sei ihm gefolgt, aber jetzt, da ich darüber nachdachte, beschloss ich, dass es auch ziemlich frech von ihm war, mir diese Dinge gestern in seinem Büro zu sagen. Der Mann stellte sehr viele Vermutungen an, die nicht stimmten.

Komm in einer Stunde in mein Zimmer.

Was glaubte er, was passieren würde? Dass ich dort hinkomme und meine Beine breit mache, weil ich so betört von ihm war, dass ich ihm einfach folgen musste?

Ich wette, genau das hatte er gedacht.

Und das machte mich nur noch wütender.

So sehr, dass ich beschloss, vor seiner Tür zu stehen – um ihm ordentlich die Meinung zu sagen, nicht, um ihm meinen Hintern zu liefern. Abrupt stieg ich aus der Wanne, wobei das Wasser auf den Boden schwappte. Ich trocknete mich ab und zog mir schnell eine Jeans und ein T-Shirt an. Ich nahm mein Telefon und die Zimmerkarte vom Tisch, machte mir aber nicht die Mühe nachzusehen, wie spät es war. Ich machte mir nicht im Geringsten Sorgen, ob ich zu früh oder zu spät zu seinem angeordneten Termin kam.

Im Aufzug drückte ich wie wild die Knöpfe auf der Schalttafel und fuhr hinunter in den achten Stock. Das Adrenalin rauschte durch meine Adern, als ich die Hand hob und mit den Fingerknöcheln an die Tür klopfte. Ich war so aufgebracht und streitlustig, dass ich anfing zu schimpfen, bevor die Tür überhaupt vollständig geöffnet wurde.

»Du hast vielleicht Nerven. Wie kannst du es —«

Oh Scheiße.

Dieser Mann war definitiv nicht Weston.

Er trug einen Bademantel und Pantoffeln, sah aus, als wäre er um die siebzig, und hatte seine weißen Augenbrauen zusammengezogen.

»Kann ich Ihnen helfen?«

»Ähh … ich glaube, ich bin am falschen Zimmer. Ich bin auf der Suche nach Weston?«

Der Mann schüttelte den Kopf. »Ich denke, Sie haben den falschen Kerl erwischt.«

»Es tut mir sehr leid, Sie gestört zu haben.«

Er zuckte mit den Schultern. »Kein Problem. Aber seien Sie nicht zu hart zu Ihrem Weston, wenn Sie ihn finden.« Er lächelte. »Wir Männer meinen es meistens gut. Manchmal sehen wir einfach nur schwer, weil unser Kopf so weit in unserem Arsch steckt.«

Ich lächelte. »Danke. Und verzeihen Sie nochmals.«

Nachdem der Mann die Tür geschlossen hatte, überprüfte ich noch einmal die Zimmernummer. Das war definitiv das Zimmer, in dem Weston gewesen war, als unsere Zimmer sich in demselben Stockwerk befunden hatten. Ich war mir dessen sicher, weil es nur zwei Zimmer von meinem entfernt gewesen war. Aber vielleicht war eine andere Suite frei geworden und er war ebenfalls umgezogen.

Als ich erneut auf den Aufzug wartete, beschloss ich, dass es vermutlich das Beste war. Ich brauchte meine Zeit und Energie nicht an Weston zu verschwenden. Ich könnte genauso gut zurück in mein Zimmer gehen. Als die Tür sich öffnete, wurde ich von Louis begrüßt.

»Hey. Sie sind heute Abend aber spät hier«, sagte ich.

Louis lächelte. »Ich bin gerade auf dem Weg nach Hause.«

Ich trat in den Aufzug. »Oh, gut.«

»Sind Sie im falschen Stockwerk ausgestiegen? Sie haben Ihr Zimmer gewechselt, schon vergessen?«

Ich schüttelte den Kopf. »Nein, eigentlich war ich mit Weston verabredet. Aber er muss ebenfalls das Zimmer gewechselt haben. Ich glaube, vielleicht ist eine Suite frei geworden. Ich weiß, dass er auf ein größeres Zimmer gewartet hat.«

Louis nickte. »Er hat das Zimmer gewechselt. Ich war an der Rezeption, als er vor einigen Tagen kam, um seinen Schlüssel zu tauschen. Aber er hat kein Upgrade genommen. Er wohnt nur zwei Türen weiter in Ihrem alten Zimmer.«

»Mein altes Zimmer?« Ich legte die Stirn in Falten. »Wurde seine Suite nach seinem Check-out neu vergeben?«

Louis schüttelte den Kopf. »Nicht dass es mir bekannt wäre. Er bat nur, das Zimmer zu beziehen, das Sie verlassen haben. Ich sagte ihm, dass dort noch nicht gereinigt worden sei, aber er sagte, ich solle mir darum keine Sorgen machen und dass er sich darum kümmern würde. Ich dachte, Sie wüssten davon.«

Die Aufzugtür war bereits dabei, sich zu schließen, doch ich schob in letzter Sekunde meine Hand dazwischen und hielt sie auf.

»Ohhhh, stimmt ja. Das hatte ich vollkommen vergessen. Tut mir leid, Louis, ich hatte einen langen Tag. Ich werde doch hier aussteigen, um mit ihm zu sprechen. Haben Sie einen schönen Abend.«

Ich ging über den Flur zu meinem alten Zimmer und war vollkommen verwirrt. Warum zur Hölle hatte er das Zimmer gewechselt? Die Wut, die etwas verflogen war, kam mit voller Wucht zurück.

Dieses Mal hämmerte ich entschlossen an die Tür. *Bumm, bumm, bumm.*

Weston öffnete mit einem Grinsen und trat sofort zur Seite. »Da kann es aber jemand nicht abwarten«, gurrte er.

»Warum zum Teufel bist du in meinem alten Zimmer?« Ich stapfte an ihm vorbei.

»Ich denke, die bessere Frage lautet, warum folgst du mir?«

»Ich bin dir nicht gefolgt, du egoistisches Arschloch!«

Weston grinste noch breiter. »Sicher.«

»Das bin ich nicht!« Meine Stimme war so schrill, dass sie am Ende wie ein Kreischen klang.

»Setz dich, Sophia.«

Ich ignorierte ihn. »Warum bist du in meinem alten Zimmer?«

Weston lehnte sich an den Schreibtisch und überkreuzte die Füße an den Knöcheln. »Ich werde es dir erzählen, wenn du mir sagst, warum du mir gefolgt bist.«

»Ich bin dir *nicht* gefolgt. Und du hast falsche Vorstellungen davon, warum ich etwas tue. Ich war zufällig in demselben Gebäude wie du, weil ich einen Termin hatte. Und wo ich schon dabei bin, ich hatte auch keinen Sex mit dir, weil es mir gefällt, wenn du mich herumkommandierst.«

Der selbstgefällige Mistkerl schaute amüsiert drein. Er verschränkte die Arme vor der Brust. »Nein?«

Ich verschränkte ebenfalls die Arme. »Nein.«

Wir starrten einander an. Weston hatte ein Funkeln in den Augen und ich konnte die Zahnräder sehen, die in seinem Kopf arbeiteten, während wir einen unausgesprochenen Kampf darüber austrugen, wer zuerst blinzelt.

»Setz dich, Sophia.«

»Nein.«

Er lächelte. »Siehst du? Nur weil es dir gefällt, dass ich die Kontrolle habe, wenn wir Sex haben, bedeutet es noch nicht, dass du von mir herumkommandiert werden willst, wenn wir es nicht tun. Das eine hat mit dem anderen nichts zu tun. Ich verspreche dir, ich sehe dich nicht als schwach an, weil du es magst, sexuell dominiert zu werden.«

»Ich mag es nicht.«

Weston stieß sich vom Schreibtisch ab und kam auf mich zu. Die Luft im Zimmer begann zu knistern. So sauer ich auch war oder so sauer ich sein wollte, konnte ich dennoch nicht leugnen, dass ich mich von diesem Mann auf eine Art, die ich noch niemals zuvor erlebt hatte, unheimlich angezogen fühlte. Irgendetwas daran, ihn in meiner Nähe zu haben, gab mir das Gefühl, ich könnte in Flammen aufgehen, wenn er mich nicht berührte.

Er packte mich mit einer Hand an der Hüfte und sah zu mir auf. Obwohl er mich festhielt, wusste ich zweifellos, dass er sofort die Hand von mir nehmen würde, wenn ich es ihm sagte. Unser Wechselspiel war auf bizarre Weise verwirrend.

»Wenn ich dich auffordern würde, deine Hand sofort wegzunehmen, was würdest du tun?«

Er sah mir direkt in die Augen. »Ich würde meine Hand wegnehmen.«

»Wie kannst du dann sagen, dass ich von dir dominiert werden will?«

»Du verwechselst Dominanz mit Kontrolle. Du kannst dominiert werden wollen und weiterhin die Kontrolle behalten. Genauer gesagt bist du diejenige, die jedes Mal, wenn wir zusammen waren, die Kontrolle darüber hatte, was zwischen uns passiert.«

Es fiel mir schwer, das zu akzeptieren, und Weston erkannte es an meinem Gesichtsausdruck. »Hör einfach auf, darüber nachzudenken, und lass dich gehen, wenn es dir Spaß macht.«

Ich wandte den Blick ab, drehte dann aber den Kopf zurück und sah ihm in die Augen. Ich wusste nicht, warum es so wichtig war, aber ich musste fragen. »Wo bist du heute Abend hingegangen? Was war in diesem Gebäude?«

Weston sagte einen Moment lang nichts. »Ich gehe zu einer Therapeutin. Sie hat ihre Praxis in diesem Gebäude.«

Oh wow. Das war das *Letzte*, das ich von ihm erwartet hätte.

Er sah zu, während ich seine Antwort verarbeitete. Nachdem er mir eine Minute gegeben hatte, legte er den Kopf zur Seite. »Noch andere Fragen?«

»Nein.«

»Gut, dann bin ich dran. Bist du mir gefolgt?«

Wie konnte ich nicht ehrlich sein, wo er mir gerade etwas so Persönliches gestanden hatte?

Ich lächelte verlegen. »Ja, bin ich.«

»Warum?«

Ich dachte darüber nach. Als ich antwortete, musste ich lachen. »Ich habe keinen blassen Schimmer. Als ich aus dem

Laden kam, habe ich dich auf der Straße gesehen und es einfach getan.«

Weston lächelte und mein Inneres schmolz ein wenig dahin.

»Wo warst du den ganzen Tag?«, fragte er. »Ich habe nach dir gesucht, aber du warst nicht in deinem Büro. Ich konnte dir heute Morgen nicht einmal richtig nachstellen, als du deinen Kaffee gekauft hast.«

Ich grinste. »Ich habe mich für den Großteil des Tages in meinem Zimmer versteckt, damit ich dich nicht sehen musste.«

Auf Westons Gesicht breitete sich ein strahlendes und aufrichtiges Lächeln aus. Man hätte denken können, ich hätte ihm soeben gesagt, wie toll er ist, und nicht, dass ich den Tag damit verbracht habe, ihm aus dem Weg zu gehen.

Wieder starrten wir einander an, doch dieses Mal wandte Weston den Blick ab. Er ließ die Hand sinken, um seinen Gürtel zu öffnen. Das Geräusch des klirrenden Metalls traf mich direkt zwischen den Beinen.

»Auf die Knie, Sophia.«

Oh Gott.

Er legte die Hände auf meine Schultern und ermutigte mich mit leichtem Druck, mich hinzuknien. Zu meinem absoluten Entsetzen tat ich es. Ich ging auf die Knie und griff nach seinem Reißverschluss.

»Hey, Soph?«, sagte Weston.

Ich blickte auf.

Er grinste. »Ich habe eine Weile gewartet, um das hier sagen zu können. *So süß ist das Trennungs-Schlucken.*«

KAPITEL ZWÖLF

Weston

»Ich bin froh, dass Sie zugestimmt haben, heute wiederzukommen, damit wir dort weitermachen können, wo wir aufgehört haben, als uns gestern die Zeit ausging. Wie war Ihr Abend?«, fragte Dr. Halpern.

»Ich habe weder getrunken noch etwas Dummes angestellt, wenn es das ist, was Sie wissen wollen. Ich schätze, Sie müssen das in den wöchentlichen Bericht an meinen Großvater hineinschreiben?«

Tatsächlich war ich der Meinung, dass Dummheit im Auge des Betrachters lag. Einige Personen könnten vielleicht denken, es wäre dumm, mit dem Feind ins Bett zu gehen, aber ich war zufällig der Meinung, dass das, was zwischen Sophia und mir passierte, ziemlich phänomenal war.

»Die Berichte, die ich Ihrem Großvater jede Woche schicke, konzentrieren sich auf die Stabilität Ihrer geistigen Gesundheit. Ich weiß, dass Sie eine Verzichtserklärung in Bezug auf meine Schweigepflicht unterschrieben haben, diese Verzichtserklärung ist jedoch sehr begrenzend. Sie sollten wissen, dass ich rechtlich keine Einzelheiten dessen preisgeben darf, worüber wir sprechen, und das tue ich auch nicht. Ich berichte einfach nur, ob Sie weiterhin Fortschritte machen und ob ich der Meinung bin, dass Ihr emotionaler Zustand Sie der Gefahr aussetzt, rückfällig zu werden.«

Das hatte ich tatsächlich *nicht* gewusst. Ich hatte den rechtlichen Hokuspokus unterschrieben, den mein Großvater mir an dem Tag vorgelegt hatte, an dem er beschloss, mir noch eine Chance zu geben, ohne ihn überhaupt gelesen zu haben. Soweit ich wusste, stand es ihm zu, mein Erstgeborenes zu behalten. Ich hatte mehr Zeit damit verbracht, darüber nachzudenken, ob ich gewillt war, wöchentliche Urinproben abzugeben, als darüber, ob ich bereit war, zu einer Therapeutin zu gehen. Als ich den Bedingungen meines Großvaters zustimmte, um meinen Job wiederzubekommen, dachte ich, das würde der einfache Teil werden. Zu einem Quacksalber gehen und ihm einmal pro Woche irgendwelchen Scheiß erzählen, mich regelmäßig mit meinem Sponsor treffen und zu einigen Treffen der Anonymen Alkoholiker gehen. In Nullkommanichts wäre ich bei meinem Großvater wieder hoch angesehen. Ich hatte nicht darauf gezählt, dass ich tatsächlich das Bedürfnis haben würde, mit dieser Frau zu sprechen.

»Wie war es für Sie, Sophia jeden Tag bei der Arbeit zu sehen? Als wir das letzte Mal über sie sprachen, hatte ich den Eindruck, sie könnte vielleicht eine Erinnerung an schwere Zeiten in Ihrem Leben sein.«

Sollte Sophia mich anfangs an Caroline erinnert haben, so war es definitiv nicht das, woran ich dieser Tage dachte, wenn ich sie sah. Genauer gesagt war es nahezu unmöglich, an etwas anderes zu denken als an den Anblick von Sophia auf Knien vor mir gestern Abend. Heute Morgen hätte ich mich beinahe in ein diabetisches Koma versetzt, weil ich mir so viel Zucker in den Kaffee gegeben hatte. Normalerweise tat ich zwei Päckchen Zucker hinein, aber heute früh, als ich sie beobachtete, wie sie sich ihren Kaffee holte, konnte ich nicht aufhören, mich an den Laut zu erinnern, den sie mit meinem Schwanz im Mund von sich gegeben hatte. Es war eine Mischung aus einem Summen und einem Stöhnen gewesen und jedes Mal, wenn ich daran dachte, zogen meine Hoden sich zusammen. Selbst jetzt musste ich diskret meine Hose richten.

»Die Zusammenarbeit mit Sophia hat sich als … interessant herausgestellt.«

»Ach? Wie genau?«

Ich sah zu der Ärztin hinüber. »Sie dürfen wirklich nichts von dem, was wir in diesen Sitzungen besprechen, meinem Großvater gegenüber erwähnen?«

Dr. Halpern schüttelte den Kopf. »Nichts. Ich berichte ihm nur über Ihre allgemeine geistige Stabilität.«

Ich holte tief Luft. »Okay. Gut, Sophia und ich … wir haben einen Weg gefunden, um die Energie, die wir durch unsere Abneigung gegeneinander produzieren, sinnvoll einzusetzen.«

Dr. Halpern schrieb etwas auf ihren Notizblock. Ich fragte mich, ob es vielleicht *Ficken mit dem Feind* war. Als sie fertig war, faltete sie die Hände im Schoß. »Dann sind Sie und Sophia also eine persönliche Beziehung eingegangen?«

»So etwas in der Art.«

»Haben Sie ihr von Ihrer Vergangenheit erzählt?«

»Sie müssen schon etwas spezifischer werden, Doc. Von welcher Vergangenheit sprechen wir hier? Dass ich mit der Hälfte der Showgirls in Vegas geschlafen habe? Der Alkoholmissbrauch? Dass meine Familie so ziemlich mit mir fertig ist, wenn ich mich nicht endlich zusammenreiße? Oder meinen Sie, dass ich Kindermädchen habe, die meinem Großvater jede Woche Bericht erstatten?«

Mir gefiel, dass Dr. Halpern selten reagierte – nicht einmal auf meine sarkastischen Fragen. Stattdessen antwortete sie vollkommen wertfrei: »Ich bezog mich auf Ihren Kampf mit dem Alkohol.«

Ich schüttelte den Kopf. »Nein, das Thema ist noch nicht aufgekommen.«

»Machen Sie sich Sorgen, dass es für Sie vielleicht ein Problem sein könnte, und haben es aus diesem Grund nicht erwähnt?«

»Wir haben einfach nicht diese Art von Beziehung.«

»Nun, viele Beziehungen beginnen als eine Sache und entwickeln sich dann zu etwas anderem. Wenn Menschen zu lange warten, um etwas zu erzählen, entsteht manchmal Unmut darüber, wenn es schließlich rauskommt. Die Person, die im Unklaren darüber gelassen wurde, kann eine Art Misstrauen verspüren.«

»Glauben Sie mir, unsere Beziehung entwickelt sich zu nichts weiter als das, was sie ist.«

»Warum ist das so?«

»Sie ist ein nettes Mädchen – die Art, die mit erfolglosen Bühnenautoren zusammen ist, nicht mit trockenen Alkoholikern, die ihre Familie im Stich lassen und sich an die Hälfte der Namen der Frauen, die in ihrem Bett waren, nicht mehr erinnern können.«

»Wenn Sie sagen, dass Sie Ihre Familie im Stich gelassen haben, meinen Sie das im geschäftlichen Sinn, weil Ihr Trinken Ihren Job beeinflusst hat? Oder beziehen Sie sich auf Caroline?«

»Alles davon.«

Dr. Halpern nahm ihren treuen Block und machte sich erneut einige Notizen.

»Was, wenn ich sie sehen wollte?«

»Meine Notizen?«

Ich nickte. »Sie schreiben ständig, und das macht mich neugierig.«

Dr. Halpern lächelte. Wieder faltete sie die Hände im Schoß. »Sie können sich meine Notizen gern ansehen, wenn es Ihnen Stress bereitet, nicht zu wissen, was ich schreibe. Aber ich bin mir nicht sicher, ob es Ihnen Klarheit bringen wird, warum ich das, was ich niedergeschrieben habe, für wichtig erachtet habe. Wie wäre es, wenn Sie mich einfach fragen, wenn Sie neugierig sind, und ich werde Ihnen erzählen, was ich aufgeschrieben habe, und erklären, warum ich es getan habe.«

»Okay … Was haben Sie geschrieben, als ich sagte, ich hätte das Gefühl, meine Familie im Stich gelassen zu haben?«

Sie blickte hinunter auf ihren Block und sah dann wieder zu mir auf. »Ich habe geschrieben: *Deplatzierte Schuld wegen Carolines Tod.* Und der Grund, warum ich es geschrieben habe, ist der, dass ich glaube, dass Ihre Schwester im Zentrum ihrer psychischen Probleme steht.«

Ich schüttelte den Kopf. »Sie liegen falsch.«

»Bedeutet es, Sie sind nicht der Meinung, dass einige Ihrer Schwierigkeiten mit dem Tod Ihrer Schwester Caroline zu tun haben?«

»Oh nein. Das meinte ich nicht. Ich habe durchaus Schwierigkeiten mit dem Tod meiner Schwester. Ich meinte, Sie liegen falsch damit, diese Schuld als *deplatziert* zu bezeichnen. Meine Schuld ist genau dort, wo sie hingehört.«

Das Flurlicht im Korridor des Chefbüros war mit einer Zeitschaltuhr versehen. Nach neunzehn Uhr wurde es von an verschiedenen Orten angebrachten Sensoren nur dann aktiviert, wenn Bewegung festgestellt wurde. Da ich einen weitgehend unproduktiven Nachmittag hatte, beschloss ich um halb acht, Feierabend zu machen und mir etwas zu essen zu holen. Als ich mein Büro abschloss, fiel mir auf, dass das Licht im Flur nicht sofort eingeschaltet wurde, und ich konnte problemlos erkennen, dass alle Bürotüren entweder geschlossen waren oder das Licht ausgeschaltet war. Als ich in Richtung Aufzug ging, nahm ich also an, dass Sophia nicht in ihrem Büro war. Aber als ich daran vorbeiging, sah ich aus dem Augenwinkel etwas, das mich dazu brachte, zurück zu ihrer Tür zu gehen.

»Du bist noch hier?«

Das Licht in Sophias Büro schaltete sich ein. Sie musste so still dagesessen haben, dass die Bewegungsmelder sie nicht erfassen konnten.

»Hast du geschlafen oder so was?«

Sophias Augen schienen wieder scharf zu sehen. »Nein, ich denke, ich war nur in Gedanken versunken und habe nicht mitbekommen, dass das Licht sich ausgeschaltet hat.«

Ja, das Gefühl kenne ich.

Ich nickte. »Ich habe heute einige Anrufe getätigt und mich nach deinem Bauunternehmer erkundigt. Lass uns den Boltons den Zuschlag geben.«

»Oh, wunderbar. Danach wollte ich dich auch noch fragen. Travis hat angerufen, um zu hören, ob wir uns schon entschieden haben.«

Als ich hörte, dass das Arschloch sie angerufen hatte, wollte ich meine Meinung am liebsten ändern. »Um wie viel Uhr hat er angerufen?«

»Ich weiß nicht, vielleicht gegen elf. Wieso?«

»Warum hast du mich dann nicht gefragt?« Sophia schürzte die Lippen, während ich meine zu einem Grinsen verzog. »Gehst du mir wieder aus dem Weg?«

»Ich bin bloß beschäftigt, Weston. Kannst du nur einmal nicht alles auf dich beziehen?«

»Sicher, wenn ich der Meinung bin, dass es tatsächlich nicht um mich geht.«

Sophia rollte mit den Augen. »Ist es kompliziert, ein Ego von dieser Größe mit sich herumzutragen? Es ist bestimmt schwer.«

Ich lachte. Ich nickte zu den Aufzügen und sagte: »Ich war auf dem Weg nach unten, um etwas zu essen. Hast du schon zu Abend gegessen?«

Sophia schüttelte den Kopf.

»Hast du Lust mitzukommen?«

Sie knabberte an ihrer hervorgestreckten Unterlippe. »Ich habe immer noch jede Menge zu tun.«

»Ich halte nicht um deine Hand an, Fifi. Zwei Menschen, die zusammen arbeiten, können auch eine gemeinsame Mahlzeit einnehmen. Wenn du dich dann besser fühlst, können wir uns beim Essen über das Geschäft unterhalten. Ich habe heute noch einmal mit der Gewerkschaft gesprochen und kann dich darüber auf den neuesten Stand bringen.«

Sie zögerte, seufzte aber schließlich. »Okay.«

Ich schüttelte den Kopf. »Was für ein Opfer. So gut, wie du zu mir bist, kommst du wahrscheinlich in den Himmel.«

Sophia versuchte, ihr Grinsen zu verbergen, aber es gelang ihr nicht. »Ich muss zuerst zur Toilette. Wir treffen uns unten.«

»In Ordnung. Ich kann verstehen, wenn du es vermeiden willst, allein mit mir im Aufzug zu sein.« Ich zwinkerte. »Ich werde uns unten im *Prime* einen Tisch besorgen.«

»Vermisst du London?«, fragte ich und nahm mein Wasser zur Hand. Der Kellner hatte die Weinkarte gebracht, in die Sophia gerade einen Blick warf.

Sie sah auf und seufzte. »Das tue ich, auf vielerlei Art. Aber auf eine gewisse Weise, die ich nicht erwartet habe, vermisse ich es auch *nicht*. Vermisst du Vegas?«

Ich schüttelte den Kopf. »Überhaupt nicht. Vegas und ich sind nicht gut miteinander ausgekommen.«

Sophia lachte. »Trotz der ständigen Partys? Ich weiß, dass New York die Stadt ist, die niemals schläft, aber sie ist anders als Las Vegas. Vielleicht liegt es daran, dass ich immer nur Zeit in Touristengebieten verbracht habe, aber jeder in Vegas scheint im Urlaub zu sein und viel Spaß zu haben. Hier laufen die Leute in Anzügen herum, um zur Arbeit zu gehen.«

Ich fuhr mit meinem Finger über das Kondenswasser an meinem Glas. »Ganz besonders wegen der Partys.«

Sophia schaute wieder auf die Weinkarte und hielt sie mir hin. »Möchtest du dir eine Flasche teilen?«

Ich zögerte, aber unsere Blicke trafen sich und irgendwie sprudelte die Wahrheit aus meinem Mund heraus. »Ich bin Alkoholiker und gerade dabei, trocken zu bleiben.«

Sophia zog abrupt die Augenbrauen hoch. »Oh! Wow. Es tut mir so leid, dass ich gefragt habe. Ich hatte keine Ahnung.«

»Schon in Ordnung. Du brauchst dich nicht zu entschuldigen. Und du kannst deinen Wein bestellen. Gönne es dir nicht *meinetwegen* nicht. Ich habe kein Problem damit, mit jemandem zusammenzusitzen, der etwas trinkt, und selbst nicht zu trinken.«

Sie sah unentschlossen aus. »Bist du sicher? Ich muss keinen Wein trinken.«

In dem Moment kam der Kellner zu uns. »Kann ich Ihnen etwas zu trinken bringen oder zur Vorspeise ein Glas Wein?«

Ich sah zu Sophia und sie wirkte zerrissen. Also nahm ich ihr die Karte aus der Hand und reichte sie dem Kellner. »Sie hätte gern ein Glas des 2015 Merryvale Merlot und für mich bitte ein Mineralwasser mit Zitrone.«

Er nickte. »Sehr wohl. Ich werde Ihnen noch einige Minuten Zeit geben, um sich die Menükarte anzusehen.«

Nachdem er sich entfernt hatte, blickte Sophia mich immer noch an.

»Es ist schon in Ordnung, wirklich. Hör auf zu denken, du könntest dafür sorgen, dass ich einen Rückfall bekomme.«

Sie lächelte. »Du überschätzt mich. Ich habe mir überhaupt keine Sorgen um deine Abstinenz gemacht. Ich habe mich eigentlich gefragt, woher du weißt, welchen Wein ich mag.«

»Du hast eine halb volle Flasche in deinem Zimmer zurückgelassen, als du in die Suite umgezogen bist.«

Sie nickte. »Dabei fällt mir ein, du hast mir nicht erzählt, warum du in mein Zimmer gezogen bist, als ich dich neulich danach gefragt habe.«

Ich grinste. »Du hast recht, das habe ich nicht.«

Sie lachte leise. »Ernsthaft, war mit deinem Zimmer etwas nicht in Ordnung?«

»Nein. Mein Zimmer war ganz wunderbar.«

»War es zu laut?«

»Nein. Es war ziemlich friedlich.«

»Warum bist du dann umgezogen?«

»Es wird dich noch verrückt machen, wenn ich es dir nicht sage, oder? So ähnlich wie der Grund, warum du mir neulich gefolgt bist. Du bist ein bisschen neugierig, nicht wahr, Fifi?«

Sie kniff die Augen zusammen. »Und du bist ein bisschen nervig. Komm schon, spuck's aus. Warum bist du umgezogen?«

Ich ließ den Blick einige Sekunden lang zu ihren Lippen wandern, bevor ich ihr wieder in die Augen sah. »Ich dachte mir, es würde nach dir riechen.«

Sophia sog hörbar die Luft ein. »Deshalb hast du gesagt, das Zimmer müsse nicht hergerichtet werden?«

Ich beugte mich zu ihr. »Die Bettwäsche riecht noch nach dir. Ich stelle mir gern vor, wie du ganz nackt darin gelegen hast und deine Finger in dir hattest.«

Sophias Gesicht wurde rot. Sie öffnete die Lippen und ihr Atem wurde schneller und sehr viel flacher. Der Anblick war so verdammt sexy. Mein Verstand überschlug sich und ich fragte mich, ob sie mich wohl aufhalten würde, wenn ich mit der Hand unter den Tisch gleiten und sie fingern würde.

Zum Glück für uns beide kam der Kellner zurück. Ohne die Anspannung zu bemerken, stellte er Sophias Wein und mein Wasser ab. »Haben Sie sich entschieden? Ist Ihnen irgendetwas aufgefallen, das Ihnen Appetit gemacht hat, oder möchten Sie wissen, welche Spezialitäten wir anbieten?«

Ich sah zu Sophia hinüber und erhaschte ihren Blick. »Oh, ich habe definitiv großen Appetit.«

In ihrem Auge war ein Funkeln zu erkennen, aber sie räusperte sich und faltete die Hände. »Ich würde tatsächlich gern wissen, welche Spezialitäten Sie haben.«

Der Kellner sprach mit monotoner Stimme einige Minuten lang … irgendein Fisch … irgendein japanisches Rindfleisch … irgendwelche extravaganten Namen, um den hohen Preis zu rechtfertigen. Aber im Grunde genommen ging alles, was er sagte, zum einen Ohr hinein und zum anderen wieder hinaus. Mein Verstand war zu beschäftigt, um Worte aufzuschnappen, während ich mir vorstellte, wie Sophia versuchte, keine Miene zu verziehen, während ich meine Finger in ihr bewegte und der Kellner dastand und redete. Irgendwann verstummte die männliche Stimme und eine höhere begann zu sprechen, und dann war es still. Ich brauchte einige Sekunden, um zu verstehen, dass sowohl Sophia als auch der Kellner mich ansahen.

»Ähh … ich nehme das Gleiche wie sie.«

Der Kellner nickte. »Sehr wohl, Sir.«

Nachdem er verschwunden war, führte Sophia ihr Weinglas an die Lippen und verbarg ein Grinsen. »Du hast keine Ahnung, was du gerade bestellt hast, oder?«

Ich schüttelte den Kopf. »Keinen blassen Schimmer.«

Es folgten einige weitere Unterbrechungen. Der Hilfskellner brachte Brot, Balsamico und Olivenöl und der Restaurantleiter kam zu uns, um sich vorzustellen. Alle im Hotel erkannten uns jetzt. Leider – oder vielleicht zum Glück für Sophia – war der Moment verflogen, als wir wieder allein waren. Und selbst wenn es nicht der Fall gewesen wäre, hätte die Richtung, in die Sophia das Gespräch lenkte, ihn zunichtegemacht.

»Darf ich fragen, wie lange du schon trocken bist?«

»Vierzehn Monate.«

Sie nickte. »Gut für dich. Ich hatte wirklich keine Ahnung. Und dabei dachte ich, unsere Familien würden solch großartige Arbeit leisten, den ganzen Klatsch und Tratsch über die jeweils andere zu verfolgen.«

»Das gilt nur für die Dinge, von denen sie wollen, dass andere sie erfahren. Aber wir vergraben alle die Sachen, die den Familiennamen zu sehr beflecken könnten.« Ich nahm die Zitrone vom Rand meines Glases und drückte sie in mein Mineralwasser aus. »Soweit die Welt weiß hat deine Mutter sich einvernehmlich von deinem Vater scheiden lassen. Hätten wir nach dem Abschlussball nicht diese Nacht zusammen verbracht, hätte ich nicht einmal gewusst, dass er euch verlassen hat.«

Sophia legte den Kopf zur Seite und musterte mich einen Moment lang. »Du hast nie irgendjemandem in deiner Familie davon erzählt, was ich dir in jener Nacht gesagt habe, oder? Ich glaube, mir war bis zu diesem Augenblick gerade eben nicht bewusst, dass du die Wahrheit als Klatsch hättest verbreiten können. Ich bin mir sicher, dein Vater oder Großvater hätten es weitererzählt, wenn du es vor ihnen erwähnt hättest.«

Ich nippte an meinem Wasser. »Du hast mir das erzählt, während wir in deinem Bett lagen. Du kannst mir ruhig ein bisschen mehr zutrauen.«

Sophia wandte den Blick ab, nickte aber. »Also ... die Therapeutin, zu der du gehst, ist das Teil deiner Genesung?«

Ich nickte. »Es ist zumindest Teil des Genesungsplans, den mein Großvater für mich hat.«

»Was meinst du?«

»Wenn ich meinen Job behalten will, muss ich tun, was er sagt. Vor vierzehn Monaten endete ich in der Notaufnahme, nachdem ich mich fast zu Tode getrunken hatte. Ich war dreißig Tage in der Entzugsklinik, um trocken zu werden. Während dieser Zeit sind mein Vater und mein Großvater persönlich eingeschritten, um die Immobilien zu übernehmen, die ich geleitet hatte. Hotels in Las Vegas müssen mit Adleraugen beobachtet werden. Es gibt dort in der Regel viele Spieler als Angestellte und Diebstahl und Unterschlagung können aus dem Ruder laufen, wenn keiner auf das Geschäft aufpasst.«

Ich schüttelte den Kopf. »Sie mussten viele Mitarbeiter entlassen, als ich weg war. Die meiste Zeit war ich zu besoffen gewesen, um zu bemerken, dass die Leute mich vor meinen Augen bestohlen haben. Eine Frau, mit der ich geschlafen habe, hat versucht, meine Familie mit Videos zu erpressen, in denen ich dämliche Aktionen bringe, wie in den Hotelspringbrunnen zu pinkeln. Es war nicht schön. An dem Tag, an dem ich aus der Entzugsklinik entlassen wurde, stellte mein Großvater mir ein Ultimatum: ›*Tu ganz genau das, was ich dir sage, oder du stehst allein da.*‹ Therapeutin, Treffen der Anonymen Alkoholiker, willkürliche Urinproben – such es dir aus. Ich bin eine Marionette und er hält die Fäden in der Hand.«

»Wow. Also, wenn es dich tröstet, ich bin mir sicher, wenn ich außer Kontrolle geraten und in der Notaufnahme enden würde, würde mein Vater das Telefongespräch beenden und gar nicht erst kommen.«

Ich zwang mich zu einem Lächeln. Aber wirklich, ihr Vater machte mich wütender, als es meine eigene Familie tat. Zumindest hatte meiner einen Grund, mich wie Dreck zu behandeln. Ich war ein Versager.

Der Kellner erschien mit unserem Essen und ich war froh, dieses Gespräch beenden zu können. Ich schnitt in mein Steak und lenkte die Unterhaltung in eine ganz andere Richtung. »Hast du etwas von dem Bühnenautor gehört, seit er und ich so nett miteinander geplaudert haben?«

»Er hat mir eine SMS geschickt, in der im Grunde genommen stand, dass ich ganz schön Nerven hätte, einen anderen Mann an mein Telefon gehen zu lassen. Danach habe ich ihn blockiert. Er kann mir nun nicht mehr schreiben oder mich anrufen.«

Ich lächelte. »Gut für dich.«

»Was ist mit dir? Irgendwelche desaströsen Beziehungen, seit unsere Wege sich am Abend des Abschlussballs getrennt haben?«

»Ich glaube, während der letzten zwölf Jahre hatte ich nur solche Beziehungen.«

»Keine Freundin, mit der es ernst war?«

»Es gab eine. Brooke. Wir waren etwas länger als ein Jahr zusammen.«

Sophia wischte sich den Mund mit einer Serviette ab. »Was ist da passiert?«

»Ich habe es versaut. Wir sind einige Monate vor Carolines Tod vor fünf Jahren zusammengekommen. Danach bin ich außer Kontrolle geraten. Irgendwann hatte sie keine Lust mehr, sich meinen Mist gefallen zu lassen.« Ich zuckte mit den Schultern. »Ich mache ihr keinen Vorwurf.«

Ich sah Mitleid in Sophias Augen und hasste es. Ich schätzte, ich hatte uns wohl doch nicht in die richtige Richtung gelenkt. »Ich will nicht von den fröhlichen Themen ablenken, über die wir hier sprechen, aber ich habe nur noch zwei Probleme mit der Gewerkschaft – die Anzahl der Krankentage und das Kontingent für die Anzahl der Zimmer, die die Reinigungskräfte pro Schicht säubern müssen.«

»Oh, das ist großartig. Gibt es etwas, wobei ich helfen kann?«

»Ich habe für Ende der Woche ein Gespräch angesetzt.« Ich überlegte, wie ich das angehen sollte. »Wenn du dabei sein möchtest, bist du herzlich eingeladen.«

Sophia lächelte. »Das würde ich gern. Ach ja, und eine Freundin aus London kommt hierher. Scarlett wird hier übernachten. Sie kommt diesen Freitag an, deshalb hat mich deine Erwähnung des Gewerkschaftstreffens daran erinnert. Wenn du eine Frau mit knallrotem Lippenstift siehst, der zu ihren Schuhsohlen passt, und die aussieht, als wäre sie der *Vogue* entsprungen, dann ist sie das.«

»Klingt interessant.«

»Oh, das ist sie.« Sophia hob ihr Glas und neigte es in meine Richtung. »Weißt du, jetzt, da ich darüber nachdenke, sie ist in gewisser Weise das weibliche Gegenstück zu dir.«

»Wie meinst du das?«

»Sie ist arrogant und selbstbewusst. Das Meer teilt sich, wenn sie einen Raum betritt.«

Ich zog eine Augenbraue hoch. »Du solltest aufpassen, das klang fast wie ein Kompliment.«

Sophia schüttelte den Kopf. »Lass uns nicht übertreiben. Aber da du in guter Stimmung zu sein scheinst, wäre es okay, wenn ich über meine Woche hinaus noch ein paar Tage länger in der Suite bliebe? Zumindest bis Scarlett abreist? Dann können wir tauschen und du kannst so lange bleiben wie ich. Scarlett und ich sitzen gern zusammen und reden bis spät in die Nacht, und es wäre schön, das Wohnzimmer zu haben, während sie in der Stadt ist.«

»Kein Problem. Ich hatte sowieso nicht vor, dich dazu zu bringen, dich mit mir abzuwechseln.«

»Ach nein?«

Ich schüttelte den Kopf. »Ich habe nicht einmal um ein Upgrade gebeten, als ich eingecheckt habe. Ich habe das nur gesagt, um dich zu ärgern.«

Sophias Augen wurden groß. »Oh mein Gott. Du bist so ein Idiot.«

Ich lachte leise. »Du sagst das, als wärst du überrascht. Aber du kannst mir nicht ernsthaft erzählen, dass dir das neu ist.«

»Nein, definitiv nicht. Aber trotzdem danke, dass du gebeichtet hast und mich in der Suite wohnen lässt, während Scarlett hier ist.«

Nach dem Abendessen gingen wir zusammen zum Aufzug. Ich ging auf der anderen Seite der Kabine auf Abstand und schob die Hände in die Hosentaschen. Wir hatten einen netten Abend gehabt. Zum ersten Mal hatte ich das Gefühl gehabt, dass Sophia sich mir etwas geöffnet hatte. So sehr ich sie auch gegen die Aufzugwand pressen und den Nothaltknopf drücken wollte, sie wirkte auf eine Weise verletzlich, die mir sagte, es wäre falsch, das zu tun.

Im achten Stock zögerte ich, als ich ausstieg – ganz besonders, als ich Sophia ansah, denn ich hätte schwören können, dass sie ein wenig enttäuscht wirkte, wie unser Abend endete. Ich musste mich zwingen, einen Fuß vor den anderen zu setzen, um diesen verdammten Aufzug zu verlassen.

Als ich mich umsah, erhaschte ich ihren Blick ein letztes Mal. »Süße Träume, Fifi.«

Sie schüttelte den Kopf. »Gute Nacht, Weston.«

KAPITEL DREIZEHN

Sophia

Nachdem es mir eine halbe Stunde lang nicht gelungen war einzuschlafen, rollte ich mich im Bett auf die andere Seite.

Es störte mich, dass Weston nicht einmal versucht hatte, mich davon zu überzeugen, mit ihm auf sein Hotelzimmer zu gehen oder mit mir auf meins zu kommen. Ich wusste, dass es dumm war, sich darüber den Kopf zu zerbrechen, aber ich konnte nicht aufhören, mich zu fragen warum. Möglich, dass er einfach nur müde oder nicht in der Stimmung war, aber nichts davon schien für Weston wahrscheinlich zu sein. Deshalb war die einzige logische Erklärung, die mir einfiel, dass er angefangen hatte, sich zu langweilen.

Es hätte mich nicht schockieren sollen herauszufinden, dass er einer dieser Kerle war – diejenigen, die an der Jagd mehr Spaß haben als an der Beute. Genauer gesagt, jetzt, da ich darüber nachdachte, ergab alles sehr viel Sinn. Wir hatten ein leckeres Abendessen zu uns genommen und eine gute Unterhaltung gehabt – kann ich es wagen zu behaupten, dass der Abend friedlich verlaufen war? Ich hatte Westons Hingezogenheit zur Jagd mit einer Hingezogenheit zu mir verwechselt.

Aber das war in Ordnung. Ehrlich, das war es – selbst wenn die Akzeptanz dieser Tatsache einen seltsamen Schmerz in meiner Brust hervorrief. Aus der Verrücktheit zwischen uns konnte nun wirklich nichts Gutes entstehen. Im Kopf wusste ich, dass es besser war, wenn wir Abstand zueinander hielten.

Trotzdem konnte ich immer noch nicht einschlafen.

Aber anstatt unsere gefährliche Situation noch weiter zu analysieren, erinnerte ich mich an die Dinge, die Weston heute Abend erzählt hatte. Er war Alkoholiker. Und wenn ich korrekt zwischen den Zeilen gelesen hatte, war es richtig schlimm geworden, nachdem seine Schwester gestorben war. Diese beiden waren unzertrennlich gewesen. Ich sah mich selbst als Einzelkind an, da für mich mein Halbbruder Spencer nicht zählte, und hatte deshalb keinerlei Erfahrung mit einem Verhältnis, wie die beiden es gehabt hatten. Ich stellte mir vor, dass das Aufwachsen in jeder unserer großen, aber einsamen Familien Geschwister dazu bringen würde, noch näher zusammenzurücken – wir gegen sie. Wenn man dann noch Carolines Krankheit hinzunahm, konnte ich erkennen, dass Weston die Rolle des beschützerischen großen Bruders übernommen hatte, wenngleich er jünger war. Sie nach ihrem Tod zu verlieren schien keine negative Sache zu sein. Ich fand es auf gewisse Weise wunderschön, dass er sich so sehr um jemanden gesorgt hatte, dass er nach ihrem Tod selbstzerstörerisch geworden war. Auf eine seltsame Art war ich irgendwie eifersüchtig auf diese Liebe und Hingabe zu einer anderen Person. Ich hatte meiner Mutter nahegestanden, doch sie war gestorben, bevor ich überhaupt erwachsen geworden war.

Es gab mir ein warmes Gefühl, an diese Seite von Weston zu denken. Aber es verunsicherte mich auch ein wenig. Deshalb war es vielleicht das Beste, dass er das Interesse zu verlieren schien. Denn ich brauchte nun wirklich keine Gefühle für ein Mitglied der Familie Lockwood zu entwickeln.

Am nächsten Tag hatte ich gerade einen Anruf beendet, als Weston den Kopf in mein Büro steckte.

»Das Treffen mit der Gewerkschaft ist am Freitag um vierzehn Uhr.«

»Oh, okay. Das ist super. Ich wollte tatsächlich gerade zu dir ins Büro gehen.«

Er grinste. »Vermisst mich wohl schon, was?«

»Wie könnte ich dich vermissen, wo ich dich vor ein paar Stunden noch hinter der Säule in der Eingangshalle gesehen habe, wo du mich dabei beobachtet hast, wie ich mir meinen Kaffee hole.«

Anstatt irgendetwas zu leugnen, wurde aus Westons Grinsen ein breites Lächeln. »Irgendein Typ stand an meinem üblichen Platz.«

»Ich finde es interessant, dass du nicht einmal versuchst, deine Nachstellerei zu verbergen. Ist das ein Hobby von dir? Das Nachstellen, meine ich.«

»Du bist meine Erste.« Er zwinkerte. »Du Glückspilz, du.«

Ich schüttelte den Kopf. »Wie dem auch sei, ich habe vorhin mit den Boltons gesprochen. Es ist ihnen gelungen, alle ausstehenden Probleme in Bezug auf die Baugenehmigung zu klären, und sie können jetzt anfangen. Es gibt noch einige Dinge, die sie heute beim Mittagessen besprechen wollten, wenn du Zeit hast.«

Weston rieb sich mit dem Daumen über die Unterlippe. »Sie haben dich angerufen, was?«

»Ja.«

Er neigte den Kopf zur Seite. »Wer hat angerufen? Sam oder Travis?«

Ich wusste, worauf er hinauswollte, würde es ihm aber nicht einfach machen. »Travis.«

»Er hat dich also angerufen, aber ausdrücklich gebeten, mich ebenfalls dazuzubitten?«

Ich rollte mit den Augen. »Nimm dich nicht so wichtig, Weston. Dein großes Ego sollte nicht so einfach einen Knacks bekommen, wenn jemand es vorzieht, mich statt dich anzurufen. Es macht Sinn, da meine Familie zuvor bereits mit ihm zusammengearbeitet hat.«

»Sicher … richtig …«

Ich seufzte. »Wirst du nun dabei sein oder nicht? Ich werde unten anrufen und einen Tisch für dreizehn Uhr reservieren. Soll ich einen für zwei oder drei Personen buchen?«

»Definitiv drei. Mir macht nichts mehr Spaß, als das fünfte Rad am Wagen zu sein.« Er klopfte mit den Fingerknöcheln an die Tür meines Büros. »Bis später, Fifi.«

Einige Stunden später hatte ich die Zeit vergessen und kam um zehn nach eins im Restaurant an. Travis und Weston saßen bereits. Sie erhoben sich, als ich mich dem Tisch näherte.

»Tut mir leid, dass ich zu spät komme. Ich weiß nicht, wo der Vormittag geblieben ist.«

Beide Männer bewegten sich gleichzeitig in Richtung des Stuhls in der Mitte, um ihn herauszuziehen. Es war peinlich, aber Travis wich zurück.

»Danke«, sagte ich und nahm Platz. »Ich hoffe, ich habe nicht allzu viel verpasst.«

»Ganz und gar nicht.« Travis lächelte. »Weston und ich hatten Gelegenheit, uns ein wenig kennenzulernen.«

Ich schaute verstohlen zu Weston hinüber. Er nahm ein Glas Wasser und führte es sich an die Lippen. »Das hat mir den Tag gerettet.«

Ich blickte böse. Zum Glück hatte Travis Westons Sarkasmus entweder nicht mitbekommen oder war professionell genug, um die Bemerkung zu ignorieren.

»Ich habe Weston gerade erzählt, dass wir schon morgen anfangen können, wenn Ihnen das recht ist. Alle offenen Fragen mit der Baubehörde wurden geklärt und die fehlenden Anträge nachgereicht. Ich musste die Genehmigungen erneuern lassen, weil sie bereits abgelaufen waren, habe mir aber erlaubt, das morgige Datum als Baubeginn anzugeben. Wir sind also startklar, wenn Sie uns grünes Licht geben.«

Weston und ich stimmten zu, dass es am besten wäre, so früh wie möglich anzufangen, und sprachen darüber, in wie vielen Schichten gearbeitet werden sollte und an welchen Tagen Travis der Meinung war, die Zimmer, die sich direkt oberhalb der Baustelle befanden, wegen des erhöhten Lärmaufkommens leer stehen zu lassen. Wir bestellten und als unser Essen serviert wurde, schien Westons Grundhaltung sich etwas entspannt zu haben.

Travis nahm die Ketchupflasche und drehte den Verschluss ab. Er nahm das Brötchen von seinem Hamburger und sagte: »Wissen Sie, meine Verlobte und ich haben uns den Imperial Salon angesehen, nachdem wir uns verlobt hatten.« Er lächelte. »Nachdem wir den Kostenvoranschlag erhalten hatten, wurde uns klar, dass wir unsere Gästeliste halbieren müssten, um unsere Hochzeit dort zu feiern. Aber ich denke, wäre die Dachterrasse verfügbar gewesen, als wir auf der Suche waren, hätte meine Verlobte mich dazu überredet, einen Kredit aufzunehmen, um diesen Ort zu reservieren. Ich bin wirklich davon überzeugt, dass es sehr hübsch werden wird, wenn es erst fertig ist.«

Weston wurde gesprächig. »Wo haben Sie denn letztendlich Ihre Hochzeit gefeiert?«

Travis schüttelte den Kopf. »Es gab keine Feier. Die Dinge … sind nicht so gelaufen, wie sie geplant waren.«

Weston sah mich mit einem schadenfrohen Lächeln an. »Gefällt Ihnen das Leben als Single? Manche Menschen sind einfach nicht zum Heiraten geschaffen.«

»Oh nein. Ich bin definitiv dafür geschaffen zu heiraten. Ich hasse die Barszene und ziehe es nach einem langen Tag bei der Arbeit vor, den Abend zu Hause zu verbringen. Meine Verlobte Alana ist gestorben.« Er schüttelte den Kopf. »Brustkrebs.«

Ich legte die Hand auf Travis' Arm. »Es tut mir sehr leid. Das wusste ich nicht.«

Mir entging nicht, wie Weston den Blick fest auf meine Hand richtete.

Er brummte zwischen zusammengepressten Zähnen: »Herzliches Beileid.«

Kurze Zeit später kamen wir auf das College zu sprechen und Travis erwähnte, dass er es abgebrochen hatte. Wieder schien Weston hellhörig zu werden und bemerkte, dass nicht jeder dazu geschaffen war, seine Ausbildung zu Ende zu bringen. Travis entgegnete daraufhin, dass er das College abgebrochen hatte, um seinem Vater zu helfen, der am Rücken operiert werden musste.

Es gab noch einige weitere seltsame Wortwechsel wie diesen und ich hätte schwören können, dass es Weston Freude bereitete, eine potenziell negative Eigenschaft über Travis zu erfahren, und dass es ihn jedes Mal wütend machte, wenn sie sich als etwas Nobles herausstellte.

Nachdem unsere Teller vom Mittagessen abgeräumt worden waren, erschien der Kellner und reichte uns die Dessertkarte. »Wir haben ebenfalls eine wunderbare Auswahl an Kaffee mit Alkohol – Irish Coffee mit Baileys, französischer Cappuccino mit Grand Marnier und einen italienischen Classico mit Amaretto.«

Da ich vom Mittagessen satt war, entschied ich mich gegen Nachtisch, bestellte aber einen Cappuccino. Weston bestellte einen normalen Kaffee und der Kellner wandte sich an Travis.

»Was ist mit Ihnen? Die Kaffees mit Alkohol sind köstlich. Kann ich Sie in Versuchung führen?«

Travis hob die Hand. »Nein, für mich keine Versuchung. Vielen Dank. Ich nehme einen normalen Kaffee.«

»Ich schätze, es ist keine besonders gute Idee, Schnaps in seinen Kaffee zu geben, wenn man mit schweren Maschinen arbeitet«, sagte Weston.

Travis nickte. »Tatsächlich trinke ich gar nicht. Ich habe zu viele Kerle gesehen, die vom Alkohol abgestürzt sind. Es ist eine persönliche Entscheidung.«

Weston spannte die Kiefermuskeln an. Er warf seine Serviette auf den Tisch. »Wissen Sie was? Mir ist gerade eingefallen, dass ich noch einen Termin habe. Wir sehen uns morgen, Travis.« Er nickte mir zu. »Ich werde auf dem Weg nach draußen die Rechnung bezahlen. Viel Spaß euch beiden.«

KAPITEL VIERZEHN

Sophia

»Oh mein Gott, es ist schlimmer, als ich erwartet hatte. Was ist dieses entsetzliche Ding, das du an den Armen trägst?«

»Scarlett! Du bist schon da!« Ich stürmte hinter dem Empfangstresen hervor und schlang die Arme um meine beste Freundin. Nachdem wir uns gedrückt hatten, lehnte Scarlett sich zurück und hielt mich an den Schultern fest.

»Ist das *braun*?«

Ich schaute nach unten auf den Blazer, den ich trug. »Das hier ist Teil der Hoteluniform. Ich trage sie, wenn ich an der Rezeption arbeite. Was stimmt damit nicht?«

Scarlett schien von meiner Frage verwirrt zu sein. »Er ist *braun*.«

Ich lachte. Wie erwartet sah Scarlett aus, als wäre sie soeben aus einem Modemagazin gestiegen, anstatt einen sieben-stündigen Flug hinter sich zu haben. Ihr schulterlanges, blondes Haar war im Stil der zwanziger Jahre in Fingerwellen gelegt. Sie trug eine cremefarbene Hose mit weitem Bein und eine einfache, königsblaue Seidenbluse, aber die sechs oder sieben Reihen der Perlenkette um ihren Hals, die übergroße Herren-Rolex am

Handgelenk und die knallroten Spitzenschuhe an ihren Füßen schrien förmlich *Fashionista*. Scarlett war rund zwölf Zentimeter kleiner als ich und gerade einmal einsachtundfünfzig groß, aber ich bezweifelte, dass es irgendjemandem auffiel, da sie immer schwindelerregend hohe Absätze trug. Ihre Haut war genauso blass wie meine, trotzdem konnte sie knallroten Lippenstift tragen wie keine andere. Ich glaube, wenn deine Mutter dir den Namen Scarlett gibt, hast du vielleicht gar keine andere Wahl.

»Wir können nicht alle so bildhübsch aussehen wie du. Wie war dein Flug? Und ich dachte, du würdest noch jemanden mitbringen?«

»Das habe ich auch. Er musste direkt zu einem Termin. Ich habe ihm gesagt, ich hätte eine dringende Verabredung und er müsse sich allein darum kümmern.«

Ich schürzte die Lippen. »Ich hoffe, du bist nicht allzu lange weg. Ich habe mich darauf gefreut, mit dir etwas trinken zu gehen. Bis jetzt habe ich noch keine neue Freundin für die Happy Hour am Freitag gefunden.«

Scarlett legte mir den Arm um den Hals. »*Du* bist meine dringende Verabredung. Warum würde ich sonst einen fürchterlichen frühen Flug am Morgen nehmen?«

Ich lächelte. »Oh, wunderbar! Das ist genau das, was ich brauche.«

Es war das erste Mal seit Tagen, dass ich mich nicht etwas traurig fühlte. Ich hasste es, das zuzugeben, aber die fehlende Aufmerksamkeit von Weston hatte mich fast schon melancholisch gemacht. Es war dumm, das wusste ich selbst, aber Logik half mir kein bisschen weiter. Leider waren unsere Streits – und das, was *nach* unseren Streits folgte – der Höhepunkt meiner letzten Wochen gewesen. Seit unserem Mittagessen mit Travis vor zwei Tagen machte Weston sich rar. Er hielt die Tür zu seinem Büro nun verschlossen, obwohl er das zuvor nie getan hatte.

Zugegeben, wir waren beide wirklich schwer beschäftigt. Mit der Baustelle, dem Treffen mit der Gewerkschaft, unseren Anwaltsteams, die in den Konferenzräumen saßen und uns ständig benötigten, um Dingen hinterherzulaufen, damit sie mit der Bewertung weitermachen konnten, und dem allgemeinen Zeitdruck, den die Leitung eines Hotels mit sich bringt und der uns kaum bekannt war, war es ein Wunder, dass überhaupt einer von uns Zeit hatte, die Abwesenheit des anderen zu bemerken. Ich hasste es wirklich, dass es mich überhaupt störte.

Scarletts Besuch hätte zu keinem besseren Zeitpunkt kommen können. Es gab kein besseres Mittel gegen meine Niedergeschlagenheit als eine große Dosis von Scarletts Sarkasmus.

Ich schnappte mir einen ihrer zwei übergroßen Rollkoffer. »Wie lange bleibst du? Du hast mich gebeten, nur vier Nächte zu buchen. Das hier sieht aus, als hättest du genügend Sachen für zwei Monate.«

»Liebes, ich hätte ein zusätzliches Flugzeug für mein Gepäck gebraucht, wenn ich zwei Monate bleiben würde.«

Ich lachte. »Komm, ich werde dir dein Zimmer zeigen. Ich habe dich bereits eingecheckt. Du kannst dich etwas ausruhen und dann können wir zur Happy Hour nach oben in die große Bar gehen. Von dort hat man einen tollen Blick über die Stadt.«

»Komm, ich stelle dir meine neuen Freunde vor.« Scarlett drehte sich auf ihrem Barstuhl um, als ich zurück in die Lounge kam. Ich war in den Keller gerufen worden, wo ich mich um einen Rohrbruch kümmern musste. Als ich wiederkam, saßen zwei sehr attraktive Männer links neben ihr und beide erhoben sich.

»Du musst Sophia sein.« Der Größere der beiden lächelte und streckte mir die Hand hin. »Ich bin Ethan und das ist mein Geschäftspartner Bryce.«

Ich sah Scarlett an, damit sie mir erklärte, wer die beiden waren. Ich war nur etwa zwanzig Minuten weg gewesen. Vielleicht waren es Leute von der Modenschau, die sie hier kannte. »Schön, dich kennenzulernen.«

»Ethan und Bryce arbeiten ebenfalls in der Reisebranche«, sagte Scarlett. »Ihnen gehören Privatflugzeuge, die von Menschen gemietet werden, die keine Lust haben, kommerziell in der ersten Klasse zu fliegen. Ich habe ihnen gesagt, sie dürften unsere nächsten Getränke bezahlen.« Sie nahm ihren Drink und rührte mit dem Strohhalm darin herum. »Was braucht ein Mädchen sonst noch außer einer besten Freundin, der wunderschöne Hotels gehören, und zwei neuen Freunden, die Privatflugzeuge besitzen? Das klingt nach einer himmlischen Kombination, wenn ihr mich fragt.«

Weil an der Bar keine Plätze mehr frei waren, deutete Bryce auf den Stuhl, auf dem er gesessen hatte. »Bitte, nimm doch Platz.«

Scarlett erhaschte meinen Blick und wackelte diskret mit den Augenbrauen. Die Männer waren attraktiv und offensichtlich erfolgreich, trotzdem hatte ich mich darauf gefreut, etwas Zeit allein mit meiner besten Freundin zu verbringen. Aber weil Scarlett über unsere neue Gesellschaft erfreut zu sein schien, lächelte ich und setzte mich.

»Was möchtest du trinken?«, fragte Bryce.

Genau in dem Moment kam Barkeeper Sean herüber. Er legte eine Serviette vor mich auf den Tresen. »Möchten Sie einen Wodka Cranberry Light, Miss Sterling?«

»Oh, das klingt gut. Gibt es heute Cranberry Light?«

Er nickte. »Aber sicher. Mr. Lockwood hat vor einigen Tagen dafür gesorgt, dass wir einen Kasten bestellen.«

»Hat er das? Ergänzen wir die Karte um einen speziellen Drink, für den der Saft benötigt wird?«

»Nicht dass ich wüsste.« Er zuckte mit den Schultern. »Er teilte uns bloß mit, wir sollten dafür sorgen, dass er von jetzt an vorrätig wäre, weil Sie ihn mögen.«

Es hatte sich seltsam angefühlt, Platz zu nehmen und zuzustimmen, mit diesen Männern etwas zu trinken. Aber schnell schob ich das darauf, dass ich aus der Übung war. Liam und ich waren lange zusammen gewesen und ich hatte noch nicht wieder angefangen, mich zu verabreden. Nun, nicht wirklich. Sicherlich hatten Weston und ich unsere Spielchen gehabt. Aber als der Barkeeper erwähnte, dass Weston etwas so Kleines und dennoch Süßes getan hatte, wurde mir klar, dass der Grund dafür, warum ich mich unwohl fühlte, mit einem Mann einen Drink zu mir zu nehmen, nichts damit zu tun hatte, dass ich aus der Übung war.

Ich zwang diesen Gedanken aus meinem Kopf und sagte: »Wodka Cranberry Light klingt perfekt, Sean. Danke.«

Bryce lächelte. »Ich schätze, es ist schwer, einer Frau ein Getränk in dem Hotel zu spendieren, das ihr gehört, was?«

Ich lächelte und wir vier verfielen in eine ungezwungene Unterhaltung. Irgendwann wurde der Platz links von mir frei und Bryce setzte sich neben mich. Es erlaubte der Viererunterhaltung, sich in zwei weitaus privatere Zweierunterhaltungen aufzuteilen.

»Ich nehme an, du wohnst hier in der Stadt?«, fragte er.

»Derzeit wohne ich hier in diesem Hotel. Meine Familie hat erst vor Kurzem die Teilhaberschaft am *Countess* übernommen. Davor habe ich die letzten Jahre in London gelebt und bin zurückgezogen, um hier bei der Übernahme behilflich zu sein.«

»Heißt das, dass du wieder nach London zurückgehst, wenn alles problemlos läuft?«

Ich schüttelte den Kopf. »Nein, ich glaube nicht.«

Bryce lächelte. »Das freut mich zu hören. Ich bin auch in New York zu Hause.«

Sein Flirten war unschuldig, trotzdem hatte ich ein schlechtes Gewissen, mich darauf einzulassen. Selbstverständlich hatten Weston und ich nicht darüber gesprochen, mit anderen auszugehen. Nicht dass er und ich überhaupt zusammen gewesen wären. Ich war nicht naiv genug, um zu glauben, dass zwischen uns irgendetwas anderes als eine körperliche Beziehung herrschte, und selbst die schien in letzter Zeit im Sande verlaufen zu sein. Aus diesem Grund zwang ich mich, aufgeschlossen zu bleiben, obwohl ich mit Scarlett eigentlich nur zurück in meine Suite gehen und ihr von mir und Weston erzählen wollte.

Ich nippte an meinem Getränk. »Dein Büro ist also hier in der Stadt?«

»Nur ein paar Blocks entfernt. In diesem Hotel war ich allerdings noch nie.« Er sah sich in der Bar um und blickte durch die riesige Fensterfront nach draußen. »Die Aussicht ist fantastisch. Ich muss zugeben, Ethan wollte hierherkommen, um etwas zu trinken und den neuen Vertrag zu feiern, den wir heute unterschrieben haben, aber ich hatte keine Lust. Jetzt bin ich froh, dass ich mitgegangen bin.«

Bryce und ich saßen eine halbe Stunde lang zusammen und unser Gespräch verlief ziemlich mühelos. Ich erfuhr, dass er vor sechs Monaten eine zweijährige Beziehung beendet hatte, und teilte ihm mit, dass meine lange Beziehung ebenfalls vor Kurzem zerbrochen war.

»Wir haben zusammen einen Hund angeschafft«, sagte Bryce. »Oder vielmehr, sie hat sich einen Hund ausgesucht und ich musste ihn füttern und mit ihm rausgehen.«

»Was für ein Hund war es?«

»*Ist*, nicht war. Nach der Trennung habe ich den Hund bekommen. Sprinkles ist ein Shih Tzu. Sie war diejenige, die den Hund wollte, trotzdem stand sie bei mir vor der Wohnungstür und brachte mir Anziehsachen, die ich noch bei ihr hatte, und den Hund vorbei. Sie sagte, wenn ich ihn nicht nehme, würde sie ihn zum Tierarzt bringen und einschläfern lassen. Was für ein Mensch macht so etwas? Wie dem auch sei, jetzt habe ich einen mädchenhaften Hund namens Sprinkles.«

Ich lachte. »Wolltest du eigentlich gar keinen Hund?«

»Ich wollte einen Hund, aber ich habe mir mehr einen schwarzen Labrador namens Fred vorgestellt.« Er zuckte mit den Schultern. »Der kleine Kerl ist ein verdammter Kläffer, aber er ist mir ans Herz gewachsen. Er schläft auf dem Kissen direkt neben meinem Kopf und leckt um fünf Uhr morgens gern mein Ohr. Wenn ich ehrlich bin, ist das seit längerer Zeit so ziemlich das Einzige, was in meinem Bett passiert.« Bryce lachte.

Ich hatte ein Lächeln im Gesicht, bis ich den Mann sah, der auf mich zukam. Weston sah *nicht* glücklich aus. Mit seinen langen Schritten ließ er den Abstand zwischen uns schrumpfen.

»An der Rezeption wurde mir gesagt, dass du hier wärst. Ich hatte keine Ahnung, dass du eine *Verabredung* hast.« Er *sprach* das Wort Verabredung nicht *aus*, er *spuckte* es mir regelrecht entgegen.

»Ich habe keine – ich meine, ich war nicht … Wir sind nicht …« Ich schüttelte den Kopf. Mit einer Handbewegung zu Scarlett, die sich umgedreht hatte, sagte ich: »Scarlett und ich sind zur Happy Hour gekommen.«

Weston sah rasch zu Scarlett, nickte kurz und richtete seinen bösen Blick dann wieder auf mich. »Hast du dich um den Rohrbruch in der Waschküche gekümmert?«

»Ja, wieso? Nachdem der Klempner gekommen war, bin ich wieder hochgegangen, um mit Scarlett etwas zu trinken. Ist alles okay?«

Weston schaute zu Bryce und wieder zurück zu mir. »Der Klempner will, dass du den Kostenvoranschlag für die Reparaturen unterzeichnest, da du diejenige warst, die ihn engagiert hat. Ich habe ihm gesagt, ich könne mich darum kümmern, aber anscheinend bist du in seinen Augen die Einzige, die zu solchen Entscheidungen in der Lage ist.«

Ich stand auf. »Oh. Okay. Ich komme.«

Weston ließ den Blick erneut über unsere Gruppe wandern und spannte die Kiefermuskeln an. »Scarlett.« Er nickte, drehte sich um und marschierte wieder aus der Bar.

»Ähh …« Ich erhob mich. »Ich werde so schnell wie möglich wieder zurück sein.«

Bryce stand ebenfalls auf. »War das dein Vorgesetzter? Er war etwas unfreundlich, so wie er mit dir gesprochen hat. Möchtest du, dass ich mitkomme, wenn du mit dem Klempner redest?«

Ich hob abwehrend die Hände. »Nein, alles in Ordnung. Es sollte nicht allzu lange dauern.«

Weston war nirgends zu sehen, als ich mich auf den Weg in die im Keller gelegene Waschküche machte. Als er die Bar betreten hatte und sah, dass ich an der Theke saß und mich mit einem anderen Mann unterhielt, hatte ich zunächst ein schlechtes Gewissen gehabt. Aber als ich im Aufzug nach unten fuhr, veränderte sich meine Denkweise.

Was für ein Arschloch.

Wie kann er es wagen, in die Bar zu stürmen und mich so zu behandeln?

Er hatte während der letzten Tage nicht einmal mit mir geredet.

Er hatte sich vollkommen unprofessionell verhalten.

Als die Aufzugtür sich im Keller öffnete, war jede deplatzierte Schuld, die ich empfunden hatte, zu Wut geworden. Meine Absätze hallten laut auf dem Boden, als ich entschlossenen Schrittes die Waschküche betrat und schwungvoll die Tür öffnete.

Als ich Weston im Inneren sah, warf ich ihm einen bösen Blick zu und trat mit einem künstlichen Lächeln, das ich normalerweise aufsetzte, wenn mein Vater in der Nähe war, an den Klempner heran. »Hi. Mr. Lockwood sagte, Sie wollen meine Bestätigung des Kostenvoranschlags?«

Der Klempner kniete auf dem Boden und räumte sein Werkzeug ein. Er schloss den Deckel des Metallkastens, stand auf und streckte mir ein Blatt Papier entgegen. »Ich habe vorerst das Wasser zu den beiden Maschinen am Ende abgestellt. Aber Sie haben hier oben ein paar ziemlich verrostete Rohre.« Er deutete zur Decke, wo einige Fliesen entfernt worden waren und die Rohrleitungen freilagen. »Sieht so aus, als hätten Sie hier noch die Originalrohre. Die hätten schon vor zwanzig Jahren ausgetauscht werden sollen. Sie hatten Glück. Ich habe Ihnen einen Kostenvoranschlag für die Neuverlegung der Rohre aller Maschinen zum Hauptrohr gegeben sowie einen weiteren dafür, nur diese beiden Maschinen zu reparieren und wieder zum Laufen zu bringen.«

Großartig. Verrottete Rohre.

Ich sah nach unten und warf einen Blick auf die Kostenvoranschläge. Meine Familie hatte eine Datenbank mit ungefähren Preisen für die meisten Reparaturen. Abteilungsleiter konnten, abhängig von der auszuführenden Arbeit, bis zu fünf Prozent mehr als den Durchschnittspreis genehmigen. Als das Rohr vorhin kaputtgegangen war, hatte ich überprüft, wie hoch die durchschnittlichen Kosten für einen Rohrbruch in der Waschküche waren, und der Kostenvoranschlag in meiner Hand entsprach diesem Preis. Ich hatte jedoch nicht nachgesehen, wie viel die Neuverlegung aller Rohre im gesamten Bereich kosten sollte.

Ich sah Weston an. »Hast du hierzu eine Meinung?«

Er schaute mich nicht einmal an, als er antwortete: »Ich bin auf eine Waschmaschine gestiegen und habe mir die Rohre in der Decke selbst einmal angesehen. Es macht keinen Sinn, nur eine Reparatur durchführen zu lassen, wenn da oben alles verrottet ist. Der Preis ist fair.«

Ich nickte und wandte mich an den Klempner. »Wann können Sie mit der gesamten Neuverlegung beginnen?«

»Dienstag. Kommen Sie bis dahin mit zwei Maschinen weniger zurecht oder soll ich Ihnen diese beiden morgen reparieren, wenn das Sanitärgeschäft öffnet?«

Ich schüttelte den Kopf. Im *Countess* gab es mindestens zwanzig Waschmaschinen und genauso viele Trockner. »Bis Dienstag sollten wir klarkommen.«

Er nickte. »Also gut. Wir sehen uns nächste Woche.«

Weston öffnete dem Klempner die Tür zur Waschküche und machte eine Handbewegung, um ihm zu bedeuten, er solle zuerst nach draußen treten, wenngleich Weston ihm nicht folgte. Stattdessen deutete er den Flur entlang. »Der Aufzug befindet sich am Ende des Flurs auf der rechten Seite. Einen schönen Abend.« Er wartete kaum, bis der Kerl sich in Bewegung gesetzt hatte, bevor er die Tür schloss.

Jetzt, da wir beide allein in der Waschküche waren, fühlte sich dieser große Raum plötzlich sehr klein an. Weston stand sehr lange mit dem Rücken zu mir, den Blick auf die Tür gerichtet. Keiner von uns sprach ein Wort. Im Keller war es so still, dass ich die Uhr ticken hörte, die an der Wand hing. Es fühlte sich an, als hörte ich dem Countdown einer Bombe zu, die kurz vor der Explosion stand.

Tick. Tick. Tick.

Mehr Stille.

Tick. Tick. Tick.

Mir war nicht klar, dass ich den Atem angehalten hatte, bis Weston die Hand ausstreckte und sie auf die Türklinke legte. Dann seufzte ich erleichtert auf.

Aber ich hatte zu früh wieder geatmet …

Anstatt die Klinke zu betätigen, verriegelte Weston das Schloss.

Das laute Klappern des Bolzens, der zur Seite geschoben wurde, hallte in dem Raum wider und mein Puls fing an zu rasen.

Weston drehte sich um. Ohne ein Wort zu sagen, zog er sein Jackett aus, warf es auf einen der Trockner und begann, sich die Ärmel hochzukrempeln. Mein Blick war starr auf seine sehnigen Unterarme gerichtet, während mein Herz in meinem Brustkorb hämmerte.

Als er mit einem Ärmel fertig war, wandte er sich dem anderen zu. »Hast du vor, den netten Mann zu ficken, mit dem du etwas getrunken hast, Fifi?«

Ich blitzte ihn böse an. »Was geht es dich an, wenn es so wäre?«

»Ich bin verwöhnt. Du hast es doch selbst gesagt, nicht wahr? Nun, wir verwöhnten Menschen teilen unsere Sachen nicht gern.«

»Willst du damit andeuten, dass ich eine *Sache* bin? Du bist so ein Arschloch.«

Weston krempelte ganz in Ruhe seinen zweiten Ärmel hoch und sah schließlich zu mir auf. Das Lächeln, das sich auf seinem lächerlich gut aussehenden Gesicht ausbreitete, konnte nur als unheimlich bezeichnet werden. »Du bist so viel mehr als nur eine Sache. Genauer gesagt bist du *alles*. Deshalb habe ich auch keine Absicht, dich zu teilen.«

Ich verschränkte die Arme vor der Brust. »Das ist nicht deine Entscheidung.«

Er ging einige Schritte auf mich zu und mein Körper fing an zu zittern. »Nein, du hast recht. Es ist nicht meine Entscheidung, wem du dich mit deinem Körper hingibst.« Er wickelte sich eine meiner Haarsträhnen um den Finger und zog fest daran. Dann sah er mir tief in die Augen. »Aber du willst eigentlich niemand anderen als mich.«

Ich wollte mit ihm streiten, aber wir wussten beide, wo uns das hinführen würde. Deshalb richtete ich mich stattdessen auf und beschloss, dieses Gespräch sinnvoll zu gestalten.

»Warum hast du mich während der letzten zwei Tage gemieden?«

Weston wandte den Blick ab. Er schien über meine Frage nachzudenken. »Weil du eine nette Frau bist und etwas Besseres verdienst als einen Playboy-Alkoholiker.«

»Du bist kein Alkoholiker. Du hast vor vierzehn Monaten aufgehört zu trinken.«

Er schüttelte den Kopf. »Ganz so funktioniert es nicht. Einmal Alkoholiker, immer Alkoholiker.«

»Das ist eine Formsache, die Definition eines Wortes. Du trinkst nicht mehr. Das ist, was wichtig ist, oder?«

Er sah mir in die Augen. Von uns beiden ging eine sexuelle Anspannung aus, aber er schien mir zuzuhören. Und es gab noch mehr, das ich sagen wollte.

»Und was den Playboy angeht, schläfst du derzeit mit anderen Frauen?«

Weston schüttelte den Kopf.

»Okay. Dann bist du derzeit weder Playboy noch Säufer. Jetzt, da wir das festgestellt haben, gibt es irgendwelche anderen Gründe, warum du mir aus dem Weg gegangen bist?«

Weston starrte in meine Augen. »Du verdienst etwas Besseres.«

»Vielleicht will ich nichts Besseres. Weißt du, ich bin eigentlich ein Einzelkind. Wenn also irgendjemand egoistisch ist, dann bin ich es. Du willst vielleicht nicht, dass andere Leute deine *Sachen* anfassen. Aber ich will, was ich will.«

Weston schaute mir auf die Lippen. Er streckte einen Finger aus und fuhr von meinem Kiefer bis zu meinem Schlüsselbein an der Halsschlagader entlang. »Gut. Aber du fickst mit keinen anderen Männern, während du verwöhnte Göre bekommst, was du willst.«

Ich sah ihn durch zusammengekniffene Augen an. »Gut.«

»Zieh deinen Slip aus, Fifi.«

Ich blinzelte ein paarmal.

Er wiederholte sich, dieses Mal unfreundlicher, und sprach jedes Wort stakkatoartig aus. »Zieh. Deinen. Slip. Aus.«

Ich bekam am ganzen Körper Gänsehaut. Ich musste mir den Kopf untersuchen lassen. Ein netter, gut aussehender Mann, der kein Lockwood war, saß oben in der Bar und wartete darauf, mich weiter kennenzulernen, und ich war hier im schmuddeligen Keller mit einem Mann, der mich soeben als *Sache* bezeichnet hatte. Trotzdem zitterten meine Arme, als ich mich hinunterbeugte und unter meinen Rock griff. Ich schob auf jeder Seite einen Finger unter den Spitzenstoff und streifte meinen Slip über die Beine nach unten. Ich ließ ihn auf den Boden gleiten und trat hinaus, wobei ich dramatisch einen Fuß nach dem anderen anhob.

Westons Augen glänzten. Er ging seitlich um mich herum zu einer der Waschmaschinen und drehte den Knopf. Die Maschine schaltete sich ein und fing an zu surren. Als er sich wieder zu mir umdrehte, leckte er sich mit der Zunge über die Unterlippe und ließ den Blick von meinem Nacken bis zu den Zehen über meinen Körper wandern.

»Zieh deinen Rock hoch.«

Ich sah erschrocken zu ihm auf. »Was?«

»Bis zu deinem Hintern. Zieh ihn hoch.«

Ich zögerte, aber ehrlich gesagt war ich so angetörnt, dass es nicht viel gab, was ich nicht getan hätte, wenn er mich darum gebeten hätte. Ich griff nach meinem Rocksaum und schob ihn nach oben, bis der Stoff sich um meine Taille bauschte. So dazustehen und alles von meiner Taille bis zu meinen Zehen zu zeigen, entblößte mich in vielerlei Hinsicht.

Weston trat nach vorn, packte mich mit beiden Händen an der Taille und hob mich hoch. Er trug mich zu der Waschmaschine, die er eingeschaltet hatte, und setzte mich vorsichtig darauf ab.

»Mach die Beine breit.«

Ich öffnete sie ein wenig.

Weston schüttelte langsam den Kopf. »Breiter. Jeweils ein Bein auf jeder Seite der Maschine. Setz dich für mich rittlings darauf.«

In diesem Moment begann die leere Waschmaschine zu vibrieren. Es fing langsam an, wurde aber rasch zu einem wilden Hopsen.

Weston sah die Sorge auf meinem Gesicht und lächelte. »Alles in Ordnung. Das Schleuderprogramm einer leeren Waschmaschine wird dich nicht abwerfen, und jetzt spreiz deine Beine für mich.«

Es war vielleicht das Seltsamste, was ich je in Erwägung gezogen hatte. Trotzdem tat ich, was er mir aufgetragen hatte, und spreizte die Beine breit genug, um mich rittlings auf die Maschine zu setzen und jeweils ein Bein an den Seiten herunterhängen zu lassen.

Weston lächelte. »Jetzt beuge dich ein wenig nach vorn.«

Ich hielt mich an der Vorderseite der Waschmaschine fest und verlagerte mein Gewicht von meinem Arsch zu meinen Hüften. Die empfindliche Haut zwischen meinen Beinen traf auf das kalte Metall, aber mir wurde schnell klar, warum er wollte, dass ich mich nach vorn beuge.

Oh mein Gott.

Oh wow.

Meine Augen wollten mir im Kopf nach hinten rollen.

Die leere Waschmaschine vibrierte und hüpfte. Als ich mich nach vorn beugte, traf das gesamte Gefühl auf meine empfindlichste Stelle. Es fühlte sich an, als würde ich mir einen Vibrator zwischen die Beine halten, nur besser. Möglich, dass ich zum ersten Mal in meinem Leben spürte, wie alle achttausend Nervenenden gleichzeitig aktiviert werden. Mein Kiefer lockerte sich und ein dünner Schweißfilm bildete sich auf meiner Haut.

Weston hatte den Blick fest auf mein Gesicht gerichtet. Die Hitze, die von ihm ausging, war überwältigend. Ich dachte, dass es sich hierbei sicherlich nur um ein schnelles Vorspiel handeln würde, doch dann ging er zu einer der kaputten Waschmaschinen auf der anderen Seite des Raumes und kletterte hinauf.

»Wa… Was tust du da?«, fragte ich. Wegen der Vibration zwischen meinen Beinen war es mir kaum möglich, ein paar zusammenhängende Worte zu formulieren.

Weston griff über seinen Kopf und fing an, mit den Fliesen zu hantieren, die der Klempner abmontiert gelassen hatte.

»Ich repariere die Decke.«

»Jetzt?«, kreischte ich.

Er lachte. »Vertrau mir, wir brauchen beide ein paar Minuten. Dich mit diesem Idioten zu sehen hat mir zu schaffen gemacht. Diese Maschine verschafft dir ein Vorspiel, das du von mir nicht bekommen würdest. Du hast ja keine Ahnung, wie sehr ich dir die Vorstellung dieses Typen in der Bar aus deinem Kopf rausvögeln muss. Außerdem stand ich bereits kurz davor zu kommen und hätte nicht lange durchgehalten.«

Da ich nicht in der Lage war zu widersprechen und es sich so verdammt gut anfühlte, schloss ich die Augen und beschloss, diese Erfahrung zu genießen. Einige Minuten später spürte ich Westons heißen Atem in meinem Nacken.

»Spielen wir immer noch nach deinen Regeln?«

Die Frage verwirrte mich, weil es den Eindruck machte, als sei Weston der Einzige, der für alle Spiele, die wir spielten, die Regeln festsetzte.

Ihm musste mein fragender Gesichtsausdruck aufgefallen sein.

Er strich mir eine Haarsträhne hinter das Ohr und sagte: »Keine Küsse. Nur von hinten.«

In diesem Moment wollte ich wirklich, dass er mich küsste. Aber irgendetwas in mir gab mir das Gefühl, dass das keine gute Idee wäre. Also schluckte ich und nickte.

Weston verzog den Mund zu einem dünnen Strich und sein Kiefermuskel zuckte. Er nickte dennoch kurz, hob mich von der Waschmaschine herunter und stellte mich auf die Füße. »Dreh dich um. Beuge dich über die Waschmaschine.«

Weil mein Rock heruntergerutscht war, schob er ihn mir wieder bis zur Hüfte nach oben. Die Geräusche von seinem Gürtel, der geöffnet wurde, den Zähnen des Reißverschlusses, die auseinanderfielen, und der Folie der Kondomverpackung sorgten für Anspannung in meinem Unterbauch. Weston beugte sich über mich, bedeckte meinen Rücken mit seinem Oberkörper und ich spürte, wie er sich an meiner Öffnung rieb. Er brachte den Mund neben mein Ohr und biss hinein, bevor er brummte: »Bescheuerte Regeln. Du hältst dich besser fest.«

Erinnern Sie sich daran, wie Sie mit fünfzehn zum ersten Mal mit Ihren Freundinnen aus waren, um etwas zu trinken, und danach wieder nach Hause kamen und Ihre Eltern immer noch wach im Wohnzimmer vorgefunden haben? Sie waren sich nicht sicher, ob Sie nur kurz winken und versuchen sollten, in Ihr Zimmer zu flüchten, oder ob das allein schon Verdacht erregen würde. Aber wenn Sie eingetreten wären und sich aufs Sofa gesetzt hätten, wäre die Wahrscheinlichkeit groß gewesen, dass Ihre Eltern entweder den Alkohol gerochen oder Sie beim Sprechen gelallt hätten.

Vielleicht bin ich mittlerweile neunundzwanzig und Scarlett mag vielleicht meine beste Freundin sein und nicht meine Eltern, aber genauso fühlte ich mich, als ich aus der Waschküche zurück in das Restaurant ging.

Ich war über eine Stunde weg gewesen und mir deshalb nicht einmal sicher, ob Scarlett immer noch an der Bar saß. Das tat sie jedoch, wenngleich ich erleichtert war, sie nun allein anzutreffen.

Sie saß mit dem Rücken zu mir, als ich mich näherte, und ich strich mir das Haar glatt und tat mein Bestes, um normal zu wirken.

»Es tut mir so leid. Es hat viel länger gedauert, als ich gedacht hatte.«

Scarlett winkte ab. »Kein Problem. Unsere Freunde sind sowieso erst vor fünf Minuten gegangen. Ich war in guter Gesellschaft.«

Ich machte es mir auf dem freien Stuhl neben ihr bequem und entspannte mich etwas. *Okay, vielleicht werden Mom und Dad keinen Verdacht schöpfen.* »Du musst mittlerweile am Verhungern sein«, sagte ich.

»Ich hatte ein …« Scarlett verstummte und suchte mit den Augen mein Gesicht ab. Plötzlich wurden sie riesengroß. *»Oh mein Gott.* Du hast gerade eben dieses große Glas Testosteron gevögelt!«

Ich dachte darüber nach, es zu leugnen, aber meine Haut errötete bereits, als ich noch meine Möglichkeiten durchging.

Scarlett klatschte in die Hände. »Ich hätte beinahe nach dir gesucht. Der Gesichtsausdruck von diesem umwerfenden Mann war mordlustig. Jetzt bin ich froh, dass ich es nicht getan habe, ansonsten hätte ich ihn dabei überrascht, wie er diese Wut positiv abreagiert hat.«

Ich bedeckte mein Gesicht mit beiden Händen und schüttelte den Kopf. »Ich glaube, ich habe den Verstand verloren.«

»Also, mir würde es nichts ausmachen, meinen ebenfalls zu verlieren. Hat dein Mann vielleicht zufällig einen wütenden Freund für mich?« Sie lächelte.

Der Barkeeper kam zu uns. »Kann ich Ihnen noch einen Wodka Cranberry Light bringen, Miss Sterling?«

Ich wollte gerade Ja sagen. Alkohol klang genau nach dem, was ich in diesem Moment brauchte. Aber Scarlett antwortete, bevor ich Gelegenheit dazu hatte.

Sie beugte sich zu ihm und senkte die Stimme. »Sean, Liebling, könnten wir Sie vielleicht überreden, uns eine der Flaschen Wein, die ich trinke, eine Flasche Wodka und eine von dem Cranberry Light zu geben? Ich habe meine beste Freundin schon eine Weile nicht mehr gesehen und ich bin der Meinung, wir könnten es beide vertragen, in unsere Schlafanzüge zu schlüpfen und den Zimmerservice in Anspruch zu nehmen.«

Sean lächelte und nickte. »Ich habe noch eine bessere Idee. Warum gehen die Damen nicht schon einmal nach oben und ich lasse die Flaschen aufs Zimmer bringen?«

Scarlett beugte sich über den Tresen und drückte Sean einen Kuss auf die Wange, der einen verschmierten Abdruck ihres roten Lippenstiftes hinterließ. »Ich liebe Amerika. Danke, Liebling.«

Ich dankte ihm und zog einen Fünfziger aus meiner Handtasche. »Schreiben Sie bitte alles auf mein Zimmer.«

»Nicht nötig.« Er zuckte. »Die Gentlemen haben ihre Rechnung für Sie beide offengelassen. Sie sagten, ich solle dafür sorgen, dass sämtliche von Ihnen bestellten Getränke und Speisen auf ihre Rechnung gesetzt werden.«

Jetzt fühlte ich mich richtig schlecht. Trotzdem gingen Scarlett und ich in unsere Zimmer. Sie zog sich in ihrem um und klopfte fünfzehn Minuten später in einem *Duck-Dynasty*-Einteiler an meine Tür.

Ich kicherte, als sie meine Suite betrat. »Ich werde nie verstehen, wie die Frau, die Fernsehen verachtet und herumläuft, als käme sie soeben vom Laufsteg, so besessen von diesem Einteiler sein kann.«

»Du bist nur neidisch, dass er mir so gut steht.« Scarlett machte es sich auf dem Sofa bequem.

Der Zimmerservice hatte ein Tablett mit einer Flasche Wein, zwei silbernen Cocktailshakern mit gekühlten Getränken, eine ungeöffnete Flasche Tito's Wodka, eine volle Flasche Cranberry Light und eine Auswahl an Nüssen, Brezeln, Käse und Crackern gebracht.

Sie nahm sich eine Handvoll Cashewkerne und warf sich einige davon in den Mund, bevor sie jeder von uns ein Getränk in Gläser einschenkte. »Sag mir noch einmal, warum du nicht in einem deiner Hotels in London gewohnt hast. Denn ich kann mich ganz sicher an diesen Service gewöhnen. Ganz besonders, wenn es einen ansässigen Hengst gibt, der sich um das Hotel und meine Rohre kümmert.«

Ich nahm mein Getränk vom Couchtisch und setzte mich ihr gegenüber in einen Sessel. Ich zog die Beine unter mich und trank einen Schluck. »Glaub mir, dieses Leben klingt glamouröser als es ist. Das Leben in einem Hotel wird schnell zu einer überaus einsamen Existenz.«

»Ach ja? Du hast nicht besonders einsam ausgesehen, als du das Restaurant betreten hast. Ernsthaft, Soph, Liam hat bei uns im Haus übernachtet. Ich erinnere mich nicht daran, dass du von diesem Langweiler jemals so gut gefickt ausgesehen hast.«

Ich seufzte. »Ich schätze, es liegt daran, dass der Sex mit Liam nicht mal halb so gut war wie der Sex mit Weston.«

Scarlett lächelte. »Ich freue mich riesig für dich. Das ist genau das, was du brauchst.«

Ich zog eine Augenbraue hoch. »Mit einem Erzfeind meiner Familie zu schmusen, während ich versuche, das höchste Gebot herauszufinden, das es mir erlaubt, ihn aus jeder leitenden Position im Hotel rauszuzwingen?«

»Erst einmal ... *schmusen*? Also, ich weiß, dass du aus Amerika kommst, aber soweit ich weiß bist du nicht über siebzig. Lass uns also dieser Sache, die hier vor sich geht, den Respekt zollen, der ihr gebührt. Vögeln, ficken – ich erlaube sogar *es miteinander treiben* aus dieser unfassbar peinlichen Serie *Jersey Shore*, die ihr Amis so liebt. Und zweitens ist es das Hühnchen deines Großvaters und er muss es rupfen, nicht du, korrekt? Hat der wütende Adonis dir jemals persönlich etwas getan, außer dich – wie ich annehme – zu spektakulären Orgasmen zu bringen?«

»Nun, nein ... Aber ... wir sind nicht einmal nett zueinander.«

Scarlett nippte an ihrem Wein und sah mich über den Glasrand hinweg an. »Nett zu sein ist keine Voraussetzung für guten Sex.«

»Ich weiß. Aber ...«

Seit dem Moment, in dem Scarlett herausgefunden hatte, was vor sich geht, hatte sie nicht aufgehört zu lächeln. Bis jetzt.

Sie stellte ihr Getränk auf dem Couchtisch ab und schüttelte den Kopf. »Du entwickelst Gefühle für ihn, stimmt's?«

Ich schüttelte den Kopf. »Nein ... Definitiv nicht ... Ich meine, ich weiß es nicht.«

Scarlett seufzte. »Es wäre einfacher, wenn du die Gefühle außen vor lassen könntest.«

Ich nickte. »Glaub mir, das habe ich versucht. Und so hat es auch angefangen. Ich konnte ihn überhaupt nicht leiden, als alles anfing – also, nein, das stimmt nicht. Es könnte sein, dass ich *einige* Dinge an ihm mochte. Aber es war rein körperlich. Jedes Mal wenn wir uns gestritten haben, hatten wir danach Wut-Sex. Er ist der absolut letzte Mensch, den ich mir aussuchen würde, um mit ihm zusammen zu sein. Abgesehen von der Tatsache, dass wir Konkurrenten sind und unsere Familien sich seit einem halben Jahrhundert bekriegen, ist er ein Playboy, arrogant, nicht unbedingt in sich gefestigt und hat mehr emotionalen Ballast als ich.«

»Du hast die letzten zehn Jahre damit verbracht, dir Männer auszusuchen, von denen du dachtest, sie wären gut für dich. Wie ist das gelaufen?«

Ich schaute sie missbilligend an. »Danke.«

»So sehr du auch dachtest, dass Liam alle deine Voraussetzungen erfüllt, ich habe ihn immer für einen egoistischen Faulpelz gehalten. Wann immer wir alle zusammen unterwegs waren, geschah es nach seinen Zeitvorstellungen und an einem Ort, den er mochte. Er schien dich nie zu fragen, was du willst. Wir haben nie über dein Sexleben gesprochen, aber ich würde die Behauptung wagen, dass er in dem Bereich auch nicht gerade großzügig war.«

Sie lag nicht falsch. Gegen Ende war es ein besonderer Anlass gewesen, wenn Liam sich mehr als drei Minuten Zeit fürs Vorspiel genommen hatte. Und wenn er mich oral befriedigte, war es ein Geburtstags- oder Valentinstagsgeschenk, obwohl er wusste, dass meine dadurch hervorgerufenen Orgasmen mit keinen anderen vergleichbar waren. Ich arbeitete unter der Woche. Er arbeitete am Wochenende. Und dennoch waren die einzigen Tage, an denen wir abends bis spät ausgingen, die Tage, an denen er am nächsten Morgen nicht früh aufstehen musste, ich aber schon.

»Mir ist definitiv aufgefallen, dass Weston sexuell aufmerksamer ist. Er hört zu und findet heraus, was für mich funktioniert. Liam hatte seine kleine Routine und sie funktionierte für ihn – manchmal funktionierte sie auch für mich. Aber das kann ich der Erfahrung zuschreiben. Ich habe nicht nach Zahlen gefragt, aber ich bin mir sicher, dass Weston mit mehr Frauen zusammen war als Liam.«

Scarlett deutete auf mein Getränk. »Wie schmeckt das mit Cranberry Light?«

»Es ist großartig. Man schmeckt keinen Unterschied.« Ich hielt ihr das Glas hin. »Willst du probieren?«

Scarlett legte den Kopf zur Seite. »Hatte *Liam* jemals etwas in seinem Kühlschrank, das du magst?«

Ich wusste, worauf sie hinauswollte. »Das war in der Tat sehr aufmerksam von Weston. Aber ...«

»Hör zu, Soph. Ich kenne diesen Kerl überhaupt nicht, ich könnte also total falschliegen. Aber ich bekomme das Gefühl, dass wenn du wirklich darüber nachdenkst, mehr dahintersteckt als nur Weston, der Cranberrysaft bestellt und dafür sorgt, dass du zuerst kommst. Und das Gleiche gilt für Liam. Wenn du dich zurückerinnerst, wirst du zweifellos erkennen, dass du bei ihm an zweiter Stelle kamst. Liam war immer Nummer eins.«

KAPITEL FÜNFZEHN

Sophia

Oh nein. Aus dieser Paarung konnte nichts Gutes entstehen.

Am nächsten Morgen ging ich zu dem Sitzbereich in der Eingangshalle, wo Weston und Scarlett Kaffee tranken und lachten.

»Guten Morgen, Schlafmütze.« Scarlett nippte grinsend an ihrer Tasse.

»Für dich ist es spät«, meldete Weston sich zu Wort. Seine Augen leuchteten. »Du musst gestern Abend ziemlich erschöpft gewesen sein.«

»Was macht ihr zwei?«

Scarlett setzte ein unschuldiges Gesicht auf. »Wir trinken Kaffee. Wonach sieht das, was wir tun, denn aus?«

Ich rollte mit den Augen. »Ich brauche Kaffee, um mit euch beiden gleichzeitig fertigzuwerden. Bin gleich zurück.«

»Ich nehme noch einen Caffè Macchiato mit einem Schuss Vanille, bitte.« Scarlett hielt ihre Tasse hoch.

Weston zuckte mit den Schultern. »Ich nehme einen großen, schwarzen Kaffee.«

Ich kniff die Augen zusammen. »Nicht dass ich gefragt hätte …«

Ich hörte sie lachen, als ich wegging.

Nachdem ich lange in der Schlange gewartet hatte, stellte ich alle drei Getränke auf ein Plastiktablett und ging zurück dorthin, wo Weston und Scarlett weiterhin bequem herumsaßen.

»Worüber unterhaltet ihr euch?« Ich gab erst Scarlett ihren Kaffee und dann Weston seinen. »Ihr sehr danach aus, als würdet ihr euch etwas zu gut amüsieren.«

»Ich habe Weston gefragt, ob er gute Klubs in der Nähe kennt. Wir müssen tanzen gehen. Er hat mir von einem Laden ein paar Blocks entfernt erzählt, der zu einem Promitreff geworden ist.«

»Ach wirklich? Mir war nicht klar gewesen, dass Weston ein Klubgänger ist.«

Er trank seinen Kaffee. »Bin ich nicht. Jedenfalls nicht mehr. Das *Church* gehört einem meiner Kumpel von der Graduiertenschule. Er hat den Klub in einer ehemaligen Kathedrale eröffnet. In den sozialen Medien postet er über nichts anderes mehr.«

»Wes wird dafür sorgen, dass wir reinkommen, damit wir nicht in der Schlange warten müssen.«

»*Wes?*«

Weston grinste. »So nennen meine Freunde mich. Vielleicht nennst du mich eines Tages auch so, was, Fifi?«

Ich seufzte. Diese neue Freundschaft machte mich ein wenig verrückt, was den beiden offensichtlich Freude bereitete. »Wann steht es an? Clubbing, meine ich.«

»Heute Abend.« Weston stand auf. »Ich werde dafür sorgen, dass eure Namen auf der VIP-Liste stehen, und sie wissen lassen, dass ihr etwa gegen zehn dort sein werdet. Wie klingt das?«

»Das klingt fabelhaft«, sagte Scarlett.

»Also gut. Ich muss nach oben in den Konferenzraum.« Weston knöpfte sein Jackett zu und machte in Scarletts Richtung eine kleine Verbeugung. »Danke für deine Gesellschaft, Scarlett. Es war aufschlussreich.«

Weston grinste mich an. »Hab einen tollen Tag, Sophia.«

Ich ließ mich in Westons Sessel fallen und sah meine Freundin böse an. »Aufschlussreich? Worüber habt ihr beide geredet?«

Scarlett wedelte mit der Hand in der Luft. »Ein bisschen über dies, ein bisschen über das. Er ist sehr nett.«

»Bitte versuche nicht, uns zu verkuppeln. Was Weston und ich haben – gelegentlicher, bedeutungsloser Sex –, ist perfekt so, wie es ist.«

»Ich stimme zu.« Ihre Stimme war absolut herablassend.

»Scarlett …« Ich seufzte. »Selbst wenn du recht hast und er unter all diesen Schichten der überheblichen Arroganz ein toller Kerl ist, ich habe gerade erst eine Beziehung hinter mir. Ich bin nicht auf der Suche nach einer anderen. Ganz besonders keiner, in der der neue Typ Ballast mitbringt und unsere Familien sich hassen. Es ist zu kompliziert. Manchmal ist es besser, die Dinge simpel zu belassen.«

Sie grinste breiter. »Okay.«

Ich kniff die Augen zusammen und streckte ihr die Zunge raus.

»Sehr erwachsen«, sagte sie schadenfroh.

»Ich muss tatsächlich auch nach oben in den Konferenzraum gehen, in dem mein Team arbeitet«, sagte ich zu ihr. »Um wie viel Uhr ist deine Modenschau?«

»Elf. Ich werde zuerst rüber zu Bergdorf gehen, sobald ich diese zweite Tasse Kaffee ausgetrunken habe. Aber heute Abend sollte ich gegen neunzehn Uhr zurück sein.«

Ich stand auf und beugte mich hinunter, um meine Freundin auf die Wange zu küssen. »Du machst mich wahnsinnig, aber ich bin so froh, dass du hier bist.«

An diesem Abend wurde mir bewusst, dass es schon sehr lange her war, seit ich das letzte Mal einen Klub besucht hatte. Ich zog eine Jeans an, eine niedliche marineblaue Bluse und Sandalen mit Keilabsatz, weil ich wusste, dass ich darin tanzen konnte. Scarlett klopfte um Viertel vor zehn an die Tür meiner Suite.

»Ich dachte, wir treffen uns um zehn unten in der Eingangshalle?«

Sie betrachtete mich von oben bis unten und trat mit beiden Armen vollbepackt ein. »Das wollten wir auch. Aber dann wurde mir klar, dass du ohne meine Hilfe *so* aussehen würdest.«

Ich schaute an meinem Outfit herunter. »Was stimmt mit meiner Kleidung nicht?«

Scarlett seufzte. »Du hast gestern einen Mann in der Waschküche gevögelt. Du bist nicht langweilig, aber trotzdem bestehst du darauf, dich so anzuziehen, als wärst du es.«

»Das ist eine teure Bluse. Und ich trage enge Jeans und hohe Schuhe.«

Sie ignorierte mich und hielt mit einer Hand eine glitzernde, hauchdünne silberne Bluse hoch, die einen V-Ausschnitt hatte, und mit der anderen ein Paar glitzernde silberne Riemchensandalen mit Absatz.

»Mir gefällt das hier am besten«, sagte sie. »Aber das hier …« Sie warf die silbernen Klamotten aufs Bett und hielt ein grünes Nackenträgeroberteil in der einen Hand und ein Paar schwarze Pumps mit schwindelerregend hohen Absätzen, in denen ich niemals laufen könnte, in der anderen. »Das hier würde fabelhaft zu deinem Haar aussehen.«

Ich war nicht so dumm, mit Scarlett zu streiten, wenn ihr mein Outfit nicht gefiel. Außerdem konnte ich nicht leugnen, dass ihre beiden Kleiderwahlen aufregender waren als das, was ich anhatte.

»Also gut.« Ich nahm die silbernen Sachen vom Bett und tat, als wäre es ein Opfer, das ich erbringe.

Aber als ich mich nach dem Umziehen im Spiegel betrachtete, wurde mir klar, dass meine Freundin absolut recht gehabt hatte. Das andere Outfit war nett, aber das hier war *lustiger Abend im Klub*. Und wenn ich ehrlich war, war es in gewisser Weise aufregend, sich etwas aufreizender zu kleiden.

Ich drehte mich um, damit Scarlett ihre Zustimmung geben konnte.

Sie zuckte mit den Schultern. »Ich würde dich ficken, wenn ich einen Schwanz hätte.«

Ich lachte und hakte mich mit dem Arm bei ihr ein, als wir durch die Tür meiner Suite nach draußen traten. »Weißt du, ich dachte, ich hätte dich vermisst. Aber eigentlich glaube ich, dass ich deinen Kleiderschrank vermisst habe.«

Weston hatte mehr getan, als uns nur zu ermöglichen, die Schlange am Eingang zu überspringen. Wir hatten einen abgesperrten Tisch im oben gelegenen VIP-Bereich und auf uns wartete ein Eiskübel mit Champagner, als wir dort ankamen. Die Kellnerin erklärte uns, sie sei unsere persönliche Bedienung für den Abend, und ein VIP-Host reichte uns einen Schlüssel zu einer speziellen VIP-Damentoilette, die immer leer war.

Scarlett und ich nutzten das voll aus. Wir tranken Champagner, während wir uns ausgiebig die Körper betrachteten, die sich zu einem DJ auf der Tanzfläche bewegten und ein Gefühl für den Laden bekamen. Dann stürmten wir wie die Wilden selbst auf die Tanzfläche. Ein Lied folgte auf das andere, überall um uns herum waren Körper eng aneinandergepresst und mein Herz schien im Rhythmus des stampfenden Basses zu schlagen.

Nach einer Stunde war mein Nacken schweißnass und mein Haar klebte daran fest.

Während des Abends versuchten zahlreiche Männer immer wieder, mit uns zu tanzen, aber wir genossen unsere gemeinsame Zeit und hatten kein Interesse daran, irgendjemanden kennenzulernen. Die meisten verstanden den Hinweis. Irgendwann jedoch kam während eines Liedübergangs ein sehr gut aussehender Typ zu Scarlett und sagte etwas zu ihr, das ich nicht verstand. Was auch immer es war, es brachte sie zum Lachen und er fing an, mit uns zu tanzen. Im Gegensatz zu anderen Männern, die denken, dass eine lächelnde Frau auf der Tanzfläche bedeutet, sie hätten die Lizenz, um Trockensex mit ihr zu vollziehen, hielt dieser Kerl höflich Abstand und wir bildeten zusammen einen kleinen Kreis, wenngleich er zweifellos Augen für Scarlett hatte.

Einige Minuten später gesellte sich ein Freund von ihm zu uns, woraufhin wir in Zweier-Tanzpaare aufgeteilt wurden. Weil der Typ, der bei mir war, nicht versuchte, mich in irgendeiner Weise zu begrapschen, tanzte ich einfach weiter. Ich schloss die Augen und bewegte mich zur Musik, aber eine Hand, die sich von hinten um meine Taille schlang, ruinierte den Moment. Abrupt öffnete ich die Augen. Ich war davon ausgegangen, dass der Typ, mit dem ich getanzt hatte, etwas zu nett zu mir war, aber er befand sich immer noch direkt vor mir. Ich wirbelte herum, bereit, irgendeinem Arschloch zu sagen, er solle die Finger von mir lassen, aber ich hatte kaum das erste Wort halb ausgesprochen, als mir klar wurde, dass es sich nicht um irgendein Arschloch handelte. Es war *mein* Arschloch.

Weston.

Er verstärkte den Griff und beugte sich über meine Schulter, um mit dem Mann vor mir zu sprechen.

»Sie ist in Begleitung hier.«

Das war ein totales Alphatiervorgehen, aber irgendwie gelang es ihm, dabei nicht unausstehlich zu wirken. Der Typ, mit dem ich getanzt hatte, schaute mich zur Bestätigung an und ich seufzte, nickte aber. Er zog sich höflich zurück, ohne eine Szene zu machen.

Ich drehte mich zu Weston um. »Was tust du hier?«

Er zuckte mit den Schultern. »Tanzen. Wonach sieht es denn aus?«

»Hier? Du hattest heute Abend zufällig Lust zu tanzen?«

Er grinste. »Nein. Scarlett hat mich eingeladen.«

Ich suchte in der Menschenmenge nach meiner Freundin. Als unsere Blicke sich trafen, sah ich sie böse an. Sie grinste und wackelte mit den Fingern.

Niedlich. Sehr niedlich.

Weston nutzte die Gelegenheit und schlang erneut die Hände um meine Taille. Seinen festen Oberkörper an meinen Rücken gedrückt, fing er an, sich zu bewegen. Er beugte sich über meine Schulter, brachte den Mund an mein Ohr und flüsterte: »Entspann dich und tanz mit mir. Du weißt doch bereits, dass wir zusammen einen guten Rhythmus haben.«

Ich hatte tatsächlich keine Gelegenheit, Ja oder Nein zu sagen. Weston führte einfach von hinten und übernahm die Kontrolle in der gleichen Weise, wie er es tat, wenn wir Sex hatten – auf die gleiche Weise, die ich so sehr liebte. Es fühlte sich gut an und unsere Körper bewegten sich wirklich gut zusammen. Deshalb machte ich mir ausnahmsweise einmal nicht die Mühe, mich dagegen zu wehren. Ich schloss die Augen. Weston ließ eine Hand besitzergreifend an meiner Seite nach unten wandern, während wir uns bewegten, wobei er über meine Rippen und Hüfte bis zur Vorderseite meines Oberschenkels strich. Ich hob einen Arm und schlang ihn um seinen Hals, wo er ihn mit seiner anderen Hand festhielt.

So blieben wir für die Dauer von einigen Liedern und als die Zeit verging, konnte ich spüren, wie sein Schwanz an meinem Rücken anschwoll. Hitze stieg in mir auf und ich fragte mich, ob die VIP-Toilette wohl schalldicht war.

Weston beugte sich nach unten und sprach wieder in mein Ohr. »Willst du eine Pause machen und dir etwas zu trinken holen?«

Ich nickte. Die Musik auf der Haupttanzfläche machte es nahezu unmöglich zu kommunizieren, es sei denn, jemand hatte den Mund direkt neben deinem Ohr. Also gingen wir zurück zum Tisch im VIP-Bereich, wo wir uns unterhalten konnten.

Die Kellnerin kam in dem Moment zu uns, in dem wir uns setzten. Sie benutzte eine Zange, um ein kühles Tuch aus einem Korb zu nehmen, und reichte jedem von uns eins. Ich wischte mir mit meinem den Nacken ab, während Weston sich das Gesicht kühlte. Wir warfen die Tücher zurück in den Korb und die Kellnerin fragte: »Was kann ich Ihnen zu trinken bringen? Hätten Sie gern noch mehr Champagner?«

Ich lächelte. »Das wäre wunderbar. Vielen Dank.«

»Für mich nur ein Wasser, bitte.«

Ich hatte bis zu diesem Augenblick vollkommen vergessen, dass Weston nicht trank.

»Tut mir leid. Ich habe nicht nachgedacht.«

Weston schüttelte den Kopf. »Schon in Ordnung. Ich bin derjenige, der sich erinnern muss.«

»Fällt es dir nicht schwer, dich in solch einer Umgebung aufzuhalten?«

Er schüttelte den Kopf. »Während der ersten sechs Monate habe ich Bars und Klubs gemieden. Aber jetzt macht es mir nichts mehr aus. Zumindest wenn es noch früh ist. As ich noch getrunken habe, fand ich die Menschenmenge um drei Uhr morgens toll. Je später es wurde, desto verrückter war der Scheiß, der passierte. Für mich war das die Geisterstunde. Manchmal ging ich erst um ein Uhr morgens aus, damit ich bis drei Uhr besoffen und aktionsbereit sein konnte. Es ist komisch, als ich mich zum ersten Mal um diese Uhrzeit in einer Bar aufhielt und nüchtern war, wurde mir klar, dass die Leute, die ich für so lustig gehalten hatte, eigentlich nur ein Haufen widerlicher Arschlöcher sind.«

»Du hattest die Bierbrille auf.«

»Wohl eher die Schnapsbrille, aber ja, stimmt.«

Mir war so warm vom Tanzen. Ich raffte mein Haar zu einem Pferdeschwanz zusammen und wedelte mir Luft zu, um meine Haut zu kühlen.

»Immer noch heiß?«

»Ich koche.« Ich schaute auf die Uhrzeit auf meinem Handy. »Ich glaube, Scarlett und ich waren fast zwei Stunden auf der Tanzfläche.«

Weston nickte. »Wart ihr.«

Ich zog die Augenbrauen zusammen. »Woher weißt du das?«

»Ich habe euch mindestens eine Stunde lang von hier oben beobachtet. Hast du eins dieser Haargummis in deiner Tasche?«

Ich schüttelte den Kopf. »Schön wär's.«

Die Kellnerin kam mit meinem Champagner zurück und stellte Westons Wasser ab. »Kann ich Ihnen sonst noch etwas bringen?«

Weston nickte. »Meinen Sie, Sie könnten für uns eins dieser Haargummis auftreiben? So eins, wie Sie es tragen, um einen Pferdeschwanz zu machen?«

Sie lächelte. »Natürlich. Kein Problem.«

»Und könnten wir vielleicht noch eins dieser kühlen Tücher bekommen?«

»Kommt sofort.«

Nachdem sie sich entfernt hatte, legte Weston lässig einen Arm über die Sitzbank hinter mir.

»Vielen Dank. Ich hätte nicht daran gedacht, sie danach zu fragen.«

»Ich bin hier, um zu dienen.« Er zwinkerte. »Irgendwelche anderen Bedürfnisse, die ich erfüllen kann?«

Ich lachte. »Momentan nicht, aber ich werde es dich wissen lassen.«

Als die Kellnerin mit einem Haargummi und frischen, kühlen Tüchern zurückkam, bestellte Weston ein Glas Wasser für mich. Wir saßen zusammen und blickten auf die Tanzfläche, aber in Gedanken war ich nicht im Klub oder bei den Menschen, die sich unter uns zu der Musik bewegten. Ich dachte darüber nach, was Scarlett gestern Abend über Weston gesagt hatte – wie ihr aufgefallen war, dass ich bei ihm an erster Stelle komme und das bei Liam nie der Fall gewesen war. Allein heute Abend hatte Weston den Zutritt zum Klub arrangiert, dafür gesorgt, dass wir VIP-Behandlung bekämen, mir ein Haargummi organisiert, damit ich mir die Haare zusammenbinden kann, weil mir heiß war, und die Kellnerin um weitere kühle Tücher und Wasser gebeten. Selbst uns aus der Ferne beim Tanzen zu beobachten und einzuschreiten, als zwei Kerle etwas freundlicher wurden als die anderen – Weston hatte eine beschützende Art an sich. Etwas davon war gutes altes Alphamännchen-Territorialverhalten, aber es war nicht übermäßig anstößig. Ich fand seine Eifersucht irgendwie sexy.

Weston beugte sich nach vorn. »Hast du dich jetzt abgekühlt?«

Ich nickte. »Das Haargummi hat wirklich geholfen.«

Er rückte näher an mich ran und glitt mit der Hand, die er auf der Rückenlehne abgelegt hatte, zu meiner Schulter. Sanft zog er mich zu sich, damit ich mich an ihn lehne, und ich tat es. Wir hatten einander schon viele Male nackt gesehen, aber diese einfache Umarmung war auf vielerlei Art intimer, als wir es miteinander gewesen sind. Weston strich mit den Fingern vor und zurück über meine entblößte Schulter und ich spürte, wie mein Körper bei seiner Berührung entspannte. Es fühlte sich gut an, sogar richtig gut, und ich ließ den Kopf nach hinten an seine Brust fallen.

Ich hatte auf die Tanzfläche gestarrt, ohne mich auf etwas Spezielles zu konzentrieren, als ich sah, wie Scarlett dem Kerl, mit dem sie getanzt hatte, die Hand entgegenstreckte. Er nahm sie und beugte sich zu ihr, um etwas zu sagen. Einige Sekunden später war sein Lächeln verschwunden und er zog mit hängenden Schultern von dannen. Scarlett hob die Arme in die Luft, schloss die Augen und ging wieder dazu über, fröhlich allein zu tanzen.

»Hast du das gesehen?«, fragte Weston.

»Habe ich. Ich schätze, sie war mit ihm fertig.« Ich lachte.

»Ich mag sie sehr. Sie sagt, was sie denkt.«

»Das ist Scarlett. Die Menschen wissen das an ihr entweder zu schätzen und lieben sie dafür oder nicht.«

»Ich gehe davon aus, dass diejenigen, die es nicht tun, für sie keinen Verlust darstellen.«

»Definitiv nicht. Sie macht Witze, dass ich ihre einzige Freundin bin, und hat seit meiner Abreise Vorsprechen abgehalten, um mich zu ersetzen. Aber die Leute stehen Schlange, um ihr näher zu sein. Sie lässt nur nicht viele in ihren inneren Kreis.«

»Ihr beide scheint viel gemeinsam zu haben.«

Ich nickte. »Ich dachte, ich würde sehr viel an London vermissen, aber sie ist das Einzige, was mir wirklich fehlt.«

»Liam nicht?«

Darüber musste ich nicht nachdenken. Ich wandte den Blick von der Tanzfläche ab, um Weston anzusehen, und fragte: »Welcher Liam?«

Weston lächelte und einen Moment lang sah er auf meine Lippen. Die Musik dröhnte laut um uns herum und im Klub mussten mehrere Hundert Menschen sein, trotzdem fühlte es sich an, als wären nur wir beide dort. Weston gelang es, mir das

Gefühl zu geben, besonders und begehrenswert zu sein, was keinerlei Worte erforderte. Mein Blick fiel auf seinen Mund und zur Abwechslung zerbrach ich mir nicht den Kopf über meine Handlungen. Ich beugte mich zu ihm und drückte die Lippen auf seine. Er legte mir die Hand in den Nacken und erwiderte den Kuss, versuchte aber nicht, wild mit mir rumzuknutschen. Stattdessen hatten wir einen sehr zärtlichen ersten Kuss. Danach zog er sich zurück.

»Hast du gerade deine eigene Regel gebrochen?«

»*Ach.* Scheiß auf die Regeln.«

Auf seinem Gesicht breitete sich ein Lächeln aus und seine Augen wurden dunkler. »Ja?«

Ich nickte. »Ja.«

Er drückte meinen Nacken und zog mein Gesicht wieder an sich heran. Der zweite Kuss war nicht zärtlich. Weston küsste mich so lange und stürmisch, bis ich keine Luft mehr bekam.

Danach brachte er den Mund an mein Ohr. »Wie wäre es, wenn wir uns an eine deiner Regeln halten? Du *kommst* zuerst.«

Es war schon nach zwei Uhr, als wir drei die Eingangshalle des Hotels betraten. Scarlett hatte uns den ganzen Weg über mit den schlechtesten Anmachsprüchen unterhalten, die sie heute Abend gehört hatte, und auch einige unvergessliche aus den letzten Jahren zum Besten gegeben.

Weston drückte am Aufzug den Knopf nach oben und trat für uns zur Seite, damit wir als Erstes eintreten konnten.

»Was ist dein Anmachspruch, Wes?«, fragte Scarlett.

Er zuckte mit den Schultern. »Normalerweise sage ich … Hey.«

Scarlett schnaubte. »Ich schätze, mehr brauchst du bei deinem Aussehen auch nicht, Schönling.«

Weston zwinkerte und neigte den Kopf in meine Richtung. »Bei dieser hier hat es funktioniert.«

Ich stand vor dem Schaltpult auf der rechten Seite des Aufzugs, hatte aber vergessen, auf die Knöpfe unserer Stockwerke zu drücken. Nach einer Minute fiel Weston auf, dass wir uns nicht bewegten.

»Es würde helfen, wenn du dem Aufzug sagst, wo du hinmöchtest, Soph.«

»Oh Scheiße. Ja.« Ich drückte auf die Knöpfe aller drei Etagen und der Aufzug setzte sich in Bewegung.

Scarletts Zimmer befand sich im dritten Stock, deshalb hielten wir zuerst bei ihr an.

»Danke für einen tollen Abend, Weston. Ich hatte Riesenspaß.«

»Gern geschehen. Aber ich habe das Gefühl, dass du immer Riesenspaß hast, ganz egal wo du hingehst.«

Scarlett und ich umarmten uns und dann fuhr der Aufzug zu seinem nächsten Halt. Westons Zimmer war im achten Stock. Die Tür öffnete sich, aber er machte keine Anstalten hinauszutreten.

»Steigst … steigst du aus?«, fragte ich. »Das ist dein Stockwerk.«

Weston schüttelte den Kopf. »Nein. Ich werde in dein Zimmer gehen und es dir dort besorgen.«

KAPITEL SECHZEHN

Weston

Sophia betrat vor mir die Suite und schaltete das Licht im Flur an. Im Wohnzimmer schaltete sie eine Lampe ein. Ich folgte dicht hinter ihr und schaltete sie wieder aus.

Normalerweise war mir Stimmungslicht scheißegal. Genauer gesagt wüsste ich nicht, dass ich jemals darüber nachgedacht hätte. Aber das Licht im Flur erhellte das Zimmer ausreichend, damit ich sie sehen konnte, und alles darüber hinaus fühlte sich wie eine Ablenkung an.

»Möchtest du Wasser oder etwas anderes?«, fragte Sophia.

Ich schüttelte den Kopf und lockte sie mit dem Finger. »Oder etwas anderes. Komm her.«

Sophia biss sich auf die Unterlippe, kam jedoch näher.

Ich strich mit einem Finger an ihrer Halsschlagader entlang. »Du hast ja keine Ahnung, welche Wirkung deine Haut auf mich hat. Sie ist so weich und perfekt. Jeden Tag, wenn ich dich beobachte, wie du deinen Kaffee holst, träume ich davon, meine Zähne hineinzubohren. Ich will an jeder Stelle deines Körpers saugen und Spuren hinterlassen.«

Sie lachte nervös. »Aber dann wäre sie nicht mehr perfekt, oder?«

»Das Einzige, was sie tatsächlich *noch* perfekter machen könnte, wäre, wenn ich sie als meinen Besitz markieren könnte.«

Ich nahm ihr Gesicht in die Hände und zog sie an mich. Jetzt, da ich sie endlich küssen konnte, wollte ich nicht mehr damit aufhören. Die Frau wusste, wie man küsst. Sie saugte an meiner Zunge, biss mir in die Lippe und zog daran, dass ich es bis hinunter in meinem Schwanz spürte. Es war jedoch das leise Wimmern, das ihr entfuhr, das mich erregte. Es wanderte durch unsere verbundenen Münder, schlang sich um mein Herz und drückte fest zu.

Ich packte sie unter dem Hintern und hob sie hoch. Sie schlang ihre langen Beine um meine Taille, als ich sie in ihr Schlafzimmer trug. Ich hatte noch niemals so sehr eine Frau in der Missionarsstellung vögeln wollen wie sie. Genauer gesagt wollte ich noch nie *irgendeine* Frau so, wie ich Sophia in diesem Moment wollte. Ich konnte es nicht abwarten, sie auf dem großen Doppelbett abzulegen und ihr dabei zuzusehen, wie sie den Verstand verlor.

Sophia fuhr mit den Fingern durch mein Haar und zog daran. Wir waren beide noch vollständig bekleidet, aber so wie ich mich fühlte, wusste ich, dass ich die eine Regel, auf deren Beibehaltung wir uns geeinigt hatten, brechen würde, wenn ich mich nicht zurückhielt. Also zwang ich mich dazu, den Mund von ihrem zu lösen, und unterbrach den Kuss.

Sie schüttelte den Kopf, als ich versuchte, mich zurückzuziehen. »Nein. Mehr.«

Ich lächelte. »Ich will mir heute Abend Zeit lassen.«

Sie stöhnte und ich lachte leise, als ich sie auf dem Boden absetzte. Ich trat einige Schritte nach hinten und sagte: »Zieh dein Oberteil aus.«

Unsere Blicke trafen sich und sie zog eine Schnute. »Können wir uns nicht beide gleichzeitig ausziehen?«

Die Verzweiflung in ihrer Stimme gab mir das Gefühl, als wäre ich der König des Dschungels. Aber sie gab sich mir heute Abend vollständig hin und ich wollte, dass es gut war. Wir hatten sehr viel Sex gehabt, aber das waren nur unsere Körper gewesen. Heute Abend hatten wir den Einsatz erhöht.

Also zügelte ich mein Verlangen und wiederholte mich. »Zieh dein Oberteil aus, Sophia.«

Es gelang mir, ihr ins Gesicht zu sehen, während sie sich das silberne Oberteil von den Schultern zog und es sich auf die Füße fallen ließ. Aber *verdammt* – sie trug keinen BH. Ihre wunderbare, weiche Haut war vollkommen entblößt und ihre vollen echten Brüste hatten eine natürliche, sexy Wölbung. Ihre tief rosafarbenen Brustwarzen standen aufrecht und waren hart und spitz. Mir lief das Wasser im Mund zusammen. Ich konnte nicht abwarten, in sie hineinzubeißen.

Ich reckte das Kinn in die Höhe und sagte: »Jetzt die Hose.«

Das Geräusch des Reißverschlusses ihrer Jeans, der geöffnet wurde, hallte durch das Zimmer. Dieser kleine Striptease war dazu gedacht gewesen, mir Zeit zu geben, mich unter Kontrolle zu bekommen, doch er bewirkte das Gegenteil. Mein Schwanz war so hart, dass es schmerzhaft wurde.

Sophia schob den Jeansstoff über ihre sexy, durchtrainierten Beine und trat heraus. Als sie vor mir stand, trug sie lediglich ein kleines Dreieck aus schwarzer Spitze, das ihre Muschi bedeckte. Oh Gott, ich liebte jede einzelne ihrer Kurven … ihre schmale Taille, die Neigung ihrer Hüften, ihre glatten, unendlich langen Beine.

Meine Stimme klang rau. »Du bist so wunderschön.«

Obwohl sie praktisch nackt vor mir stand, schien sie von meinen Worten zu erröten.

»Danke.«

Ich begann, mich auszuziehen, und ließ mir Zeit dabei, während die Anspannung zwischen uns größer wurde. Genau wie sie ließ ich mein Hemd zu Boden fallen und zog dann meine Hose aus. Sophias Blick fiel auf die sichtbare Beule in meinen Boxershorts und mir entfuhr beinahe ein Knurren, als sie sich über die Lippen leckte.

»Verdammt, Soph. Sieh mich nicht so an.«

Sie sog die Unterlippe ein. »Wie denn?«

»Als wolltest du, dass ich dich mit deinem Haar in meiner Faust auf die Knie zwinge, während ich dir meinen Schwanz zu lutschen gebe.«

Ihre Augen funkelten und sie verzog die Lippen zu einem teuflischen Grinsen. »Zieh deine Boxershorts aus.«

Scheiße.

Ich schüttelte den Kopf. »Komm her zu mir.«

Sobald sie ihre warmen Brüste an meinen Oberkörper drückte, verlor ich das letzte bisschen Selbstbeherrschung. Mit den Händen in ihrem Haar zog ich ihr Gesicht nicht ganz so sanft an meins.

Danach ging es richtig zur Sache. Sophia schob meine Boxershorts nach unten, wobei sie in der Eile, sie auszuziehen, mit den Fingernägeln über meine Haut kratzte, und ich nahm ihre harte Brustwarze zwischen die Zähne und zog daran, bis ich hörte, wie ihr der Atem stockte. Sie schlang ein Bein um meine Taille, zog sich hoch und kletterte auf mich wie auf einen verdammten Baum. Sollte ich noch Zweifel gehabt haben, ob sie bereit war, so waren diese verflogen. Ihre Muschi war tropfnass, als sie an mir auf und ab schaukelte und mich mit ihren Säften benetzte.

»Ich will dich«, stöhnte sie.

Ich saß auf der Bettkante und hatte sie auf dem Schoß. Sophias Arme zitterten, als sie die Hände um meinen Hals schlang und sich gerade so weit aufrichtete, um mich in ihren Körper aufzunehmen. Ich spürte die Hitze ihrer warmen Muschi, als sie sie über meine Schwanzspitze stülpte, doch dann hielt sie inne.

Ich hatte kein Kondom an. Ich wollte gerade etwas sagen, aber Sophia kam mir zuvor.

»Ich … ich nehme die Pille. Und ich habe mich testen lassen, bevor ich London verlassen habe. Seitdem gab es niemanden mehr.«

Und ich dachte, das größte Geschenk, das sie mir machen konnte, bestand darin, sich von mir küssen und ihr hübsches Gesicht anschauen zu lassen, während ich mich in ihr befand. Aber das hier – das war so viel mehr. *Vertrauen.*

Ich sah ihr in die Augen. »Ich bin gesund. Es ist schon Jahre her, seit ich das letzte Mal ohne Kondom mit einer Frau geschlafen habe, und ich lasse mich regelmäßig testen.«

Sophia nickte und beugte sich zu mir, um mich zu küssen, als sie sich auf mich senkte. Aber das ließ ich nicht zu. Sie konnte heute Abend meinetwegen die Kontrolle bekommen und mich so schnell oder langsam reiten, wie sie wollte, aber ich musste sie sehen. Also hielt ich ihr Gesicht einige Zentimeter von meinem entfernt fest. In ihren Augen sah ich die Verwirrung.

»Ich bin mit allem einverstanden, wie du es tun willst – schnell, langsam, über oder unter mir, aber ich will dich ansehen.«

Mit dem Blick suchte sie nach meinem, bevor sie nickte. Dann richtete sie sich erneut auf und drückte sich langsam auf mich hinunter. Ich musste all meine Anstrengung aufbringen, um nicht mit den Hüften nach oben zu stoßen und sie auf einmal auszufüllen. Aber weil sie mir heute Abend so viel geschenkt hatte, wollte ich ihr etwas zurückgeben, an dem ich normalerweise festhielt – Kontrolle.

»Wunderschön.« Ich sah nach unten zwischen uns und beobachtete, wie mein Schwanz sich in ihre Muschi schob. »Einfach nur verdammt schön.«

Sie lächelte so süß, bevor sie die Augen schloss. Dann senkte sie sich in einer einzigen Bewegung vollständig hinab und saugte mich in ihren Körper, bis ihr Hintern auf meinem Schoß saß.

»*Jesus Christus*«, raunte ich.

Sophia öffnete langsam die Augen. Ich hörte mich vermutlich wie das größte Weichei überhaupt an, aber ich schwöre, der Moment fühlte sich heilig an. Ihre Augen waren glasig vor Lust, ihre Haut so cremig und strahlend und ein einziger Lichtstrahl fiel auf ihren Körper. Sie sah engelsgleich aus und obwohl sie oben war, sah ich etwas in ihrem Gesicht, das mir verriet, dass sie sich soeben ergeben hatte.

»Ich … ich …«, sagte sie.

Ich lächelte. »Ich weiß, Baby.«

Wir fingen an, uns zusammen zu bewegen. Sophia wippte vor und zurück und ich stieß nach oben und zog mich zurück. Sie war so eng um mich geschlungen, dass es sich anfühlte, als würde mein Schwanz von einer Faust umklammert werden.

»Weston …«, stöhnte sie. »Mehr …«

Verdammt, ja.

Ich hob sie an, bis sich nur noch meine Schwanzspitze gerade so in ihr befand. Dann drückte ich sie in einer schnellen Bewegung *fest* nach unten.

Sie stöhnte noch einmal.

Also tat ich es ein zweites Mal.

Ein weiteres Stöhnen.

Ich hob sie wieder an und als ich sie dieses Mal zurück auf meinen Schwanz drückte, stieß ich gleichzeitig in sie hinein.

Sie stöhnte lauter.

Wieder und wieder rieben wir uns aneinander und schnappten nach Luft, zogen und drückten, stießen hinein und glitten heraus, bis ich nicht mehr wusste, wo ein Stöhnen aufhörte und das nächste anfing. Alles wurde zu einem wunderschönen Lied.

Ihre Augen rollten im Kopf nach hinten und ihre Muskelwand zog sich um meinen Schwanz zusammen. »Wes …«

»Ich bin hier, Baby. Genau hier.«

»*Bitte*«, stöhnte sie. »*Bitte.*«

»Sag mir, was du willst.«

Sie stotterte. »Komm … komm in mir. Komm jetzt.«

Das brauchte sie mir nicht zweimal zu sagen. Mit einem letzten Stoß schob ich mich bis zur Schwanzwurzel in sie hinein. Mein Körper erzitterte, verbraucht von allem, das Sophia war – ihr Duft, ihr Geschmack, die Art, wie sie immer wieder meinen Namen stöhnte, als sie an meinem Schwanz kam, das Gefühl ihrer Fingernägel, die sich in meinen Rücken bohrten, ihre Brüste, die gegen meinen Oberkörper drückten, ihre Pobacken, die auf meinen Hoden ruhten. In diesem Moment war ich absolut und vollkommen … verloren in dieser Frau.

»Soph …« Ich konnte mich nicht länger zurückhalten. »Soph … *Scheiße.*«

Es war möglich, dass ein paar Tränen flossen, als ich mich in ihr entlud. Im positiven Sinn war es der absolut großartigste Orgasmus meines Lebens.

Hinterher war Sophia vollkommen erschöpft. Ihr Körper sackte an meinen und sie legte den Kopf an meine Brust, als wir beide versuchten, wieder zu Atem zu kommen.

Anscheinend dachte mein Schwanz, er sei ein Vulkan, der soeben ausgebrochen war. Er zitterte wie bei einem Nachbeben und zuckte und spuckte seine letzten Reste heißer Lava aus.

Sophia sah mit einem Lächeln zu mir auf, das nur als wahnsinnig bezeichnet werden konnte. »Bist du das? Lässt du ihn so herumhüpfen?«

Ich lachte. »Nein. Er hat seinen eigenen Kopf.«

Sie schlang die Arme um meinen Hals, küsste meine Lippen und seufzte. »Das war wirklich nett.«

Ich zog eine Augenbraue hoch. »Nett?«

»Ja. Wie sollte ich es sonst nennen? Nett ist … nett.«

Ich griff mir mit der Hand an die Brust, als hätte ich Schmerzen. »Das tut weh.«

Sie kicherte. »Hervorragend? Ist das besser?«

»Ein wenig.«

»Wie wäre es mit orgastisch? Gefällt dir das?«

»Es wird schon wärmer. Mach weiter.«

»Episch. Es war episch.«

»Was hast du noch auf Lager?«

»Phänomenal? Welterschütternd? Extraordinär?«

Ich veränderte die Position und hob sie vorsichtig von mir herunter. Ich nahm sie auf die Arme und stand auf, woraufhin sie überrascht aufschrie. Aber das Lächeln auf ihrem Gesicht sagte mir, dass sie jede Sekunde genossen hatte.

»Was tust du?«, kicherte sie.

Ich trug sie zum Bett und legte sie in der Mitte ab, bevor ich auf sie kletterte und ihre Beine mit meinem Knie anstupste, damit sie sie spreizt. »Ich werde das *Nett* aus dir herausvögeln.«

Sie antwortete lachend: »Das könnte eine Weile dauern. Ich bin ziemlich nett, weißt du.«

Ich lächelte. »Schon okay. Ich bin gut in dem, was ich tue. Weißt du, einige werden hoch geboren, einige erwerben Hoheit und einigen wird sie *hineingestoßen*.«

Sophia kicherte. »Ich bin mir ziemlich sicher, dass Shakespeare sagte, einigen wird sie *zugeworfen*.«

Weston zwinkerte. »Vielleicht können wir das später auch noch machen.«

KAPITEL SIEBZEHN

Sophia

Der nächste Morgen begann auf die gleiche Weise, wie der vergangene Abend geendet hatte – mit Weston in mir. Aber etwas zwischen uns hatte sich verändert. Anstatt ein wildes Rennen hinzulegen, um es über die Ziellinie zu schaffen, nahmen wir uns Zeit und erkundeten den Körper des anderen. Zwischen uns gab es nun eine Intimität, die zuvor nicht da gewesen war.

Ich legte den Kopf auf seine Brust und fuhr mit dem Finger über die verblasste Narbe an seinem Unterbauch.

»Du sagtest, sie stammt von einer Nierenoperation, richtig?«

Weston strich mir sanft über das Haar. »Ja, der Test für diese Operation fand tatsächlich am Tag nach unserem Abschlussball statt.«

»Wirklich? Ich erinnere mich nicht daran, dass du etwas von einer bevorstehenden Operation erzählt hättest.«

»Wir haben am Abend des Abschlussballs nicht besonders viel miteinander geredet, wenn ich mich richtig erinnere.«

Ich dachte zurück und lächelte. »Ja, ich schätze, du hast recht. Was stimmte nicht, dass du operiert werden musstest?«

Weston war einen Moment lang still. »Nichts. Ich habe Caroline eine Niere gespendet.«

Ich drehte den Kopf, um ihn anzusehen, und stützte das Kinn in der Handfläche auf. »Oh wow. Ich hatte ja keine Ahnung. Das ist großartig.«

Weston tat es gleichgütig ab. »Nicht wirklich. Drei Jahre nach der Transplantation zeigte sie Abstoßungsreaktionen. Zuerst dachten wir, sie hätte eine Grippe. Aber das war es nicht. Die Ärzte versuchten, es zu unterbinden, indem sie ihr Immunsuppressiva gaben, aber die schwächten bloß ihr Abwehrsystem. Sie kämpfte jahrelang damit, ständig krank zu sein. Schließlich starb sie an einer Infektion, weil die Immunsuppressiva, die sie wegen meiner beschissenen Niere nahm, sie anfällig für so viele Sachen gemacht hatten.«

Ich spürte einen Schmerz in der Brust. »Es tut mir so leid.«

»Es gibt nichts, was dir leidtun müsste. Es war nicht deine Schuld.«

Natürlich war es nicht meine Schuld. Aber etwas sagte mir, dass er irgendjemandem die Schuld dafür gab. »Du weißt, dass es auch nicht *deine* Schuld ist, nicht wahr?«

Weston wandte den Blick ab. »Klar.«

»Nein.« Ich berührte sein Kinn und bog sein Gesicht wieder in meine Richtung. »Du weißt, dass es nicht deine Schuld ist, *nicht wahr*?«

»Ich hatte in meinem Leben den einen Job, meine Schwester gesund zu machen. Und nicht einmal das ist mir gelungen.«

Ich suchte sein Gesicht ab. Er meinte es todernst. Kopfschüttelnd sagte ich: »Es war nicht dein Job, Caroline gesund zu machen. Ich finde es unglaublich, dass du eine Niere gespendet hast. Aber ich bin mir sicher, du hast es getan, weil du sie geliebt hast, und nicht, weil du dich dazu verpflichtet fühltest.«

Weston schnaubte abfällig. »Nein, Soph. Es *war* mein Job. Ich bin ein Retterbaby.«

Ich zog die Augenbrauen zusammen. »Ein Retterbaby?«

Er nickte. »Caroline wurde diagnostiziert, als sie ein Jahr alt war. Meine Eltern haben mich durch künstliche Befruchtung gezeugt. Meiner Mutter wurden nur befruchtete Eizellen eingepflanzt, die genetisch kompatibel mit meiner Schwester und frei von allen Erbkrankheiten waren. Ich war ein Ersatzteillager auf zwei Beinen.«

Mir klappte die Kinnlade herunter. »Meinst du das ernst?«

»Drei Knochenmarkstransplantationen und eine Niere.«

Ich hatte keine Ahnung, was ich sagen sollte. »Das ist … das ist …«

Weston lächelte traurig. »Geisteskrank. Ich weiß. Aber es ist, was es ist. Als Kind habe ich mir ehrlich nichts dabei gedacht. Wenn meine Schwester krank war, musste ich auch drinnen bleiben. Ich dachte, meine Mutter hätte bloß Angst, dass ich Keime ins Haus bringe und Caroline dadurch noch kränker machen würde.« Er schüttelte den Kopf. »Aber sie wollte dafür sorgen, dass ich nicht krank werde, damit ich für den Fall, dass Caroline eine weitere Transplantation benötigt, gesund wäre.«

»Du und Caroline habt immer gewirkt, als ob ihr euch sehr nahesteht. Ich erinnere mich, dass ich euch gesehen habe, wie ihr zusammen von der Schule nach Hause gegangen seid und ständig in der Bibliothek saßt, um zu lernen. Ich war immer irgendwie eifersüchtig auf deine Beziehung zu ihr, weil ich nur meinen trotteligen Halbbruder hatte.«

»Wir standen uns nahe. Ich habe Caroline mehr geliebt als mich selbst. Wenn es einen Weg gegeben hätte, dass ich an ihrer Stelle hätte krank sein können, hätte ich mit ihr sofort den Platz getauscht. Sie war ein wundervoller Mensch.«

Ich schmeckte Salz im Mund. »Das ist wunderschön. Das ist es wirklich. Aber das zeigt, dass du Caroline nicht geholfen hast, weil es dein Job war. Du hast es aus Liebe getan.«

Weston sah mich an. Er schien meine Augen abzusuchen, bevor er erneut sprach. »Als ich geboren wurde, legte mein Großvater auf einem Konto fünf Millionen Dollar für mich an.

Ich dachte, er täte das für alle seine Enkel. Am Abend von Carolines Beerdigung fand ich heraus, dass ich der Einzige mit einem solchen Treuhandfonds war. Er hat ihn eröffnet, um mich dafür zu kompensieren, dass ich Carolines Spender war.«

Ich atmete zitternd aus. »Das ist krank.«

»Meine Mutter ruft mich zweimal im Jahr an – zu Carolines Geburtstag und an ihrem Todestag. Sie hat mich seit zehn Jahren nicht mehr zu meinem Geburtstag angerufen.«

»Oh Gott, Weston.«

Er lächelte und strich mit der Hand über mein Haar. »Du dachtest, deine Familie wäre verkorkst? Sie kommt an meine nicht mal annähernd heran, Süße.«

Ich dachte daran, wie er nach dem Tod seiner Schwester außer Kontrolle geraten war. Was er mir gerade erzählt hatte, machte die Gründe dafür so viel deutlicher.

Ich drückte ihm einen zärtlichen Kuss auf sein Herz. »Es tut mir leid«, sagte ich. »Nicht wegen deines Verlustes – obwohl mir das natürlich auch leidtut. Aber es tut mir leid, dass ich dich so viele Jahre verurteilt habe, ohne dich jemals kennengelernt zu haben. Unter dem Arschloch, das du nach außen hin zeigst, befindet sich ein wirklich wunderbarer Mann.«

Weston starrte ins Nichts. »Du bist ein guter Mensch und gute Menschen sehen in jedem das Gute.«

»Und? Was stimmt damit nicht? Ist es so schlimm, etwas Gutes finden zu wollen?«

Er sah mich wieder an und lächelte traurig. »Das sollte es nicht sein. Aber es verzerrt deine Wahrnehmung. Manchmal ist das, was Menschen dir zeigen, tatsächlich das, was sie sind.«

Ich dachte, er läge falsch. Aber ich wusste, dass es keinen Zweck hatte, mit ihm zu streiten. Ich blickte nach unten und strich erneut über seine Narbe. »Darf ich dich etwas Persönliches fragen?«

»Weil alles, was du mich in den letzten zehn Minuten – oder den letzten Wochen, um genau zu sein – gefragt hast, nicht persönlich war?«

Ich lachte und gab ihm einen Klaps auf die Bauchmuskeln. »Halt die Klappe, Lockwood.«

Er lächelte. »Wie lautet deine Frage, du neugieriges Ding?«

»Sprichst du mit der Therapeutin, zu der du gehst, über diese Sachen? Über den Verlust deiner Schwester und dass du dich verantwortlich für ihr Wohlergehen gefühlt hast?«

Weston runzelte die Stirn. »Ich gehe zu der Seelenklempnerin, weil es eine Bedingung ist, um meinen Job zu behalten. Ich bin nicht dort, um wieder hingebogen zu werden.«

Zwischen uns breitete sich Stille aus, bis Weston sich schließlich räusperte. »Ich werde mich jetzt auf den Weg machen. Ich muss heute Vormittag einen Freund besuchen.«

»Oh … Okay.«

Ich rollte mich zur Seite, damit er aufstehen konnte, und sah zu, wie er sich anzog. Ich war mir nicht sicher, ob Weston wirklich irgendwohin gehen musste oder ob unsere Unterhaltung ihm so unangenehm geworden war, dass er den Drang verspürte zu fliehen. Wie dem auch sei, die Stimmung im Raum hatte sich verändert. Ich zog mir die Decke bis zu den Schultern hoch, um die Kälte abzuwehren.

Weston beugte sich nach unten und küsste mich auf die Stirn. »Sehen wir uns später?«

Ich zwang mich zu einem Lächeln. »Sicher.«

Einen Moment später schloss die Tür sich mit einem leisen Klicken. Ich lag allein im Bett und dachte über die letzten vierundzwanzig Stunden nach. Sex mit Weston war zweifellos die großartigste körperliche Erfahrung, die ich mit einem Mann jemals hatte. Zwischen uns herrschte eine unbestreitbare Anziehung. Ich hatte gedacht, der intensive Funke käme von dem Machtkampf unserer feindseligen Fehde, aber gestern Abend gab es keinen Streit und unsere Verbindung und Anziehung war intensiver als jemals zuvor. Vielleicht steckte also mehr dahinter, als unseren aufgestauten Frust aneinander abzulassen.

Aus irgendeinem Grund machte dieser Gedanke mich nervös. War ich nach dem, was zwischen Liam und mir passiert war, argwöhnisch geworden? Oder warnte mein innerer Selbstschutzmechanismus mich vor Weston Lockwood?

Es war viel zum Nachdenken. Zum Glück vibrierte mein Telefon auf dem Nachttisch und unterbrach, was ich gerade überanalysieren wollte. Scarletts Name erschien auf dem Display und brachte mich zum Lächeln.

»Guten Morgen«, sagte sie. Anhand dieser zwei simplen Worte wusste ich schon, dass sie am anderen Ende der Leitung grinste. »Störe ich bei irgendwas?«

»Nein. Ich liege nur ganz allein im Bett und bin faul.«

»Ganz allein?«

Ich lachte. Ich wusste, worauf sie hinauswollte. Scarlett war nicht gerade subtil. »Ja, Weston ist vor ein paar Minuten gegangen.«

»Perfekt. Dann mach die Tür auf.«

Ich runzelte die Stirn. »Welche Tür?«

Ein Klopfen ertönte im Surround-Sound. Es kam durchs Telefon und ebenso aus dem anderen Zimmer meiner Suite. »Diese Tür. Und beeil dich. Unser Frühstück wird kalt.«

»Also ... ist irgendetwas Interessantes passiert, nachdem ich aus dem Aufzug gestiegen war?« Scarletts Augen funkelten.

Ich nahm ein Stück Ananas von dem Teller mit frischem Obst und schob es mir vollständig in den Mund. Ich zeigte darauf und brummte, als könnte ich nicht antworten, weil mein Mund voll war.

Scarlett lachte. »Das habe ich mir gedacht. Weston konnte im Klub den ganzen Abend nicht die Augen von dir lassen.«

Ich seufzte. »Zwischen uns herrscht definitiv eine gute Chemie.«

»Das ist alles? Nur gute Chemie?«

Ich schüttelte den Kopf. »Ich habe ehrlich gesagt keine Ahnung mehr. Es fing als rein körperliche Sache an – wir haben im Grunde genommen aus Hass miteinander gevögelt, Scarlett. Aber die Dinge haben sich geändert. Er ist immer noch eine Nervensäge, aber in ihm steckt mehr, als er den Menschen zeigen will. Zum Beispiel tut er alles, um mich zum Lachen zu bringen. Er weiß, dass mein Ex ein Bühnenautor ist, also gibt er diese Shakespeare-Zitate zum Besten, nur verändert er sie so, dass sie schmutzig sind. Zum Beispiel: *Es ist besser, gefickt und verloren zu haben, als überhaupt niemals gefickt zu haben* oder *Kommen oder nicht kommen, das ist hier die Frage.* Ich weiß einfach, dass er an seinem Schreibtisch sitzt und Shakespeare liest, und das bringt mich zum Lächeln. Es ist auf seltsame Weise süß.«

Scarlett schnappte sich eine Weintraube und steckte sie sich in den Mund. »Er ist also attraktiv, aufmerksam und lustig. Klingt furchtbar.«

»Er ist ebenfalls sehr beschützend den Menschen gegenüber, die ihm wichtig sind, wenngleich er den Anschein macht, als würde er sich nicht vielen Menschen öffnen.«

»Das klingt wie jemand, den ich kenne …«

Ich nickte. »Ich habe immer gedacht, wir wären so unterschiedlich. Aber je mehr ich ihn kennenlerne, desto klarer wird mir, dass wir bloß beschließen, andere Masken zu tragen.«

»Wow … Das klingt tiefgehend und stinklangweilig.« Scarlett grinste. »Und ich habe gedacht, ich würde zu hören bekommen, wie er dich so richtig gut durchgevögelt hat. Aber stattdessen werde ich Gefühlen ausgesetzt … Igitt.«

Ich bewarf sie mit einem Kissen und lachte. »Halt die Klappe.«

»Ernsthaft, ich mag ihn.«

»Das ist vermutlich das Dümmste, was ich je gemacht habe.«

»Warum?«

»Nun, erst einmal denke ich, ich habe erwähnt, dass seine und meine Familie sich seit einem halben Jahrhundert bekriegen. Aber selbst wenn wir das alles beiseiteschieben, gibt es eine Million Gründe, warum es eine schlechte Idee ist. Ich komme gerade erst aus einer langen Beziehung. Diese Sache zwischen Weston und mir schreit geradezu Trostpflaster. Komm schon – ich bin von einem nett aussehenden, sicheren, mental gefestigten Bühnenautor zum sündhaft sexy bösen Jungen mit einer Menge Ballast gewechselt. Könnte es noch klischeehafter sein? Ganz zu schweigen davon, dass wir beide ziemlich große Vertrauensprobleme haben.« Ich schüttelte den Kopf. »Weston ist wie ein leuchtender Stern in einer finsteren Nacht. Er kann den Himmel erhellen, aber irgendwann wird das Feuer erlöschen und er zerbröselt in seine Einzelteile. Dann stehe ich wieder im Dunkeln.«

»Du weißt schon, dass die Sonne auch ein Stern ist, nicht wahr? Manchmal können wir uns darauf verlassen, dass der Stern jeden Tag zurückkehrt.«

Ich seufzte.

»Du wirst es schon noch herausfinden«, sagte Scarlett. »Versprich mir nur, dass du weder deine Familie noch Liam bei deiner Entscheidung berücksichtigen wirst, ob Weston eventuell der Richtige für dich ist. Ganz egal, wofür du dich entschließt, es sollte dabei nur um dich und Weston gehen.«

Ich nickte. »Danke.«

Nachdem wir fertig gefrühstückt hatten, überredete Scarlett mich dazu, mit ihr einkaufen zu gehen. Ich ging auf die Baustelle, um nach dem Rechten zu sehen, da selbst am Sonntag Arbeiter vor Ort waren. Dann nahm ich eine schnelle Dusche und band mir das Haar zusammen, während sie in meiner Suite saß, ihre dritte Tasse Kaffee trank und mir immer mal wieder etwas aus den Nachrichten vorlas. Es fühlte sich genauso an wie ein Sonntagmorgen in London. Und da wurde mir klar, dass ich unsere Freundschaft trotz der Distanz zwischen uns nicht verlieren würde. Es spielte keine Rolle, wo wir waren, wir würden immer einen Weg finden. London war nur einfach nicht mehr mein Zuhause.

»Bist du bereit, einkaufen zu gehen?«, fragte ich, als ich endlich fertig war und nach meiner Handtasche griff.

Sie blickte nach unten. »Ich trage Ballerinas. Was sagt dir das?«

Ich lächelte. Während ich oft Ballerinas und manchmal sogar Turnschuhe trug, hatte Scarlett so gut wie immer Absätze an, es sei denn, sie machte Sport. Was bedeutete, wir beide würden heute ein komplettes Cardio-Training absolvieren, während wir durch die Stadt liefen.

Als ich die Tür meiner Suite öffnete, stieß ich beinahe mit einem Hotelpagen zusammen, der die Hand bereits gehoben hatte, um an die Tür zu klopfen. Erschrocken schlug ich die Hand vor die Brust und hielt abrupt an.

»Tut mir leid. Ich wollte Sie nicht erschrecken«, sagte er.

»Mein Fehler. Ich habe nicht aufgepasst, wohin ich gehe. Sie sind Walter, richtig?«

»Stimmt.« Er nickte und lächelte, dann hielt er einen langen, weißen Blumenkarton hoch. »Ich wollte das hier gerade zustellen. Mr. Lockwood sagte, ich solle sie in Ihre Suite stellen, sollten Sie nicht da sein.«

»Mr. Lockwood hat Sie gebeten, die Blumen zu bringen?«

Er nickte. »Er war an der Rezeption, als sie vor einigen Minuten abgegeben wurden.«

Ich war überrascht, nicht nur darüber, dass Weston mir Blumen geschickt hatte, sondern dass er einen Mitarbeiter gebeten hatte, sie mir zu bringen. Bisher hatten wir uns im Hotel meist sehr diskret verhalten.

»Oh. Okay, vielen Dank.«

Walter reichte mir den Karton und wandte sich zum Gehen.

»Warten Sie! Ich werde Ihnen ein Trinkgeld geben.« Ich wühlte in meiner Handtasche herum, doch der Page hielt seine Hand hoch.

»Mr. Lockwood hat sich darum bereits gekümmert. Aber danke.«

Scarlett strahlte über das ganze Gesicht, als ich den Karton in die Suite trug.

»Sieht so aus, als hätte dein Strohfeuer-Stern eine romantische Seite.«

Weil um den Karton eine große rote Schleife gebunden war, legte ich ihn auf den Couchtisch im Wohnzimmer und öffnete sie. Im Inneren befanden sich zwei Dutzend wunderschöne gelbe Rosen. Obendrauf lag eine kleine Karte. Mir war nicht einmal bewusst, dass ich lächelte, bis ich sie aus dem Umschlag genommen und gelesen hatte. Dann spürte ich, wie meine nach oben gerichteten Mundwinkel herunterrutschten.

Nie rann der Strom der teuren Liebe sanft.
Ich vermisse dich. Bitte ruf mich zurück.
Liam

Scarlett sah mein Gesicht und kam zu mir, um einen Blick auf die Karte zu werfen.

»Er rinnt nicht sanft?«, fragte sie. »Ja, echte Liebe hat ihre Tücken, wenn du deinen Schwanz in die Cousine deiner Freundin steckst. Meine Güte, dieser Mann ist wirklich ein Vollidiot.«

»Das Zitat ist von Shakespeare.«

»Das hätte ich mir denken können.« Sie rollte mit den Augen. »Langweilige Rosen und recycelter Mist. Dieser Mann konnte noch nie originell sein. Ich wette, wenn Weston dir Blumen schicken würde, wären es Wildblumen oder etwas so Seltenes und Einzigartiges, wie du es bist. Und ich würde eine Karte vorziehen, auf der steht ›Lass uns ficken‹ anstatt eines hochtrabenden Zitats.«

Weston.

Scheiße.

Ich hatte einen Moment lang vergessen, dass der Hotelpage gesagt hatte, Mr. Lockwood habe die Lieferung angenommen und dafür gesorgt, dass sie sofort auf mein Zimmer gebracht wurde.

Aber irgendetwas sagte mir, dass *er* es nicht vergessen haben würde, wenn ich ihm das nächste Mal begegnete.

KAPITEL ACHTZEHN

Weston

»Na, du siehst ja vielleicht scheiße aus.«

Nicht einmal Mr. Thornes Beleidigungen schafften es, mir heute Morgen ein Lächeln abzuringen.

Nachdem ich Sophias Suite verlassen hatte, hatte ich das Gefühl, in einem Zwiespalt zu stecken. Sie sollte nicht denken, ich sei ein guter Mann, nur um später ein böses Erwachen zu erleben, wenn sie mich besser kennenlernte und feststellte, dass es nicht stimmte. Das war genau das, was ihr Arschloch von Ex getan hatte. Aber bis ich geduscht und mich angezogen hatte, hatte ich mich wieder etwas beruhigt. Wegen der fantastischen Nacht, die wir miteinander verbracht hatten, schob ich meine Bedenken zumindest vorerst beiseite. Ich bestellte ihr sogar Blumen. Ich konnte mich nicht mehr daran erinnern, wann ich einer Frau das letzte Mal Blumen geschickt hatte. Aber dann war ich nach unten gegangen und stand zufällig an der Rezeption, als eine Lieferung für sie eintraf – und nicht von dem Floristen, bei dem ich gewesen war.

Danach war mein Vormittag im Eimer gewesen.

Ich fuhr mir mit der Hand durchs Haar. »Ich habe letzte Nacht nicht besonders viel geschlafen.«

An Mr. Thornes Gesichtsausdruck konnte ich ablesen, was er dachte. Ich schüttelte den Kopf. »Ich war nicht feiern. Ich war zwar in einem Klub, aber ich bin nicht rückfällig geworden.«

Er wackelte mit seinem krummen Finger vor meiner Nase herum. »Du solltest es besser wissen. Dich an einen Ort zu begeben, an dem alle um dich herum Alkohol trinken, ist gefährlich.«

Dem konnte ich nichts entgegensetzen, denn er hatte recht – obwohl ich jeden Tag in irgendeinem Hotel verbrachte, in dem es mehrere Bars gab. Einige unserer Hotels hatten sogar ihre eigenen Klubs. Solange ich nicht meinen Berufszweig änderte, würde ich keine Orte meiden, an denen Alkohol ausgeschenkt wird. Davon abgesehen hatte ich gestern Abend nicht das Bedürfnis zu trinken. Mein Verstand war damit beschäftigt gewesen, pausenlos an Sophia zu denken.

»Ja, ich weiß. Aber so war es nicht.« Ich zuckte mit den Schultern. »Ich habe nicht einmal den Drang verspürt zu trinken.«

Mr. Thorne schüttelte trotzdem den Kopf. »Hast du mir wenigstens mein Los mitgebracht?«

Ich zog das Rubbellos aus meiner Gesäßtasche und reichte ihm das Buch von seinem Nachttisch, das er immer als Unterlage benutzte. »Ein Zehn-Dollar-Los, wie Sie gewünscht haben.«

Er setzte seine Lesebrille auf, nahm einen Vierteldollar und machte sich an die Arbeit. »Also ... bist du die ganze Nacht in diesem Klub geblieben? Und siehst du deshalb so fertig aus?«

Ich schüttelte den Kopf. »Ich habe die Nacht mit der Frau verbracht, mit der ich zusammen bin, wenn Sie es unbedingt wissen müssen.«

»Sophia?«

»Ja, Sophia.«

Er war damit fertig, die graue Latexbeschichtung abzukratzen, und wischte die Reste von dem Los. »Geht ihr beide jetzt fest miteinander?«

»Angesichts der Tatsache, dass es nicht mehr neunzehnhundertdreiundfünfzig ist – nein, wir gehen nicht fest miteinander.«

»Dann macht ihr also nur miteinander rum?«

So wie er diesen Ausdruck benutzte, musste ich leise lachen. Aber weil der Großteil seines Wortschatzes von Jerry Springer stammte, war ich nicht überrascht, dass er wusste, was es bedeutet. »Ja, ich denke, das ist es, was wir tun.«

»Willst du nicht irgendwann einmal sesshaft werden? Eine nette Frau kennenlernen? Nach einem langen Arbeitstag zu ihr nach Hause kommen und gemeinsam mit ihr ein leckeres Mahl zu dir nehmen, das sie für dich gekocht hat? Vielleicht ein paar Kinder machen?«

Ich konnte mir Sophia nicht mit einer Schürze vorstellen, wie sie mir Abendessen kocht, aber ich verstand, was er sagen wollte. Ich hatte nie darüber nachgedacht, eine Frau zu Hause zu haben oder eine Familie zu gründen. Aber die Wahrheit war, dass ich es mir mit Sophia *vorstellen* konnte. Wenngleich meine Version der Dinge nicht genau der von Mr. Thorne entsprach. Anstatt für mich ein leckeres Abendessen zu kochen, hätten wir eine Tischreservierung um neunzehn Uhr, da wir beide sehr viel arbeiteten. Ich würde die Zeit vergessen und eine halbe Stunde zu spät im Restaurant eintreffen und sie wäre sauer. Anstatt ihr gegenüber würde ich neben ihr in der Sitznische Platz nehmen und sie um Verzeihung bitten. Sie würde mir sagen, ich könne mir meine Entschuldigung in den Arsch stecken. Wir würden uns streiten und mir würde auffallen, wie sexy sie mit dem Feuer in den Augen aussieht, und ich würde meine Hand unter den Tisch gleiten lassen. Wenn der Kellner käme, um unsere Bestellung aufzunehmen, würde ich bis zu den Fingerknöcheln in ihrer wunderschönen Muschi stecken und sie wäre wütend, dass ich mich nicht zurückgezogen hätte, wenn er wieder ginge. Aber dann würde sie einen so heftigen Orgasmus erleben, dass ein Teil ihres Widerstands verflöge. Ich würde ihr eine weitere Entschuldigung zuflüstern, nachdem sie weicher geworden war, und sie würde mir sagen, ich solle dafür sorgen, dass es nicht noch einmal vorkommt.

Diese Fantasie würde jedoch niemals Realität werden. Denn früher oder später würde Sophia mich hassen.

Ich zuckte mit den Schultern. »Wir haben nicht wirklich eine Chance.«

Mr. Thorne zog die Augenbrauen zusammen. »Wieso nicht?«

»Es ist kompliziert. Sagen wir einfach, dass uns eine Menge Hindernisse im Weg stehen.«

Mr. Thorne führte die Fingerspitzen aneinander. »Weißt du, was Hindernisse sind?«

»Was?«

»Es sind Prüfungen, um herauszufinden, ob du es verdienst zu gewinnen. Wie zeigst du jemandem, dass er es wert ist, für dich zu kämpfen, wenn du nicht all das zerschlägst, was dir im Weg steht? Wenn du nur auf deinem Arsch sitzt und es nicht einmal versuchst …« Er schüttelte den Kopf. »Nun, ich schätze, dann verdienst du den Preis sowieso nicht. Ich dachte, du hättest mehr Mumm, Junge.«

Ich presste die Zähne zusammen und biss mir auf die Zunge. »Möchten Sie, dass ich mit Ihnen spazieren gehe oder nicht?«

»Wie wäre es, wenn du mich zu deinem schicken neuen Hotel bringst? Ich würde es gern einmal sehen. Weißt du, dort habe ich um die Hand meiner Eliza angehalten.«

»Das wusste ich nicht.«

»Zu Weihachten wird das Hotel hübsch dekoriert. Ich habe sie dorthin gebracht und ihr an Heiligabend direkt vor dem großen Weihnachtsbaum einen Antrag gemacht.«

»Ich schätze, Sie haben sich vor neunzehnhundertzweiundsechzig verlobt?«

Mr. Thorne runzelte die Stirn. »Neunzehnhunderteinundsechzig. Woher weißt du das?«

»Weil seit neunzehnhundertzweiundsechzig kein Weihnachtsbaum mehr aufgestellt wurde.«

»Kein Scheiß?«

Ich schüttelte den Kopf. »Anscheinend war der Baum ein weiteres Opfer der Sterling-Lockwood-Fehde. Grace Copeland, die Frau, die das Hotel behalten hatte und kürzlich verstarb und es meinem und Sophias Großvater hinterließ, stellte nach ihrer Trennung von den beiden nie wieder einen Baum auf – aus sentimentalen Gründen.«

»Ich denke, das macht meinen Heiratsantrag vor dem Baum dann wohl noch spezieller. Zur Weihnachtszeit war dieser Ort magisch.«

Bis meine Familie Miteigentümer wurde, hatte ich nie einen Fuß in das *Countess* gesetzt. Aber ich konnte mir vorstellen, wie hübsch erleuchtet die Eingangshalle mit einem großen Baum ausgesehen hatte. Heute war das Wetter angenehm draußen. Ich konnte Mr. Thorne vermutlich in einer halben Stunde dorthin schieben – ihn an die frische Luft bringen und ihm das Gefühl geben, in Erinnerungen zu schwelgen. Also schnappte ich mir seinen Rollstuhl, blockierte die Räder und machte mich daran, ihn aus dem Bett zu heben.

»In Ordnung, alter Mann. Ich werde Sie zu dem Hotel bringen. Aber erzählen Sie den Mitarbeitern ja keine schmutzigen Witze, wie Sie es getan haben, als ich mit Ihnen zu der Liveaufnahme dieser beknackten Talkshow gefahren bin. Sonst werde ich verklagt.«

Nachdem ich mit Mr. Thorne zum *Countess* gegangen war, verbrachte ich eine Stunde damit, ihm das Hotel zu zeigen. Ich war froh, dass wir Sophia nicht begegnet waren. Weil ich müde war, ging ich mit ihm in den Coffeeshop in der Eingangshalle, um mir etwas Koffein zu holen, und wir saßen in derselben Ecke, in der ich frühmorgens oft saß, während ich darauf wartete, dass Sophia nach unten kam, um sich ihren Kaffee zu holen.

Mr. Thorne trank einen Eistee, während er sich mit einem Lächeln im Gesicht in der großen Eingangshalle umsah. »Dieser Ort ist etwas Besonderes.«

Ich nickte. »Ja, er ist ganz nett.«

Er schüttelte den Kopf. »Es ist mehr als nur ganz nett hier, Junge. Es ist magisch. Spürst du es denn nicht?« Er deutete auf die zwei großen Treppen, die aus verschiedenen Richtungen in den ersten Stock hinaufführten. »Dort wird der Baum aufgestellt. Ich habe mich genau dort drüben hingekniet. Es war der glücklichste Tag in meinem Leben.«

Ich wusste, dass die letzten Jahre für ihn nicht einfach gewesen waren. Aber es war ziemlich verrückt, wie er sagen konnte, dass der Tag, an dem er einer Frau einen Heiratsantrag gemacht hatte, die nun seine Ex-Frau war, der glücklichste seines Lebens war. »Ich verstehe es nicht. Sie sind geschieden. Sie sagten selbst, dass die Dinge kein gutes Ende genommen haben. Kann der Beginn von etwas, das schlimm geendet ist, der glücklichste Tag Ihres Lebens sein?«

»Ein guter Tag mit meiner Eliza war so viel wert wie hundert schlechte Tage, an denen ich allein war. Wir bekommen nur ein Leben, mein Sohn. Aller Wahrscheinlichkeit nach werde ich eines Tages in diesem Stuhl sitzend allein sterben. Aber weißt du was? Wenn ich hier sitze, denke ich sehr viel zurück an die guten Zeiten. Ich bin jetzt vielleicht allein, aber ich habe trotzdem noch Erinnerungen, die mir Gesellschaft leisten. Bittersüße Erinnerungen sind besser als Reue.«

Just in diesem Moment sah ich aus dem Augenwinkel, wie Sophia zusammen mit Scarlett die Eingangshalle durch die

Drehtür betrat. Sie hielt eine Einkaufstasche in der Hand, aber ihre Freundin mindestens ein halbes Dutzend. Sie lachten und es brachte mich zum Lächeln, dass sie ihren Tag genossen hatte.

Die Frauen hatten die Eingangshalle fast schon halb durchquert, als Sophia sich umsah. Es hatte den Anschein, als spürte sie, dass jemand sie beobachtete. Sie ließ den Blick dorthin schweifen, wo ich mit Mr. Thorne saß, und schaute dann überrascht ein zweites Mal hin. Sie beugte sich zu Scarlett und sagte etwas zu ihr, dann kamen die beiden in unsere Richtung.

Ahnungslos stieß Mr. Thorne mich mit dem Ellbogen an. »Sieh jetzt nicht hin, aber zwei hübsche Weiber kommen in unsere Richtung. Die Linke ist für mich reserviert.«

Ich schüttelte den Kopf. »Das glaube ich nicht, alter Mann. Die ist bereits vergeben.«

Sophias Lächeln war eine Mischung aus Neugier und Belustigung, als sie sich näherte.

»Hi.«

Ich nickte mit dem Kinn zu Scarletts Einkaufstaschen. »Sieht so aus, als bräuchtest du für deine Heimreise einen weiteren Koffer.«

»Der Laden liefert den Rest. Ich konnte nicht alles tragen.« Ich lächelte und schüttelte den Kopf.

»Sie macht keine Witze«, sagte Sophia. »Das Zeug wird wirklich geliefert. Ich wusste nicht einmal, dass der Laden so etwas anbietet.«

Mr. Thorne räusperte sich neben mir.

»Verzeihung. Sophia, Scarlett, das hier ist Walter Thorne.«

Die Frauen reichten ihm nacheinander die Hand. »Es freut mich, Sie kennenzulernen, Mr. Thorne«, sagte Scarlett.

»Bitte, nennen Sie mich Walter«, antwortete er.

»Was zur Hölle?«, sagte ich. »Ich muss Sie Mr. Thorne nennen und diese beiden, die Sie gerade erst kennengelernt haben, dürfen Sie Walter nennen?«

»Wenn du so hübsch wärst wie sie, könntest du mich nennen, wie du willst.«

Ich rollte mit den Augen. »Sie sind unglaublich. Vielleicht sollten die beiden Ihnen von jetzt an Ihre Rubbellose bringen.«

Mr. Thorne winkte ab. »Ein alter Mann sollte förmlich angesprochen werden, zumindest so lange, bis es sich jemand verdient hat, ihn beim Vornamen zu nennen.«

Es hatte mich nicht wirklich geärgert, bis er das sagte. »Und ich habe ihn mir noch nicht verdient?«

Er legte den Kopf schief. »Nicht ganz.«

Sophia lachte. »Ich gehe davon aus, dass ihr beide euch schon eine Weile kennt?«

»Zu lange«, brummte ich.

Er beugte sich zu den Frauen und senkte die Stimme. »Wisst ihr, was enge Jeans und ein billiges Hotel gemeinsam haben?«

»Was?«, fragte Sophia.

»Keinen Ballsaal.«

Beide Frauen lachten, was Mr. Thorne bloß anstachelte.

»Ein Mann geht nach der ersten Verabredung mit einer Frau aufs Hotelzimmer«, sagte er. »Es läuft gut und sie entkleiden sich. Der Mann zieht seine Schuhe und Socken aus und der Frau fällt auf, dass seine Zehen ganz knorrig und verdreht sind. Sie fragt: ›Was ist mit deinen Zehen los?‹, woraufhin der Mann antwortet: ›Ich hatte Zolio.‹ Sie fragt: ›Zolio? Meinst du Polio?‹ Er schüttelt den Kopf. ›Nein, ich hatte Zolio.‹

Einige Minuten später zieht der Mann seine Hose aus und der Frau fällt auf, dass seine Knie ganz vernarbt sind. Sie fragt: ›Was ist mit deinen Knien los?‹ Der Mann antwortet: ›Ich hatte die Knasern.‹ Die Frau entgegnet: ›Knasern? Meinst du die Masern?‹ Wieder schüttelt er den Kopf. ›Nein. Ich hatte die Knasern.‹

Als es richtig zur Sache geht, zieht der Mann endlich seine Boxershorts aus. Die Frau blickt nach unten und sagt: ›Wie schade, du hattest auch Kleinwuchs.‹«

Wieder fingen beide Frauen schallend an zu lachen und ich rieb mir mit der Hand über das Gesicht. »Also gut, ich denke, das ist mein Stichwort, um von hier zu verschwinden. Nach diesem Beginn wird es nur noch schlimmer.«

Wir verabschiedeten uns und Mr. Thorne breitete vor Sophia die Arme aus. Sie lächelte und beugte sich für die angebotene Umarmung nach unten. Ich hörte, wie er sie mehr als nur umarmte, obwohl er sein Möglichstes versuchte, leise zu sprechen.

»Gib ihn nicht allzu schnell auf, in Ordnung, Liebes?«, flüsterte er. »Er zieht immer mal wieder den Kopf aus seinem Hintern, und dann glätten sich alle seine rauen Kanten.«

KAPITEL NEUNZEHN

Sophia

Am nächsten Morgen kam Louis, der Geschäftsführer, zu meiner Suite, um einen Stapel Berichte vorbeizubringen, die unser Anwaltsteam benötigte. Er legte sie auf dem Schreibtisch ab und bemerkte den leeren Blumenkarton, der dort lag, zusammen mit zwei Dutzend Rosen, die mit den Blüten nach unten aus dem Papierkorb daneben ragten.

»Habe ich Ihren Geburtstag verpasst?«, fragte er.

»Nein. Mein Geburtstag ist im Oktober.«

Als ich ihm keine weitere Erklärung bot, verstand er den Hinweis und nickte.

»Warum nehme ich die nicht einfach mit? Ich bin auf dem Weg nach unten zur Laderampe, wo sich der Müllcontainer befindet. Ich werde dafür sorgen, dass sie Ihnen nicht mehr im Weg sind, und dem Reinigungsdienst den Weg ersparen, sie nach unten bringen zu müssen.«

»Ähhh … sicher, das wäre toll. Vielen Dank.«

Er nahm den Karton und stopfte die Rosen aus dem Papierkorb wieder hinein. »Haben Sie die anderen weggeworfen? Ich kann sie ebenfalls mitnehmen, wenn Sie wollen.«

»Die anderen?«

Louis nickte. »Die von Park Florist, dem Blumenladen um die Ecke. Sie wurden etwa eine halbe Stunde nach diesen hier gebracht.«

»Sind Sie sicher, dass sie für mich waren?«

»Ich bin mir sehr sicher. Ich hätte schwören können, dass Matt, der reguläre Lieferant, gesagt hat: ›Blumen für Sophia Sterling.‹« Louis schüttelte den Kopf. »Aber vielleicht habe ich es falsch verstanden. Ich kann noch einmal bei Mr. Lockwood nachfragen.«

»Weston? Warum sollte er das wissen?«

»Er kam zu mir und sagte, er würde sich um die Lieferung kümmern.«

Mhh … irgendetwas sagte mir, dass Louis sich nicht verhört hatte. Aber wer hätte mir sonst noch Blumen schicken können und warum sollte Weston dafür Sorge tragen, dass diese zugestellt werden und nicht die anderen?

»Machen Sie sich darum keine Sorgen. Ich werde mich bei Weston erkundigen. Vielen Dank, dass Sie es mich haben wissen lassen.«

Nachdem Louis gegangen war, musste ich die Berichte zu meinem Anwaltsteam bringen und verschob es, Weston zu fragen. Dann hatte ich vormittags plötzlich so viel zu tun, dass ich es vergaß, bis ich auf dem Weg war, um mir einen gemischten Salat für ein spätes Mittagessen zu besorgen, und das Schild über dem Gebäude ein paar Häuser weiter erblickte. *Park Florist.*

Spontan beschloss ich hineinzugehen.

»Hi. Ich habe gestern eine Blumenlieferung bekommen. Ich glaube, sie kam von diesem Floristen, aber die Karte hat gefehlt, deswegen weiß ich nicht, von wem sie stammt.«

Die Frau hinter dem Ladentisch runzelte die Stirn. »Oh nein. Das tut mir sehr leid. Ich werde nachsehen, welche Bestellungen wir haben.«

Ich lächelte. »Das wäre wunderbar.«

»Könnten Sie mir bitte Ihren Ausweis zeigen?«

»Natürlich.« Ich kramte meinen Führerschein aus der Handtasche und reichte ihn der Frau.

Sie lächelte. »Sophia Sterling. Ich erinnere mich an den Herrn, der hereinkam und die Blumen bestellt hat. Er sah ziemlich gut aus, wenn Sie mir gestatten, das sagen zu dürfen, und war sehr wählerisch bei dem, was er ausgesucht hat. Ich sollte die Karte in unserem System haben. Wir bitten unsere Kunden, ihre Nachricht auf unserem iPad zu schreiben, damit wir sie hübsch ausdrucken können und keine Fehler machen.«

»Danke. Das wäre toll.«

Die Frau tippte etwas auf ihrem Computer und ging dann zu einem Drucker, aus dem sie eine kleine, maschinengeschriebene Blumenkarte nahm. Lächelnd reichte sie sie mir. »Hier, bitte. Ich bitte nochmals um Verzeihung.«

Ich sah darauf und las sie.

Die Lippen in deinem Gesicht schmecken fast so gut wie die zwischen deinen Beinen. Verzeih den plötzlichen Aufbruch. Lass es mich wiedergutmachen.
Abendessen um 7 in meinem Zimmer.

Ich war mir nicht sicher, ob die Floristin es gelesen hatte oder nicht, aber ich spürte, wie meine Wangen trotzdem erröteten.

»Äh, danke. Einen schönen Tag.« Ich eilte zur Tür, aber auf dem Weg nach draußen fiel mein Blick auf einen Kühlschrank voller bunter Blumen. Ich drehte mich wieder um. »Was für Blumen waren das, die Sie mir geschickt haben? Ich habe sie noch nie zuvor gesehen.«

Die Floristin lächelte. »Violette Kaktusdahlien. Sie sind hübsch, nicht wahr?«

Ich tat so, als wüsste ich, wie sie aussehen. »Ja, das sind sie.«

»Wissen Sie, als Floristin ist man in gewisser Weise wie ein Priester. Zu uns kommen Menschen, die nach Vergebung für ihre Sünden suchen, und andere schicken Blumen an Frauen, mit denen sie nicht verheiratet sind. Sie wären fasziniert, wie viele Menschen uns persönliche Geschichten erzählen, während sie einen Strauß aussuchen. Wir machen es uns zur Regel, die Angelegenheiten unserer Kunden vertraulich zu behandeln. Aber ich denke nicht, dass es schlimm ist, wenn ich Ihnen sage, dass der Herr, der Ihnen diese Blumen geschickt hat, eintrat und sich direkt für diese Dahlien entschied. Ich fragte ihn, ob es Ihre Lieblingsblumen seien, worauf er antwortete, er sei sich nicht sicher, aber dass sie wunderschön und einzigartig seien, wie die Frau, der er sie schicke.«

Mein Herz flatterte ein wenig. Nur Weston Lockwood konnte meine Emotionen dazu bringen, wie ein Tischtennisball herumzuhüpfen. Die Nacht, die wir zusammen verbracht hatten, war großartig gewesen – wunderbar und herzerwärmend und körperlich so unglaublich befriedigend. Aber am nächsten Morgen schien er sich zu distanzieren. Obwohl wir sehr viel über Caroline gesprochen hatten, was nicht einfach für ihn war. Nachdem er gegangen war, versuchte ich das, was sich wie ein Rückzug angefühlt hatte, einzig auf schlechte Stimmung zu schieben.

Dann kam die Blumenlieferung von Liam an und die Blumen, die Weston mir geschickt hatte, kamen *nicht* an. Und dann war da noch Mr. Thorne. Wer war er? In den wenigen Minuten, die ich mit den beiden verbracht hatte, konnte ich schon sehen, dass zwischen ihnen eine interessante Dynamik bestand.

Ich lächelte die Floristin an, denn ich war nun verwirrter, als ich es bei meinem Eintreten gewesen war. »Vielen Dank, dass Sie mir das mitgeteilt haben.«

Draußen auf der Straße fing ich an, eine SMS an Weston zu schreiben, beschloss aber dann, dass ich sein Gesicht sehen wollte, wenn ich ihn nach den zwei Lieferungen fragte. Stattdessen schickte ich ihm eine kurze, vage Nachricht.

Sophia: Ich muss mit dir über ein Lieferproblem sprechen. Hast du Zeit?

Bis ich meinen Salat gekauft hatte und zum Hotel zurückgegangen war, hatte mein Telefon mich mit einem Benachrichtigungston über den Eingang der Antwort informiert.

Weston: Ich bin in Florida. Ist das etwas, das wir übers Telefon besprechen können?

Was?

Sophia: Wann bist du nach Florida geflogen?

Weston: Heute Morgen.

Ich wusste nicht wieso, aber ich war etwas verletzt, dass er diese Reise vor mir nicht erwähnt hatte. Aber vielleicht handelte es sich um einen Notfall und etwas stimmte nicht. Ich wusste, dass sein Großvater dort lebte, an der entgegengesetzten Küste meines Großvaters.

Sophia: Ist alles in Ordnung?

Weston: Ja, alles ist gut.

Ich grübelte darüber nach, warum er nicht erwähnt hatte, dass er wegfliegen würde. Immerhin führten wir zusammen ein Hotel. Also selbst, wenn zwischen uns nichts Persönliches vorgegangen wäre, wäre es nett gewesen, wenn er mir Bescheid gesagt hätte. Aber darüber wollte ich nicht per SMS sprechen. Stattdessen beschloss ich, zu warten und dieses Gespräch persönlich zu führen, wobei ich die Sachen mit den Blumen ebenfalls ansprechen würde.

Sophia: Es kann warten. Ruf mich an, wenn du wieder zurück bist.

Zwei Tage später hatte ich immer noch kein weiteres Wort von Weston gehört. Die Tür zu seinem Büro war weiterhin verschlossen und er hatte mich nicht wie gebeten angerufen, um mir mitzuteilen, dass er wieder da war. Scarlett war heute Vormittag zurück nach London geflogen und ich hatte den Großteil des Nachmittags mit dem Rechtsanwalts- und Buchhaltungsteam verbracht, um die Liste der Vermögenswerte fertigzustellen, die immer noch bewertet werden mussten. In weniger als drei Wochen mussten wir unser Gebot abgeben, um den Minderheitsanteil von der Wohltätigkeitsorganisation zu erwerben.

Gegen neunzehn Uhr ging ich runter zum Empfangstresen, um mich mit der Rezeptionsleiterin zu unterhalten, da Louis heute freihatte. Während ich dort war, brachte ein Bote ein Paket, und ich hörte, wie der Hotelpage zu einer der Mitarbeiterinnen sagte: »Ich werde das hier zu Mr. Lockwood raufbringen. Ich bin in fünf Minuten wieder zurück, falls irgendjemand nach mir suchen sollte.«

Die Mitarbeiterin nickte. »Kein Problem. Ich werde deinen Arbeitsplatz im Auge behalten.«

Ich ging zu ihnen hinüber und unterbrach die beiden. »Mr. Lockwood ist nicht in der Stadt. Aber er hat hinten im Büro des Geschäftsführers ein Postfach.«

Die Mitarbeiterin sah verwirrt aus. »Ist er schon wieder weg? Ich habe ihn vor ein paar Stunden noch gesehen.«

»Sie haben Weston heute gesehen?«

Sie nickte. »Er kam heute früh gegen elf mit seinem Gepäck.«

Was zur Hölle? Er ist zurück? Wo zum Henker war er heute den ganzen Tag und warum hat er mich nicht angerufen, wie er es hätte tun sollen?

Ich zwang mich zu einem Lächeln und streckte dem Hotelpagen die Hand entgegen. »Ich werde es ihm bringen. Mir war nicht klar, dass er schon wieder zurück ist, und außerdem muss ich ihm sowieso noch einige Berichte bringen.«

Während der gesamten Aufzugfahrt bis zum achten Stock schmorte ich. Was zur Hölle war sein Problem? Wenn er sich von dem, was zwischenmenschlich zwischen uns vor sich ging, distanzieren wollte, war das eine Sache. Aber ich hatte ihm gesagt, ich hätte etwas Geschäftliches zu besprechen, und er hatte nicht einmal die Höflichkeit besessen, mich wissen zu lassen, dass er wieder in der Stadt war?

An seiner Tür angekommen atmete ich tief ein und klopfte. Auf dem gesamten Korridor war es still, sein Büro eingeschlossen. Nach ein oder zwei Minuten ohne ein Zeichen von Weston fragte ich mich, ob die Mitarbeiterin sich vielleicht geirrt hatte. Seufzend kehrte ich mit seinem Paket zum Aufzug zurück. Aber als die silbernen Türen sich öffneten, raten Sie mal, wer im Inneren war?

»Du bist zurück?«, fragte ich.

Weston trat aus dem Aufzug. »Brauchst du etwas?«

»Bist du heute Morgen zurückgekommen?«

»Gegen Mittag. Vielleicht um kurz vor zwölf.«

»Wo warst du?«

»In Florida. Das habe ich dir neulich doch schon gesagt.«

»Nein, ich spreche vom gesamten Nachmittag. Ich bin vorhin an deinem Büro vorbeigegangen und die Tür war verschlossen.«

Er wandte den Blick ab. »Ich hatte viel zu tun und habe die Tür geschlossen gehalten.«

Ich kniff die Augen zusammen. »Ich dachte, du wolltest mich anrufen, wenn du wieder da bist.«

Er wich meinem Blick weiter aus. »Wollte ich das?«

»Ja, erinnerst du dich nicht? Ich habe dir neulich eine SMS geschrieben und gesagt, ich wolle mit dir über ein Lieferproblem sprechen.«

Der anliegende zweite Aufzug läutete und die Tür öffnete sich. Eine Frau vom Reinigungsdienst schob einen Wagen heraus und wir grüßten uns höflich. Sie stellte den Wagen zwei Zimmer vom Aufzug entfernt ab und schob einen Keil unter die Tür, damit sie nicht zufiel.

Ich sah Weston an und wartete auf seine Antwort.

Er zuckte mit den Schultern. »Das muss mir entfallen sein. Was gibt's?«

Weil das Zimmermädchen im nahe gelegenen Zimmer ein und aus ging, Bettwäsche hinein und den Müll nach draußen trug, wollte ich dieses Gespräch nicht im Flur führen.

»Meinst du, wir können uns in deinem Zimmer darüber unterhalten?«

Weston schien kurz zu zögern, doch dann nickte er. Unter betretenem Schweigen gingen wir zusammen zu seinem Zimmer. Ich war mir nicht sicher, was los war, wusste aber ganz sicher, dass *etwas* los war.

In seinem Zimmer fiel mir als Erstes der riesige Blumenstrauß auf seinem Schreibtisch auf. Er war immer noch in Papier gewickelt, auf dem über und über das Logo von *Park Florist* gedruckt war.

»Blumen?«, fragte ich und zog eine Augenbraue hoch. »Hast du eine heimliche Verehrerin?«

Er ging zur Minibar und nahm ein Wasser heraus. »Ich … äh … bevor ich abgereist bin, wollte ich dem Hotelpagen einen Gefallen tun und sie einem Gast bringen. Aber der Gast hatte schon frühzeitig ausgecheckt. Weil ich spät dran war, habe ich sie einfach hiergelassen. Ich muss sie wegwerfen.«

»Ach, wirklich? Das wäre sehr schade. Was für Blumen sind das?«

Also, heute hatte ich eine Sache über Weston gelernt. Er war wirklich ein richtig schlechter Lügner. Er konnte mir anscheinend nicht in die Augen sehen, wenn er eine weitere Lüge aussprach.

Er zuckte mit den Schultern. »Keine Ahnung. Ich habe sie mir nicht angesehen.«

Ich starrte ihn an, bis er meinen Blick erwiderte.

»Was?«, fragte er.

»Nichts. Es scheint nur eine Schande zu sein, frische Blumen wegzuwerfen. Vielleicht kann ich sie mitnehmen. Ich liebe Blumen.« Weil es mir wirklich Spaß machte, ihn auf die Schippe zu nehmen, fügte ich hinzu: »Es sei denn, es sind Dahlien. Die mag ich nicht besonders und von ihnen muss ich niesen.«

Weston hatte wieder weggesehen, doch jetzt blickte er mir in die Augen. Ich sah zu, wie die Zahnräder in seinem Kopf sich bewegten und er versuchte, sich zu entscheiden, wie er fortfahren wollte.

Am Ende beschloss er, vorsichtig zu sein. »Nur Dahlien?«

Ich setzte ein Lächeln auf, das irgendwo zwischen selbstzufrieden und freundlich anzusiedeln war und das nur zu seiner Verwirrung beitrug. »Ja. Nur Dahlien. Genauer gesagt, die violetten Kaktusdahlien sind am allerschlimmsten. Von denen muss ich niesen und niesen und niesen …«

Seine Augen, die er bereits zusammengekniffen hatte, wurden noch schmaler. Aus diesem Grund lächelte ich breiter und setzte noch einen obendrauf.

Ich ging zu den Blumen auf der anderen Seite des Zimmers und berührte die Karte, die immer noch an das Papier geheftet war. »Warst du denn gar nicht neugierig, was in der Karte steht?«

Weston blieb wie angewurzelt auf der Stelle stehen. Er sah etwa fünfundsiebzig Prozent sicher aus, dass ich ihn nur auf den Arm nehme, aber die restlichen fünfundzwanzig Prozent wollten abwarten, bevor er aufgab.

Er schüttelte langsam den Kopf. Als er dieses Mal sprach, sah er mir dabei fest in die Augen. »Nein. Es interessiert mich nicht im Geringsten.«

Ich fingerte an der Karte herum, löste sie jedoch nicht vom Papier. »Mhhh … Also, mich interessiert es schon. Ich hoffe, es macht dir nichts aus, wenn ich sie lese.«

Westons Kiefer zuckte, als ich seinen Bluff durchschaute.

»Das ist ein Eingriff in die Privatsphäre des Absenders«, brummte er. »Meinst du nicht?«

Ich riss die Karte vom Papier ab und lächelte. »Dann brauchst du sie ja nicht zu lesen.« Ich ließ mir alle Zeit der Welt, fuhr auf der Rückseite mit dem Fingernagel unter der Umschlagklappe entlang und öffnete sie. Um den dramatischen Effekt perfekt zu machen, zeigte ich Weston mein strahlendstes Lächeln, als ich die Karte langsam herausnahm.

Bevor ich das erste Wort lesen konnte, stand Weston in meinem persönlichen Bereich. Er riss mir die Karte aus der Hand, stützte sich mit den Händen links und rechts von mir am Schreibtisch ab und kesselte mich ein.

Seine Augen funkelten. »Verarsch mich nicht.«

Ich legte die Hand auf meine Brust und tat unschuldig. »Wieso, was meinst du denn?«

»Frag mich, was du mich fragen willst, Sophia.«

Ich tippte mir mit dem Fingernagel an die Lippen und sah an die Decke. »Mhh … ich habe so viele Fragen. Ich weiß nicht, wo ich anfangen soll.«

»Fang an, wo du willst. Denn wenn du Spielchen spielst, macht mich das einfach nur sauer. Und du weißt, was passiert, wenn wir sauer aufeinander werden.« Er beugte sich näher zu mir. Unsere Nasen waren nur wenige Zentimeter voneinander entfernt. »Oder, Soph?«

Sofort tauchten in meinem Verstand Bilder von mir auf, wie ich mit dem Rock bis zu den Hüften hochgeschoben an die Wand gepresst werde und Weston mit einer Handvoll meines Haares hinter mir steht.

Als ich nicht sofort antwortete, grinste er. »Ja, das. Ganz genau das, woran du denkst.«

Ich kniff die Augen zusammen. »Oh, jetzt weißt du also schon, was ich denke, was?«

»Du hast an das erste Mal gedacht, an dem wir zusammen waren.« Er nickte in Richtung Tür. »Ich habe dich dort gegen die Wand gepresst gefickt.«

Mir klappte die Kinnlade herunter.

Weston strich mit dem Daumen über meine Unterlippe. »Nun, vor einer Minute haben wir beide noch das Gleiche gedacht. Aber jetzt, da dieser hübsche Mund so einladend aussieht, erinnere ich mich an einen anderen Abend.«

Zum Glück stieg mir in diesem Moment der Duft der Blumen in die Nase und erinnerte mich an den Zweck meines Besuchs. Ich räusperte mich. »Warum hast du mir die Blumen gekauft und sie mir dann nicht gegeben?«

Weston spannte den Kiefer an. »Es hatte den Anschein, als hättest du noch eine Lieferung erhalten, und ich war der Meinung, du bräuchtest keine zwei Sträuße.«

Ich neigte den Kopf zur Seite. »Warum hast du es nicht *mir* überlassen zu entscheiden, welchen Strauß ich behalten möchte?«

Weston nahm die Hände vom Schreibtisch und verschränkte die Arme vor der Brust. »Es hat mich sauer gemacht, dass ein anderer Mann meinte, er hätte einen Grund, dir Blumen zu schicken.«

»Woher weißt du, dass ein anderer Mann sie geschickt hat? Vielleicht waren sie von einer Freundin?«

»Weil ich die verdammte Karte gelesen habe, Sophia.«

Ich verschränkte die Arme vor der Brust und ahmte seine Haltung nach. »Ach, wirklich? Hast du mir nicht gerade eben gesagt, es wäre ein Eingriff in die Privatsphäre des Absenders?«

»Und wenn die Rollen vertauscht wären? Kannst du mir

ehrlich versichern, dass du nicht heimlich auf die Karte geschaut hättest, wenn die Blumen für mich gekommen wären?«

Ich dachte darüber nach und schüttelte den Kopf. »Ich bin mir nicht sicher.«

Weston nickte mir kurz zu. »Du bist ein besserer Mensch als ich. Es ist passiert. Können wir es bitte vergessen?«

Ich schüttelte den Kopf. »Das mit den Blumen, ja … *nachdem* du dich dafür entschuldigt hast, in meine Privatsphäre eingegriffen und meine Lieferung abgefangen zu haben.«

Er hielt meinem Blick einige Sekunden lang stand, bevor er nickte. »In Ordnung. Ich bitte um Entschuldigung, dass ich die Karte gelesen habe. Die Lieferung, die ich abgefangen habe, kam von mir selbst, ich hatte also jedes Recht, das zu tun.«

Ich rollte mit den Augen. »Gut. Ich nehme deine halbherzige Entschuldigung an. Aber abgesehen von den Blumen habe ich noch andere Fragen.«

Weston brummte leise. »Natürlich hast du die.«

»Warum bist du neulich morgens so plötzlich verschwunden?«

Weston schüttelte den Kopf und atmete lange aus. »Unsere Situation ist kompliziert, Sophia. Das weißt du.«

»Ja, das weiß ich. Aber wir hatten gerade erst einen wirklich schönen Abend zusammen verbracht. Ich dachte, wir wären uns nähergekommen.«

»Bingo. Genau das ist die Komplikation an sich.«

Alles an uns beiden war kompliziert. Unsere Beziehung war schon vorbestimmt gewesen, kompliziert zu sein, bevor wir überhaupt geboren waren. Aber irgendetwas in meinem Inneren sagte mir, dass es nicht das war, was Weston an jenem Morgen verängstigt hatte.

»Also … dann hat es dich gestört, dass unsere Familien sich seit fünfzig Jahren streiten und wir im Grunde genommen Konkurrenten sind?«

Weston wandte den Blick ab. »Ja, das ist ein Teil davon.«

Ich lachte. »Genauso wie du anscheinend weißt, was ich denke, weiß ich, wann du Scheiße erzählst.«

Weston sah mir wieder in die Augen.

»Was war der andere Teil?«, fragte ich.

Er fuhr sich mit einer Hand durchs Haar und atmete abrupt aus. »Was willst du von mir hören? Dass ich ein Alkoholiker bin, der so ziemlich alles Wichtige in seinem Leben zerstört hat, und du zu gut für mich bist?«

»Wenn du so empfindest, dann ja.«

Er schüttelte den Kopf. »Selbstverständlich. Ich bin kein Idiot.«

»Also gut, wenn ich zumindest weiß, was du empfindest, werde ich mich nicht benutzt fühlen.«

Westons Gesicht nahm weichere Züge an. »Du hast dich benutzt gefühlt?«

Ich nickte.

»Das tut mir leid. Es war nicht meine Absicht, dir dieses Gefühl zu vermitteln.«

»Schon in Ordnung. Offensichtlich neigen wir beide dazu, vorschnelle Schlüsse zu ziehen.«

Weston nickte und sah zu Boden.

»War deine Reise nach Florida geplant? Wusstest du an jenem Morgen davon, als du das Zimmer verlassen hast?«

Er schüttelte den Kopf. »Ich musste mit meinem Großvater einige Dinge besprechen. Meiner Großmutter geht es nicht gut, deshalb reist er nur, wenn es absolut notwendig ist.«

»Das wusste ich nicht. Es tut mir leid, das zu hören.«

»Danke.«

Wir schwiegen einen langen Moment. Wir hatten uns ausgesprochen, aber einiges von dem, was er gesagt hatte, störte mich. Ich zögerte vermutlich genauso sehr wie er, mich auf die Sache einzulassen. Aber nichts von dem, was mich zögern ließ, hatte damit zu tun, dass er nicht gut genug war, und ich wollte, dass er das wusste.

»Darf ich dich etwas fragen?«, sagte ich.

»Was denn?«

»Gibt es einen Menschen, zu dem du mehr aufschaust als zu irgendjemand anderem?«

Sofort nickte er. »Caroline. Sie hat sich nie selbst bemitleidet oder sich beklagt und sie hat nie aufgehört zu lächeln.« Er schüttelte den Kopf. »Sie hat mehr Zeit damit verbracht, sich meine Probleme anzuhören und zu versuchen, mich aufzuheitern, als sich zu beschweren.«

Ich lächelte. »Ich wünschte, ich hätte sie besser gekannt. Sie klingt sehr besonders.«

»Das war sie.«

»Der Mensch, zu dem ich mehr als zu irgendjemand anderem aufschaue, ist meine Mutter. Sie war Alkoholikerin.«

»Wirklich? Ich hatte keine Ahnung.«

Ich zuckte mit den Schultern. »Die meisten Leute wissen es nicht. Gott bewahre, dass irgendetwas Wahres über die Familie Sterling ans Licht kommt. Mein Vater hat uns verlassen, ohne sich noch einmal umzublicken, er hat aber immer dafür gesorgt, die Spuren meiner Mutter zu verwischen. Denn sie behielt den Namen Sterling, selbst nachdem sie geschieden waren.«

»Hat sie nach der Trennung angefangen zu trinken?«

Ich schüttelte den Kopf. »Ich wünschte, ich könnte das behaupten. Das würde mir einen weiteren Grund geben, meinen Vater zu verachten. Bis ich ins Teenageralter kam, hatte ich keine Ahnung, dass sie Alkoholikerin war. Nachdem sie erfahren hatte, dass sie Krebs hat, bin ich mit ihr zu einer Reihe von Ärzten gegangen. Einige schlugen vor, sie solle in eine Entzugsklinik gehen, bevor sie sich der ersten Operation unterzieht. Ob du es glaubst oder nicht, mich hat das verwirrt, obwohl ich sie jeden Tag habe trinken sehen. Meine Mutter trank Martinis aus teuren Kristallgläsern, deshalb dämmerte mir nie, dass sie ein Problem hatte. Alkoholiker tranken aus der Flasche, trugen schmutzige Klamotten, wurden betrunken und fielen hin. Sie waren nicht mit Perlen behangen und backten auch keinen Kuchen.«

Weston nickte. »Als ich in die Entzugsklinik ging, war ich ziemlich erstaunt, dass die Hälfte der Leute dort über fünfzig war und verdammt normal aussah.«

»Meine Mutter hat etwas anderes durchgemacht, um mit dem Trinken aufzuhören. Sie bekam ständig Kopfschmerzen und sah teilweise verschwommen, schob beides aber vermutlich auf den Kater. Das verzögerte ihre Diagnose. Als sie dem Arzt endlich von ihren Symptomen berichtete, hatte sie einen golfballgroßen Tumor im Gehirn. Sie war es einfach so gewohnt gewesen, alles zu verbergen, was mit ihrem Alkoholkonsum zu tun hatte.«

Weston nahm meine Hand und drückte sie.

»Aber ich will damit sagen, dass meine Mutter loyal, liebevoll, freundlich, klug und überaus großzügig war. Sie war der erste Mensch in ihrer Familie, der aufs College gegangen ist, und selbst nachdem sie meinen Vater geheiratet hatte, arbeitete sie weiter Teilzeit als Hilfsprofessorin. Die meisten Menschen dachten vermutlich, es handele sich um keine echte Stelle, da sie jemanden geheiratet hatte, der mehr Geld besaß, als sie jemals brauchen würde. Aber sie nahm ihren gesamten Gehaltsscheck und schickte ihn jede Woche zu ihren Eltern, weil sie etwas Hilfe brauchten. Und als mein Vater uns verließ, fing sie an, mehr zu unterrichten, und weigerte sich, auch nur einen Dollar von ihm anzunehmen, mit Ausnahme der Kosten für meine Schulbildung.«

»Wow.«

Ich lächelte. »Sie war alle diese wunderbaren Dinge. *Und* sie war ebenfalls Alkoholikerin. Ich werde nicht so tun, als hätte es keine schlechten Tage gegeben. Denn davon gab es reichlich.

Aber Alkoholismus ist eine Krankheit, kein Charakterzug, und er macht nicht den Menschen aus, der sie war.«

Weston starrte mich an. Ich konnte sehen, dass er in Gedanken versunken war, jedoch nicht, ob er verstand, warum ich es ihm erzählt hatte. Sein Gesichtsausdruck war intensiv und sein Adamsapfel hüpfte rauf und runter.

»Hast du eine Budgeterhöhung von fünfzigtausend Dollar für die Arbeit der Boltons genehmigt?«

Ich runzelte die Stirn. Ich hatte keine Ahnung, was ich von ihm als Reaktion auf mein aufrichtiges Geständnis hatte hören wollen, aber das ganz sicher nicht. »Ja. Sie brauchten eine Antwort, um eine Verzögerung zu vermeiden, und du warst nicht da.«

»Funktioniert dein Telefon nicht?«

Ich wurde wütend. »Ich *habe* dich einmal angerufen. Du hättest mich anrufen sollen, wenn du wieder da bist, was du nicht getan hast. Sie mussten eine tragende Wand mit Stahlstützen versehen, um dafür zu sorgen, dass sie das zusätzliche Gewicht des Daches tragen kann. Es ist nicht so, als hätte ich eine Rechnung für die Dekoration genehmigt. Wenn du in jede Entscheidung miteinbezogen werden willst, dann rate ich dir, hier zu sein.«

»Mach das nicht noch mal.«

Ich stemmte die Hände in die Hüften. »Dann sorge dafür, dass du verdammt noch mal erreichbarer bist.«

Westons Augen verdunkelten sich. »Du kennst dich im Bauwesen nicht gut genug aus, um große finanzielle Entscheidungen zu treffen, ganz besonders wenn Travis Bolton daran beteiligt ist. Er lässt seinen Charme spielen, und du fällst darauf herein.«

Vor zwei Minuten wollte ich ihn noch umarmen und jetzt zog ich ernsthaft in Erwägung, ihm ins Gesicht zu schlagen. »Fick dich.«

Er grinste. »Habe ich schon gemacht.«

Meine Augen wurden groß. »Fahr zur Hölle!«

Er blitzte mich an. »Dreh dich um.«

»Was?«

»Dreh dich um. Beuge dich über den Schreibtisch.«

Hatte er getrunken? Er musste rückfällig geworden sein und sich seinen verdammten Kopf angeschlagen haben, wenn er dachte, ich würde sogleich Sex mit ihm haben. »Ich habe keine Ahnung, was ich mir gedacht habe, als ich so freundlich zu dir war und mich dir geöffnet habe.« Ich schob mich an ihm vorbei und marschierte zur Tür.

Er rief mir nach. »Du vergisst deine Blumen.«

Ich hielt an und beschloss, ihm zu zeigen, was er mit seinen Blumen machen konnte. Ich ging zurück zum Schreibtisch und griff danach in der Absicht, sie in den Müll zu werfen. Aber bevor ich mich umdrehen konnte, hatte Weston sich an mich gedrückt.

»Ich weiß nicht, wie man freundlich ist, Soph«, flüsterte er mir ins Ohr. »Bei *dem hier* weiß ich, wie es funktioniert.«

Mein Puls raste und vor Wut zitterte ich beinahe. »Machst du Witze? Du hast mich zu einem Streit provoziert, weil du nicht weißt, wie du nett zu mir sein sollst?«

Er drückte seine Erektion an meinen Hintern. »Das kommt darauf an, wie du *nett* definierst. Ich würde sagen, dass es ziemlich nett ist, dich zu multiplen Orgasmen zu bringen.«

Ich wollte sauer sein, aber ich spürte, wie meine Entschlossenheit nachließ. »Du bist ein Arschloch, weißt du das?«

In seiner Stimme war ein Lächeln zu hören. »Ja, das weiß ich.« Er hielt inne. »Jetzt beug dich vornüber, Süße.«

Süße. Ein kleines Wort und ich schmolz dahin.

Ich stand da und überlegte. Ich wollte am liebsten zur Tür hinausgehen, aber es gelang mir irgendwie nicht, meine Füße dazu zu bringen, dass sie meinem Gehirn gehorchten.

Weston strich mir das Haar aus dem Nacken und küsste mich bis zum Ohr hinauf. »Ich habe dich vermisst, Babe.« Er schlang eine Hand um meine Taille, fasste mir zwischen die Beine und knautschte den Stoff meines Rockes zusammen. »Sag mir, dass du feucht für mich bist.«

Ich war auf dem Weg dorthin, aber das wollte ich nicht zugeben. »Willst du, dass ich deinen Job übernehme? Reicht es nicht aus, dass ich dich zwei Tage lang vertreten habe?«

Er lachte. »Ich werde mich in Kürze bei dir revanchieren.«

Weston schob meinen Rock und Slip zur Seite und strich einmal von oben nach unten, bevor er zwei Finger in mich einführte. Ich brauchte weniger als drei Minuten, um durch seine Hand zu kommen, und zehn Sekunden später beugte ich mich auch schon über den Schreibtisch, als er sich in mich hineinschob. Als ich zum zweiten Mal kam, wackelte der Schreibtisch so stark, dass die Blumen zu Boden fielen. Weston sagte wieder und wieder meinen Namen, als er sich in mir entleerte. Es war schnell und wild, aber körperlich genauso befriedigend, als wäre es langsam und zärtlich gewesen.

Er beugte sich über meinen Rücken, während er versuchte, wieder zu Atem zu kommen. »Danke«, sagte er.

»Ich sollte diejenige sein, die dir dankt. Du hast den Großteil der Arbeit gemacht.«

Weston zog seinen Schwanz aus mir heraus und drehte mich um, damit ich ihn ansah. Er strich mir das Haar aus dem Gesicht. »Ich habe nicht von dem Orgasmus gesprochen. Ich habe über das gesprochen, was du mir vorhin erzählt hast.«

Ich packte sein Hemd mit beiden Händen und nickte. »Es gibt keinen Grund, mir dafür zu danken. Es war die Wahrheit. Deine Schwierigkeiten mit dem Alkohol brauchen dich nicht zu definieren. Irgendwann im Leben fällt jeder von uns einmal hin. Aber als du aufgestanden bist, standst du aufrechter. Darauf solltest du stolz sein.«

Eine Weile schaute er zu Boden, bevor er mir wieder in die Augen sah. »Lass uns morgen Abend zusammen essen.«

Wir hatten während der letzten Wochen ziemlich häufig zusammen zu Abend gegessen. »Okay …«

»Ich meine kein Abendessen unten im Restaurant, während wir über das Geschäftliche sprechen oder du mit mir isst, weil ich dich erpresse, mir beim Abendessen Gesellschaft zu leisten. Ich will eine Verabredung – eine echte Verabredung.«

Ich lächelte. »Das klingt nett. Das würde mir gefallen.«

»Lass uns nicht übertreiben und es *nett* nennen. Es wird weiterhin mit meinem Schwanz in dir enden.«

Ich lachte. »Ich erwarte nichts anderes.«

Leider hatte ich heute Abend immer noch eine Million Sachen zu tun, Sachen, die bis zum nächsten Morgen für das Bewertungsteam fertig sein mussten. Aus diesem Grund drückte ich meine Lippen auf seine und sagte: »Ich muss jetzt gehen. Ich habe heute Abend noch jede Menge Arbeit vor mir.«

Weston versteckte seine Schnute nicht. Ich strich meine Kleidung glatt und gab ihm einen letzten schnellen Kuss. An der Tür blickte ich mich noch einmal um.

»Ach übrigens, die Rosen habe ich sofort weggeschmissen, als ich sie bekommen habe, und ich habe keine Allergie gegen Dahlien. Du kennst meine Zimmernummer, also beseitige das Chaos hier und dann geh los und kauf mir neue.«

KAPITEL ZWANZIG

Sophia

Am nächsten Tag hörten die Lieferungen gar nicht mehr auf. Es fing um zehn Uhr morgens an und um zwei Uhr nachmittags hatte ich vier riesengroße Dahliensträuße. Jeder von ihnen hatte eine andere leuchtende Farbe und jeder kam von einem anderen Floristen.

Weston war mit seinem Team den ganzen Tag im Konferenzraum gewesen, ich hatte also nicht einmal Gelegenheit gehabt, ihm für die *erste* Lieferung zu danken, als er den Kopf in mein Büro steckte. Ich war gerade am Telefon und hielt einen Finger hoch, bedeutete ihm aber einzutreten, während ich das Gespräch mit meinem Vater beendete.

»Ja, das tue ich«, sagte ich. »Sie kennen unsere Frist und ich habe alles im Griff.«

Weston schloss die Tür hinter sich und sorgte dafür, dass er meine Aufmerksamkeit hatte, als er hinter sich griff und die Tür abschloss. Währenddessen verhörte mein Vater mich über jede einzelne Entscheidung, die ich hier im Hotel getroffen hatte, sowie die endlos lange Liste an Dingen, die ich immer noch erledigen musste. Aber seine Worte wurden langsam leiser, als ich beobachtete, wie der Mann mit dem teuflischen Grinsen auf mich zukam.

Weston Lockwood war auf eine gute Weise sündhaft. Er hatte eine Kieferpartie, die einen Bildhauer zum Weinen bringen würde, und Augen, mit denen er mich ständig auszog. Aber es war sein schiefes, schmutziges Lächeln, das mir immer den Rest gab. Er trat hinter meinen Schreibtisch, lehnte sich mit dem Hintern dagegen und lockerte lässig seine Krawatte.

»Und was ist mit diesen laufenden Gerichtsverfahren?«, fuhr mein Vater mich an. »Hat Charles sich wegen der potenziellen Risiken, die sie für uns bergen, schon bei dir zurückgemeldet?«

Weston zog sich die Krawatte vom Hals und wickelte die Enden um seine Fäuste.

»Ähhh … Ja. Er hat mir wegen des Sturzes durch Ausrutschen seine Meinung geschickt, ich warte aber immer noch auf seine Einschätzung der anderen beiden Verfahren.«

»Es gibt *vier* ausstehende Gerichtsverfahren, Sophia!«, brüllte mein Vater. »Was machst du in diesem Hotel? Muss ich denn jeden Tag dort sein?«

Weston hielt die Hände hoch – die Krawatte zwischen ihnen straff gespannt. Mit halb geschlossenen Augen ließ er den Blick über meinen Körper schweifen, als würde er darüber nachdenken, was er zuerst damit fesseln wird. Davon abgelenkt hatte ich zwar gehört, was mein Vater gesagt hatte, meine Antwortkapazitäten bewegten sich jedoch in Zeitlupe.

»Ich glaube, ich muss mich wieder ins Flugzeug setzen.«

Das riss mich aus meinem Nebel heraus. Ich schüttelte den Kopf und wandte mich von Weston ab. »Nein, nein. Das ist überhaupt nicht notwendig. Es gibt vier Gerichtsverfahren. Das wusste ich. Ich habe mich nur versprochen.«

»Morgen früh will ich einen Lagebericht haben«, brummte er.

»Gut. Dann sprechen wir morgen miteinander.«

Wie üblich machte er sich nicht die Mühe, sich zu verabschieden. Er legte einfach auf. Normalerweise würde ich nach so einem Gespräch herumsitzen und grollen, aber mit dem Glitzern in Westons Augen war es unmöglich, wütend zu sein.

Ich warf mein Handy auf den Schreibtisch und drehte mich auf meinem Stuhl zu ihm um.

»Ich glaube, du hast es mit den Blumen ein wenig übertrieben.« Ich lächelte.

Er richtete den Blick auf meine Lippen. »Hattest du jemals Sex mit verbundenen Augen?«

Okay, dann ... ich schätze, wir sprechen nicht über die Blumenlieferungen. Ich schlug die Beine übereinander. »Nein, hatte ich nicht. Hast du schon jemals irgendwem die Augen verbunden?«

Er schüttelte den Kopf, was mich überraschte. »Du wirst die Erste sein.«

Ich zog eine Augenbraue nach oben. »Du bist dir deiner Sache ja sehr sicher, was?«

»Und in der Öffentlichkeit?«

»Zählt es im Auto?«

»Das kommt darauf an. Wo war der Wagen geparkt?«

»Auf einem Parkplatz am Strand, nachdem er geschlossen war.«

Weston lächelte. »Dann nein. Das zählt nicht.«

»Was ist mit dir? Hattest du schon einmal Sex in der Öffentlichkeit?«

»Nicht in nüchternem Zustand.«

So lächerlich es auch war, ich verspürte einen Stich der Eifersucht. »Also dann hast du diese Erfahrung schon gemacht und ich bin nicht darauf aus, eine weitere Kerbe in deinem Bettpfosten zu sein.«

Westons Lächeln wurde zu einem breiten, rotzfrechen Grinsen. »Du bist süß, wenn du eifersüchtig bist.«

Ich verschränkte die Arme vor der Brust. »Ich bin nicht eifersüchtig.«

»Wir haben jetzt eine Besprechung, andernfalls hätte ich mich gern mit dir darüber gestritten, wer recht hat und wer falschliegt. Oder dich zumindest auf deinen Schreibtisch gesetzt und dir die Muschi ausgeleckt, während du versuchst, mir das Haar auszureißen.«

Oh ... Das klang gut.

Weston las meine Gedanken und lachte. »Merk dir, wo wir stehen geblieben sind. Es gibt noch ein Problem auf der Baustelle und ich habe Sam gesagt, wir gehen nach oben, um es zu besprechen.«

Ich hätte enttäuscht sein sollen, dass wir uns mit noch einer weiteren Sache herumschlagen mussten, aber seien wir doch ehrlich, ich wollte worum auch immer es sich handelte einfach nur aus der Welt schaffen und wieder dort weitermachen, wo wir aufhören mussten.

Ich stand auf. »Okay. Gehen wir.«

Weston ging mir nicht aus dem Weg. Stattdessen legte er die Hand in meinen Nacken, zog mich an sich und gab mir einen zärtlichen Kuss auf die Lippen. »Gern geschehen«, sagte er an meinem Mund.

»Wofür danke ich dir?«

»Die Blumen. Und nein, ich habe es nicht ein bisschen übertrieben. Du hast gesagt, dass du sie magst, also sollst du sie auch haben.«

Mein Inneres fühlte sich ganz weich an. »Das ist lieb. Aber vier Lieferungen waren nicht notwendig. Die Geste war schon ausreichend. Obwohl ich mich darauf freue, dir für jede einzelne zu danken.«

»Das ist gut.« Er zwinkerte. »Denn es kommen noch sehr viel mehr als vier.«

Oben auf der Baustelle brauchten die Boltons uns nicht einmal auf das neueste Problem hinzuweisen. Die weit geöffnete Wand, in der sich Trockenfäule befand, erklärte sich von selbst.

Weston und ich warfen bereits einen Blick darauf, als Sam und Travis zu uns kamen.

»Die gesamte Wand muss entfernt werden«, sagte Travis. »Darüber befinden sich einige undichte Rohre, die vermutlich schon seit Jahren lecken. Das Holz ist weich und verzogen.«

Die Wand führte an der gesamten Länge des Ballsaales entlang. Sie war mindestens dreißig Meter lang.

»Was ist mit dem Leck an sich?«, fragte Weston. »Wie viel von dem Rohr muss ausgewechselt werden?«

»Wir können das Leck wahrscheinlich eindämmen und das aktuelle Problem beheben, aber das ist nur eine Notlösung. Alle Rohre, die an der Decke verlaufen, sollten ausgetauscht werden. Sie sind ziemlich stark zerfressen. Jetzt ist der richtige Zeitpunkt dafür, da die Wände geöffnet sind. Aber das bedeutet ebenfalls eine Verzögerung von mindestens ein paar Tagen und eine weitere Rechnung für die Rohrleitungen.«

Weston und ich sahen einander an. Ich schüttelte den Kopf. »Lass uns die Sache einfach richtig machen. Uns fehlt gerade noch, dass wir Veranstaltungen hier drinnen abhalten und die Rohre anfangen zu lecken.«

Weston nickte. »Ich stimme zu.« Er sah zu Sam. »Wie schnell können Sie uns einen Kostenvoranschlag vorlegen?«

»Ich kann mich sofort an die Arbeit machen und ihn bis zu meinem Feierabend um zwanzig Uhr bei Ihnen vorbeibringen.«

»Ich bin heute Abend nicht da«, sagte Weston.

Travis sah mich an und lächelte. »Ich kann ihn bei Sophia abgeben.«

Weston spannte den Kiefer an. »Sie ist heute Abend ebenfalls nicht da. Wir werden beide beschäftigt sein, *die ganze Nacht*. Morgen früh reicht auch.«

Travis warf uns einen fragenden Blick zu, war aber nicht so dumm nachzufragen. Stattdessen nickte er kurz. »In Ordnung. Klingt gut.«

Auf dem Weg nach draußen zog ich Weston auf. »Das war das Gleiche, wie an einen Feuerhydranten zu pinkeln.«

»Wovon sprichst du?«

»Wir werden beide *die ganze Nacht* beschäftigt sein? Du hast vielleicht nicht die Worte benutzt, aber es war ziemlich offensichtlich, was du sagen wolltest.«

Wir erreichten die Aufzüge und Weston drückte den Knopf. »Möchtest du gern darüber streiten? Dann könnten wir Sex in der Öffentlichkeit von meiner Zu-erledigen-Liste streichen. Ich bin mir sicher, dass es Saul vom Sicherheitsdienst großes Vergnügen bereiten würde. Da wir den Nachtwächterposten noch nicht neu besetzt haben, arbeitet er sehr viele Doppelschichten. Ich will ihm schon die ganze Zeit eine Flasche kaufen, um mich bei ihm zu bedanken. Aber ich glaube, er würde viel lieber zuhören, wie du stöhnst.«

Ich warf ihm einen finsteren Blick zu, als die Aufzugtür sich öffnete. Weston legte mir die Hand ins Kreuz und schob mich sanft als Erstes hinein.

»Warum gehe ich heute überhaupt mit dir Abendessen?«, fragte ich. »Du bist so ein Arsch.«

Er stellte sich im Aufzug hinter mich und flüsterte mir ins Ohr: »Weil du meinen Schwanz magst.«

Ich wand mich. »Er ist oft das Einzige, was ich an dir mag.«

Als die Tür sich im Stockwerk unserer Büros öffnete, trat ich heraus. Weston blieb im Aufzug stehen.

»Kommst du nicht mit?«, fragte ich.

Er grinste. »Später. Sei um halb sieben unten in der Eingangshalle, Sophia.«

KAPITEL EINUNDZWANZIG

Wessen geniale Idee war es gewesen, zum Abendessen in ein Restaurant auf die andere Seite der Stadt zu fahren, wo es Vorspeise, Hauptgang, Nachtisch und Tanz gab?

»Dieses Restaurant ist sehr hübsch.« Sophia blickte sich um. »Warst du schon einmal hier?«

Ich schüttelte den Kopf. »Hast du dein Haar für mich hochgesteckt?«

»Du tust das sehr oft, weißt du.«

»Was denn?«

»Ich stelle dir eine Frage und anstatt sie zu beantworten, stellst du mir eine Frage zu einem vollkommen anderen Thema.«

»Ich schätze, ich denke nur an das Eine, wenn ich in deiner Nähe bin.«

Sie lächelte. »Ja, habe ich.«

Eine Sekunde lang war ich verwirrt. Sie hatte meine Frage über ihr Haar aufgegriffen. »Danke. Aber da du das getan hast, kannst du davon ausgehen, dass ich den gesamten Abend abgelenkt sein werde.«

Sophia sah noch wundervoller aus als sonst. Sie trug ein rotes Nackenträgerkleid, bei dem eine Menge von ihrem Dekolleté zu sehen war. So wie das Oberteil um ihren Hals geschlungen war, kamen ihre Schlüsselbeine zur Geltung, die ich so sehr mochte. Ich bewegte meine Augen vor und zurück, als würde ich ein Tennisspiel ansehen, und blickte zwischen ihren runden, vollen Brüsten und ihrem verführerischen Hals hin und her.

Ich hielt die Speisekarte schon einige Minuten in der Hand und hatte den Kopf gesenkt, ohne jedoch ein einziges Wort gelesen zu haben. Als der Kellner kam, um unsere Bestellung aufzunehmen, war ich mir deswegen nicht einmal sicher, welche Optionen wir hatten.

»Ich hätte gern den Seebarsch im Pistazienmantel«, sagte Sophia.

Ich reichte dem Kellner meine Karte. »Für mich auch.«

Als er sich entfernte, nippte Sophia grinsend an ihrem Getränk. »Du hast keine Ahnung, was in der Karte stand, nicht wahr?«

»Nein. Ich schätze, ich habe Glück, dass ich normalerweise das mag, was du magst.«

»Was geht in deinem Kopf vor, das dich so vereinnahmt, Lockwood?«

»Bist du dir sicher, dass du die Antwort auf diese Frage hören willst?«

Sie kicherte und ich hätte schwören können, dass in dem Moment eine Hitzewelle durch meine Brust schwappte. Ich war zuvor schon mit Kichertanten ausgegangen, aber Sophia war definitiv keine von ihnen. Tagsüber trug sie konservative Geschäftskleidung und strengte sich sehr an, ihre Fähigkeiten nicht durch übermäßige Weiblichkeit in den Hintergrund treten zu lassen. Sie lachte während eines Geschäftsessens und trug hohe Absätze – beides fand ich unsagbar sexy. Aber wenn sie im Verabredungsmodus war, änderte sich etwas. Sie nahm die Maske ab und all die aufgestaute Weiblichkeit sprudelte aus ihr heraus. Ja, ich fühlte mich von Sophia der Geschäftsfrau angezogen. Aber Sophia, die Frau, die bei einer Verabredung war und es sich gestattete, so unbeschwert zu kichern? Die war absolut faszinierend.

»Ich will die Antwort definitiv wissen«, sagte sie.

Ich griff nach meinem Wasser und trank das Glas halb aus. »In Ordnung. Du weißt, wie sehr ich deinen Nacken liebe?«

»Das weiß ich.«

»Nun, weil du heute Abend auch ein wundervolles Dekolleté hast, können meine Augen sich nicht entscheiden, wo sie hingucken sollen. Du siehst absolut umwerfend aus, Soph.«

Sie lächelte. »Danke. Aber ich muss zugeben, dass die Antwort sehr viel anständiger ist, als ich erwartet hatte.«

Ich beugte mich über den Tisch zu ihr. »Ich war noch nicht fertig. Während ich deine wunderschönen Brüste und die cremefarbene Haut an deinem Oberkörper und Hals anschaue, stelle ich mir vor, wie mein Sperma darauf verteilt aussehen würde. Ich habe darüber nachgedacht, ob ein Samenerguss ausreichend wäre, um alles zu bedecken, oder ob ich zweimal abspritzen müsste, um dich ordentlich zu benetzen.«

Sophia klappte der Kiefer herunter und sie lachte nervös. »Oh Gott ...«

Das Einzige, das mir besser gefiel als die weibliche Sophia bei einer Verabredung, war die erregte Sophia, der der Mund offen stand. Ich schob zwei Finger unter ihr Kinn und drückte ihren Kiefer wieder nach oben. »Ich werde noch verhaftet werden, wenn du dieses hübsche Ding nicht geschlossen hältst.«

Zu meinem Glück kam der Kellner zurück, um die Vorspeise zu servieren. Er erzählte uns einige Minuten lang von allen Desserts, da einige von ihnen eine Stunde im Voraus bestellt werden mussten. Ich war dankbar, dass Sophia nicht das Soufflé bestellte, weil ich vorhatte, meinen Nachtisch im Privaten zu verspeisen.

Als er weg war, trank Sophia etwas von ihrem Eiswasser. Als sie das Glas wieder auf den Tisch stellte, nahm sie sofort den

Cocktail, den sie bestellt hatte, und trank von diesem ebenfalls die Hälfte.

Ich lachte leise. »Ich bin ein wenig neidisch, dass ich nichts haben kann, was mich etwas beruhigt.«

»Darauf wette ich. Du musst verdammt angespannt herumlaufen bei dem ganzen Mist, der dir durch den Kopf geht.«

Wir lachten, was die sexuelle Anspannung von vor einigen Minuten zu lindern schien.

»Du hast beim Abschlussball auch Rot getragen«, sagte ich.

Sie zog die Augenbrauen zusammen. »Habe ich das? Ich kann mich gerade nicht einmal mehr daran erinnern, wie mein Kleid ausgesehen hat.«

Ich lehnte mich auf meinem Stuhl zurück und schloss die Augen. »Trägerlos. Etwas heller als die Farbe, die du jetzt trägst. Es hatte einen silbernen Glitzergürtel, der wie eine Schleife aussah.« Ich malte mit dem Zeigefinger einen Kreis in die Luft. »Du hattest diese silbernen Riemchensandalen an, die um deine Knöchel geschnürt waren. Du hast versucht, sie auszuziehen, als wir bei dir zu Hause ankamen, aber ich habe dich gebeten, sie anzubehalten.«

Sophias Gesicht hellte sich auf. »Oh mein Gott. Das stimmt! Wie um alles in der Welt erinnerst du dich daran?«

»Du vergisst nicht, wie das Kleid einer Frau aussieht, der du dein halbes Leben lang verstohlene Blicke zugeworfen hast, wenn es dir endlich gelingt, es ihr auszuziehen.«

»Du … du hast mir heimlich verstohlene Blicke zugeworfen?«

»Bei jeder Gelegenheit. Ich dachte, du wüsstest das. Aber dein Gesicht sagte mir gerade, dass ich damit falschlag. Ich schätze, ich habe es wohl doch gut versteckt.«

»Wahrscheinlich. Ich dachte tatsächlich, du hättest mich gehasst.«

Ich grinste. »Oh, das habe ich. Aber ich wollte dir auch den Verstand rausvögeln.«

Sie lachte. »Dann hat sich also nicht viel verändert?«

»Nein. Jetzt wünsche ich mir einfach, ich würde dich hassen.« Ich schüttelte den Kopf. »Es ist unmöglich, dich nicht zu l-« Ich fing mich gerade noch. »Liebenswert zu finden. Es ist unmöglich, dich nicht liebenswert zu finden.«

Sophia schien mein Ausrutscher nicht aufgefallen zu sein. Oder wenn es so war, ließ sie sich deswegen nichts anmerken.

»Da wir gerade die Wahrheit zugeben, auf der Highschool habe ich dir ständig nachgeschaut.« Sie lächelte. »Vielleicht auch auf der Mittelschule.«

»Es hat mir in den Fingern gejuckt, diesem Vollidioten, mit dem du ausgegangen bist, eine zu verpassen, sogar noch am Abend vor dem Abschlussball.«

»Also, irgendjemand hat das für dich übernommen. Ich bin mir nicht sicher, ob du es weißt, aber nachdem ich den Ball verlassen hatte, geriet er mit jemandem in Streit und hinterher war seine Nase gebrochen.«

»Das weiß ich. Es hat meine Familie zwanzigtausend gekostet, damit er keine Anzeige gegen mich erstattet.«

Sophias Augen wurden groß. »Du warst das? Warum hast du nie etwas gesagt?«

Ich zuckte mit den Schultern. »Ich habe es für keine große Sache gehalten. Er hat bekommen, was er verdient hat. Außerdem war es nicht so, als wären wir beide befreundet gewesen.«

»Ich schätze nicht.« Sophia war kurz still. Sie fuhr mit dem Finger durch das Kondenswasser an ihrem Glas, bevor sie wieder zu mir aufsah. »Sind wir jetzt Freunde?«

»Sag du es mir, Soph.«

Sie wartete einen Moment, bevor sie nickte. »Wenn ich an einen Freund denke, dann stelle ich mir jemanden vor, auf den ich mich verlassen kann. Jemanden, dem ich vertraue und den ich respektiere und mit dem ich außerdem gern Zeit verbringe. Deshalb, ja, ich glaube, wir sind Freunde. Weißt du, es ist schon komisch. Ich habe fast zwei Jahre mit Liam verbracht, hatte aber nie das Gefühl, mich auf ihn verlassen zu können.« Sie schüttelte den Kopf. »Ich hatte einmal einen kleinen Auffahrunfall, aber mein Airbag wurde ausgelöst und ich war danach etwas durcheinander. Ich rief Liam an in der Hoffnung, dass er kommen würde, aber er sagte, er sei mitten in der Generalprobe, und empfahl mir, ich solle Scarlett anrufen.«

Ich schüttelte den Kopf. »Dieser Typ war wirklich ein Arschloch.«

Sie lächelte traurig. »Das war er. Ihr beide seid definitiv sehr unterschiedliche Männer. Ich weiß irgendwie, wenn ich dich angerufen hätte, wärst du bedingungslos für mich gewesen, ganz egal, womit du gerade beschäftigt wärst. Du hast eine sehr beschützende Art an dir.«

Ich nickte. »Ich wäre für dich da, Soph. Das wäre ich sogar auf der Highschool gewesen. Versteh mich nicht falsch, ich würde dir ständig die Hölle heißmachen, aber ich wäre für dich da.«

Sie lächelte. »Also … ich schätze, das macht uns zu … was denn? Freunden mit Vorzügen? Ich bin mir ziemlich sicher, dass unsere Familien uns verstoßen würden, wenn sie es herausfänden.«

»Scheiß auf unsere Familien«, sagte ich.

»Ach … es ist dir egal?« Sie zog eine Augenbraue hoch. »Dann weiß deine Familie also, dass wir miteinander schlafen, und hat sich mit deiner angefreundet?«

Ich schüttelte den Kopf. »Nein, aber das liegt hauptsächlich daran, dass ich mein Privatleben nicht mit meiner Familie bespreche. Weder mein Vater noch mein Großvater haben sich zuvor jemals für mich interessiert und ich erwarte auch nicht, dass sie schon bald damit anfangen werden.«

»Stört dich das? Dass sie kein Interesse daran haben, dich kennenzulernen?«

Ich zuckte mit den Schultern. »Das hat es mal. Aber ich habe zu viele Jahre damit verbracht, sie dazu zu bringen, mich zu sehen. Ich dachte eine lange Zeit, ich sei aus Gift gemacht. Erst kürzlich habe ich angefangen zu verstehen, dass Gift aus einer Familie von Schlangen kommen kann.«

Sophia sah so verletzlich aus. Sie streckte die Hand über den Tisch aus und nickte, als würde sie verstehen. Und ich bin mir sicher, dass sie es tat … zumindest ein wenig. Wenngleich ich bezweifelte, dass sie vollständig begreifen konnte, wozu meine Familie fähig war.

Ich legte meine Hand in ihre und sah eine ganze Weile auf unsere miteinander verwobenen Finger hinunter. »Hast du Pläne für das Labor-Day-Wochenende?«

Sie schüttelte den Kopf, hielt dann aber inne. »Oh – ich habe tatsächlich Pläne. Normalerweise besuche ich die Wohltätigkeitsveranstaltung im Kinderkrankenhaus, die an diesem Wochenende stattfindet. Meine gesamte Familie geht dorthin. Deine auch, nicht wahr?«

Ich beugte mich zu ihr, führte ihre Hand an meine Lippen und drückte einen Kuss darauf. »Das tut sie. Wirst du mich begleiten?«

Sie sah überrascht aus. »Bittest du mich, als deine Verabredung zu gehen?«

Ich nickte. »Das tue ich.«

»In Anwesenheit unserer gesamten Familie?«

»Warum nicht? Es wird lustig sein, ihre Gesichter zu sehen.«

Sophia biss sich etwas auf der Unterlippe herum, doch dann erhellte sich ihr Gesicht. »Okay!«

Ich lächelte. »Gut, dann habe ich wohl eine neue Freundin und eine Verabredung für die Veranstaltung am Labor-Day-

Wochenende.« Ich zog meine Hand aus ihrer heraus und nahm meine Gabel zur Hand. »Jetzt iss dein verdammtes Essen, bevor es kalt wird, damit ich mit dir zurück ins Hotel gehen und deinen Hals dekorieren kann.«

»Also, wie laufen die Dinge bei Ihnen?«, fragte Dr. Halpern. Sie legte sich ihren Notizblock auf den Schoß und faltete die Hände darüber.

»Gut.«

»Schlafen Sie gut?«

Ich zog die Augenbrauen zusammen. »So wie immer. Warum fragen Sie?«

»Sie sehen heute etwas müde aus.«

Ich konnte nicht einmal versuchen, mein Grinsen zu verbergen. »Ich war bis spät auf. Aber keine Sorge, Sie brauchen nicht zu meinem Großvater zu laufen. Ich habe weder getrunken noch etwas Dummes gemacht.«

Nun, ich schätze, das ist Ansichtssache. Meine Familie wäre definitiv der Meinung, dass es dumm wäre, eine ganze Nacht in Sophia Sterling zu verbringen.

»Ich verstehe. Dann sind Sie also mit jemandem zusammen?«

Ich zögerte, mit Dr. Halpern über Sophia zu reden, obwohl sie mir versichert hatte, dass außer meiner generellen emotionalen Verfassung nichts, was wir beide miteinander besprachen, in dem Bericht an meinen Großvater erwähnt werden würde. Die ärztliche Schweigepflicht bedeutete nichts, wenn man unbegrenzte Mittel zur Verfügung hatte – ich wollte aber dennoch über einige Sachen reden.

»Ja. Ich bin mit jemandem zusammen.«

»Erzählen Sie mir von ihr.«

Ich dachte darüber nach, wie ich Sophia beschreiben sollte. »Sie ist klug, hübsch, stark und loyal. Im Grunde genommen ist sie eine Nummer zu groß für mich.«

»Denken Sie, dass sie zu gut für Sie ist?«

Ich schüttelte den Kopf. »Das denke ich nicht, das weiß ich. Sie ist absolut viel zu gut für mich.«

»Was bringt Sie dazu, das zu sagen?«

Ich zuckte mit den Schultern. »Sie ist es einfach.«

»Lassen Sie uns kurz zurückgehen. Sie sagten, sie sei klug. Fühlen Sie sich, als wären Sie weniger intelligent?«

»Nein. Wir können uns auf Augenhöhe begegnen.«

»Okay. Sie sagten, sie sei hübsch. Halten Sie sich für unattraktiv?«

Ich wusste, dass ich es nicht war. Darum ging es hier nicht. »Ich werde Ihnen etwas Zeit sparen, Doc. Wir sind nicht gleichwertig, wenn es um Loyalität geht.«

»Liegt es daran, dass Sie die Neigung haben, untreu zu sein, und sie nicht?«

Mit Sophia in meinem Bett würde Untreue auf keinen Fall ein Problem darstellen. »Nein, Sex ist definitiv keine Schwierigkeit.«

»Dann geht es also darum, dass Sie jemand sind, auf den sie sich bei nicht körperlichen Dingen verlassen kann?«

Mir entfuhr ein langer, leiser Seufzer. »Ich habe nicht unbedingt den Ruf, ein Mensch zu sein, auf den die Leute sich verlassen können. Außerdem … sagen wir einfach, dass die Sache zwischen uns nicht unbedingt ehrlich begonnen hat.«

Dr. Halpern nahm ihren Block und notierte sich etwas. »Was glauben Sie, wen haben Sie in Ihrem Leben im Stich gelassen?«

Ich schnaubte abfällig. »Es ist vermutlich einfacher zu fragen, wen ich nicht im Stich gelassen habe.«

Sie schwieg einen Moment, dann nickte sie. »Okay. Gehen wir einfach davon aus, dass alles, was Sie soeben gesagt haben, wahr ist, wenngleich ich mir sicher bin, dass es das nicht ist. Warum kann diese Frau nicht die erste Person sein, die den neuen Weston Lockwood zu sehen bekommt?«

»Menschen ändern sich nicht.«

Dr. Halpern schürzte die Lippen. »Das würde meine Arbeit nutzlos machen, nicht?«

Ich sagte nichts.

Dr. Halpern lachte. »Sie haben Manieren, deshalb haben Sie die Frage nicht mit Worten beantwortet. Das weiß ich zu schätzen. Aber Ihr Gesicht hat alles gesagt. Es gibt sehr wenige Themen, über die ich mit einem Patienten streite, aber die Fähigkeit zu haben, sich zu ändern, ist eins davon. Wir alle haben die Fähigkeit, uns zu ändern, Weston. Vielleicht nicht unsere DNA, aber ganz sicher ist die Art, wie wir andere Menschen behandeln, etwas, das wir zu ändern imstande sind. Es ist nicht immer einfach, aber der erste Schritt ist das Bewusstsein – zu erkennen, was verändert werden muss, und zu wollen, dass die Dinge sich ändern. Ob das, was Sie über sich selbst glauben, wahr ist oder nicht, ist beinahe nebensächlich. Wichtig ist, was *Sie* als wahr ansehen und dass Sie das Verlangen haben, dass die Dinge sich ändern sollen.«

»Ich will Ihnen nicht zu nahe treten, Doc, aber das hört sich nach sehr viel Psychogeschwätz an. Wenn es so einfach ist, sich zu ändern, warum tun es dann nicht alle? Die Gefängnisse sind voll mit Wiederholungstätern. Ich bin mir sicher, die meisten Typen, die Lebensmittelläden ausrauben, gehen am Tag ihrer Entlassung nicht durch das Tor und denken: *Ich kann es nicht abwarten, wieder jemanden auszurauben und hierher zurückzukommen.*«

»Da muss ich Ihnen zustimmen. In diesem Fall sind die Dinge schwierig, wenn sie aus dem Gefängnis kommen. Sie haben wahrscheinlich kein Geld und das Leben, das sie von früher kannten, hat sich ohne sie weiterentwickelt. Ich habe nicht gesagt, dass es einfach ist, sich zu ändern. Aber wenn man sich jeden Tag acht Stunden abrackert und bereit ist, einen Mindestlohnjob anzunehmen, werden die meisten Menschen etwas finden, das ihnen die Möglichkeit gibt, sich zu ernähren und ein Dach über dem Kopf zu haben. Das Problem ist, dass es sehr viel schwieriger ist, vierzig Stunden in der Woche Böden zu schrubben und Teller zu waschen, als jemandem eine Pistole vor die Nase zu halten und tausend Dollar aus einer Kasse zu stehlen. Sie müssen also wirklich um jeden Preis ein anständiges Leben wollen.«

Dr. Halpern schüttelte den Kopf. »Ich glaube, wir sind vom Thema abgekommen, aber das Prinzip ist weiterhin das gleiche. Es wird Situationen in Ihrem Leben geben, die Sie in Versuchung führen, von Ihrer Loyalität abzuweichen, und manchmal wird es Sie etwas kosten, der Versuchung nicht nachzugeben. Es geht darum, wie sehr Sie das wollen, was Sie wollen, und was Sie zu opfern bereit sind, um es zu bekommen.«

Aus ihrem Mund klang es so simpel. Es war nicht so, als hätte ich in der Vergangenheit die bewusste Entscheidung getroffen, die Dinge gegen die Wand zu fahren. Ich hatte mich ganz plötzlich irgendwo wiedergefunden und für gewöhnlich war mir nicht klar gewesen, dass ich auf dem Weg dorthin war, bis ich angekommen war.

»Ich sehe meine schlechten Entscheidungen nicht immer, bevor ich sie treffe.«

Sie nickte. »Das ist verständlich. Aber es gibt ein paar Sachen, die Sie üben können und die Sie in die richtige Richtung lenken werden.«

»Was zum Beispiel?«

»Zunächst einmal drücken Sie Ihre Gefühle aus. Ob es nun etwas Gutes oder Schlechtes ist, versuchen Sie, offen zu sein.

Lügen Sie nicht und lassen Sie auch nichts von dem aus, was Ihnen im Kopf herumgeht. Und das ist etwas, das leichter gesagt als getan ist. Weiß diese Frau beispielsweise, wie Sie für sie empfinden?«

Ich schüttelte den Kopf. »Ich bin mir nicht einmal sicher, ob ich weiß, was ich für sie empfinde.«

Dr. Halpern lächelte. »Sind Sie sich da sicher? Oftmals reden wir uns ein, dass wir wegen einer Sache oder einer Person gefühlsmäßig hin- und hergerissen sind, weil uns der Gedanke, wie wir tatsächlich empfinden, Angst macht.«

Scheiße. Ich fuhr mir mit der Hand durchs Haar. Sie hatte recht. Ich war dabei, mich in Sophia zu verlieben, und es war nicht die Art von Verliebtheit, die langsam passierte. Es geschah Hals über Kopf, heftig und schnell, und es machte mir furchtbare Angst. Es dauerte einige Minuten, bis das eingesunken war, obwohl ich es schon die ganze Zeit gewusst hatte. Mein Kopf hämmerte und mein Mund war so trocken wie die Wüste Sahara. Ich sah zu Dr. Halpern auf und entdeckte, dass sie mich dabei beobachtete, wie ich alles in meinem Kopf überdachte.

Stirnrunzelnd sagte ich: »Gut. Vielleicht sind Sie doch keine Quacksalberin.«

Sie lachte. »Ich denke, wir hatten heute eine gute Sitzung, deshalb werde ich Sie nicht dazu drängen, über die Gefühle zu sprechen, die Sie für diese neue Frau haben. Aber Loyalität beruht auf Gegenseitigkeit und sie fängt mit Ehrlichkeit an. Jetzt, da Sie zugegeben haben, was Sie in Ihrem Herzen tragen, ist vielleicht der nächste Schritt, es der Person mitzuteilen, die Ihr Herz in den Händen hält.«

KAPITEL ZWEIUNDZWANZIG

Sophia

Die letzten Tage gab es unheimlich viel zu tun. Mein Vater war wieder in der Stadt und das Anwaltsteam arbeitete zwölf Stunden pro Tag, während die Frist für die Gebotsabgabe immer näher rückte. An einigen Abenden arbeitete ich bis kurz vor Mitternacht. Und selbst wenn ich dann erst ging, brannte in Westons Büro immer noch Licht. Das hielt ihn aber nicht davon ab, zu mir ins Bett zu kommen, nachdem er endlich Feierabend gemacht hatte.

Heute früh fühlte es sich an, als wären wir kaum eingeschlafen, und jetzt waren wir schon wieder wach. Das erste Licht des Tages drang durch den Spalt im Vorhang und ein Sonnenstrahl legte sich über Westons Gesicht.

Er strich mir übers Haar, als ich mit dem Kinn auf die Faust gestützt zu ihm aufsah. »Auf dem Schreibtisch da drüben liegt ein Zimmerschlüssel.«

Weston erstarrte in der Bewegung. »Du willst mir einen Schlüssel zu deiner Suite geben?«

»Na ja, gestern Abend hast du mich aufgeweckt, nachdem ich gerade zehn Minuten vorher eingeschlafen war. Deshalb dachte ich, du könntest beim nächsten Mal einfach selbst reinkommen.«

Er grinste. »Ich bin mir ziemlich sicher, dass du mich soeben dazu eingeladen hast, meinen Schwanz in dich hineinzuschieben, während du schläfst.«

Ich gab ihm einen spielerischen Klaps auf die Brust. »Ich meinte, du könntest einfach selbst *ins Zimmer* kommen, nicht in meinen Körper.«

Weston verlagerte sein Gewicht auf eine Seite und rollte sich mit mir herum. Schnell lag ich auf dem Rücken und er war über mir. Er strich mir das Haar aus dem Gesicht. »Meine Idee gefällt mir viel besser.«

Ich lächelte. »Davon bin ich überzeugt.« Wir waren von letzter Nacht beide noch nackt und ich spürte, wie sein Schwanz an meinem Oberschenkel steif wurde. »Mein Vater fliegt heute Nachmittag zurück, deshalb habe ich ihm gesagt, dass ich mich um sieben Uhr unten mit ihm treffe. Leider muss ich jetzt in die Dusche hüpfen.«

Er beugte sich zu mir und küsste meinen Hals. »Kann ich irgendetwas tun, um dich davon zu überzeugen, ein paar Minuten zu spät zu kommen?«

Ich kicherte. »Ein paar Minuten gibt es bei dir nicht.«

»Du sagst das, als sei es etwas Schlechtes.«

Ich schüttelte den Kopf. »Das ist es definitiv nicht. Aber es ist auch der Grund, warum ich jetzt ins Bad gehen und die Tür abschließen werde.«

Weston schmollte. Es war hinreißend. Er rollte sich auf den Rücken und atmete frustriert aus. »Gut. Dann geh. Aber gib mir nicht die Schuld, wenn auf deiner Bettseite ein nasser Fleck ist, wenn du aus der Dusche kommst.«

Ich rümpfte die Nase und zog die Decke mit, als ich aufstand. »Meine Seite? Warum machst du die Sauerei nicht auf deiner eigenen Seite?«

Er zog an der Decke, als ich versuchte, mich darin einzuwickeln. »Weil es deine Schuld ist, dass es überhaupt eine Sauerei geben wird. Würdest du mir nur fünf Minuten geben, könnte ich die Sauerei dort veranstalten, wo sie hingehört – in dir.«

Oh Gott, ich war wirklich in diesen Mann verschossen. Was er soeben gesagt hatte, war vulgär gewesen, und trotzdem spürte ich dieses weiche Gefühl in meinem Bauch, als ich ihn sagen hörte, dass sein Sperma in mich gehört. *Romantisch, nicht wahr?* Aber so war es nun einmal.

Ich beugte mich zum Bett hinunter und küsste seine Lippen. »Bis Mittag sollte mein Vater abgereist sein. Wie wäre es, wenn wir uns um dreizehn Uhr hier zum Mittagessen treffen? Dann werde ich dir gestatten, die Sauerei dort zu veranstalten, wo immer du willst.«

Westons Augen verdunkelten sich. »*Wo immer* ich will?«

Oh je. Das war eine gefährliche Bemerkung. Aber was zur Hölle? Ich lächelte. »*Wo immer* du willst. Viel Glück beim Konzentrieren heute, während du darüber nachdenkst, wo genau das sein wird.«

»Du und der Lockwood-Junge scheint euch angefreundet zu haben«, sagte mein Vater.

Wir waren die beiden Einzigen, die noch im Konferenzraum saßen, nachdem er dem Rechtsanwalts- und Buchhaltungsteam auf unhöfliche Weise mitgeteilt hatte, sie sollten sich *vom Acker machen.*

Worauf will er hinaus? Dad machte selten beobachtende Bemerkungen, die keinem Zweck dienten. Er behandelte die Menschen wie Figuren in einem Schachspiel. Ich schob einige Unterlagen zu einem ordentlichen Stapel zusammen. »Wir haben eine gemeinsame Basis gefunden. Es ist ja nicht so, als hätten wir eine Wahl, wenn wir zusammen ein Hotel leiten.«

»Er konzentriert sich nicht darauf, ein Hotel mit dir zu leiten, Sophia. Er konzentriert sich auf deinen Hintern. Ich bin nicht dämlich. Ich sehe doch, wie er dich anschaut, wenn er denkt, dass niemand ihn beobachtet.«

Ich erstarrte. »Wie sieht er mich denn an?«

»Als sei er ein Pitbull, der seit Wochen nicht mehr gefressen hat, und als seist du ein saftiges Steak.«

Ich zuckte zusammen – nicht weil es möglicherweise nicht stimmen könnte, sondern weil es *falsch* klang, es von meinem Vater zu hören. Das Wort *saftig* – wenn es sich auf mich bezog – klang aus seinem Mund ekelhaft. Da ich wusste, dass mein Gesicht für gewöhnlich verriet, wenn ich log, vermied ich den Augenkontakt, indem ich durch das Zimmer ging, um leere Kaffeetassen und Teller einzusammeln, die das Team stehen gelassen hatte.

»Ich finde, du übertreibst«, sagte ich. »Aber ... was ist schon dabei, wenn er das tut? Weston ist ein gut aussehender Mann. Es ist nicht so, als wäre mir das nicht aufgefallen.«

Ich warf einen verstohlenen Blick auf das Gesicht meines Vaters, das streng war. »Meine Güte, Sophia ... Schlag dir das gleich aus dem Kopf. Dieser Mann ist unter deinem Niveau. Aber wie dem auch sei, vielleicht könntest du –«

Ich fiel meinem Vater ins Wort. »Unter meinem Niveau? Was bedeutet das überhaupt? Gibt es ungeschriebene Menschenebenen, die ich nicht sehe? Vielleicht ist das der Grund, warum du meine Mutter sitzen gelassen hast. War sie nicht auf der gleichen Ebene wie du?«

Mein Vater rollte mit den Augen. »Jetzt nicht, Sophia. Ich muss zum Flughafen. Wir haben keine Zeit für eine weitere Meinungsverschiedenheit, weil deine Gefühle verletzt wurden, als deine Mutter und ich uns scheiden ließen.«

Ich schüttelte den Kopf und murmelte nicht ganz so leise: »Unfassbar ...«

Dad nahm sein Jackett von der Rückenlehne des Stuhls, über den er es gehängt hatte, und zog es an. »Also, wie ich bereits sagte, der Lockwood-Junge hat Interesse an dir. Vielleicht kannst du das zu unserem Vorteil nutzen.«

»Zu unserem Vorteil? Worauf genau willst du hinaus?«

»Wir hatten diese Diskussion schon einmal. Und du bist ein kluges Mädchen, Sophia. Du weißt ganz genau, was ich damit sagen will. Bei diesem Gebot bekommen wir nur eine einzige Chance. Es wäre hilfreich zu wissen, wie das Angebot der Lockwoods lautet, damit wir für den Minderheitsanteil ein höheres abgeben können.«

»Nur damit ich es richtig verstehe, du willst ... was? Ich soll für Weston die Beine breit machen und dann vielleicht so lange warten, bis er kurz davor ist abzuspritzen, und ihn fragen, wie hoch sein Gebot ist?«

»Sei nicht vulgär. Ich bin mir sicher, dass es andere Wege gibt, um ein Gespür für die Dinge zu bekommen. Mach dich ein wenig an ihn ran.«

Im Laufe der Jahre hatte ich mit meinem Vater so viele Enttäuschungen erlebt, dass ich dachte, immun dagegen geworden zu sein, von ihm im Stich gelassen zu werden. Aber anscheinend war das nicht der Fall. Ich schüttelte den Kopf, als ich ein neues Tief verspürte. »Du solltest gehen. Du willst doch deinen Flug nicht verpassen.«

Mein Vater war so arrogant, dass er die Verachtung in meiner Stimme nicht zu bemerken schien. Er kam auf mich zu, als hätte er mir nicht soeben gesagt, ich solle mich prostituieren, und küsste mich auf die Stirn. »Wir sprechen in Kürze.«

Nachdem er gegangen war, stand ich noch sehr lange im Konferenzraum. Auf gar keinen Fall würde mein Vater jemals akzeptieren, dass Weston und ich eine Beziehung haben. William Sterling war vielleicht ein brillanter Geschäftsmann, doch er war ignorant, wenn es um wichtige Dinge wie Beziehungen ging. Es würde keine Rolle spielen, wenn ich ihm sagte, ich hätte die Liebe meines Lebens getroffen und sei glücklich. Die Tatsachen, dass Weston ein Lockwood war und unsere Familien einen dummen Groll gegeneinander hegten, der bis in die Zeit vor meiner Geburt reichte, waren wichtiger für ihn zu honorieren als seine Tochter.

Nach dem »Mittagessen« mit Weston seufzte ich und blickte an die Decke. »Das habe ich gebraucht.«

Er lachte leise. »Das habe ich mir gedacht, angesichts der Tatsache, dass du ins Zimmer marschiert bist und dir im Grunde genommen meinen Schwanz gekrallt hast.«

Ich lächelte. Das hatte ich in gewisser Weise wirklich getan. »Tut mir leid. Ich war nur so frustriert. Mein Vater ist der absolut lästigste Mann auf diesem Planeten.«

Weston drehte sich auf die Seite und stützte den Kopf auf dem Ellbogen auf. Mit dem Finger zeichnete er sanft Achten auf meinen Bauch. »Du brauchst dich nicht zu entschuldigen. Ich freue mich, die Vorzüge dessen zu genießen, dass William ein Arschloch ist. Obwohl ich glaube, dass ich derjenige bin, der die Öffnung für seine Einlage hätte wählen sollen.«

Ich rümpfte die Nase. »Öffnung? Ernsthaft?«

Er zwinkerte. »Du hast Glück, du hast dir sowieso mein Lieblingsloch ausgesucht.«

»Ach wirklich? Ich werde mir zukünftig ins Gedächtnis rufen müssen, dass du Sex lieber magst als einen Blowjob.«

Weston schüttelte den Kopf. »Versteh mich nicht falsch, es gibt nichts Besseres, als dich auf Knien vor mir zu sehen. Aber ich liebe es einfach, dein Gesicht zu beobachten, wenn du kommst.«

Und wieder breitete sich das warme Gefühl in meinem Bauch aus, obwohl das, was er gesagt hatte, von klassischer Romantik weit entfernt war. Ich drückte ihm einen zärtlichen Kuss auf die Lippen. »Danke, dass ich dich benutzen durfte.«

»Jederzeit.« Er strich mir eine Haarsträhne hinter das Ohr. »Willst du darüber reden?«

»Meine Öffnungen?«, witzelte ich.

»Über was auch immer zwischen dir und deinem Vater vorgefallen ist. Aber hey, wir können stattdessen auch über deine Öffnungen sprechen. Noch besser, wir können uns auf die andere Seite rollen und ein neues Loch einweihen.«

Ich kicherte. Aber Weston sah tatsächlich interessiert aus zu erfahren, was mich wütend gemacht hatte. Also beschloss ich, ihm mitzuteilen, was mein Vater vorgeschlagen hatte. Ich drehte mich auf die Seite und imitierte, den Kopf auf dem Ellbogen abgestützt, seine Haltung.

»Mein Vater hat mir gesagt, ihm sei aufgefallen, dass du mir auf den Arsch guckst.«

Weston zog abrupt die Augenbrauen hoch. Er schüttelte den Kopf. »Mist ... Wie ist die restliche Unterhaltung verlaufen?«

»Nicht gut.«

Er streichelte mit der Hand von der Kurve an meiner Taille zu meinem Oberschenkel und wieder hinauf. »Das tut mir leid. Ich tue mein Bestes, aber es ist unmöglich, dich anzusehen und mir dich nicht nackt vorzustellen.«

Ich lächelte. »Das ist seltsam niedlich.«

Er zuckte mit den Schultern und behielt den Blick fest auf meine Hüfte gerichtet, als er weiter auf und ab streichelte. »Es ist die Wahrheit.«

»Nun, das ist nicht das Schlimmste. Nachdem er gesagt hatte, er hätte gesehen, wie du mich anglotzt, schlug er vor, ich solle das zu meinem Vorteil nutzen, um Informationen über das Gebot deiner Familie aus dir herauszubekommen.«

Weston erstarrte mitten in der Bewegung und sah mir in die Augen. »Was?«

»Du hast mich richtig verstanden. Mein Vater hat mir im Grunde genommen gesagt, ich solle dich verführen, um an Informationen zu kommen.«

Weston wurde still, wenngleich sein erstaunter Gesichtsausdruck für ihn sprach. »Was hast du zu ihm gesagt?«

»Ehrlich gesagt nicht genug. Ich glaube, ich war einfach so enttäuscht, dass mir keine passende Antwort eingefallen ist. Nachdem er gegangen war, schossen mir eine Million Dinge durch den Kopf, die ich hätte sagen sollen. Ich hätte zu gern sein Gesicht gesehen, nachdem ich ihm gesagt hätte, dass du vermutlich schon in meinem Zimmer auf mich wartest, weil ich dir einen Schlüssel gegeben habe, bevor ich heute Morgen aus dem Bett mit dir aufgestanden bin.«

Ich lachte und deutete mit dem Daumen auf den Papierstapel auf dem Schreibtisch. »Ich bin mir sicher, ich hätte den Notruf wählen müssen, hätte ich ihm erzählt, dass du Zugang zu allen Arbeitspapieren hattest, die ich hier aufbewahre, geschweige denn zu meinem Körper. Die Papiere wären für ihn aber vermutlich eine größere Sache gewesen.«

Weston schüttelte den Kopf. »Das tut mir leid. Du verdienst etwas Besseres als das.«

»Nun ja. Scarlett sagt immer: ›Jedes Mal wenn du dich fragst, ob du etwas Besseres verdienst, verschwendest du deine Zeit. Denn wenn du es dich fragst, dann tust du es.‹ Ich habe zu viele Jahre damit verbracht, mich zu fragen, ob ich es verdient habe, wie mein Vater meine Mutter und mich behandelt hat, deshalb werde ich nicht noch mehr Zeit damit verschwenden. Ich habe die Antwort darauf immer gewusst.«

Weston blickte nach unten. »Du verdienst Besseres von den Männern in deinem Leben – sehr viel Besseres.«

KAPITEL DREIUNDZWANZIG

Sophia

Weston sah so gestresst aus, wie ich mich die letzten Tage gefühlt hatte.

Unsere Gebote mussten in weniger als zwei Wochen abgegeben werden und wir hatten beide noch so viel zu tun. Obwohl, wenn ich ehrlich zu mir selbst war, lag meine Anspannung nicht nur an der bevorstehenden Frist. Weston und ich hatten noch nicht darüber gesprochen, was passieren würde, nachdem die Gebote geöffnet worden waren, und das fing an, schwer auf mir zu lasten.

Sobald einer Familie der Mehrheitsanteil des *Countess* gehörte, würde die andere Familie unweigerlich rausgedrängt werden. Weston und ich hatten darüber gesprochen, am Labor-Day-Wochenende gemeinsam zu einer Wohltätigkeitsveranstaltung zu gehen, aber das war noch zwei Monate hin und kam mir wie eine Ewigkeit vor. Die dringendere Frage war, was würde passieren, wenn dieser Wettbewerb vorbei war?

Einer von uns würde nicht mehr in das Tagesgeschäft des Hotels involviert sein. Bedeutete das, Weston würde nachts nicht mehr in mein Zimmer kommen? Wenn ich gewann, würde er sich in einem der Hotels seiner Familie auf der anderen Seite der Stadt verstecken, wie er es in den Monaten vor Grace Copelands Tod getan hatte? Oder würde seine Familie ihn zurück nach Vegas schicken, wo er weiterhin ein Haus besaß? So viel hing in der Schwebe und das Ungewisse war wie ein riesiger Schatten, der mir überallhin folgte.

Es half auch nicht, dass Weston sich während der vergangenen Tage scheinbar etwas distanziert hatte. Seit dem Tag, an dem mein Vater und ich den Streit hatten, hatte ich das Gefühl, dass sich etwas verändert hatte – ein Riss hatte sich im Boden unserer Beziehung gebildet und schien jeden Tag größer zu werden. Würden wir uns, nachdem die Gebotsabgabe vorbei war, anschreien müssen, um einander von den verschiedenen Seiten, auf denen wir standen, hören zu können?

Für Außenstehende sahen wir jedoch vermutlich aus, als würden wir uns ganz normal um den Tagesbetrieb kümmern, als wir die Baustelle des neuen Ballsaales verließen.

»Es geht wirklich gut voran«, sagte ich.

Weston nickte. »Der Bürgermeister und seine Nichte wollen den Saal besichtigen. Louis hatte sie vertröstet, aber Ende nächster Woche sollte er bereits in einem präsentablen Zustand sein.«

Ich sah ihn von der Seite an. »Ich schätze, das bedeutet, dass *einer von uns* den Bürgermeister treffen wird.«

Weston hielt meinem Blick stand. Er runzelte die Stirn, sagte jedoch nichts, als er nickte.

Offensichtlich hatte er nicht die Absicht, das Gespräch zu beginnen, das wir führen mussten, und das frustrierte mich ungemein. Genauer gesagt spürte ich mit jedem Schritt, den ich vorwärtsging, wie meine Angst wuchs. Als wir den Aufzug betraten, hatte ich bereits das Gefühl, als bekäme ich nicht genügend Sauerstoff, ganz besonders in der engen Kabine. Ich hatte die Wahl, mich nach vorn zu beugen und zu hyperventilieren oder die Last von meinen Schultern zu nehmen, damit ich wieder atmen konnte. Auf halbem Weg zwischen dem sechsten und siebenten Stockwerk ertrug ich es nicht länger. Ich drückte mit dem Finger auf den roten Nothaltknopf und brachte den Aufzug damit abrupt zum Stehen.

»Was wird nächste Woche passieren?«, fragte ich.

Zunächst sah Weston aufrichtig verwirrt aus, aber er brauchte nicht mehr als ein paar Sekunden, um zu begreifen. Er schüttelte den Kopf und schob die Hände in die Hosentaschen. »Ich weiß es nicht, Soph.«

»Also ... Was *soll* denn passieren?«

»Meinst du zwischen uns?«

Ich rollte mit den Augen. »Ja. Wovon sollte ich sonst sprechen? Vom geschäftlichen Standpunkt ist es ziemlich klar. Der Anwalt von Easy Feet wird zwei Umschläge öffnen und einer von uns wird der Mehrheitseigner werden. Wir wissen beide, dass keine unserer Familien das Hotel gemeinsam wird leiten wollen, was bedeutet, dass der Gewinner das *Countess* übernimmt und der Verlierer ein paarmal pro Jahr einige saftige Gewinne ausgezahlt bekommt. Aber was heißt das für *uns*?«

Weston nickte und deutete auf die Kamera in der Ecke des Aufzugs. »Wenn du nicht willst, dass der Sicherheitsdienst erfährt, dass ich nicht bereit bin, nicht mehr mit dir zu schlafen, sollten wir diese Unterhaltung vielleicht an einem anderen Ort führen. Ich habe in wenigen Minuten eine Telefonkonferenz. Passt dir achtzehn Uhr?«

»Da habe ich meine Besprechung mit den Anwälten. Um neunzehn Uhr?«

Er nickte. »Ich werde uns etwas zu essen bestellen und zu dir in die Suite kommen.«

»Okay.«

Während des Abendessens machten wir Small Talk. Ich hatte Angst vor einer Diskussion, dachte aber, dass Weston es vorzieht zu warten, bis wir fertig sind, damit es weniger wie ein Geschäftsessen scheint und mehr wie die Verabredung eines gewöhnlichen Paares. Als wir fertig waren, schob er den Servicewagen hinaus auf den Flur und ging zur Bar.

»Möchtest du ein Glas Wein?«

»Ähhh …«

Er zog die Augenbrauen zusammen. »Musst du wieder runtergehen?«

Ich schüttelte den Kopf. »Es gibt nichts, das nicht bis morgen warten könnte.«

»Bist du zu voll, um Wein zu trinken?«

»Ich bin nie zu voll für Wein.«

Er runzelte die Stirn. »Ich dachte, wir wären darüber hinweg, dass du ablehnst, weil ich nicht trinke.«

Ich lächelte. »Oh, das ist nicht der Grund. Ich bin darüber hinweg. Ich dachte nur, dass ich für unsere Diskussion vielleicht einen klaren Kopf bewahren sollte.«

Weston drehte sich wieder zur Bar um, nahm eine Flasche Wein heraus und goss mir ein Glas voll bis zum Rand ein. Als er es mir reichte, sagte er: »Hier. Mein Kopf ist alles andere als klar. Das wird uns auf die gleiche Ebene bringen.«

Ich trank meinen Wein, während wir uns ansahen. Ich saß am Ende des Sofas und er mir gegenüber im Sessel.

»Das hier ist neu für mich, Soph. Du musst mir vielleicht zeigen, wie es geht.«

»Was meinst du? Sprichst du über eine Beziehung?«

Er schüttelte den Kopf. »Über Gefühle im Allgemeinen zu sprechen. Es ist sehr lange her, seit ich überhaupt welche hatte, geschweige denn darüber gesprochen habe. Die Gefühle, die ich hatte, waren nicht unbedingt gut, und ich habe mein Bestes versucht, um sie im Alkohol zu ertränken.«

Ich stellte mein Weinglas auf den Tisch und nahm eine seiner Hände in meine. »Also, wie wäre es hiermit ... Lass uns einen Moment lang so tun, als wärst du kein Lockwood und ich keine Sterling. Wir sind bloß zwei Menschen, die zusammen arbeiten, und einer von uns wird in ein paar Tagen entlassen. Was willst du von mir, nachdem das passiert ist?«

Weston starrte eine lange Zeit ins Leere. Schließlich machte sich ein Lächeln auf seinem Gesicht breit. »Mir wurde gerade klar, dass einer von uns sauer sein wird. *Richtig sauer.*«

»Und die Vorstellung, dass einer von uns sich verlassen und enttäuscht fühlt, bringt dich zum Lächeln? Ich glaube, in Bezug darauf, wie diese emotionalen Dinge funktionieren sollen, bist du tatsächlich etwas eingerostet.«

Er zuckte mit den Schultern. »Stimmt. Aber ich habe gelächelt, weil mir klar geworden ist, dass unser letzter guter Wut-Sex schon eine Weile her ist.«

Ich lachte. »Und darüber hinaus? Was willst du?«

Weston blickte sehr lange zu Boden. Schließlich schüttelte er den Kopf. »Ich will alles.«

Mein Puls wurde schneller, aber ich hatte Angst, vorschnell zu handeln. »Erzähl mir mehr«, sagte ich. »Was bedeutet: ›Ich will alles.‹?«

Er ergriff meine Hand, führte sie an seinen Mund und küsste meine Fingerknöchel. Dann sah er mir in die Augen und atmete tief ein. »Es bedeutet, dass ich meinen Tag genauso beginnen will, wie ich ihn jeden Tag beende – in deinem Bett. Oder meinem Bett. Ganz egal. Solange ich in dir bin. Du wirst mir den ganzen langweiligen Mist erzählen, den du vorhast, um die Stunden zwischen meinem Abschiedskuss und meinem Begrüßungskuss zu füllen, und ich werde ausreichend zuhören, um zu wissen, wann ich nicken muss. Ich will dir widersprechen, laut mit dir streiten und dann die Wut aus uns beiden direkt wieder rausvögeln. Ich will, dass du tagsüber, wenn du die Kontrolle hast, die knallharte Geschäftsfrau bist und die Kontrolle im Schlafzimmer später an mich übergibst. Ich will dich aus der Ferne beobachten, wenn du deinen Morgenkaffee kaufst, und mich in Tagträumen darüber verlieren, überall auf deiner wunderschönen Haut Spuren zu hinterlassen. Und ich will langweilige Shakespeare-Texte lesen, damit ich mich darüber lustig machen kann, nur um dich lachen zu hören.«

Während er sprach, hatte ich nicht einmal geblinzelt.

Weston sah mir in die Augen. »Wie war das? Habe ich es genügend ausgeführt, um meine Gefühle deutlich zu machen?«

»Wow … ja … sehr deutlich.« Ich schüttelte den Kopf. »Ich dachte, du hättest gesagt, du seist darin nicht gut?«

Westons Lippen zuckten. »Bin ich auch nicht. Für mich ist das alles neu. Aber dann wiederum bin ich in allem gut.«

Ich rollte mit den Augen. »Du bist so eingebildet.«

Weston zog mich auf seinen Schoß. Er legte eine Hand auf meine Schulter und strich mit dem Daumen über mein Schlüsselbein, als er sprach. »Sag mir, was du willst.«

Ich hatte so viele Fragen. Wo würde er wohnen? Wie würden wir das Geschäftliche und unser Privatleben trennen, wenn wir im Grunde genommen Konkurrenten wären? Was würden unsere Familien sagen? War es zu früh für mich, um mich in etwas Neues hineinzustürzen? Aber die eine Frage, auf die ich eine Antwort wusste, war die, die er soeben gestellt hatte.

»Dich«, sagte ich. »Ich will dich.«

Weston lächelte. »Also, das ist einfach. Du hattest mich bereits von Anfang an.«

Am nächsten Morgen schliefen wir beide aus. Nun ja, wenn man länger als sechs Uhr zu schlafen ausschlafen nennen kann. Das Geräusch eines klingelnden Handys weckte uns auf.

Ich drehte mich um und streckte mich in Richtung meines Nachttisches, nur um festzustellen, dass nicht mein Telefon klingelte. Es war Westons. Ich stupste ihn sanft an. »Hey. Das ist deins. Es ist ziemlich früh, könnte also wichtig sein.«

Er brummte etwas Unverständliches und tastete, ohne hinzusehen, auf dem Nachttisch herum. Als er sein Handy fand, konnte ich sehen, dass auf dem Display *Verpasster Anruf* stand. Er öffnete ein Auge, um sein Passwort einzutippen.

»Ernsthaft?« Ich lachte. »Dein Code ist sechs neun sechs neun? Wie alt bist du?«

»Was ist deiner? *Verklemmt* in Zahlen ausgeschrieben?«

Ich haute ihm mein Kissen über den Kopf, als er auf *Rückruf* tippte. Aber das war, was ich an uns liebte. Gestern Abend war er süß und fürsorglich gewesen. Er hatte auf eine Weise Liebe mit mir gemacht, die mir die Tränen in die Augen getrieben hatte, und heute Morgen war er wieder ganz der alte, brummige Kerl. Weston Lockwood war ein wandelnder Gegensatz und ich genoss die Reibung genauso sehr wie das Glatte.

»Ich hoffe, es ist wichtig«, bellte er ins Telefon.

Er hörte einen Moment zu, dann setzte er sich im Bett auf. »*Scheiße.* Ich bin schon auf dem Weg.«

Er hatte den Anruf kaum beendet und stand bereits aus dem Bett auf.

»Was ist passiert?«, fragte ich. »Was ist los?«

»Es gibt eine Überschwemmung.« Er hob seine Hose vom Boden auf und zog sie hastig an. »Auf der verdammten Baustelle – in der *einen Nacht*, in der dort niemand gearbeitet hat, weil die Holzböden verlegt worden waren.«

»Oh Scheiße.« Ich kletterte aus dem Bett und suchte nach meinen Anziehsachen. Bis ich irgendetwas von meinen Klamotten gefunden hatte, zog Weston sich bereits sein T-Shirt an.

Er kam zu mir und gab mir einen Kuss auf den Kopf. »Lass dir Zeit. Ich werde nach oben eilen und mich um die Schadensbegrenzung kümmern.«

»Okay, danke.«

Fünfzehn Minuten später stieß ich zu Weston im Ballsaal. Sam Bolton war bereits dort und es sah so aus, als wäre auch er direkt aus dem Bett hergekommen. Alle Deckenlampen waren ausgeschaltet und beide Männer nutzten die Taschenlampenfunktion ihrer Handys. Ich konnte ihre Gesichter sehen, jedoch nicht das Ausmaß des Schadens – wenngleich das schwappende Geräusch, das das Wasser machte, als ich hindurchwatete, auf nichts Gutes hindeutete.

»Hey«, sagte ich. »Was ist passiert?«

Sam schüttelte den Kopf und deutete zur Decke. »Die Hauptwasserleitung ist geplatzt. Angesichts des Wassers überall muss es unmittelbar, nachdem wir gegangen waren, passiert sein. Die Bodenleger haben gestern die Versiegelung aufgetragen, die mindestens zwölf Stunden trocknen musste, deshalb war seit fünf Uhr nachmittags auch keiner mehr hier gewesen. Weil wir den Boden nicht betreten können, solange er nass ist, haben wir die Tür abgeschlossen und dem Sicherheitsdienst gesagt, er solle seine üblichen Kontrollgänge auslassen.«

»Ich dachte, wir hätten die verrotteten Leitungen ausgetauscht.«

»Das haben wir auch. Ich weiß nicht, was passiert ist, aber Sie können sich verdammt sicher sein, dass ich diese Sache aufklären werde. Es muss sich um eine schlecht verrichtete Schweißarbeit handeln oder so etwas. Bob Maxwell, der Inhaber der Klempnerfirma, ist bereits auf dem Weg hierher.«

»Wie schlimm ist es?«, fragte ich.

»Abgesehen von den Wasserleitungen ist ein Großteil der Elektrik nass geworden und wird ausgetauscht werden müssen. Da die Böden noch nicht versiegelt waren, wird sich sehr wahrscheinlich das gesamte Holz verziehen und erneuert werden müssen. Von neuen Rigipsplatten und neuer Isolierung ganz zu schweigen.«

Ich atmete laut aus. »Verdammt … Es war sowieso schon knapp gewesen, alles bis zur ersten Veranstaltung fertigzustellen. Und der Bürgermeister kommt mit seiner Nichte am nächsten Montag, um sich den Ballsaal anzusehen.«

Sam Bolton rieb sich den Nacken. »Es tut mir so leid. Ich arbeite mit diesem Klempner seit mehr als zwanzig Jahren zusammen und hatte noch nie ein Problem. Selbstverständlich habe ich eine Versicherung, die alles abdeckt, und wir werden unser Bestes tun, um die Sache wieder in Ordnung zu bringen. Aber ich fürchte, Sophia hat recht. Unsere Fertigstellungsfrist werden wir so nicht einhalten können. Ich weiß noch nicht, wie viel länger es dauern wird, aber wir werden alles tun, um die Verzögerung so gering wie möglich zu halten.«

Weston war bis jetzt relativ still geblieben. Er stemmte die Hände in die Hüften und wandte sich an Sam. »Ich werde Ken Sullivan anrufen und ihn bitten, herzukommen und sich die Sache einmal anzusehen.«

Sam öffnete den Mund, um etwas zu sagen, doch ich kam ihm zuvor. »Ken Sullivan von Tri-State Contracting? Warum?«

»Weil ich wissen will, was passiert ist, und ich die Gewissheit brauche, dass jemand hier weiß, was er tut.«

»Weston …«, sagte Sam. »Mir ist klar, dass Sie verärgert sind, aber ich kann Ihnen versichern, dass ich weiß, was ich tue. Ich bin seit vierzig Jahren in diesem Bereich tätig und arbeite mit der Familie Sterling fast genauso lange zusammen.«

»Genau das ist mein Punkt. Sie haben nicht mit der Familie Lockwood zusammengearbeitet. Ich weiß nicht aus erster Hand, wie die Dinge bei Ihnen für gewöhnlich laufen, deshalb werde ich mein eigenes Team dazubitten, um sicherzugehen, dass das, was auch immer hier vor sich geht, nicht noch einmal passiert.«

Sam blies die Backen auf und atmete hörbar aus. »Na schön.«

Anstatt mich in Sams Anwesenheit mit Weston zu streiten, wartete ich, bis wir allein im Flur waren.

»Ich bin der Meinung, dass du überreagierst«, sagte ich, als die Tür sich hinter uns schloss.

»Ein Rohr sollte nicht auf diese Weise bersten, es sei denn, es friert. Wäre es mein Bauunternehmer gewesen, der dieses Chaos veranstaltet hätte, wärst du die Erste, die seine Kompetenz hinterfragen würde.«

Ich stemmte die Hände in die Hüften. »Indem du die Kompetenz meines Bauunternehmers infrage stellst, stellst du ebenfalls meine Kompetenz infrage, Leute einzustellen.«

»Sei nicht sauer deswegen, Sophia. So ist das Geschäft.«

»Wie du meinst …« Ich winkte abwehrend ab.

Weston nickte mit dem Kopf zu den Aufzügen am Ende des Flurs. »Ich werde mir einen Kaffee holen und dann in mein Zimmer gehen, um rasch zu duschen. Soll ich dir irgendetwas mitbringen?«

Ich schüttelte den Kopf. »Ich hole mir meinen Kaffee selbst.«

Er zuckte mit den Schultern. »Wie du meinst.«

Danach wurde der Tag nur noch schlimmer.

Wie erwartet nahm mein Vater die Neuigkeiten mit der Überschwemmung nicht besonders gut auf. Er nannte mich im Wesentlichen inkompetent, als hätte *ich* die Leitung falsch installiert und nicht ein Bauunternehmer, den er persönlich seit Jahrzehnten nutzt. Dann, während ich mit Sam und dem Klempner oben war, stolperte ich über ein Werkzeug auf dem Boden und mein iPhone rutschte mir aus der Hand. Es landete in einem Haufen Schutt, der von der Decke gefallen war, und ließ sich nicht mehr einschalten. Danach erfuhr das Anwaltsteam von einer neuen Klage, die gerade erst gegen das Hotel eingereicht worden war und die wir in den nächsten ein oder zwei Tagen irgendwie bewerten mussten, um sie in unserem Preisangebot zu berücksichtigen. Und um dem Ganzen noch die Krone aufzusetzen, hatte Liam zwei Nachrichten auf meinem Bürotelefon hinterlassen. Als Weston also um sechzehn Uhr mein Büro betrat, war ich nicht in der Stimmung.

»Wenn du gekommen bist, um mir noch einmal zu sagen, wie inkompetent ich bin, dann kannst du gleich wieder umdrehen und gehen.«

Weston kam auf meinen Schreibtisch zu und streckte mir einen Umschlag entgegen. »Eigentlich bin ich hier, um dir das zu geben.«

Im Inneren befanden sich zwei Eintrittskarten. »Betrunkener Shakespeare? Was ist das?«

»Ein Theaterstück hier in der Stadt. Eine Gruppe von Schauspielern findet sich zusammen. Einer von ihnen trinkt mindestens fünf Gläser Whisky und dann versuchen sie, Shakespeare zu spielen.«

Ich lachte. »Ernsthaft?«

»Ja. Ich dachte mir, es ist vielleicht das einzige Stück, bei dem wir beide Spaß hätten.«

Ich sah das Datum auf den Eintrittskarten. Bis zum Stück waren es fast noch anderthalb Monate hin. Meine Wut wurde erneut schnell von diesem warmen Gefühl abgelöst. Ich sah zu ihm auf. »Wann hast du die Karten gekauft?«

»Vor ein paar Tagen. Sie wurden soeben per Kurier zugestellt und ich dachte mir, ich benutze sie als weiße Flagge.«

»Du hast uns Eintrittskarten für eine Veranstaltung gekauft, die erst in ein paar Monaten stattfindet, bevor wir überhaupt eine Diskussion über unsere Zukunft geführt hatten?«

»Du bist die Einzige, die diese Diskussion gebraucht hat, um die Sache offiziell zu machen, Soph.«

Ich stand auf, ging um meinen Schreibtisch herum und schlang die Arme um seinen Hals. »Warum schließt du nicht die Tür ab ...«

Weston setzte ein freches Lächeln auf. »Ich bin schon dabei, Süße.«

Ich steckte meine Bluse in den Rock und drehte Weston den Rücken zu. »Das wirkt besser als Xanax«, sagte ich über die Schulter hinweg. »Zumachen, bitte.«

Er machte den Reißverschluss meines Rocks zu und schob mein Haar zur Seite, um meinen Hals zu küssen. »Freut mich, dass ich zu Diensten sein kann. Was steht für dich für den Rest des Nachmittags auf dem Programm?«

Ich drehte mich um und strich meine Kleidung glatt. »Wir haben in Kürze diese Telefonkonferenz mit Elizabeth, der Anwältin des Hotels, wegen der neuen Klage. Ich hatte vor, zum Laden zu gehen und mir ein neues Handy zu kaufen. Ich habe meins vorhin fallen lassen und jetzt lässt es sich nicht mehr einschalten.« Ich sah auf die Uhr. »Aber ich glaube nicht, dass ich dafür Zeit habe. Ich will den Anfang des Gesprächs nicht verpassen und im Mobilfunkladen ist normalerweise immer eine Schlange.«

»Willst du meins nehmen? Ich gehe nur wieder zurück in mein Büro, um Berichte durchzusehen. Auf diese Weise kannst du dich in die Konferenz einwählen, solltest du immer noch in der Schlange stehen.«

»Bist du sicher, dass es dir nichts ausmacht?«

Weston hielt mir sein Telefon hin. »Kein Problem. Du kennst meinen absolut geheimen Code ja bereits.«

Diese Geste fühlte sich monumental an. Das war etwas, das ein *Paar* füreinander tat. Die Sachen, die wir in unseren Telefonen abspeichern, können sehr persönlich sein – nicht dass ich vorhatte, durch sein Telefon zu scrollen und nach irgendetwas zu suchen. Aber es bedeutete, dass Weston nichts zu verbergen hatte. Und mehr noch, es bedeutete, dass er *mir vertraute*. Und das sprach Bände.

Ich nahm ihm das Handy ab und küsste ihn. »Vielen Dank. Und als Zeichen meiner Dankbarkeit können wir heute Abend deinen Code live nachspielen.«

KAPITEL VIERUNDZWANZIG

Sophia

Es war gut, dass ich mir Westons Handy geliehen hatte.

Ich stand im Mobilfunkladen herum und spielte seit vierzig Minuten mit einigen Telefonen herum, die zu kaufen ich kein Interesse hatte, während ich darauf wartete, dass mein Name aufgerufen wurde. In fünf Minuten musste ich mich in die Telefonkonferenz mit der Hotelanwältin einwählen. Also wühlte ich in meiner Tasche nach dem Zettel mit der Telefonnummer. Wie der Zufall es wollte, wurde mein Name eine Minute vor Beginn der Telefonkonferenz aufgerufen.

Ich streckte dem Verkäufer mein kaputtes iPhone entgegen. »Hi. Mein Handy funktioniert nicht. Ich habe es fallen lassen und jetzt lässt es sich nicht mehr einschalten. Ich habe AppleCare, wenn ich es also entweder sofort repariert oder ein Neues haben könnte, wäre das großartig.«

»Natürlich. Kein Problem. Ist Ihr Konto mit der E-Mail-Adresse verknüpft, mit der Sie sich für Ihren Termin einge-schrieben haben?«

»Das ist sie.«

»Gut. Ich werde jemanden bitten, sich Ihr Telefon anzuseh-en, dann kann ich Ihnen sagen, welche Optionen Sie haben.«

Ich überprüfte die Zeit auf Westons Handy. Ich musste mich in meine Telefonkonferenz einwählen. »Wissen Sie, wie lange das dauern wird? Ich muss an einer geschäftlichen Telefonkonferenz teilnehmen.«

»Etwa fünfzehn Minuten.«

Ich nickte. »Okay, wunderbar. Sollte ich noch am Telefon sein, wenn Sie so weit sind, könnten Sie bitte den nächsten Kunden aufrufen und mich später drannehmen?«

»Natürlich. Kein Problem.«

Die Konferenz, von der ich gedacht hatte, sie würde nach fünfzehn Minuten vorüber sein, dauerte fast eine Stunde. Nachdem ich endlich aufgelegt hatte, war der Verkäufer schon mindestens bei seinem dritten Kunden und ich musste darauf warten, dass er mit ihm fertig wurde. Während ich ungeduldig auf und ab ging, vibrierte Westons Telefon in meiner Hand. Aus Gewohnheit blickte ich nach unten, um zu sehen, wer es war. Das Display leuchtete auf und es erschien die Vorschau einer eingegangenen Nachricht von jemandem namens Eli. *Hey, Alter, bist du vom Erdboden verschluckt worden?*

Ich musste lächeln, weil ich mir sicher war, dass die meisten meiner Freundinnen in letzter Zeit ähnlich über mich denken würden. Weil ich seine Privatsphäre nicht verletzen wollte, tippte ich nicht darauf, um den Rest der Nachricht zu lesen. Aber als ich den Knopf an der Seite drücken wollte, um das Display auszuschalten, erschien eine zweite Nachricht. Dieses Mal handelte es sich um eine E-Mail-Vorschau.

Hast du von dem Sterling-Mädchen bekommen, was wir brauchen?

Ich erstarrte.

Was war das denn?

Weil ich mir sicher war, es beim ersten Mal falsch gelesen zu haben, las ich die Nachrichtenvorschau noch einmal, nur dieses Mal langsamer. Sie war von Oil40@gmail.com gesendet worden.

Hast du von dem Sterling-Mädchen bekommen, was wir brauchen?

Mein Herz fing an zu rasen und mir wurde etwas übel, wenngleich ich versuchte, ruhig zu bleiben. Für solch eine Nachricht musste es eine logische Erklärung geben.

Vielleicht war die E-Mail von Sam Bolton … Das Unternehmen hatte einen Kostenvoranschlag für die Bodenarbeiten bekommen und wollte unser beider Bestätigung, um loslegen zu können.

Obwohl das ziemlich schnell gegangen wäre.

Und Oil40? Warum sollte Sams E-Mail-Adresse etwas mit Öl beinhalten?

Ich schüttelte den Kopf. *Ich mache mich lächerlich.* Diese Nachricht konnte von jedem der vielen Unternehmer stammen, mit denen Weston zusammenarbeitete. Warum dachte ich automatisch das Schlimmste und war überzeugt, dass etwas Unheilvolles vor sich ging?

Vielleicht hatte Weston Angebote für irgendetwas eingeholt und dem Bauunternehmer gesagt, er bräuchte meine Zustimmung? Wir waren in letzter Zeit so sehr beschäftigt gewesen, dass er es vor mir vermutlich nicht erwähnt hatte. Das war alles. Das musste es definitiv sein.

Und trotzdem …

Hast du von dem Sterling-Mädchen bekommen, was wir brauchen?

Das Sterling-Mädchen …

Es war definitiv nicht die richtige Art, um sich auf eine Person zu beziehen, mit der er Geschäfte machen will. Aber ich denke, es gibt viele altmodische Idioten da draußen, die eine Frau immer noch als *Mädchen* bezeichnen.

Das war nicht Westons Schuld.

Dieser Bauunternehmer, wer auch immer er war, war offensichtlich ein Arsch.

Eigentlich sollte ich die E-Mail vielleicht tatsächlich öffnen und mir den Absender ansehen, um zu erfahren, wer genau sich in solch abwertender Weise über Frauen äußert.

Aber … Weston hatte mir sein Telefon gegeben, weil er mir vertraute, und seine E-Mail zu öffnen wäre ein Missbrauch dieses Vertrauens.

Obwohl ich ja bereits die Vorschau gelesen hatte, es war also sowieso schon zu spät. Zu sehen, wer der Absender war, wäre kein weiterer Eingriff in seine Privatsphäre als der, den ich bereits begangen hatte.

Jedenfalls nicht wirklich.

Nicht wahr?

Ich starrte auf das Handy und hielt den Finger bereit, um auf die Vorschau zu tippen. Ich konnte mich aber nicht überwinden. Es fühlte sich falsch an, ganz egal auf wie viele verschiedene Arten ich versuchte, die Dinge in meinem Kopf zu rechtfertigen.

Als der Verkäufer zu mir kam, ließ ich Westons Telefon in meine Handtasche gleiten und versuchte, die Gedanken an das, was ich beinahe getan hätte, beiseitezuschieben. Es stellte sich heraus, dass mein Handy nicht repariert werden konnte, weshalb der Verkäufer mir ein Neues brachte und mir anbot, alle Daten von meinem alten auf das neue Handy zu übertragen. Er sagte, es würde noch einmal zehn Minuten dauern und er sei in Kürze wieder zurück.

Leider gab mir das mehr Zeit, herumzustehen und zu überanalysieren.

Warum war ich nach dieser kleinen Vorschau einer E-Mail so beunruhigt?

Das war nicht allzu schwer zu verstehen.

Weil ich Vertrauensprobleme habe. So ziemlich jeder Mann, dem ich vertraut hatte, hatte mich enttäuscht. Deshalb war es auch keine Überraschung, dass mein Verstand das Schlimmste denken wollte.

Weston hatte nicht wirklich Gefühle für mich.

Er hatte mich benutzt, um etwas zu bekommen.

Hast du von dem Sterling-Mädchen bekommen, was wir brauchen?

Meine Güte, die Nachricht klang wie etwas, das mein Vater sagen würde.

Hol dir von dem Lockwood-Jungen, was wir brauchen.

Aber dieser Satz konnte auf so viele verschiedene Arten interpretiert werden. Er konnte alles bedeuten. Aber es lief alles darauf hinaus, dass ich Westons Vertrauen missbrauchen würde, wenn ich die E-Mail öffnete. In gewisser Weise wäre ich damit nicht besser als Liam. Denn ohne Vertrauen gab es keine Beziehung.

Wie durch ein Wunder gelang es mir, Westons Handy in meiner Handtasche zu lassen, bis ich im Mobilfunkladen fertig war. Als ich draußen auf der Straße war, ging es mir durch die frische Luft ein klein wenig besser. Während ich die zwei Blocks zurück zum *Countess* ging, dämmerte es mir, dass Weston irgendwann, nachdem ich ihm das Telefon zurückgegeben hätte, die E-Mail sehen würde. Sollte er darauf gewartet haben, um sich mit mir über etwas zu unterhalten, das passiert war – das, worauf dieser E-Mail-Austausch sich bezog –, würde er es vermutlich sowieso schon bald ansprechen. Vermutlich würde ich nicht lange warten müssen, um meine Neugier befriedigt zu bekommen.

In ein oder zwei Stunden würde ich darüber lachen, wie albern ich gewesen war, mich wegen einer E-Mail von einem sechzigjährigen Klempner oder so etwas verrückt gemacht zu haben. Weston würde mir mitteilen, dass er einen Kostenvoranschlag bekommen hätte, den er sich ansehen müsse und der von mir abgesegnet werden muss, und das wäre alles.

Ja, genauso würde es ablaufen.

Vermutlich würde ich dabei auch ordentlich über mich selbst lachen.

Aber als ich zum *Countess* zurückging, verspürte ich definitiv mehr Angst als Freude.

»Sag mal ... gibt es irgendwelche offenen Fragen, über die wir sprechen müssen?«, fragte ich.

Ich hatte gerade Feierabend gemacht und war in sein Büro gegangen. Es war fast zehn Uhr abends und Weston hatte sein Handy schon seit Stunden zurück. Trotzdem hatte er nichts erwähnt, wofür er meine Zustimmung benötigen würde.

Er schüttelte den Kopf. »Nicht dass ich wüsste.«

Vielleicht brauchte er eine kleine Erinnerung, weil er es vergessen hatte ... »Gibt es irgendwelche Reparaturen oder Kostenvoranschläge, die wir beide absegnen müssen? Ich habe dir vor einigen Stunden einen von der Internetfirma vorgelegt, die unseren Service aufrüsten will. Hast du irgendetwas für mich?«

Weston schien darüber nachzudenken. »Nein. Das Einzige, was mir noch fehlt, ist die überarbeitete Frist, die die Boltons uns noch mitteilen müssen. Abgesehen davon glaube ich, dass nichts mehr aussteht.«

Mein Magen fühlte sich hohl an. Konnte es sein, dass er die E-Mail vergessen hatte?

»Also, ich werde nach oben gehen. Ich habe heute eine Menge *E-Mails* bekommen, die ich immer noch beantworten muss. Was ist mit dir? Steckst du auch bis zum Hals in Arbeit?«

Weston zuckte mit den Schultern. »Nein. Genauer gesagt habe ich alles erledigt.« Er grinste. »Ich schätze, ich bin weitaus effizienter als du.«

Ich zwang mich zu einem Lächeln. Ich war noch nicht bereit, sein Büro zu verlassen, weil ich mich weiterhin an der Hoffnung festhielt, dass er sich an etwas erinnern würde. Aber mir fiel auch nichts mehr ein, was ich noch sagen könnte. Also stand ich unbeholfen da. Zumindest kam ich mir unbeholfen vor.

Schließlich sagte Weston: »Ich werde nachher zu dir hochkommen. Ich muss noch ein paar Sachen zu Ende machen.«

Ich fühlte mich erschöpft. »Okay.«

Als ich wieder in meinem Zimmer war, war ich von mir selbst enttäuscht. Warum hatte ich ihn wegen der E-Mail nicht einfach gefragt? Eine Zeile der Nachrichtenvorschau gelesen zu haben war vollkommen unbeabsichtigt gewesen. Deswegen konnte er nicht sauer sein. Aber anstatt mich von meinen Qualen zu erlösen, hatte ich meinen finsteren Gedanken freien Lauf gelassen.

Tief im Herzen wusste ich, dass das tatsächliche Problem nichts damit zu tun hatte, dass ich irgendetwas falsch gemacht hatte. Ich war nicht nervös, Weston zu erzählen, dass ich eine Nachricht auf seinem Telefon gelesen hatte. Ich war nervös, dass er mir sagen würde, es wäre nicht das, was ich denke, und ich ihm nicht glauben würde. Ich hatte große Probleme, Menschen zu vertrauen, und hasste es, dass ich das Schlimmste vermutete. Deshalb versteckte ich meine Ängste und versuchte stattdessen, mich an die Hoffnung zu klammern, dass die Situation sich von selbst erledigen würde.

Vermutlich wird er diese E-Mail sehen und sie erwähnen, wenn er zu mir nach oben kommt. Ich mache aus einer Mücke einen Elefanten.

Anstatt nervös weiter eine Furche in den Teppich zu laufen, beschloss ich, ein Bad zu nehmen. Ich füllte die Wanne mit warmem Wasser und gab etwas Badesalz dazu. Ich legte mich hinein, schloss die Augen und atmete lange aus.

Ich bin in Hawaii am Strand. Die Sonne scheint warm auf meinen Körper und das Geräusch der Wellen, die leise an den Strand schwappen, lullt mich in den Schlaf.

Aber ... Wo ist Weston? Warum ist er nicht mitgekommen?

Weil er ein verlogener Mistkerl ist, mit dem ich nicht mehr spreche. Darum.

Ich atmete noch einmal tief ein und wieder aus und versuchte, mich auf etwas anderes zu konzentrieren.

Dieses Mal träumte ich mich an einen glücklichen Ort, den ich schon in London hatte und der nichts mit Weston zu tun hatte – ein kleiner Park mit Blick auf den Fluss, der einige Blocks von meinem alten Zuhause entfernt war. Als ich mir vorstellte, wie ich auf einer Schaukel saß und die friedliche Aussicht genoss, fiel mir aus dem Blickwinkel jedoch leider ein Pärchen auf, das auf einer Decke lag.

Liam und meine Cousine.

Ich drehte mich um und wollte in die andere Richtung laufen, doch mein Vater tauchte vor mir auf.

Er tadelte mich. *»Ich habe es dir doch gesagt.«*

Ich seufzte und öffnete die Augen. Vielleicht sollte ich es mit Musik versuchen, etwas, zu dem ich singen konnte. Ich griff nach meinem Handy, öffnete die Spotify-App und rief eine Oldies-Playlist auf, deren Lieder ich fast alle auswendig konnte. Nach sechs oder sieben Stücken spürte ich endlich, wie meine Schultern sich etwas entspannten. Bis »Honesty« von Billy Joel anfing. Er sang davon, wie einsam das Wort war und wie schwer es war, die Wahrheit zu finden, und sämtliche Anspannung, die ich losgeworden war, kam sofort wieder zurück. Frustriert stieg ich aus der Wanne und schaltete die Musik aus, noch bevor das Lied zu Ende war.

Nachdem ich mich abgetrocknet hatte, trug ich Gesichtscreme und Körperlotion auf und schlüpfte in einen der bequemen Hotel-Bademäntel. Ich ging durch den Flur zum Schlafzimmer und erschrak, als ich dort Weston entdeckte, der gerade seine Schuhe auszog.

»Heilige Scheiße.« Ich legte mir die Hand übers Herz. »Du hast mich zu Tode erschreckt. Ich habe nicht gehört, dass du reingekommen bist.«

Weston warf seinen zweiten Schuh zur Seite und richtete sich auf. Er grinste. »Das liegt daran, dass du damit beschäftigt warst, einige schlechte, alte Lieder zu schmettern. Du hast Glück, dass du umwerfend und klug bist, denn singen kannst du ums Verrecken nicht.«

Ich schnürte den Gürtel meines Bademantels enger. »Singen hilft mir, mich zu entspannen.«

Weston kam auf mich zu und legte mir die Hände auf die Schultern. »Ich weiß etwas, das dir helfen wird, dich zu entspannen, und bei dem die Gäste im Nebenzimmer nicht denken, wir bringen hier drinnen Katzen um.«

Er zog mich auf, aber es war schwer, ein Lächeln aufzusetzen, und er bemerkte es.

Weston legte zwei Finger unter mein Kinn und bog mir den Kopf nach oben, damit ich ihn ansah. »Bist du okay?«

Ich wandte den Blick ab. »Ich habe nur viel um die Ohren.«

»Ja, das verstehe ich. Wir kommen jetzt in die heiße Phase. Ich sage dir was, ich werde schnell duschen und dann komme ich wieder und massiere dir die Schultern mit dieser Lotion, die du so gern magst.« Er beugte sich hinunter, um mich anzusehen.

Ich wollte ihm so gern vertrauen, also suchte ich nach irgendeinem Zeichen von Unehrlichkeit. Aber ich fand nichts.

»Warum ziehst du nicht den Bademantel aus, legst dich ins Bett und machst dich für mich bereit?«, fragte er. »Ich brauche nur ein paar Minuten.«

Ich zwang mich zu lächeln und nickte.

Er küsste mich zärtlich auf die Lippen, bevor er im Badezimmer verschwand. Eine Minute später stand ich immer noch an derselben Stelle, als ich hörte, wie die Dusche angeschaltet wurde. Was sollte ich tun? Er hatte keine Ahnung, was mir durch den Kopf ging, würde also höchstwahrscheinlich aus dem Bad kommen, meine Schultern massieren und es für das Vorspiel halten. So wie ich mich fühlte, durfte ich das auf keinen Fall zulassen. Ich musste mit ihm sprechen.

Mir wurde schwindelig, während meine Gedanken sich im Kreis drehten und ich meine Optionen abwog, wie ich dieses Thema anschneiden könnte, ohne anklagend zu klingen. Ich war so in Gedanken versunken, dass ich das Lied, das ich aus dem Badezimmer vernahm, nicht sofort hörte. Weston spielte »Don't Stop Believin'« von Journey, einen der Titel, die ich gegen Ende meines Bades mitgesungen hatte. Ich klopfte die Taschen meines Bademantels ab und mir wurde klar, dass ich mein Handy neben der Badewanne liegen gelassen haben musste und er beschlossen hatte, meine Playlist anzustellen. Einige Sekunden später gesellte sich für den Refrain eine tiefe Stimme zu der von Steve Perry. Weston konnte nicht nur sehr gut singen, seine Stimme war ebenfalls ziemlich sexy. Trotz all der schrecklichen Dinge, die mir gerade durch den Kopf gingen, musste ich über seinen Sinn für Humor lachen. Er machte mich nach, um mich aufzuziehen.

Oh Gott, ich mochte ihn *wirklich* und wollte, dass von meiner Seite alles nur ein riesiges Missverständnis war. Ich wollte unbedingt aus dem Elend der Unsicherheit befreit werden.

Ich ging zu der Seite des Bettes, die meine geworden war. Aber mein Blick fiel auf etwas Silbernes, das am Fußende lag – direkt neben der Stelle, an der Weston soeben noch gesessen hatte.

Mein Herz begann, laut zu klopfen.

Westons Handy.

Ich hatte noch eine Chance.

Ich könnte rasch nachsehen und dann würde das alles vorbei sein.

Ich bräuchte es nicht einmal zu erwähnen.

Weston würde nie erfahren, dass ich an ihm gezweifelt hatte.

In weniger als dreißig Sekunden könnte ich mich schon besser fühlen und wissen, dass er nichts Falsches getan hatte.

Oder …

Oder …

Ich konnte mich nicht dazu überwinden, über die Alternative nachzudenken.

Aber ich musste es mit Sicherheit wissen.

Dieses Mal durfte ich mir die Gelegenheit nicht entgehen lassen.

Mein Herz raste, als ich das Handy vom Fußende aufnahm. Ich tippte gerade Westons Code ein, als die Musik im Badezimmer verstummte.

Mist.

Er war fertig mit Duschen.

Er würde nur ein oder zwei Minuten brauchen, um sich abzutrocknen.

Ich musste mich beeilen.

Meine Hände zitterten, als ich die letzten beiden Zahlen eingab und das Telefon entsperrte. Ich öffnete seine E-Mail-App und überflog die Nachrichten. Nach zweimaligem Scrollen tippte ich auf eine beliebige E-Mail, um zu sehen, um welche Uhrzeit sie geschickt worden war, und sah, dass sie vor der E-Mail eingegangen war, nach der ich suchte. In meiner Hektik musste ich sie übersehen haben. Also scrollte ich wieder nach oben und las die erste Zeile jeder einzelnen Nachricht, bis ich bei der letzten E-Mail angelangt war, die vor der besagten gesendet wurde.

Nichts.

Keine Spur von der E-Mail, die vorhin eingegangen war.

Ich sah zu der noch immer geschlossenen Badezimmertür und hatte das Gefühl, in meiner Brust würde eine tickende Zeitbombe kurz vor der Explosion stehen. Weston konnte jede Sekunde heraustreten.

Wo zum Teufel war nur diese verdammte E-Mail?

Oh! Scheiße.

Gelöscht!

Ich musste in seinen gelöschten E-Mails nachsehen.

Nachdem ich den Ordner rasch ausfindig gemacht hatte, tippte ich darauf, um ihn zu öffnen, und mein Herz blieb stehen. Die Nachricht war ganz oben. Es war die einzige, die er heute Nachmittag gelöscht hatte.

Nach einem weiteren Blick zur Badezimmertür atmete ich tief ein und öffnete die E-Mail.

An: Weston.Lockwood@LockwoodHospitality.com
Von: Oil40@gmail.com

Hast du von dem Sterling-Mädchen bekommen, was wir brauchen?
Du musst dich etwas mehr anstrengen, Weston. Zeig mir, welchen Wert du immer noch in diese Familie einbringen kannst. Wir brauchen ihren Gebotsbetrag.

Am Ende der E-Mail fand sich eine Signatur:

Oliver I. Lockwood
CEO, Lockwood Hospitality Group

Darunter war eine Antwort:

An: Oil40@gmail.com
Von: Weston.Lockwood@LockwoodHospitality.com

Ich habe es. Ich warte nur, bis sie fertig ist, um zu sehen, ob sich irgendetwas ändert.

Ich hatte das Gefühl, mich übergeben zu müssen. Wenngleich es nicht das war, was ich tat, als die Badezimmertür geöffnet wurde.

KAPITEL FÜNFUNDZWANZIG

Weston

»Dieser Bademantel ist verdammt kuschelig.« Ich trat aus dem Badezimmer und rieb mir über den Arm. »Kein Wunder, dass du ihn ständig trägst. Ich dachte, du wärst bloß züchtig. Glaubst du —«

Rumms. Etwas traf mich am Kopf. *Hart.*

Ich tastete mit der Hand und spürte etwas Feuchtes, direkt über meiner linken Augenbraue.

Verwirrt blickte ich mich nach einem Eindringling um. Aber stattdessen fand ich eine überaus wütende Frau vor, als ich aufsah.

»Was soll der Scheiß, Sophia? Hast du mich gerade mit etwas beworfen?«

Ihr Gesicht war tiefrot. »Du Stück Scheiße!«

Mein Handy lag einige Meter entfernt auf dem Boden. Ein langer Riss durch die Mitte zierte das Display. »War das mein Telefon?« Ich betrachtete meine Finger. Die Feuchtigkeit war Blut. »Ich blute, verdammt noch mal!«

»*Gut!*«

»Hast du den Verstand verloren? Du hast mir soeben eine Platzwunde mit meinem Telefon zugefügt!«

»Anscheinend habe ich das – weil ich mich jemals in irgendeiner Weise auf dich eingelassen habe. Mach, dass du rauskommst, Weston. Verschwinde. *Sofort!*«

»Was geht hier vor? Was zur Hölle habe ich getan?«

»Was du getan hast? Ich werde dir sagen, was zur Hölle du getan hast. Du wurdest *geboren*!«

»Soph, ich weiß nicht, welcher Furz dir quer sitzt. Aber was immer du denkst, das ich getan habe, rechtfertigt nicht, dass du mir ein verdammtes Telefon an den Kopf wirfst.«

Sie marschierte zum Nachttisch und nahm eine der Lampen in die Hand. »Du hast recht. Das hier wird mehr wehtun. Und jetzt raus hier oder dieses Ding wird dich als Nächstes am Kopf treffen.«

Ich hielt die Hände hoch. »Sag mir einfach, was ich getan habe – oder was zur Hölle du denkst, was ich getan habe, und dann gehe ich.«

Sie starrte mich an und sprach durch zusammengepresste Zähne: »Hast du von dem Sterling-Mädchen bekommen, was wir brauchen?«

Ich verzog das Gesicht. »Was? Wovon redest du?«

»Klingelt es noch nicht? Wie wäre es mit: *Ich habe es. Ich warte nur, bis sie fertig ist, um zu sehen, ob sich etwas ändert.*«

Vielleicht war es die Kopfverletzung, aber selbst das dauerte einige Sekunden, bis es eingesunken war. Aber als ich es verstand, traf es mich heftiger, als das Telefon es getan hatte. Ich schloss die Augen.

Scheiße.

Scheiße.

Scheiße.

Scheiße.

Sie hatte meine E-Mails gelesen.

Ich schüttelte den Kopf. »Ich kann das erklären.«

»Raus. Hier. Und. Zwar. Sofort.«

Ich ging einen Schritt auf sie zu. »Soph, hör zu –«

»Keinen Schritt weiter!« Einen langen Moment war sie still. Ich sah zu, wie ihre Augen sich mit Tränen füllten, wenngleich sie ihr Bestes tat, um sie zurückzuhalten. Als sie endlich wieder sprach, zitterte ihre Stimme. »Geh einfach. Ich will nichts von dem hören, was du zu sagen hast.«

Als ihre Unterlippe zitterte, spürte ich es in meinem Herzen. »Ich werde gehen. Aber wir müssen reden, Soph. Es ist nicht das, was du denkst.«

Eine dicke Träne kullerte ihr die Wange hinunter, trotzdem hielt sie meinem Blick stand. »Kannst du mir in die Augen sehen und mir sagen, dass diese E-Mail von etwas anderem handelt, als mich zu benutzen, um Informationen über unser Gebot zu stehlen?«

Ich schluckte. »Nein. Aber –«

Sie hob die Hände. »Bitte geh einfach, Weston.«

Ich schaute zu Boden. »Ich werde gehen. Aber das hier ist noch nicht vorbei. Wenn du dich beruhigt hast, müssen wir reden.«

Da ich sie nicht noch respektloser behandeln wollte, als ich es bereits getan hatte, ging ich zur Tür. Ihr den Raum zu geben, den sie benötigte, war das Mindeste, das ich tun konnte. Also verließ ich, ohne ein weiteres Wort zu sagen, leise die Suite.

Draußen auf dem Flur kam eine ältere Frau einige Türen weiter aus ihrem Zimmer. Als sie mich sah, hielt sie ihre Strickjacke vor der Brust geschlossen und wandte den Kopf ab. Erst da wurde mir klar, dass ich immer noch nur den Hotel-Bademantel trug. Ich hatte außerdem meinen Zimmerschlüssel drinnen vergessen, ganz zu schweigen von meinem jetzt kaputten Handy. Ich warf kurz einen Blick auf die Tür von Sophias Suite, beschloss dann aber, dass Anklopfen keine Option war. Ich würde es einfach hinnehmen und so in die Eingangshalle hinunterfahren müssen, um mir einen neuen Zimmerschlüssel geben zu lassen. Und das Handy … nun, das war jetzt die geringste meiner Sorgen. Es zählte nur, Sophia dazu zu bringen, mir zuzuhören.

Obwohl ich mir nicht einmal sicher war, ob dadurch repariert werden könnte, was ich zerstört hatte.

Am nächsten Tag hievte ich meinen Arsch um sieben aus dem Bett, obwohl ich kein Auge zugetan hatte. Ich zog Hose und Hemd an, putzte mir die Zähne und spritzte mir etwas Wasser ins Gesicht. Das Pflaster, das ich mir gestern auf den Kopf geklebt hatte, war nun dunkel mit getrocknetem Blut, also wechselte ich es gegen ein frisches aus. Das war das Ausmaß der Pflege, die ich aufzubringen imstande war. *Scheiß aufs Rasieren. Scheiß aufs Duschen.*

Ich hatte die letzten acht oder neun Stunden damit verbracht, das zu wiederholen, was ich zu Sophia sagen würde. Wenn ich ihr die Wahrheit sagte, würde ihr vieles davon nicht gefallen. Aber zu lügen und ihr Dinge zu verheimlichen war das gewesen, was mich in diesen Schlamassel gebracht hatte, und sollte ich jemals ihr Vertrauen wiedererlangen, musste ich alles beichten. Selbst wenn die Wahrheit wehtat.

Unten in der Eingangshalle kaufte ich zwei große Kaffee und begab mich direkt zu Sophias Büro. Da ihre Tür verschlossen war, ging ich zu dem Konferenzraum, in dem ihr Team sich aufhielt.

Ich klopfte und öffnete die Tür. »Ist Sophia hier?«

Charles schüttelte den Kopf. »Harte Nacht?«

»Was?«

Er deutete auf das Pflaster an meiner Stirn.

»Oh«, sagte ich. »So etwas in der Art. Ist sie hier?«

»Nein. Versuchen Sie es auf ihrem Handy. Obwohl sie gerade ins Flugzeug einsteigen sollte. Es könnte sein, dass Sie sie einige Stunden lang nicht erreichen.«

»Ins Flugzeug einsteigen? Wo fliegt sie hin?«

»Nach West Palm. Um ihren Großvater zu besuchen.«

Mist.

Sie hatte für später in der Woche eine Reise geplant, am Tag bevor die Angebote abgegeben werden mussten, aber nicht für heute. »Wissen Sie, warum sie fliegt?«

Charles schürzte die Lippen. »Schätzungsweise, um etwas Geschäftliches zu besprechen. Und ich bin mir sicher, ich habe Ihnen schon mehr Informationen gegeben, als es den Sterlings recht wäre. Wenn Sie also noch weitere Fragen haben, sollten Sie sie direkt an Sophia richten.«

Entmutigt ging ich zu meinem Büro. Ich musste sie kontaktieren, wenngleich ich mir von jemandem ihre Nummer geben lassen musste, da ich sie nicht auswendig kannte und mein Handy immer noch nicht zurückhatte. Als ich die Tür zu meinem Büro öffnete, sah ich einen Stapel Sachen auf meinem Schreibtisch. Ganz oben auf dem Stapel gefalteter Anziehsachen, die ich gestern Abend in ihrer Suite gelassen hatte, lag mein kaputtes Handy.

Ich ließ die Schultern hängen. Sophias Botschaft war laut und deutlich gewesen. *Sie ist mit mir fertig.*

Den Rest des Tages ging ich nach Schema F vor. Ich kümmerte mich um die Folgen der Überschwemmung auf der Baustelle des Ballsaals, überprüfte einige in letzter Minute eingereichte Gutachten, traf mich mit meinem Rechtsanwaltsteam und ging zum Mobilfunkladen, um meinen Bildschirm reparieren zu lassen. Glücklicherweise schien das der einzige Schaden zu sein, was mich überraschte, wenn man bedachte, dass es mit so viel Wucht meinen Schädel getroffen hatte, dass es zerbrochen war. Ich hatte Sophia viermal angerufen, aber jedes Mal erreichte ich nur die Mailbox. Was ich ihr sagen musste, war nichts, was übers Telefon gesagt werden konnte, und noch viel weniger in einer SMS. Deshalb legte ich jedes Mal auf.

Weil ich um sechs Uhr abends mittlerweile vollkommen verrückt geworden war, beschloss ich, einen Spaziergang zu machen. Die erste Bar, an der ich vorbeiging, erweckte meine Aufmerksamkeit, aber ich schritt voran, ohne das Tempo zu verlangsamen. Die zweite Bar befand sich im gleichen Block. Ich zögerte ein wenig, ging aber trotzdem weiter. Nach der dritten Bar in drei Blocks fühlte ich, wie diese verdammten Orte meinen Namen riefen. Als ich also so langsam wurde, dass ich beinahe schon kroch, zwang ich mich dazu, einen Fahrdienst zu rufen, anstatt überhaupt zu versuchen, die wenigen Blocks zurück zum *Countess* zu Fuß zu gehen.

Zu meinem Glück war New York mit genauso vielen privaten Fahrdiensten überflutet, wie es dieser Tage Taxis gab, und mein Wagen kam innerhalb von zwei Minuten.

»Das *Countess* Hotel?«, fragte der Fahrer, als er in den Rückspiegel blickte. Er dachte wohl: *Was für ein faules Schwein*, da die Entfernung so kurz war.

»Ja ... eigentlich, nein – streichen Sie das. Können Sie mich stattdessen bitte zu 409 Bowery bringen?«

Der Typ zog ein Gesicht. »Das müssen Sie in der App ändern.«

Ich brummte und griff in meine Tasche. Ich zog einen Hunderter aus meiner Brieftasche und warf ihn über den Vordersitz. »Fahren Sie einfach. Verstehen wir uns?«

Der Typ nahm den Hunderter und steckte ihn in seine Tasche. »Geht klar.«

»Na, sieh mal einer an, was die Katze mir vor die Tür gelegt hat. *Jeopardy!* fängt gleich an. Hast du mir zumindest Rubbellose mitgebracht, wenn du mich schon bei meiner Show störst?«

Es war das erste Mal, dass ich mich erinnerte, mit leeren Händen zu ihm gekommen zu sein. Und es war nicht so, als hätte ich nicht daran gedacht.

»Tut mir leid«, sagte ich zu ihm, »ich wollte nicht anhalten. Der Laden am Ende des Blocks, in den ich normalerweise gehe, verkauft Bier.«

Mr. Thorne nahm die Fernbedienung und schaltete den Fernseher aus. »Setz dich, mein Sohn.«

Er sagte nichts weiter und wartete stattdessen darauf, dass ich ihm erzählte, was los war. Ich wusste, dass er geduldig dasitzen würde, bis ich meine Gedanken geordnet hatte, also atmete ich lange aus und fuhr mir mit der Hand durchs Haar. »Ich weiß nicht, wo ich anfangen soll.«

»Dann fang am Anfang an.«

Ich stützte meinen Kopf in die Hände. »Ich habe es versaut.«

»Das ist okay. Wir alle machen Fehler. Jeder Tag ist eine Gelegenheit für eine neue Chance, trocken zu werden.«

Ich schüttelte den Kopf. »Nein, das ist es nicht. Ich habe nichts getrunken. Als mir klar wurde, dass ich mich in diese Richtung bewege, habe ich mir ein Taxi genommen und bin direkt hierhergekommen.«

»Nun, das ist gut. Dafür ist ein Sponsor da. Ich bin froh, dass du das Gefühl hattest, zu mir kommen zu können. Und jetzt erzähl mir, was los ist.«

Ich atmete zitternd aus. »Erinnern Sie sich an die Frau, die ich einige Male erwähnt habe – die, die Sie neulich im *Countess* getroffen haben?«

Er nickte. »Natürlich. Sophia. Die Frau, die dich die Hälfte der Zeit in die Eier treten will und die für deine hässliche Visage viel zu hübsch ist?«

Ich lächelte traurig. »Ja. Das ist sie.«

»Was ist mit ihr?«

»Wir sind jetzt zusammen. Oder zumindest waren wir das.«

»Okay ... was ist passiert, dass die Dinge sich geändert haben?«

»Ich habe ihr Vertrauen missbraucht.«

»Hast du sie betrogen?«

»Nein. Jedenfalls nicht auf die Weise, an die Sie jetzt denken.«

»Wie dann?«

»Das ist eine lange Geschichte.«

»Ich denke, du kannst dich glücklich schätzen, einen quasi gefesselten Zuhörer zu haben. Du weißt ja, dass meine Beine nicht funktionieren und ich nicht aufstehen und weggehen kann, ganz egal, wie langweilig deine wertlose Jammergeschichte ist, nicht wahr?«

Ich seufzte. »Ja.«

Obwohl Mr. Thorne bereits die schlimmste Seite von mir kannte, war es mir peinlich, ihm zu gestehen, was ich getan hatte. Zumindest konnte ich den Großteil der Scheiße, die ich in all den Jahren gebaut hatte, auf den Alkohol schieben.

»Erzähl schon«, ermutigte er mich. »Vertrau mir, was auch immer es ist, ich habe Schlimmeres getan, mein Sohn. Ich werde dich in keinem schlechteren Licht sehen.«

»Okay.« Ich holte tief Luft und machte mich bereit, am Anfang zu beginnen. »Also, ich habe Ihnen schon erzählt, dass unsere Familien nicht miteinander auskommen. Vor mehr als fünfzig Jahren stritten unsere Großväter wegen einer Frau namens Grace. Grace starb vor einigen Monaten und hinterließ meinem und Sophias Großvater jeweils neunundvierzig Prozent des Hotels.«

Mr. Thorne brummte. »Das Einzige, was meine Ex mir gegeben hat, waren Scheidungsunterlagen.«

Ich lächelte. »Wie dem auch sei, mein Großvater hasst Sophias Großvater. Und Sie wissen, wie schlecht unser Verhältnis ist, seit ich das letzte Mal Scheiße gebaut habe.«

Er nickte. »Ich weiß.«

Ich holte tief Luft. »Also, mein Großvater hat mich unmittelbar, nachdem ich aus dem Flugzeug gestiegen war, in dem ich mit Sophia gesessen hatte, angerufen. Ich erwähnte, neben wem ich soeben gesessen hatte, und er beschimpfte mich, weil ich mich von einer Frau hatte ablenken lassen.« Ich schüttelte den Kopf. »Er sagte mir, ich solle umkehren und den nächsten Flug zurück nehmen, ich wäre kein Mann für diesen Job, weil Frauen und Alkohol meine Schwächen seien. Ich entgegnete, dass er falschläge, doch er teilte mir mit, er würde stattdessen meinen Vater schicken. Dann legte er einfach auf. Da ich kurz zuvor erst durch die Passkontrolle gegangen war, dachte ich mir, ich würde etwas frische Luft schnappen und darüber nachdenken, was ich als Nächstes tun werde. Zehn Minuten später rief mein Großvater mich wieder an und sagte, er habe seine Meinung geändert und eine neue Strategie. Da ich ein Aufreißer sei, wollte er, dass ich Sophia verführe, um an den Gebotsbetrag der Sterlings zu kommen.«

Mr. Thornes Augen waren dunkel vor Enttäuschung. »Und du hast dich einverstanden erklärt, das zu tun?«

Ich schloss die Augen, ließ den Kopf hängen und nickte. »Ich habe nicht weiter gedacht, als ihn dazu zu bringen, mich bleiben zu lassen, damit ich ihm beweisen konnte, dass ich kein totaler Verlierer war. Ich hätte allem zugestimmt. Nachdem ich trocken geworden war, wurde mir klar, dass ich in meinem Leben außer meinem Job nicht mehr viel hatte. Ich hatte Caroline verloren und die meisten meiner Freunde waren Partygänger und ich musste mich von dieser Umgebung distanzieren.« Ich schnaubte. »Sie sind so ziemlich der einzige Freund, den ich habe.«

Er schüttelte den Kopf. »Von allen Dingen, über die wir im Laufe der Jahre gesprochen haben, ist dieser letzte Teil vermutlich der traurigste. Aber darüber reden wir später. Konzentrieren wir uns weiter auf das Mädchen. Du hast deinem Großvater also gesagt, dass du es machst, und wie ging es dann weiter?«

Ich zuckte mit den Schultern. »Dann … habe ich mich in sie verliebt.«

»Du hast die Sache also mit der Absicht begonnen, diese Frau zu verführen, und dann hat sich etwas geändert?«

»Das ist es ja. Obwohl ich meinem Großvater gesagt habe, ich würde sein Spiel spielen, habe ich es nie wirklich getan. Sophia und ich haben seit der Highschool diese seltsame Hassliebe zueinander. Als ich ihr das Leben schwer machte und zwischen uns die Funken sprühten, war das kein Teil davon, sie zu hintergehen. Es war echt. Es war immer echt gewesen, verdammt. Nichts, was ich je zu Sophia gesagt oder mit ihr getan habe, hatte mit meinem Großvater zu tun.« Ich fuhr mir mit den Fingern durchs Haar und zog an den Enden. »Aber jedes Mal, wenn er mich fragt, ob es mir möglich sein wird, Einzelheiten über ihr Gebot herauszubekommen, versichere ich es ihm.«

»Aber es war nie deine Absicht, diese Information von Sophia zu erhalten?«

Ich schüttelte den Kopf. »Ich hatte geplant, mir einen Betrag auszudenken, der etwas unter meinem lag, und es darauf ankommen zu lassen. Wenn ich mit der Zahl richtigläge, hätten wir das Gewinngebot abgegeben und niemand würde je etwas davon erfahren.«

»Hast du Sophia das gesagt?«

»Sie hat mir keine Gelegenheit dazu gegeben.«

»Und jetzt denkst du, sie wird dir die Wahrheit nicht glauben, wenn du sie ihr endlich darlegst.«

»Ich bin mir sicher, dass sie mir nicht glauben wird. Die ganze Sache klingt schwachsinnig – selbst als ich Ihnen die Geschichte gerade eben erzählt habe.«

Mr. Thorne nickte. »Ich hasse es, das sagen zu müssen, aber du hast recht.«

»Großartig.« Ich ließ die Schultern hängen. »Ich bin hierhergekommen, weil ich gedacht habe, Sie würden mir etwas anderes sagen.«

»Angesichts der Tatsache, dass ich dein einziger Freund bin, würde ich sagen, es ist meine Aufgabe, die Dinge beim Namen zu nennen. Ich brauche dir keinen Zucker in den Arsch zu blasen. Du brauchst einen Freund, bei dem du Luft ablassen kannst, mit dem du deine Probleme besprechen kannst und der dir dabei hilft, eine Lösung für sie zu finden. Und am meisten brauchst du jemanden, der dich daran erinnert, dass Trinken die Sache nur noch schlimmer macht.«

Ich sah zu ihm auf. »Ich weiß. Ich denke, ich wollte bloß eine Weile so tun, als gäbe es einen einfachen Ausweg aus diesem Chaos.«

»Ich weiß, mein Sohn. Wenn etwas Gutes passiert, ist unser erster Instinkt, zu trinken, um zu feiern. Wenn etwas Schlechtes passiert, sind wir bereit zu trinken, um zu vergessen. Und wenn nichts passiert, trinken wir, damit etwas geschieht. Deshalb sind wir Alkoholiker. Aber wir können unsere Probleme nicht ertränken. Denn unsere Sorgen sind olympische Schwimmer.«

Ich setzte ein gezwungenes Lächeln auf. »Danke.«

»Gern geschehen. Dafür sind beste Freunde da. Erwarte nur nicht von mir, dass ich dir Zöpfe flechte. Übrigens, ich wollte schon lange erwähnen, dass du mal wieder zum Frisör gehen solltest.«

Am Ende blieb ich den Großteil der Nacht bei Mr. Thorne. Wir fanden keinen einfachen Ausweg aus dem Chaos, in das ich mich hineinmanövriert hatte. Aber nicht, weil wir es nicht versucht hätten. Leider gab es aus dieser Situation einfach keinen *einfachen* Ausweg. Ich hoffte, dass es überhaupt einen Ausweg gab.

KAPITEL SECHSUNDZWANZIG

Sophia

Klopf, klopf, klopf.

Es war fast Mitternacht. Wenn es nicht der Putzdienst war, der an die Tür meines Büros klopfte, was ich ernsthaft bezweifelte, konnte es um diese Zeit nur eine Person sein.

Ich blieb still und hoffte, er würde denken, ich hätte mein Licht angelassen, und wieder verschwinden. Das Letzte, was ich brauchte, war eine Auseinandersetzung mit Weston. Ich fühlte mich ausgelaugt sowie körperlich und geistig erschöpft, nachdem ich die letzten zwei Tage mit meinem Großvater und Vater verbracht hatte. Nachdem ich mich heute Abend zurück ins *Countess* geschlichen hatte, wollte ich mich einfach nur ins Bett legen. Aber mein Großvater hatte mich gebeten, ihm eine Reihe von Informationen zuzusenden, und da ich nach dem, was ich ihm erzählt hatte, auf wackeligem Boden stand, wollte ich ihm zeigen, dass ich mich der Sache zu einhundert Prozent verschrieben hatte. Aus diesem Grund war ich direkt in mein Büro gegangen, bevor ich überhaupt meine Suite aufgesucht hatte. Ich war erleichtert gewesen, als ich sah, dass das Licht in Westons

Büro ausgeschaltet war, als ich vor einigen Minuten daran vorbeiging.

Klopf, klopf, klopf.

Ich hielt ein zweites Mal den Atem an.

»Soph, ich weiß, dass du dort drinnen bist. Seit deiner Abreise habe ich die Überwachungskameras des Hotels beobachtet und darauf gewartet, dass du zurückkommst. Ich habe gesehen, wie du vor Kurzem das Hotel betreten hast.«

»Verschwinde einfach, Weston.«

Es überraschte mich nicht, dass er nicht Folge leistete. Stattdessen öffnete er die Tür zu meinem Büro. Aber anstatt sie weit aufzustoßen, hielt er inne, als sie lediglich einen Spaltbreit geöffnet war. »Ich komme rein. Bitte wirf nichts nach mir. Ich will bloß zwei Minuten haben.«

Ich zog eine Grimasse. So sehr ich ihn in diesem Moment auch hasste, ein kleiner Teil von mir hatte ein schlechtes Gewissen, dass ich ihm das Handy an den Kopf geworfen und ihn verletzt hatte. Ich war einem anderen Menschen gegenüber noch nie gewalttätig geworden.

Weston öffnete langsam die Tür, bis er vollständig sichtbar war. Sein Aussehen sorgte für einen unfreiwilligen Schmerz in meiner Brust. Sein Haar war zerzaust und er sah aus, als hätte er sich seit Tagen nicht mehr rasiert. Er trug ein zerknittertes Hemd, eine Hose, von der ich mir sicher war, dass er in ihr geschlafen hatte, und auf seiner Stirn über der linken Augenbraue klebte ein großes Pflaster.

Ich seufzte. Meine Stimmung hatte sich gestern von wütend zu traurig gewandelt. Ich wollte kein Handy mehr werfen, stattdessen weinte ich mich gestern Abend in den Schlaf. Ich hatte nicht einmal geweint, als Liam und ich uns trennten, und wir waren sehr lange zusammen gewesen. Allerdings würde ich Weston nicht die Befriedigung geben und ihm zeigen, wie verletzt ich war. Es war schlimm genug, dass ich auf diesen

Betrüger hereingefallen war. Mein Stolz konnte es nicht ertragen, wenn er sah, wie jämmerlich und traurig mich die Sache gemacht hatte. Aus diesem Grund versuchte ich mein Bestes, gemein und verbittert zu sein, wenngleich mir die Energie dafür fehlte. Ich wollte nur, dass dieses Spiel vorbei war, damit ich nach vorn blicken und weitermachen konnte.

»Was willst du, Weston? Ich bin erschöpft von der Reise und muss noch etwas arbeiten, bevor ich ins Bett gehe.«

Er trat ein und schloss leise die Tür hinter sich. »Es tut mir so leid, Soph.«

»Okay. Wunderbar. Danke. Sind wir jetzt fertig?«

Westons Hundeblick täuschte den Schmerz verdammt gut vor. Wenn ich nicht wüsste, was für ein erstklassiger Schauspieler er war, hätte ich vielleicht sogar geglaubt, dass er genauso mitgenommen war wie ich.

»Ich weiß, das, was du gelesen hast, sieht nicht gut aus. Aber ich schwöre, ich habe nie Informationen von dir entwendet und hatte niemals vor, meiner Familie irgendetwas zuzuspielen. Du musst mir glauben.«

»Nein. Tatsächlich muss ich das nicht. Was ich tun muss, ist, aus meinen Fehlern zu lernen. Und irgendetwas zu glauben, was aus deinem Mund kam, war Fehler Nummer eins. Glaub mir, das werde ich nicht noch einmal tun.«

Er kam einige Schritte näher. »Mein Großvater hat mir nicht vertraut, als ich ihm sagte, dass du die Leitung für die Sterlings übernommen hast. Aufgrund der Dinge, die während der letzten Jahre vorgefallen waren, wusste er, dass Frauen und Alkohol mein Untergang sind. Er wollte, dass mein Vater das Ruder übernimmt. Er wollte mich nur bleiben lassen, wenn ich zustimmte, Informationen von dir zu bekommen.«

»Mein Vater hat mich aufgefordert, das Gleiche zu tun. Ich glaube, seine exakten Worte waren, ich solle meine *weiblichen Reize* nutzen, um Informationen aus dir herauszubekommen.

Aber das weißt du ja bereits, nicht wahr? Und weißt du, *warum* du das bereits weißt? Weil ich dir davon erzählt habe.«

Weston schloss die Augen. »Ich weiß.«

Ich spürte das vertraute Brennen in meiner Kehle, der Vorbote der Tränen. Ich schluckte hörbar und sagte: »Und ich war dämlich genug, dich mit all meinen Unterlagen und meinem Laptop allein in meiner Suite zu lassen. Du hast sicherlich ordentlich gelacht, als du meine Sachen durchwühlt hast. Das war das einfachste Ziel, das du je erreicht hast.«

»Nein, so war es nicht. Ich habe deine Sachen kein einziges Mal durchgesehen. Ich schwöre.«

Mir wurde schwindelig wegen all der dummen Dinge, die ich mit diesem Mann getan hatte. »Meine Güte. Wir hatten Sex ohne Kondom. Muss ich mich sofort auf Geschlechtskrankheiten untersuchen lassen? Hast du mich darüber auch angelogen?«

Weston schloss die Augen. »Nein. Ich bin gesund. So etwas würde ich niemals tun.«

Oh Gott, ich war wirklich eine Idiotin. Ich hatte meinem *Erzfeind* vertraut – hatte ihm mehr vertraut als dem Urteil meiner eigenen Familie und dabei meine Karriere aufs Spiel gesetzt.

»Was kann ich tun, Soph?«, flehte Weston. »Was kann ich tun, um dir zu beweisen, dass ich die Wahrheit sage? Wir können meinen Großvater anrufen, den Lautsprecher anstellen und ich werde ihn fragen, ob ich ihm jemals irgendwelche Informationen gegeben habe. Ich tue alles. Sag mir nur was.«

Ich schüttelte den Kopf. »Wenn du alles für mich tust, dann verschwinde, Weston.«

Unsere Blicke trafen sich und in seinen Augen standen die Tränen. Oh Gott, ich war eine solche Idiotin. Selbst nach allem, was passiert war, wollte ich ihm *trotzdem* noch glauben. Ich wollte so tun, als hätte ich die E-Mail niemals gesehen, und zurückkehren zu dem, wie die Dinge vorher waren. Ich hatte mich wirklich sehr in ihn verliebt.

Schließlich nickte er. »Okay.«

Er drehte sich um und öffnete die Tür, aber mir fiel eine Sache ein, die er für mich tun sollte. Also rief ich ihm nach.

»Hey, ich habe meiner Familie erzählt, ich hätte aus Versehen einige meiner Arbeitsunterlagen in einem Bereich liegen gelassen, zu dem du Zugang hattest. Es war mir zu peinlich, meinem Vater und Großvater zu gestehen, dass dieser Zugang sich in meinem Schlafzimmer befunden hatte, wo ich dir nicht nur in unser Gebot Einsicht gewährt habe. Wenn du also etwas für mich tun willst, dann halte wenigstens diese Farce aufrecht. Die Männer in meiner Familie müssen wirklich nicht erfahren, dass mir beim Geschäftlichen meine Gefühle in die Quere gekommen sind.«

Weston zuckte zusammen. »Ich verstehe.«

Nachdem er das Büro verlassen hatte, saß ich da und starrte auf die geschlossene Tür. Es fühlte sich symbolisch an. Die Art, wie wir die Dinge neulich Abend belassen hatten, war so unfertig gewesen. Wir hatten offensichtlich ein abschließendes Gespräch gebraucht. Jetzt, da es vorbei war, sollte ich Erleichterung verspüren. Wenngleich Erleichterung bedeutete, das zu akzeptieren, was passiert war, und sich von der geschlossenen Tür zu entfernen. Aber mein Herz wollte nicht weggehen. Deshalb hängte ich stattdessen ein Zweifachschloss an diese Tür, um dafür zu sorgen, dass sie nicht noch einmal aus Versehen geöffnet wurde.

KAPITEL SIEBENUNDZWANZIG

Weston

Zwei Tage später wartete ich ungeduldig, ob Sophia auftauchen würde.

Wir hatten eine Besprechung mit Hotelanwältin Elizabeth Barton angesetzt, um einige kurzfristige Probleme mit der Vertragsverlängerung zu besprechen. Ich hatte einen Anruf erwartet, um mir mitzuteilen, dass die Besprechung abgesagt worden war oder zumindest zu einer Telefonkonferenz geändert wurde, anstatt sich persönlich zu treffen. Ich war schon eine halbe Stunde vor unserem geplanten Treffen eingetroffen, für den Fall, dass Sophia dort sein würde. Aber mit jeder Minute, die verging, verlor ich etwas mehr die Hoffnung, dass sie kommen würde.

Um punkt neun Uhr erschien etwas Rotes im Türrahmen. Der Eingang zur Empfangshalle bestand aus einer Glasfront und so sah ich, wie Sophia mit der Hand an der Tür zögerte. Sie atmete tief ein, hob das Kinn und drückte die Schultern nach hinten, und ich hätte schwören können, ich verliebte mich noch mehr in sie.

Während der ganzen Zeit hatte ich gedacht, dass unsere Streitereien sie so unwiderstehlich für mich machten. Ihre Wut war wie mein Feuerstein und ich war der kleine Junge, der gern mit Streichhölzern spielte. Aber in diesem Moment wurde mir klar, dass es überhaupt nicht ihre Wut war, von der ich mich angezogen gefühlt hatte – es war ihre Stärke. Wenn sie einen Raum betrat, war ihre Schönheit unbestreitbar. Wenn sie lächelte, bekam ich weiche Knie. Aber wenn sie sich gerade aufrichtete und ihre Augen vor Entschlossenheit funkelten, dann war sie nicht der Feuerstein für meinen Funken. Sie war das *Feuer*. Ein unbestreitbar schönes Feuer.

Wunderbar.

Einfach perfekt.

Mein Herz hämmerte in meiner Brust, als sie zum Empfangstresen ging und etwas sagte. Obwohl sie nur anderthalb Meter entfernt stand und es im Bereich der Rezeption ansonsten still war, konnte ich kein einziges Wort hören. Das Blut, das in meinen Ohren rauschte, war viel zu laut.

Seit unserem Gespräch neulich Abend hatte ich geübt, was ich zu ihr sagen würde, wenn ich noch eine Chance bekäme. Ich hatte vorgehabt, ihr weitere Details zu erzählen – ich wollte alle Karten offen auf den Tisch legen und sie davon überzeugen, dass ich niemals vorhatte, sie zu hintergehen. Aber ehrlich, nichts von dem spielte mehr eine Rolle. Ob ich nun geplant hatte, die Informationen von ihr zu stehlen oder nicht, war nahezu irrelevant. Die Tatsache, dass ich zugestimmt hatte, es zu tun, und ihr nie davon erzählt hatte, war Betrug genug. Ich musste mich nicht darauf konzentrieren, was ich falsch gemacht hatte, sondern wie ich ihr gegenüber empfand und was ich tun würde, um die Sache wiedergutzumachen.

Mit einem neuen Schlachtplan stand ich auf und ging zu der Rezeptionistin, bei der Sophia immer noch stand.

»Oh, hi«, sagte die Frau. »Ich habe Miss Sterling gerade informiert, dass Miss Barton sich um einige Minuten verspäten wird. Sie hatte vor ihrer Besprechung eine interkontinentale Telefonkonferenz, die mit Verspätung angefangen hat.«

Sophia richtete sich noch etwas mehr auf und ignorierte mich neben sich vollkommen. »Wissen Sie, wie lange es dauern wird?«, fragte sie. »Ich habe hiernach noch eine weitere Besprechung.«

Ich hätte mein Bankkonto verwettet, dass es danach keine weitere Besprechung gab.

»Sie sollte sich nicht mehr als zehn, fünfzehn Minuten verspäten«, sagte die Rezeptionistin. »Kann ich Ihnen eine Tasse Kaffee oder Tee bringen, während Sie warten?«

Sophia seufzte. »Nein danke.«

Sie sah mich an und ich winkte mit der Hand. »Danke, für mich auch nichts.«

»In Ordnung. Nun, warum nehmen Sie beide nicht Platz und ich werde Ihnen Bescheid sagen, sobald sie Ihre Konferenz beendet hat.«

»Sagen Sie«, ich trat einen Schritt näher heran, »haben Sie zufällig einen freien Konferenzraum?«

»Ähh … sicher. Der Raum, in dem Ihre Besprechung stattfindet, ist verfügbar. Müssen Sie einen Anruf tätigen?«

Ich schüttelte den Kopf. »Nein. Miss Sterling und ich müssen etwas Geschäftliches besprechen. Meinen Sie, wir könnten den Raum nutzen, bevor Miss Barton bereit ist?«

Die Rezeptionistin lächelte. »Selbstverständlich. Kein Problem.« Sie erhob sich. »Folgen Sie mir doch bitte und ich werde Elizabeth wissen lassen, wo Sie sind, sobald sie fertig ist.«

Da Sophia kurz verwirrt schien, nutzte ich die Gelegenheit, denn ich wusste, sobald sie wieder bei klarem Verstand war, würde sie nicht freiwillig einen Raum mit mir betreten. Ich legte ihr meine Hand ins Kreuz und streckte den anderen Arm aus, um ihr zu bedeuten, mir vorauszugehen.

»Nach dir …«

Sie spannte den Kiefer an, machte aber keine Szene. Das war nicht Sophias Stil, zumindest nicht in der Eingangshalle vor den Augen der Rezeptionistin. Wenngleich ich keinen Zweifel hatte, dass sie mir einen ordentlichen Einlauf verpassen würde, sobald die Tür des Konferenzraums geschlossen war. Aus diesem Grund musste ich sie von ihrem Vorhaben abhalten und sie überrumpeln, bevor sie eine Chance hatte, etwas zu sagen.

Wir folgten der Rezeptionistin in einen langen Raum. Ich war froh, dass es keiner dieser Glaskästen war, die die amerikanischen Unternehmen heutzutage so sehr lieben und wo alles, was drinnen vor sich ging, für jeden sichtbar war, der draußen vorbeiging.

»Sind Sie sicher, dass ich Ihnen keinen Kaffee bringen kann?«, fragte die Rezeptionistin an der Tür, nachdem wir beide eingetreten waren.

»Ja, danke, ich möchte nichts«, sagte Sophia.

»Danke.« Ich lächelte und deutete zur Tür. »Wenn es Ihnen nichts ausmacht, werde ich die Tür schließen.«

»Oh. Natürlich. Ja. Ich werde das für Sie tun.« Sie griff nach der Klinke und zog die Tür leise hinter sich zu.

»Weston –« Sophia kam sofort zur Sache.

Aber ich fiel ihr ins Wort. »Ich brauche dreißig Sekunden. Wenn du willst, werde ich danach in die Eingangshalle gehen und dort warten.« Ich hatte keine Ahnung, wie viel Zeit wir hatten oder ob wir noch einmal eine Möglichkeit bekommen würden, uns zu unterhalten, bevor die Gebotsabgabe für das *Countess* abgewickelt wurde, deshalb musste ich sagen, was ich sagen wollte – und das schnell.

Sophia verzog den Mund zu einem dünnen Strich. Sie stimmte nicht zu, mir dreißig Sekunden zu geben, aber ich dachte mir, dass sie nichts sagte, war das Beste, was ich kriegen konnte. Also ging ich nervös auf und ab, sah zu Boden und versuchte, die richtigen Worte zu wählen.

Mein Brustkorb fühlte sich an, als würde sich ein Gewicht darauf befinden und die Luft aus meiner Lunge pressen. Und ich wusste ganz genau, was dieses Gewicht war. Ich hatte diesen Moment, um mir alles von der Seele zu reden.

Jetzt oder nie.

Sei nicht dein ganzes Leben lang ein Feigling.

Also holte ich tief Luft, schaute über den Tisch und wartete darauf, dass Sophia aufblickte. Irgendwann brachte die peinliche Stille sie dazu, mir in die Augen zu sehen, und ich legte los.

Scheiß drauf.

Ganz oder gar nicht.

»Ich liebe dich, Sophia. Ich weiß nicht, wann es angefangen hat oder ob das überhaupt noch eine Rolle spielt, aber ich will, dass du es weißt.«

Zuerst sah ich Hoffnung in ihren Augen aufflackern. Sie wurden vor Überraschung größer und an ihren Mundwinkeln bemerkte ich den winzigen Anflug eines Lächelns. Aber so schnell, wie die Hoffnung erschienen war, so schnell verschwand sie auch wieder.

Und ich sah zu, wie sie sich erinnerte.

Sich erinnerte, wie ich sie hintergangen hatte.

Sich erinnerte, dass sie mich hassen sollte.

Sich erinnerte, dass sie nichts, was ich sagte, glauben sollte.

Innerhalb von zehn Sekunden wandte sich die winzige Aufwärtsbewegung ihrer Mundwinkel in die andere Richtung und sie kniff misstrauisch die Augen zusammen.

»Du hast keine Ahnung, was Liebe ist.«

Ich schüttelte den Kopf. »Da liegst du falsch. Ich weiß vielleicht vieles nicht – zum Beispiel, wie ich mich in meiner Familie durchsetzen soll oder wie ich zu meinem Großvater Nein sage, wenn er mir sagt, ich solle etwas moralisch Verwerfliches tun, oder selbst wie man eine Beziehung führt, denn ich hatte weiß Gott nie ein richtiges Vorbild dafür, wie eine normale Beziehung aussehen sollte. Aber ich weiß absolut, dass ich dich liebe. Weißt du wieso?«

Sie antwortete nicht. Aber sie sagte mir auch nicht, ich solle aufhören.

Also sprach ich weiter.

»Ich weiß, dass ich dich liebe, denn in den fünf Jahren seit Carolines Tod wollte ich noch nie ein besserer Mann sein. Ich habe kein einziges Mal in den Spiegel geblickt und mich dafür interessiert, ob mir gefällt, was ich sehe. Aber seit du in dieses Flugzeug gestiegen bist und mich aufgefordert hast, den Fensterplatz zu räumen, starre ich mich jeden Morgen an und frage mich, was ich heute tun könnte, um ein besserer Mensch zu sein – ein besserer Mann, der eine Frau wie dich verdient.

Ich weiß, dass ich dich liebe, da meine Familie mich verstoßen wird, weil ich mich in dich verliebt habe. Und das macht mir nicht halb so viel Angst wie die Möglichkeit, dass du diesen Raum verlassen könntest, ohne mir zu glauben, dass mein Herz mehr dir gehört, als es jemals einem anderen Menschen gehört hat.

Ich weiß, dass ich dich liebe, weil ich während meines gesamten Lebens das Gefühl hatte, keinem anderen Zweck zu dienen, als ein Ersatzteillager für meine Schwester zu sein … bis du kamst.

Ich weiß, dass ich dich liebe, weil …« Ich schüttelte den Kopf und fuhr mir mit der Hand durchs Haar. »Denn *du bist der beste, lieblichste, zärtlichste und schönste Mensch, den ich kenne – und selbst das ist eine Untertreibung.*«

Sophia öffnete leicht den Mund und ihre Augen füllten sich mit Tränen. Ich brauchte ihr nicht zu sagen, dass ich dieses Zitat von F. Scott Fitzgerald anstatt von Shakespeare geliehen hatte. Vor einem Monat hatte ich nach Zitaten gesucht, um sie über ihren Ex aufzuziehen, aber schon bald darauf fing ich an, Spaß daran zu finden, sie zu lesen. So viele erinnerten mich an sie, wie dieses.

Ich räusperte mich. »Soph, ich habe Scheiße gebaut. Es ist nicht so, wie du denkst, aber mir ist bewusst, dass es keine Rolle spielt, ob ich die Absicht hatte, meinem Großvater überhaupt irgendwelche Informationen zu geben oder nicht. Ich hätte dir davon erzählen müssen oder ihn nicht in dem Glauben lassen sollen, dass ich sein Spiel mitspiele. Ich musste dein Vertrauen nicht missbrauchen, um es zu verlieren. Selbst die kleinste Lüge kann den größten Schaden anrichten.«

Sie schniefte. »Ich fühle mich wie eine Idiotin, weil ich dir glauben will.« Sie schüttelte den Kopf und blickte zu Boden. »Ich kann es einfach nicht, Weston. Ich kann nicht.«

»Soph, nein. Sag das nicht. Sieh mich an.«

Sie schüttelte weiter den Kopf. Als eine Träne aus ihrem Auge rollte, blickte sie zu mir auf und flüsterte: »Countess.«

Ich runzelte die Stirn. Dann erinnerte ich mich daran, dass ich sie gebeten hatte, ein Safeword zu wählen, für den Fall, dass es ihr zu viel werden würde. Bis jetzt hatte sie es noch nie benutzt. Ich hatte das Gefühl, als würde mein Herz in zwei Teile zerbrechen.

Sophia ging zur Tür des Konferenzraumes. Ich streckte den Arm nach ihr aus, doch sie hob die Hand und hielt mich auf.

»Bitte nicht. Ich muss zur Toilette.« Ihre Stimme war so sanft und voller Emotionen, dass es mich fast zerriss. »Geh mir nicht nach. Bitte lass mich in Ruhe. Du hast gesagt, was du sagen wolltest. Ich habe zugehört. Das habe ich wirklich. Und jetzt möchte ich allein sein.«

Ich senkte den Kopf und nickte. »Geh. Ich will es nicht noch schlimmer machen.«

Sophia kam zehn lange Minuten nicht zurück. Als sie wieder da war, sah ich, dass sie geweint hatte. Ich fühlte mich wie ein Arschloch, weil ich sie kurz vor einer geschäftlichen Besprechung so aufgewühlt hatte. Wir beide schwiegen, als wir am Konferenztisch warteten. Ich warf ihr verstohlene Blicke zu, während sie den Augenkontakt mied. Als Elizabeth Barton schließlich eintrat, sah Sophia mir endlich in die Augen.

Ich wusste, dass es sie schmerzte, mir gegenüber am Tisch sitzen zu müssen, deshalb stand ich auf, als Elizabeth Platz nahm. Ich hatte das erreicht, wofür ich gekommen war, und der Rest war nun egal. Nichts spielte mehr eine Rolle. Zumindest konnte ich Sophia etwas Erleichterung verschaffen, indem sie mich nicht ansehen musste.

Ich knöpfte mein Jackett zu und räusperte mich. »Elizabeth, verzeihen Sie, aber mir ist etwas dazwischengekommen und ich muss dringend weg.«

Die Anwältin sah überrascht aus. »Das tut mir leid. Sollen wir das Gespräch vertagen?«

Ich schaute zu Sophia. »Nein. Fahren Sie beide einfach fort. Ich werde mich später mit Ihnen zusammensetzen, wenn Sie Zeit haben.«

Elizabeth blickte nun vollkommen verwirrt drein. »Oh … okay. Nun, vereinbaren Sie doch einfach einen Termin mit der Rezeptionistin, bevor Sie gehen, und wir werden uns dann unterhalten.«

Ich nickte unverbindlich. »Natürlich.«

Während der nächsten achtundvierzig Stunden besuchte ich Mr. Thorne viermal. Entweder tat ich das oder ich würde eine Flasche Wodka trinken. Ich ignorierte die Anrufe meines Großvaters und setzte mich auch nicht mit Elizabeth Barton in Verbindung, um die Informationen zu bekommen, die ich von ihr benötigte. Die einzige Verantwortung, der ich mich nicht entzog, waren die Boltons. Die Kostenvoranschläge und überarbeiteten Baupläne waren eingereicht worden und ich arbeitete zusammen mit Travis daran, einige Sachen wegzulassen, da uns das die Chance gab, immer noch pünktlich zur ersten geplanten Veranstaltung nächsten Monat fertig zu werden. Es war nicht so, als hätte ich an der Baustelle mehr Interesse als an den anderen Dingen, aber Sophia war verletzlich und ich wollte nicht, dass sie mit einem Mann Zeit verbringt, der sich für sie interessiert. Ich hatte mich vielleicht verliebt, aber ich war weiterhin ein egoistisches Arschloch.

Sophia und ich begegneten einander in den Fluren. Sie tat ihr Bestes, um Blickkontakt zu vermeiden, während ich mein Bestes tat, nicht auf die Knie zu fallen und sie um Vergebung anzuflehen. Die Stunden verstrichen, als die Frist zur Einreichung unserer Gebote sich näherte. In weniger als vierundzwanzig Stunden würde alles vorbei sein. Einer von uns würde unserer Familie den Sieg bescheren, während der andere sich von der Niederlage nie wieder erholen würde. Aber vor allem hätten Sophia und ich keinen Grund mehr, in Kontakt zu bleiben. Einer von uns würde höchstwahrscheinlich darum gebeten werden, das Hotel zu verlassen, und wir würden zu dem zurückkehren, was wir die letzten zwölf Jahre waren – zwei Menschen, die sich ab und zu bei einer Veranstaltung begegneten und sich auf entgegengesetzten Seiten des Raumes aufhielten.

In der Nacht vor der Gebotsabgabe konnte ich nicht schlafen. Ich hatte meinem Großvater meine endgültige Bewertung des Hotels per E-Mail zugeschickt, zusammen mit meiner Gebotsempfehlung. Er hatte mir geantwortet und mich gefragt, ob ich mir sicher wäre, dass das Gebot höher war als das der Sterlings. Ich hatte es ihm bestätigt, wenngleich ich keinen blassen Schimmer hatte.

Um vier Uhr dreißig konnte ich nicht mehr im Bett liegen und beschloss, joggen zu gehen. Normalerweise lief ich fünf Kilometer, aber heute lief ich, bis meine Beine brannten, und dann den ganzen Weg zurück, wobei ich den Schmerz genoss, den jeder Schritt in meinem Körper hervorrief.

Weil der Coffeeshop in der Eingangshalle bereits geöffnet war, kaufte ich eine Flasche Wasser und setzte mich in eine ruhige Ecke, in der Sophia und ich zuvor schon gesessen hatten. Ein großes Gemälde von Grace Copeland hing in der Nähe und zum ersten Mal warf ich einen genauen Blick darauf.

»Es wurde anhand eines Schnappschusses gemalt, der an ihrem fünfzigsten Geburtstag entstanden ist«, sagte eine vertraute Stimme.

Ich schaute zur Seite und sah Louis, den Geschäftsführer des Hotels, der gemeinsam mit mir das Gemälde bewunderte. Er deutete auf den Stuhl neben mir. »Macht es Ihnen etwas aus, wenn ich mich setze?«

»Ganz und gar nicht. Nehmen Sie Platz.«

Wir schauten weiterhin schweigend auf das Bild, bis ich schließlich fragte: »Sie haben von Anfang an für sie gearbeitet, nicht wahr?«

Louis nickte. »Fast. Ich habe am Empfangstresen gearbeitet, als dieses Hotel eine heruntergekommene Absteige war. Die Jahre nachdem sie Mr. Sterling und Ihren Großvater ausgezahlt hatte, waren sehr unsicher. Es gab Wochen, in denen sie uns keinen Lohn zahlen konnte, aber wir alle hatten uns Grace so sehr verschrieben, dass wir einen Weg fanden, um zu überleben.«

Ich sah wieder zu dem Gemälde. Grace Copeland war eine schöne Frau gewesen. »Warum hat sie nach der aufgelösten Verlobung mit dem alten Sterling nie geheiratet? An mangelnder Gelegenheit kann es nicht gelegen haben.«

Louis schüttelte den Kopf. »Es gab definitiv sehr viele Verehrer, die an Grace Interesse hatten. Und mit einigen ist sie ausgegangen. Aber ich glaube, ihr gebrochenes Herz ist nie wirklich geheilt. Sie hat gelernt, mit ihm in Einzelteilen zu leben, und ab und zu verschenkte sie auch ein oder zwei Stücke davon, aber sie war fest davon überzeugt, dass sie sich einem Menschen nur dann verschrieb, wenn dieser ihr gesamtes Herz besitzt.«

Ich blickte Louis an. »Sie sind verheiratet, richtig?«

Er lächelte. »Dreiundvierzig Jahre. An einigen Tagen kann ich es morgens nicht erwarten, das Haus zu verlassen, um von meiner Agnes eine kleine Pause zu bekommen. Sie neigt dazu, viel zu reden, und das meistens über die Angelegenheiten anderer Leute. Aber jeden Abend freue ich mich, zu ihr nach Hause zu kommen.«

»Glauben Sie also, dass es wahr ist?«

Er zog die Augenbrauen zusammen. »Was meinen Sie?«

»Glauben Sie, wenn jemand Ihr Herz genommen hat, werden Sie danach nicht mehr in der Lage sein, auf die gleiche Art zu lieben?«

Louis dachte kurz darüber nach. »Ich glaube, dass manche Menschen sich ihren Weg in unsere Herzen bahnen und dort bleiben, selbst lange nachdem sie körperlich gegangen sind.«

Mein Telefon klingelte um zehn nach neun. Ich kannte die Nummer nicht, hatte aber das Gefühl zu wissen, wer es war.

»Hallo?«

»Mr. Lockwood?«

»Ja.«

»Hier spricht Otto Potter.«

Ich lehnte mich auf meinem Stuhl zurück. »Ich dachte mir, ich würde vielleicht von Ihnen hören.«

»Nun, ich wollte nur sichergehen, dass das Gebot, das ich von Ihnen erhalten habe, korrekt ist.«

Ich atmete tief ein und blies die Luft aus. »Das ist es. Was auf dem Formular geschrieben steht, ist mein Gebot stellvertretend für die Familie Lockwood.«

»Und Sie sind sich bewusst, dass es sich hierbei nicht um ein Bieterverfahren nach dem Rundenprinzip handelt. Es gibt nur ein Gebot, das beste bekommt den Zuschlag.«

Ich schluckte. »Das weiß ich.«

»In Ordnung. Wir werden uns in Kürze wieder bei Ihnen melden.«

Nachdem ich aufgelegt hatte, schloss ich die Augen und wartete darauf, dass mich die Panik überkommen würde. Überraschenderweise tat sie es nicht. Stattdessen fühlte ich mich auf unheimliche Weise ruhig. Vielleicht zum ersten Mal seit langer Zeit – oder vielleicht zum ersten Mal überhaupt.

KAPITEL ACHTUNDZWANZIG

Sophia

»Nochmals herzlichen Glückwunsch, Sophia.« Elizabeth Barton streckte mir die Hand hin, als wir uns vom Konferenztisch erhoben.

»Ich danke Ihnen.« Es gelang mir, ein annehmbares Lächeln zu erzwingen.

Sieben Tage waren vergangen, seit ich den Anruf erhalten hatte, meiner Familie den Zuschlag gesichert zu haben, und dennoch fühlte es sich an, als hätte ich den Krieg verloren. Mein Vater war eingeflogen, um mich *ohne Spencer* zum Abendessen auszuführen und zu feiern, und mein Großvater hatte mir eine Stelle angeboten, um die Hotelketten unserer Familie an der Westküste zu leiten – die größte Region, die wir besaßen. Alles fügte sich und dennoch hatte ich mich innerlich noch nie so leer gefühlt. Der Grund dafür war offensichtlich.

»Werden Sie auch weiterhin das *Countess* leiten?«, fragte Elizabeth.

»Ich bin mir noch nicht sicher. An der Westküste ist eine Stelle frei, ich habe mich aber noch nicht entschieden, wo ich hingehen möchte.«

Sie nickte. »Gut, ich werde mit Ihnen in Kontakt bleiben, solange Sie mir nichts Gegenteiliges mitteilen.«

»Vielen Dank.«

Elizabeth reichte Otto Potter die Hand. »Es war nett, Sie kennenzulernen, Otto. Ich wünsche Ihnen viel Glück mit Easy Feet.«

»Angesichts des Schecks, den Sie mir gerade überreicht haben, denke ich, dass Easy Feet sich eine ganze Weile auf der Easy Street fortbewegen wird.«

Sie lächelte. »Fahren Sie zurück in den Norden Manhattans? Sollen wir zusammen ein Taxi nehmen?«

Otto schüttelte den Kopf. »Ich werde noch ein wenig hierbleiben.«

Die beiden schüttelten sich die Hände und dann waren nur noch Otto und ich übrig. Er lächelte freundlich. »Ich hatte gehofft, kurz mit Ihnen sprechen zu können, wenn Sie Zeit haben.«

Ich deutete mit der Hand auf unsere Plätze. »Selbstverständlich. Ich habe sehr viel Zeit.«

Nachdem wir es uns bequem gemacht hatten, nahm Otto einen Zettel aus seiner Tasche und faltete ihn auf. Er schob ihn mir über den Tisch zu. »Die Bedingungen der Gebotsabgabe waren vertraulich. Aber ich dachte mir, jetzt, da alle Dokumente unterschrieben sind und Sie die Mehrheitseigentümerin des *Countess* sind, kann es nicht schaden, Ihnen das Gebot zu zeigen, das ich von den Lockwoods erhalten habe.«

Ich nahm den Zettel und überflog ihn. Es handelte sich um das gleiche Gebotsformular, das ich unterschrieben hatte, um das Gebot meiner Familie zu übermitteln, nur stand auf diesem an der Stelle, wo der Gebotsbetrag eingetragen werden sollte, ein Dollar. Ich blickte auf das Seitenende, um die Unterschrift zu überprüfen. Und tatsächlich, niemand anderes als Weston Lockwood hatte es unterzeichnet.

Ich schüttelte den Kopf und sah zu Otto auf. »Ich verstehe nicht.«

Er zuckte mit den Schultern. »Ich habe es auch nicht verstanden. Deshalb habe ich Weston angerufen, um sicherzugehen, dass es kein Fehler war. Er bestätigte mir, dass dieses in der Tat das Gebot seiner Familie sei.«

»Aber … das bedeutet, er wollte verlieren.«

Otto nahm den Zettel wieder an sich und faltete ihn zusammen. Als er ihn in die Tasche steckte, sagte er: »Ich glaube, er wollte vielmehr dafür sorgen, dass jemand anderes gewinnt.«

Mein Herz raste, als ich vor der Tür stand. Die letzten Wochen waren die Hölle gewesen. Jeder meiner Schritte hatte sich angefühlt, als würde ich über eine lange Brücke gehen. Heute sollte der Tag sein, an dem ich endlich auf der anderen Seite ankam. Aber stattdessen stand ich wieder an dem Ort, an dem ich losgegangen war.

Heute Morgen hatte ich vorgehabt, den Vertrag für das *Countess* zu unterschreiben, um den Kauf offiziell zu machen, und wollte dann versuchen, mich zu entspannen und darüber nachzudenken, wo es mich als Nächstes hin verschlagen wird. Ich hatte meinem Großvater gesagt, dass ich ihm wegen des Jobs an der Westküste morgen Bescheid geben würde, und hatte also einige große Entscheidungen zu treffen. Ich war davon ausgegangen, mich nach den heutigen Formalitäten mental besser zu fühlen. Aber jetzt war ich noch verwirrter als zuvor und musste die Dinge aus erster Hand hören.

Also hob ich die Hand und atmete tief ein, als ich an die Tür von Westons Hotelzimmer klopfte. Acht Tage waren vergangen, seit ich ihn im Konferenzraum gesehen hatte. Sein Büro war dunkel und verschlossen und im Hotel war er unauffindbar gewesen. Wenn ich es nicht besser wüsste, hätte ich gedacht, er wäre abgereist. Aber ich wusste es besser, weil ich die Reservierungen des Hotels durchgesehen hatte, um herauszufinden, ob er ausgecheckt hatte. Bis gestern Abend hatte er das noch nicht getan.

Als ich zitternd ausatmete, zwang ich mich dazu, mit den Fingerknöcheln an die Tür zu klopfen. Mein Herz hämmerte wie wild, während ich darauf wartete, dass sie geöffnet wird, und mein Kopf fühlte sich an, als hätte ich eine Erkältung – er war voller vernebelter Gedanken, die sich nicht vertreiben ließen. Ich hatte so viele Fragen. Nach ein oder zwei Minuten, in denen ich keine Antwort bekam, klopfte ich erneut, dieses Mal lauter. Während ich wartete, ertönte das Klingeln des Aufzugs am Ende des Flurs und die Tür öffnete sich. Ein Hotelpage schob einen vollen Gepäckwagen heraus und kam in meine Richtung. Er tippte sich an den Hut.

»Guten Tag, Miss Sterling.«

»Bitte nennen Sie mich Sophia.«

»In Ordnung.« Er schob eine Schlüsselkarte in ein Zimmer zwei Türen weiter und machte sich daran, das Gepäck hineinzutragen. Als er damit fertig war, deutete er auf die Tür, vor der ich stand.

»Suchen Sie nach Mr. Lockwood?«

»Das tue ich. Ja.«

Er schüttelte den Kopf. »Ich glaube, er hat vor einer Weile ausgecheckt. Ich habe ihn mit seinem Gepäck am Empfangstresen gesehen, als ich gegen neun Uhr zur Arbeit kam.«

Ich fühlte mich, als würde mein Herz stillstehen. »Oh. Okay.«

Da ich keinen Grund mehr hatte, dort zu stehen, überlegte ich, ob ich nach unten zum Empfangstresen gehen sollte, um zu bestätigen, was der Hotelpage gesagt hatte. Aber ich war mir nicht sicher, ob ich die Tränen zurückhalten könnte, wenn ich es täte. Deshalb ging ich stattdessen zum Aufzug und drückte den Knopf für mein Stockwerk. Zumindest war es Nachmittag, ich würde also im Grunde nicht morgens trinken.

Ich musste all meine Kraft aufbringen, um einen Fuß vor den anderen zu setzen und den Aufzug zu verlassen, aber als ich es tat, stockten meine trägen Schritte.

Ich blinzelte ein paarmal. »Weston?«

Er saß neben der Tür zu meinem Zimmer auf dem Boden und lehnte sich gegen die Wand. Sein Blick war zu Boden gerichtet und sein Gepäck stand neben ihm. Als er mich sah, stand er auf.

Mein Herz klopfte schneller. »Was – was tust du?«

Weston sah noch schrecklicher aus als das letzte Mal, als ich ihn gesehen hatte. Seine glasigen geröteten Augen wurden von dunklen Ringen umrahmt und seine natürlich gebräunte Haut war fahl geworden. Er hatte sich fast schon einen Vollbart wachsen lassen, der allerdings weder gestutzt noch gepflegt war. Er sah aus, als hätte er einfach keine Lust gehabt, sich zu rasieren. Trotz allem sah er immer noch unglaublich attraktiv aus.

»Können wir reden?«

Ich hatte soeben erst nach ihm gesucht, trotzdem ließ mich mein Selbsterhaltungstrieb zögern.

Es fiel ihm auf und er runzelte die Stirn. »Bitte …«

»Natürlich.« Ich nickte. Mein Blick fiel auf die Kamera in der Ecke des Flurs. »Lass uns reingehen.«

Als ich die Tür öffnete, wurde ich plötzlich schrecklich nervös. Ich brauchte unbedingt einen Drink und dabei fiel mir etwas ein. Ich drehte mich um und sah in Westons blutunterlaufene Augen.

»Hast du … getrunken?«

Er schüttelte den Kopf. »Nein. Ich habe nur schlecht geschlafen.«

Nickend legte ich meinen Laptop und meine Handtasche auf dem Couchtisch ab und nahm am Ende des Sofas Platz, gegenüber von dem Sessel, von dem ich erwartete, dass Weston sich darin niederlassen würde. Aber er verstand den Hinweis nicht und setzte sich stattdessen direkt neben mich aufs Sofa.

Nach einigen Augenblicken ergriff er meine Hand. »Ich vermisse dich.« Seine Stimme versagte. »Ich vermisse dich so sehr.«

Ich schmeckte das bekannte Salz im Mund, aber ich hatte keine Tränen mehr übrig.

Bevor ich über eine Antwort nachdenken konnte, fuhr er fort: »Es tut mir so leid, dass ich dich verletzt habe. Es tut mir so leid, dass ich dich daran habe zweifeln lassen, was du mir bedeutest.«

Ich schüttelte den Kopf und starrte hinunter auf unsere Hände. »Ich habe Angst, Weston. Ich habe Angst, dir zu glauben.«

»Ich weiß. Aber bitte gib mir noch eine zweite Chance, um dir zu zeigen, dass ich der Mann sein kann, den du verdienst. Ich habe Scheiße gebaut. Es wird nicht noch mal vorkommen. Ich verspreche es dir, Soph.«

Ich schwieg eine ganze Weile und sortierte das Chaos meiner verworrenen Gefühle und Zweifel. Als ich endlich in der Lage war, mich besser zu konzentrieren, sah ich zu ihm auf.

»Warum hast du einen Dollar geboten?«

Ich konnte sehen, er hatte nicht erwartet, dass ich wusste, was er getan hatte.

»Meine Familie hat es nicht verdient, dieses Hotel zu führen – wegen allem, was mein Großvater deinem vor all diesen Jahren angetan hat, und wegen der Sachen, von denen er dachte, ich solle sie dir antun. Die Dinge mussten ein für alle Mal richtiggestellt werden.«

»Das ist sehr nobel von dir. Aber was, wenn dein Großvater erfährt, was du getan hast?«

Weston sah mir in die Augen. »Er weiß es bereits. An dem Tag, an dem ich unser Gebot abgegeben hatte und du über den Gewinn informiert wurdest, bin ich zu ihm geflogen. Ich habe es ihm persönlich gesagt.«

Ich bekam große Augen. »Wie ist es gelaufen?«

Westons Mundwinkel zuckte. »Nicht besonders gut.«

»Hat er dich gefeuert?«

Er schüttelte den Kopf. »Das musste er nicht tun. Ich hatte bereits gekündigt.«

»Meine Güte, Weston. Warum hast du das getan? Um mir deine Loyalität zu beweisen?«

»Es war mehr als nur das. Ich musste es für mich selbst tun, Soph. Es war schon lange überfällig. Das war nur der Tropfen, der das Fass zum Überlaufen gebracht hat. Mir wurde klar, dass meine Familie sehr viel mit meinem Kampf gegen den Alkoholismus zu tun hat. Ich habe getrunken, weil ich mich selbst nicht ausstehen konnte. Und das fing mit dem Gefühl an, das sie mir vermittelt haben. Ich habe den Großteil meines Lebens versucht, meinen Eltern und meinem Großvater zu beweisen, dass ich mehr als nur ein Ersatzteillager bin. Mir ist endlich klar geworden, dass ich der einzige Mensch bin, dem ich das beweisen muss.«

Ich wusste nicht, was ich sagen sollte. »Klingt, als wärst du in der letzten Woche sehr tief in dich gegangen.«

»Das bin ich.«

»Was wirst du jetzt machen? Ich meine, jetzt, da du nicht mehr bei den Lockwoods angestellt bist.«

Er zuckte mit den Schultern und grinste leicht. »Ich weiß es nicht genau. Gibt es bei Sterling Hospitality offene Stellen?«

Ich sah ihm in die Augen. Er hatte mir sehr wehgetan, das war sicher. Aber es schmerzte mehr, getrennt von ihm zu sein. Würde ich mich verbrennen, wenn ich ihm eine zweite Chance gäbe? Höchstwahrscheinlich. Nichts im Leben war sicher. Nun ja, mit Ausnahme der Tatsache, dass ich unglücklich wäre, wenn ich das Risiko nicht einginge und dem Mann keine zweite Chance gäbe. Weston hatte den Sprung in die Tiefe gewagt. Wenn ich es auch täte, könnten wir vielleicht gemeinsam das Fliegen lernen.

»Also …« Ich holte tief Luft und stellte mich an den imaginären Abgrund. »Es gibt tatsächlich eine Stelle in diesem Hotel, für die du meiner Meinung nach perfekt geeignet wärst.«

Weston zog eine Augenbraue hoch. »Ach ja? Und welche wäre das?«

»Nun, es ist eine Stelle unter mir.«

In seinen Augen flackerte Hoffnung auf. »Unter dir? Damit könnte ich klarkommen.«

»Und die Arbeitszeiten sind lang.«

Er zog einen seiner Mundwinkel kaum merklich nach oben. »Das ist kein Problem. Ich habe sehr viel Ausdauer.«

Ich tippte mir mit dem Finger an die Unterlippe, als würde ich nachdenken. »Offen gesagt bin ich mir nicht sicher, ob du der Richtige für diese Position bist. Es gibt noch einige andere Kandidaten, die ich als Erstes in Erwägung ziehen muss. Kann ich dir später Bescheid sagen?«

»Einige andere Kandidaten … für eine Stelle unter dir?«

Ich konnte mir mein Grinsen nicht länger verkneifen. »Ganz genau.«

Der Funke in Westons Augen entzündete sich zu einem Feuer. Er überrumpelte mich vollkommen, als er sich nach vorn beugte, die Schulter in meine Brust drückte und mich im Feuerwehrgriff vom Sofa hob. Mit einer einzigen listigen Bewegung befand ich mich in der Luft, wurde auf den Rücken gedreht und landete plötzlich mit einem dumpfen Geräusch auf dem Sofa.

Weston folgte und stützte sich über mir ab. »Ich glaube, du hast recht«, sagte er. »Eine Stelle unter dir ist vielleicht nicht die richtige Position für mich. Gibt es vielleicht etwas über dir? Ich habe zu gern die Kontrolle und ich glaube, in diese Abteilung würde ich viel besser hineinpassen.«

Ich lachte. »Nein. Tut mir leid. Alles schon voll.«

Weston knurrte. »Ich werde dich voll machen.«

Oh Gott, ich habe ihn so sehr vermisst. Ich legte die Hand an seine Wange. »Du machst den Eindruck, als würdest du tatsächlich gute Arbeit leisten. Lass mich darüber nachdenken. Vielleicht gelingt es mir doch, den richtigen Patz für dich zu finden.«

»Ich kenne den richtigen Platz, Süße.« Er strich mir eine Haarsträhne aus dem Gesicht. »In dir. Dort gehöre ich hin. Wie bewerbe ich mich für *diesen* Job?«

Ich lächelte. »Ich bin mir sicher, dass Sie diesen Job bereits haben, Mr. Lockwood. Sie sind schon seit langer Zeit in mir. Ich hatte nur zu viel Angst, es mir einzugestehen.«

Weston sah mir tief in die Augen. »Ja?«

Ich nickte. »Ja.«

»Ich liebe dich, Soph. Ich werde dich nie wieder enttäuschen.«

Ich lächelte. »Ich liebe dich auch, du Nervensäge.«

Weston berührte meine Lippen sanft mit seinen.

Mein Herz fühlte sich voll an, trotzdem gab es noch etwas, das ich wissen musste. »Wie hätte dein wahres Gebot gelautet?«

»Für das *Countess*?«

Ich nickte.

»Ich habe das Hotel auf knapp unter hundert Millionen geschätzt. Mein Gebot für die Minderheitsanteile hätte also bei zwei Millionen gelegen. Wieso?«

Ich grinste. »Mein Gebot war zwei Komma eins. Ich hätte sowieso gewonnen.«

Weston lachte. »Ist dir das wichtig?«

»Auf jeden Fall. Ich hätte dich fair und ehrlich besiegt. Jetzt kann ich mich dir gegenüber als Chefin aufspielen, anstatt dich in dem Glauben zu lassen, dass ich *nur deinetwegen* gewonnen habe.«

Er lächelte. »Du wirst dich mir gegenüber als Boss aufspielen?«

»Bei jeder sich mir bietenden Gelegenheit.«

»Weißt du, jetzt bin ich im Katzbuckel-Modus. Irgendwann wird es mich ärgern, wenn du es mir unter die Nase reibst.

Ich verliere nicht gern. Aber es ist in Ordnung. Es gibt niemanden auf der Welt, mit dem ich lieber streiten oder mich vertragen
würde. Ich sehe sehr viel Streit und Sex in unserer Zukunft.«

Ich rollte mit den Augen. »Wie romantisch.«

»Das bin ich. Mr. Romantisch. Du bist ein echter Glückspilz.«

EPILOG

»Herein!«

Die Tür zu meinem Büro wurde geöffnet und ein Gesicht, das ich zu sehen nicht erwartet hatte, lächelte mich an.

Louis Canter sah sich im Raum um. »Na, Sie leben ja nicht gerade in Saus und Braus.«

Meine Büroeinrichtung bestand aus einem Klapptisch, einem Metallstuhl und drei Holzkisten, die ich als provisorische Aktenschränke benutzte. Von der Decke hing eine einsame Glühbirne an einem langen, orangefarbenen Verlängerungskabel. Mein Büro ansehnlich einzurichten stand auf meiner Zuerledigen-Liste nicht besonders weit oben.

Ich stand auf und ging um meinen Tisch herum, um ihn zu begrüßen. Als ich ihm die Hand schüttelte, sagte ich scherzhaft: »Mischen Sie sich heute unters gemeine Volk? Sie wissen doch, den einzigen Blick auf den Park auf der anderen Straßenseite, wo Crack gedealt wird, hat man von der Eingangshalle aus.«

Er lachte leise. »Die Konstruktion in der Eingangshalle sieht gut aus. Sie erinnert mich sehr an meine ersten Arbeitstage, als ich gerade im *Countess* anfing.«

»Aus irgendeinem Grund glaube ich, dass Grace keine Obdachlosen bezahlen musste, damit sie nicht mehr in den Eingangsbereich pinkeln.«

»Vielleicht nicht. Aber die Energie fühlt sich gleich an. Wenn man durch die Eingangstür tritt, herrscht ein reges Treiben – Bauarbeiter, die dabei sind, die letzten Dinge zu erledigen, neue Angestellte, die emsig umherlaufen, um für die Ankunft der ersten Gäste alles in einen tadellosen Zustand zu bringen. Es fühlt sich an, als würde in Kürze etwas Besonderes passieren.«

Ich lächelte. Ich dachte, ich wäre der Einzige, der es spürte. Sechs Wochen nachdem Familie Sterling die Leitung des *Countess* übernommen hatte, war ich auf dem Weg, um Mr. Thorne zu besuchen, als mir ein Zu-verkaufen-Schild im Fenster eines mit Brettern zugenagelten Hotels auffiel. Weil die Maklerin sich zufällig drinnen aufhielt, ging ich hinein. Während sie am Handy telefonierte, sah ich mich um. Drinnen sah es katastrophal aus, überall hingen Spinnweben und es war völlig heruntergekommen. Aber mein Blick fiel auf das Schild, das über dem früheren Empfangstresen hing. *Hotel Caroline*. In diesem Moment wusste ich, dass mein Leben sich ändern würde.

Das Gebäude war fünf Jahre lang verbarrikadiert gewesen. Später hatte ich herausgefunden, dass das Hotel auf den Tag genau eine Woche nach dem Tod meiner Schwester geschlossen worden war. Ich war nie jemand, der an Schicksal glaubt, aber mir gefiel der Gedanke, dass meine Schwester an jenem Tag auf mich herabgeblickt und mir ein Zeichen gegeben hatte, dass es Zeit wird, mich zusammenzureißen und meinen Mann zu stehen. Es war derzeit nicht die beste Gegend, aber sie war im Kommen – was ich mir leisten konnte –, und ich hatte Vertrauen darin. Wichtiger jedoch war, dass ich Vertrauen in mich selbst hatte. Endlich.

Einen Monat, nachdem ich das *Hotel Caroline* betreten hatte, zufällig an meinem dreißigsten Geburtstag, überreichte ich einen Scheck in Höhe von fast fünf Millionen Dollar im Austausch für den Kaufvertrag eines völlig heruntergekommenen Hotels. Es war das erste Mal, dass ich das Geld des Treuhandfonds anrührte, den mein Großvater als Entschädigung für die Tatsache, dass ich als Ersatzteillager für meine Schwester hatte herhalten müssen, für mich angelegt hatte.

Aus Höflichkeit rief ich meinen Großvater und Vater an jenem Nachmittag an, um ihnen mitzuteilen, dass ich meinen eigenen Weg gehe. Keiner von beiden war wirklich darüber hinweggekommen, was ich mir mit dem *Countess* geleistet hatte. Aber es fühlte sich richtig an, es ihnen zu sagen.

Keiner wünschte mir Glück. Sie versuchten ebenfalls nicht, mir einzureden, dass ich einen Fehler mache. Offen gesagt interessierte es sie nicht die Bohne. Ganz zu schweigen davon, dass keiner der beiden sich daran erinnerte, dass ich Geburtstag hatte. *Auf Nimmerwiedersehen. Reisende soll man nicht aufhalten.*

Später an jenem Abend traf ich mich mit Sophia und feierte die Tatsache, frei zu sein, auf genau die Weise, wie ich es wollte – mit einem anständigen Streit mit meinem Mädchen. Sie war etwas verärgert darüber gewesen, dass ich *keinen* meiner Pläne auch nur ansatzweise erwähnt hatte, bis es zu spät gewesen war. Ich hatte ein heruntergekommenes Hotel erworben und im Grunde genommen mit meiner Familie gebrochen, ohne ein Wort zu sagen.

Bis heute bin ich mir nicht sicher, warum ich das getan habe. Vielleicht hatte ich Angst, dass sie versuchen würde, es mir auszureden, oder vielleicht war es auch einfach nur etwas, das ich ganz allein hatte tun müssen. Wie dem auch sei, sie war nicht erfreut, darüber im Ungewissen gelassen worden zu sein. Wenngleich sie mir vergeben hatte, nachdem ich sie dreimal zum Orgasmus gebracht und wieder losgebunden hatte.

»Also, was führt Sie zu mir, Louis?«, fragte ich. »Ist für heute Abend im *Countess* weiterhin alles bereit?«

»Alles ist perfekt. Das Wartungsteam hat sofort mit dem Aufbau begonnen, als Sophia gestern zum Flughafen aufgebrochen ist. Wenn Sie heute Abend eintreffen, wird alles fertig sein.«

»Wunderbar. Vielen Dank.«

Louis hielt eine kleine braune Papiertüte in der Hand. Er streckte sie mir hin. »Ich dachte, das könnte Ihnen gefallen. Ich habe es in einem der Kartons gefunden, die wir aus dem Lager geholt haben.«

Ich zog die Augenbrauen zusammen. »Was ist das?«

»Ein Weihnachtsgeschenk, das ich Grace neunzehnhunderteinundsechzig gegeben habe. Ich hatte es vollkommen vergessen. Aber sehen Sie es sich einmal an. Ich dachte mir, dass es sehr gut zum Anlass heute Abend passen könnte.«

In der Papiertüte befand sich eine gläserne Christbaumkugel, die in alte Zeitungen eingewickelt war. Zuerst verstand ich die Bedeutung nicht, aber als ich sie umdrehte und sah, was auf der anderen Seite gemalt war, blickte ich auf. »Heilige Scheiße.«

Louis lächelte. »Das Leben ist ein gigantischer Kreislauf, nicht wahr? Manchmal denken wir, das Ende erreicht und den Kreis geschlossen zu haben, nur um festzustellen, dass wir wieder am Anfang angekommen sind. Viel Glück heute Abend, mein Sohn.«

Sophia

Im Flughafen beobachtete ich lächelnd von der Rolltreppe aus, wie Weston die Menschenmenge auf der Suche nach mir überblickte. Selbst wenn er nicht in den meisten Räumen der größte Mann gewesen wäre, hätte er aus dem Rest trotzdem herausgestochen. Er hatte etwas unheimlich Anziehendes an sich. Sicher, er war groß, dunkelhaarig, attraktiv – das musste nicht erwähnt werden. Aber das war nicht, was ihn vom Rest unterschied. Es war die Art, wie er ging – mit großen Schritten, das Kinn in die Höhe gereckt und ein schelmisches Glitzern in den Augen, das zu dem frechen Grinsen passte, das immerzu seine Mundwinkel umspielte. Er stand mit einem Blumenstrauß an der Gepäckausgabe und ich war mir sicher, dass die Herzen einiger Frauen in seiner Nähe bei diesem Anblick ins Stolpern gerieten.

Auf halbem Weg nach unten entdeckte er mich und das ständig lauernde Grinsen breitete sich vollständig auf seinem Gesicht aus. Wir waren nun mehr als anderthalb Jahre zusammen und fast ein Jahr war vergangen, seit wir es gewagt hatten und zusammengezogen waren, und trotzdem gelang es ihm mit seinem sexy Lächeln weiterhin, mir ein feuchtes Höschen zu bereiten. Er ging entschlossenen Schrittes durch die Ankunftshalle in Richtung Rolltreppe, ohne den Blick von mir abzuwenden.

»Was machst du hier?«, fragte ich lächelnd, als ich unten ankam.

Weston nahm meinen Koffer, schlang den Arm um meine Taille und zog mich an sich. »Ich konnte es nicht erwarten, dich zu sehen.«

Er küsste mich, als wäre ich einen Monat lang weg gewesen, dabei war ich erst gestern früh abgereist, um meinen Großvater zu besuchen. »Also, das ist eine nette Überraschung. Danke, dass du mich abholst.«

Außerhalb des Flughafengebäudes schloss ich frierend meinen Mantel. »Ich bin definitiv nicht mehr in Florida.«

»Nein. Morgen soll es Schnee geben.«

»Oooooh, das wäre wunderbar. Ich hoffe, er bleibt bis zum Fest liegen, damit wir weiße Weihnachten haben können.«

»Süße, wenn es morgen schneit und der Schnee zwei Wochen lang liegen bleibt, werden wir schmutzige, graue Weihnachten haben.«

Ich zog eine Schnute. »Vermies mir nicht meinen Traum, nur weil du Scrooge bist.«

»Ich bin nicht Scrooge.«

»Ach, gut. Können wir dieses Wochenende dann endlich die Wohnung dekorieren?«

»Ja, natürlich.«

Ich wusste, dass die Weihnachtszeit für Weston schwierig war, weil das Dekorieren ihn an Caroline erinnerte. Aber ich wollte mehr machen als letztes Jahr, was nicht viel gewesen war.

Während der Fahrt in die Stadt erzählte ich Weston von meiner Reise. Er brachte mich auf den neuesten Stand über *Hotel Caroline*, das kurz nach Neujahr eröffnen sollte. Da er in guter Stimmung schien, wagte ich, ein weiteres Thema anzuschneiden, über das ich sprechen wollte.

»Weißt du ... meine Großmutter wird nächsten Monat achtzig. Mein Großvater veranstaltet für sie eine Überraschungsparty in Florida.«

Weston sah mich an. »Ach ja? Wie nett.«

»Ich dachte, wir könnten vielleicht für die Party dorthin fliegen.«

»*Wir?*«

»Ja, wir.«

»Du willst, dass ich auf eine Party komme, bei der nur Sterlings anwesend sind.«

Ich nickte. »Das will ich.«

»Was denkst du, hätte dein Großvater dazu zu sagen?«

»Ich habe es vor ihm erwähnt. Er ... gewöhnt sich langsam daran.« Das stimmte. Nun ja, in gewisser Weise. Zumindest hatte er dieses Mal nicht *nur über meine Leiche* gesagt, als ich erwähnte, er könne den Mann, mit dem ich zusammenlebte, einmal kennenlernen. Ich sah das als Fortschritt an.

Weston trommelte mit den Fingern auf dem Lenkrad herum. »Ich komme mit dir, wenn du willst.«

Meine Augen wurden groß. »*Wirklich?*«

»Es ist dir wichtig, nicht wahr?«

»Ja. Ich weiß, dass mein Großvater dich lieben wird, wenn er dich nur erst kennenlernt.«

Weston schüttelte den Kopf. »Warum hoffen wir nicht darauf, dass er meine Anwesenheit toleriert, damit du nicht enttäuscht bist, Babe.«

Ich lächelte. »Okay.«

Nachdem wir den Tunnel durchquert hatten, bog Weston nach rechts anstatt nach links ab. »Fahren wir nicht nach Hause?«

»Ich muss noch am *Countess* anhalten.«

»Wieso?«

»Ähh … Ich habe aus Versehen ein Paket dorthin schicken lassen, das ich mit deinem Prime-Konto bestellt habe, und die letzte Adresse, die du angegeben hast, war die des Hotels gewesen, aber es war mir nicht aufgefallen.«

Ich gähnte. »Ich bin müde. Ist es wichtig? Ich kann es sonst morgen nach der Arbeit mitbringen.«

»Ja. Es ist wichtig.«

»Was ist es denn?«

Einen Moment lang war er still. »Das geht dich nichts an. Das ist es.«

Ich grinste. »Es ist mein Weihnachtsgeschenk, nicht wahr?«

Wir hielten einen Block vom *Countess* entfernt an und Weston parkte am Straßenrand. Er schnallte sich ab und war im Begriff auszusteigen.

»Ich warte eben hier«, sagte ich.

»Nein.«

»Was meinst du mit *nein*? Warum kann ich nicht hier warten?«

Weston fuhr sich mit der Hand durchs Haar. »Weil das Paket in deinem Büro liegt und ich keinen Schlüssel habe.«

Ich griff nach meiner Handtasche, die ich auf den Boden gestellt hatte. »Ach so. Ich werde dir meinen Schlüssel geben.«

Weston schnaubte. »Komm einfach mit.«

»Aber ich bin müde.«

»Es dauert nur eine Minute.«

Ich seufzte. »Also gut. Aber manchmal bist du anstrengend, weißt du das?«

Er brummte etwas, als er aus dem Wagen stieg, joggte aber um ihn herum, um mir die Tür zu öffnen. Als er meine Hand nahm, um mir hinauszuhelfen, fiel mir auf, dass seine Handfläche schwitzte.

»Ich wusste nicht, dass dein Wagen eine Lenkradheizung hat.«

»Hat er nicht.«

»Warum schwitzen deine Hände dann so?«

Weston verzog das Gesicht und zerrte mich hinter sich her. Am Eingang des *Countess* winkte er den Portier ab und öffnete die Tür für mich. Seine Laune war wirklich schnell von fröhlich zu missmutig umgeschlagen.

Drinnen ging ich vier oder fünf Schritte, dann hielt ich an. Verwirrt blinzelte ich einige Male. »Was … was ist das?«

»Wie sieht es denn aus?«

»Es sieht aus wie der größte Weihnachtsbaum, den ich je gesehen habe.«

Weston führte mich näher heran. Wir standen einige Meter vor einer riesigen Balsamtanne und ich blickte auf. Der Baum überragte mich und stand zwischen den beiden geschwungenen Treppen, die in den ersten Stock hinaufführten. Er berührte beinahe die Decke im ersten Geschoss. Er war mindestens neun Meter hoch und ließ die gesamte Eingangshalle nach Weihnachten riechen.

»Gefällt er dir?«, fragte er.

Ich schüttelte den Kopf. »Ich liebe ihn. Er ist riesig!«

Weston zwinkerte und beugte sich zu mir. »Das habe ich schon mal gehört.«

Ich lachte. »Ernsthaft, ich kann nicht glauben, dass du das getan hast.«

Len von der Hotelwartung kam zu uns. In einer Hand hielt er ein Verlängerungskabel und in der anderen einen Stecker. Er sah Weston an. »Sind Sie bereit?«

Weston nickte. »Bereiter geht's nicht.«

Len steckte Kabel und Stecker zusammen und der gesamte Baum erstrahlte in weißen Lichtern. Ich konnte nicht einmal schätzen, wie viele Tausend Lampen daran hängen mussten. Einige Sekunden später begann der Baum zu funkeln. Es sah absolut magisch aus. Und ich war so fasziniert davon gewesen, dass mir nicht aufgefallen war, dass Weston sich entfernt hatte. Aber als ich es sah, schien die Welt plötzlich stillzustehen.

Alles mit Ausnahme des Mannes, der vor mir kniete, schien zu verschwinden.

Ich schlug mir die Hände vor den Mund und mir stiegen sofort die Tränen in die Augen. »Oh mein Gott, Weston! Und ich wollte nicht aus dem Wagen aussteigen!«

Er lachte. »Das war offensichtlich nicht geplant, passte aber verdammt gut, findest du nicht? Wir mussten uns streiten, unmittelbar bevor ich hierhergekommen bin, um das hier zu tun. Wir wären nicht wir, wenn alles immer eitel Sonnenschein wäre.«

Ich schüttelte den Kopf. »Du hast recht. Das wären nicht wir.«

Weston atmete tief ein und ich sah zu, wie seine Brust sich hob und senkte. Er nahm meine Hand und endlich verstand ich, warum er schwitzige Handflächen hatte. Sie waren immer noch schweißnass. Mein großspuriger Mann war *nervös*. Ich legte meine andere Hand auf meine Brust und bedeckte mein rasendes Herz. *Er ist nicht der Einzige.*

Weston räusperte sich. »Sophia Rose Sterling, bevor ich dich traf, hatte ich keine Aufgabe. Nachdem du in mein Leben gestürmt warst, dauerte es nicht lange, bis ich begriff, dass ich verloren war, weil du mich noch nicht gefunden hattest. Meine Aufgabe im Leben ist es, dich zu lieben. Tief im Inneren wusste ich es seit dem Tag, an dem wir dieses Hotel zum ersten Mal betraten. Aber es ergab keinen Sinn. Ich brauchte eine Weile, um herauszufinden, dass Liebe keinen Sinn machen muss; sie muss uns nur glücklich machen. Und das tust du – du machst mich glücklicher, als ich jemals war, Soph. Ich will den Rest meines Lebens damit verbringen, mich mit dir zu streiten, nur damit wir uns wieder versöhnen können. Und ich will, dass der Rest meines Lebens heute beginnt. Wirst du mir also bitte die Ehre erweisen und mich heiraten, denn *ich wünsche mir keine andre Gesellschaft in der Welt als die eurige?*«

Tränen liefen mir die Wangen hinunter. Ich weiß nicht wieso, aber ich ging auf die Knie und drückte meine Stirn gegen seine. »Wie kann ich Nein sagen, wo du endlich Shakespeare richtig zitiert hast? Ja! Ja! Ich werde dich heiraten.«

Weston steckte mir den wundervollsten Kissenschliff-Diamanten an den Finger. Die Tausende Lichter, die den Baum über uns erstrahlen ließen, verblassten im Vergleich zu seinem Glanz.

In wahrer Weston-Manier packte er mich im Nacken, drückte fest zu und presste die Lippen auf meine. »Gut. Jetzt halt die Klappe und gib mir deinen Mund.«

Er küsste mich lange und stürmisch mitten in der Eingangshalle vor dem riesigen Weihnachtsbaum. Als wir endlich dazu kamen, Luft zu holen, hörte ich Leute applaudieren. Ich brauchte einige Sekunden, um zu begreifen, dass sie für uns klatschten. Menschen hatten den Antrag mit angesehen. Meine Sicht wurde scharf, als ich mich umblickte.

Oh mein Gott! Mr. Thorne ist hier.

Und … ist das … Ich blinzelte ein paarmal. »Ist das …«

Weston lächelte. »Scarlett. Das ist sie. Ich habe sie gestern Abend einfliegen lassen, damit ich sie um Erlaubnis bitten konnte, um deine Hand anzuhalten. Ich dachte mir, bei deinem Vater würde ich kein Glück haben, und außerdem schätze ich ihre Meinung sowieso viel mehr.«

Weil wir beide immer noch auf dem Boden knieten, half Weston mir auf. Scarlett und Mr. Thorne gratulierten uns ebenso wie viele der Mitarbeiter.

Immer noch ungläubig sah ich zu Weston auf. »Ich kann nicht glauben, dass du das alles gemacht hast. Erinnerst du dich an die Geschichte, die ich dir erzählt habe, wann das letzte Mal ein Baum in dieser Eingangshalle stand?«

»Ich erinnere mich«, sagte er. »Die drei haben einen riesigen Baum gemeinsam geschmückt, genau hier an dieser Stelle. Grace hat immer gehofft, dass unsere Großväter sich eines Tages versöhnen, damit sie alle wieder Freunde wären und es wieder tun könnten. Weil das nie passiert ist, hat sie hier drinnen nie wieder einen Baum aufgestellt. Aus diesem Grund habe ich es getan. Unsere Großväter sind zu stur, um sich zu vertragen, aber ich glaube, Grace Copeland wäre sehr glücklich darüber, dass die Sterlings und die Lockwoods endlich wieder Freundschaft geschlossen haben.«

Ich lächelte. »Das wäre sie, da bin ich mir sicher.«

Weston griff in seine Tasche. »Oh, das hätte ich beinahe vergessen. Ich habe die Lichter aufhängen lassen, damit es hübsch für dich aussieht, aber schmücken werden wir ihn zusammen. Genau wie sie es immer getan haben. Hinter dem Baum sind zwei Dutzend Kartons mit Weihnachtskugeln versteckt. Aber die erste, die du aufhängen sollst, habe ich hier.«

»Ach ja?«

Er wickelte eine Glaskugel aus einigen Stücken Zeitungspapier aus und reichte sie mir.

»Louis hat Grace einmal diese Kugel geschenkt. Er hat sie gestern im Lager gefunden. Sollte ich jemals irgendeinen Zweifel gehabt haben, ob es die richtige Entscheidung ist, vor diesem Baum um deine Hand anzuhalten, so hat diese Christbaumkugel bestätigt, dass es so sein sollte.«

Ich sah auf die Kugel herab, die wie eine Menge Christbaumschmuck auch heutzutage noch personalisiert worden war. In Silber gemalt befanden sich darauf drei Strichfiguren, die sich an den Händen hielten. Die beiden am Ende waren etwas größer als die in der Mitte und darunter waren Namen geschrieben.

Sterling – Copeland – Lockwood
Für immer

»Das sind wir, und Grace Copeland hat uns zusammengebracht, Soph.«

»Oh mein Gott! Du hast recht!«

Weston beugte sich nach unten und berührte meine Lippen mit seinen. »Natürlich habe ich das. Ich habe immer recht.«

Ich hing die Kugel an den Baum und schlang die Arme um seinen Hals. »Weißt du, ich mag den Ring nicht, den du ausgesucht hast, und ich finde, du hättest bei deinem Antrag etwas kreativer sein können. Ach und der Baum … ist ziemlich langweilig.«

Weston bekam große Augen. »Ich hoffe, du machst Witze.«

»Tue ich nicht.« Ich versuchte, mein Grinsen zu verbergen, versagte jedoch. »Vielleicht sollten wir uns später darüber streiten, wenn wir zu Hause sind.«

Die Augen meines Verlobten verdunkelten sich. »Warum so lange warten? Treffen wir uns doch einfach in fünf Minuten in der Waschküche …«

BÜCHER VON VI KEELAND

Das Vermächtnis der Rivalen
Perfect Chemistry: Roman
Just Business: Roman
Mr. CEO: Roman
Hot Client: Roman
Best Man: Roman
Mister West: Roman
Player: Eine Dirty Office Romance – Roman
Bossman: Roman
Fighting for you – Alles für Dich
Touchdown – Er will doch nur spielen
Herzensbrecher
Fighting for you – Nur für Dich

Und auch die folgenden Bücher von Vi Keeland werden in Kürze auf Deutsch erhältlich sein:

Die Verlockung eines Sommers

DANKSAGUNGEN

Ein Dankeschön an Sie – die Leserinnen und Leser. Danke, dass Sie es mir ermöglichen, Teil Ihrer Leseflucht zu sein. Das Leben scheint in letzter Zeit Kopf zu stehen und ich bin sehr dankbar, Ihnen für eine kurze Zeit einen Ausbruch zu bieten. Ich hoffe, Ihnen hat Westons und Sophias Vom-Feind-zum-Liebhaber-Geschichte gefallen und Sie kehren bald zurück, um zu entdecken, wen Sie vielleicht als Nächstes treffen werden.

An meine großartige Facebook-Lesegruppe *Vi's Violets* – siebzehntausend kluge Frauen, die gern über Bücher sprechen? Es gibt kein größeres Geschenk. Vielen Dank, dass Sie Teil dieser verrückten Reise sind.

An alle Blogger – danke, dass Sie andere inspirieren, mir eine Chance zu geben. Ohne Sie gäbe es keine anderen.

Mit Liebe
Vi

BIOGRAFIE

Vi Keeland ist eine Nr. 1 New York Times, Nr. 1 Wall Street Journal und USA Today Bestsellerautorin. Sie hat Millionen von Büchern verkauft und ihre Veröffentlichungen standen auf über einhundert Bestsellerlisten. Momentan werden ihre Werke in fünfundzwanzig Sprachen übersetzt. Sie lebt in New York mit ihrem Mann und ihren drei Kindern, wo sie ihr eigenes Happy End mit dem Jungen erlebt, den sie im zarten Alter von sechs Jahren kennengelernt hat.

Besuchen Sie Vi im Netz!
vikeeland.com/country/germany
facebook.com/AuthorViKeeland
instagram.com/Vi_Keeland/
tiktok.com/@vikeeland
twitter.com/ViKeeland